ANNE GOLON

Angélique

Der Gefangene von Notre-Dame

Anne Golon

Angélique

Der Gefangene von Notre-Dame

Aus dem Französischen
von Nathalie Lemmens

blanvalet

Die Originalausgabe erschien 2007 unter dem Titel
»Angélique. Le Supplicié de Notre-Dame« bei Éditions du Refuge,
Lausanne.

FSC
Mix
Produktgruppe aus vorbildlich
bewirtschafteten Wäldern und
anderen kontrollierten Herkünften

Zert.-Nr. SGS-COC-1940
www.fsc.org
© 1996 Forest Stewardship Council

Verlagsgruppe Random House FSC-DEU-0100
Das für dieses Buch verwendete FSC-zertifizierte Papier *Munken Premium*
liefert Arctic Paper Munkedals AB, Schweden.

1. Auflage

Satz: Uhl+Massopust, Aalen
Druck und Bindung: GGP Media GmbH, Pößneck
Printed in Germany
ISBN 978-3-7645-0293-5

www.blanvalet.de

Erster Teil

Die Gänge des Louvre

Kapitel 1

Der König war vorbeigeritten.

Von lautem Beifall getragen, zog er weiter durch die Straßen seiner Hauptstadt Paris. Vor dem Hôtel de Beauvais hatte er sein Pferd gewendet und mehrmals gegrüßt, denn oben auf den Balkonen des Hauses saßen die Menschen, mit denen ihn eine tief empfundene Zuneigung verband: seine Mutter, Königin Anna von Österreich, und Kardinal Mazarin, sein Pate und Ratgeber.

Dann war auch die Königin vorbeigefahren.

Die junge Königin Maria Theresia, die Infantin, die als Pfand des Friedens auf der Fasaneninsel empfangen worden war.

Zart und klein auf ihrem römischen Wagen, aber strahlend wie ein Stern, hatte sie die Ovationen des gerührten französischen Volkes entgegengenommen.

Sie und die Angehörigen ihres Haushalts bildeten den Abschluss des gewaltigen, märchenhaften Umzugs.

Im Hôtel de Beauvais strömte die lärmende, zufriedene Schar der Gäste von Stockwerk zu Stockwerk, von den Dachkammern bis hinunter in die Prunkgemächer, wo die ersten Bediensteten bereits die Speisen auftrugen. Freude spiegelte sich in allen Gesichtern, und bewundernde, erfreute Rufe erschallten während des langsamen Abstiegs von den obersten Etagen des Hauses hinab zu den Räumen, wo die höchsten Persönlichkeiten des Königreichs einander begrüßten.

Die Hausherrin, Madame de Beauvais, die hinter vorgehaltener Hand auch weiterhin von allen »die einäugige Catheau« genannt wurde, stand am Fuß der Treppe und schien nach jemandem Ausschau zu halten.

»Na? Habt Ihr auch alles gut sehen können?«, rief sie mit ihrer rauen Stimme, als das bescheidene Grüppchen der Poitevinerinnen, zu dem auch Angélique gehörte, auf dem Absatz auftauchte.

Mit vor Aufregung immer noch geröteten Wangen bejahten sie eifrig und dankten ihr überschwänglich.

»Schon gut, schon gut. Geht nur da hinein und esst ein paar kleine Kuchen.«

Dann klappte sie ihren Fächer zusammen und klopfte Angélique damit auf die Schulter.

»Und Ihr, meine Schöne, kommt erst einmal mit mir.«

Überrascht folgte die junge Frau Madame de Beauvais durch die Räume, in denen sich die Gäste drängten.

Endlich gelangten sie in ein verlassenes kleines Boudoir.

»Puh«, stöhnte die Hausherrin und fächelte sich Luft zu. »Es ist gar nicht so leicht, in diesem Haus ein ruhiges Fleckchen zu finden.«

Sie musterte Angélique mit forschendem Blick. Trotz der dicken Schicht Schminke und der prächtigen Kleider strahlte sie immer noch die schlichte Gutmütigkeit aus, die einem die unmittelbare Nähe zu den Großen verleiht, bei denen man sich unentbehrlich macht, indem man für ihr Wohlbefinden sorgt.

»Ich glaube, hier wird es gehen«, sagte sie nach einer Weile. »Was würdet Ihr von einem großen Schloss in der Nähe von Paris halten, meine Schöne, mit einem Haushofmeister, Dienern, Lakaien, Dienstmädchen, sechs Karossen, Stallungen und einer Pension von einhunderttausend Livres?«

»Das soll alles für mich sein?«, fragte Angélique lachend.

»Ihr sagt es.«

»Und wer bietet mir dieses Geschenk an?«

»Jemand, der Euch wohlgesinnt ist.«

»Das kann ich mir denken. Aber um wen handelt es sich?«

Madame de Beauvais beugte sich mit verschwörerischer Miene vor.

»Um einen reichen Herrn, der sich unsterblich in Eure hübschen Augen verliebt hat.«

»Ach, Madame«, entgegnete Angélique, die sich bemühte, ernst zu bleiben, um die gute Frau nicht zu kränken, »ich bin diesem Herrn, wer auch immer er sein mag, sehr dankbar. Trotzdem fürchte ich, man versucht mit diesem fürstlichen Angebot lediglich meine Naivität auszunutzen. Dieser Herr kennt mich schlecht, wenn er glaubt, allein die Erwähnung solch prächtiger Gaben könnte mich dazu bewegen, ihm zu gehören.«

»Lebt Ihr denn hier in Paris in so üppigen Verhältnissen, dass Ihr es Euch leisten könnt, die Hochmütige zu spielen? Ich habe mir sagen lassen, dass Euer Besitz versiegelt wurde und Ihr gezwungen wart, Eure Kutschen zu verkaufen.«

Ihr lebhafter Vogelblick fixierte das Gesicht der jungen Frau.

»Ich sehe, Ihr seid gut informiert, Madame, aber noch habe ich nicht die Absicht, auch meinen Körper zu verkaufen.«

»Wer redet denn davon, dummes Ding?«, zischte die Hausherrin, mit einem Mal verärgert.

»Ich dachte ...«

»Ach was! Ob Ihr Euch einen Liebhaber nehmt oder nicht, ist vollkommen gleichgültig. Ihr könnt als Nonne leben, wenn es Euch beliebt. Alles, was man von Euch verlangt, ist, dieses Angebot anzunehmen.«

»Aber ... im Austausch wogegen?«, fragte Angélique verblüfft.

Madame de Beauvais trat noch näher an sie heran, legte ihren Fächer zur Seite und griff vertraulich nach Angéliques Händen.

»Das ist ganz einfach«, antwortete sie im vernünftigen Ton einer Großmutter. »Ihr zieht in dieses wunderschöne Schloss. Ihr verkehrt am Hof. Ihr fahrt nach Saint-Germain und nach Fontainebleau. Es würde Euch doch gefallen, an den Festen des Hofes teilzunehmen und umschwärmt, verwöhnt und bewundert zu werden, nicht wahr? Wenn Ihr darauf besteht, könnt Ihr Euch natürlich weiterhin Madame de Peyrac nennen. Aber vielleicht zieht Ihr es ja auch vor, einen anderen Namen zu wählen. Ihr könntet Euch zum Beispiel Madame de Sancé nennen … das klingt doch sehr hübsch. Und wenn Ihr vorbeigeht, werden alle sagen: ›Da kommt die schöne Madame de Sancé.‹ Hä hä«, lachte sie meckernd, »ist das nicht eine angenehme Vorstellung?«

Angélique verlor die Geduld.

»Ich bitte Euch, Ihr glaubt doch nicht im Ernst, ich sei so dumm, mir einzubilden, irgendjemand wolle mich mit Reichtümern überhäufen, ohne dafür auch nur die geringste Gegenleistung zu fordern?«

»Aber genau so ist es! Oder zumindest fast. Man fordert von Euch lediglich, dass Ihr Euch mit nichts anderem mehr beschäftigt als mit Euren Kleidern, Eurem Schmuck und Euren Vergnügungen. Ist das denn so schwer für ein hübsches Mädchen? Ihr versteht mich doch?«, drängte sie und schüttelte Angélique dabei leicht. »Ihr versteht, was ich damit sagen will?«

Angélique musterte ihr Gesicht. Trotz der betont freundlichen und beruhigenden Miene verlieh ihm die schwarze Augenklappe aus Satin etwas Ordinäres.

»Versteht Ihr mich? Denkt an nichts anderes mehr! Vergesst!«

Sie wollen, dass ich Joffrey vergesse, dachte Angélique. Ich soll vergessen, dass ich seine Frau bin, soll aufhören, ihn zu verteidigen, soll die Erinnerung an ihn aus meinem Leben tilgen. Ich soll sämtliche Erinnerungen auslöschen. Sie wollen, dass ich mich still verhalte und vergesse …

Plötzlich hatte sie wieder das Bild der Giftschatulle vor Augen. Inzwischen war sie sich beinahe sicher, dass sie der Grund für all das Unheil war, das ihnen widerfuhr. Wer mochte ein Interesse daran haben, dass sie schwieg? Einige der höchsten Persönlichkeiten des Königreichs: Monsieur Fouquet, der Prinz von Condé, all jene, deren sorgsam vergessener Verrat seit Jahren in der versteckten Sandelholzschatulle schlummerte.

Äußerlich ungerührt schüttelte Angélique den Kopf.

»Es tut mir furchtbar leid, Madame, offenbar bin ich nicht scharfsinnig genug, aber ich verstehe kein Wort von dem, was Ihr sagt.«

»Dann denkt darüber nach, meine Liebe, denkt darüber nach, und sagt mir, wie Ihr Euch entschieden habt. Aber lasst Euch nicht zu viel Zeit. Vielleicht ein paar Tage, einverstanden? Kommt, meine Hübsche, das ist doch immer noch besser …« Sie beugte sich vor und flüsterte ihr ins Ohr: »… als das Leben zu verlieren?«

Kapitel 2

Was glaubt Ihr, Maître Desgrez, warum sollte mir ein ungenannter Herr ein Schloss und eine Pension von einhunderttausend Livres anbieten?«

»Meine Güte«, entgegnete der Advokat, »es wird wohl der gleiche Grund sein, aus dem ich selbst Euch eine Pension von einhunderttausend Livres anbieten würde.«

Angélique sah ihn verständnislos an, doch als sie den kühnen Blick des jungen Mannes bemerkte, stieg eine leichte Röte in ihre Wangen. Es war ihr nie in den Sinn gekommen, ihren Advokaten in diesem besonderen Licht zu betrachten. Verwirrt erkannte sie, dass sich unter seiner verschlissenen Kleidung ein wohlproportionierter Körper verbergen musste. Er hatte eine große Nase und unregelmäßige Zähne, aber ein sehr ausdrucksstarkes Gesicht. Maître Fallot behauptete, abgesehen von seiner Gelehrsamkeit fehlten ihm alle Voraussetzungen, ein ehrbarer Beamter zu werden. Er pflegte kaum Umgang mit seinen Standesgenossen, sondern trieb sich lieber weiterhin in den Schenken herum wie zu seinen Studienzeiten. Daher vertraute man ihm die Fälle an, bei denen es erforderlich war, Erkundigungen an solchen Orten einzuziehen, an die sich die Herren aus der Rue Saint-Landry aus Furcht um ihr Seelenheil nicht wagten.

»Eben nicht«, erwiderte Angélique. »Mit dieser Vermutung liegt Ihr vollkommen falsch. Lasst mich meine Frage anders formulieren: Warum hat man zweimal versucht, mich umzubringen, was eine noch viel sicherere Methode ist, mich zum Schweigen zu bringen?«

Schlagartig verfinsterte sich das Gesicht des Advokaten.

»Aha, genau das hatte ich erwartet«, entgegnete er.

Nachdem er zuvor zwanglos an der Kante des Tischs in der kleinen Schreibstube von Maître Fallot gelehnt hatte, setzte er sich ihr nun mit ernster Miene gegenüber.

»Madame«, sagte er, »als Rechtsbeistand flöße ich Euch vielleicht nicht sonderlich viel Vertrauen ein. Aber ich glaube, dass Euer verehrter Schwager in diesem Fall gut daran getan hat, sich an mich zu wenden, denn die Angelegenheit Eures Gemahls verlangt eher nach den Fähigkeiten eines geheimen Ermittlers, zu dem ich notgedrungen mit der Zeit geworden bin, als nach einer genauen Kenntnis der Gesetze und des Prozessrechts. Aber ich kann die Fäden dieses Durcheinanders nur entwirren, wenn Ihr mir auch wirklich alle Informationen gebt, sodass ich mir ein klares Urteil bilden kann. Kurzum, es gibt da eine Frage, die ich Euch schon seit einer ganzen Weile stellen möchte …«

Er stand auf, warf einen Blick vor die Tür und hob einen Vorhang an, hinter dem sich ein paar Aktenfächer verbargen. Dann kehrte er zu der jungen Frau zurück und fragte mit halblauter Stimme: »Was wisst Ihr oder Euer Gemahl, das einem der höchsten Männer im Königreich Angst machen könnte? Ich spreche von Monsieur Fouquet.«

Angélique erbleichte. Bestürzt starrte sie den Advokaten an.

»Wie ich sehe, gibt es da tatsächlich etwas«, sprach Desgrez weiter. »Gegenwärtig warte ich auf den Bericht eines Spions, den ich in Mazarins Umgebung platziert habe. Aber ein anderer Informant hat mich auf die Spur eines Bediensteten namens Clément Tonnel gebracht, der einst der Gehilfe des Prinzen von Condé war …«

»Und unser Haushofmeister in Toulouse.«

»So ist es. Dieser Bursche steht ebenfalls in enger Verbindung mit Monsieur Fouquet. Genauer gesagt, arbeitet er inzwischen nur noch für ihn. Trotzdem erhält er gelegentlich hohe Zuwendungen von Monsieur le Prince, seinem früheren Herrn, um die er ihn ohne jeden Zweifel erpresst. Jetzt eine andere Frage: Durch wen hat man Euch das Angebot unterbreiten lassen, Euch ein Schloss und eine Pension zu schenken?«

»Durch Madame de Beauvais.«

»Die einäugige Catheau…! Damit ist alles klar. Das Angebot kommt also von Fouquet. Er bezahlt dieser alten Megäre Unsummen, damit sie ihn über alle Geheimnisse des Hofes auf dem Laufenden hält. Früher stand sie in Diensten von Monsieur de Mazarin, aber er hat sich ihr gegenüber nicht so großzügig erwiesen wie der Oberintendant der Finanzen. Darüber hinaus bin ich auf die Spur einer weiteren hochgestellten Persönlichkeit gestoßen, die sich geschworen hat, Euch und Euren Gemahl ins Verderben zu stürzen.«

»Und wer ist das?«

»Monsieur, der Bruder des Königs.«

Angélique schrie auf.

»Ihr seid ja verrückt!«

Der junge Mann verzog spöttisch das Gesicht.

»Glaubt Ihr, ich hätte Euch um Eure fünfzehnhundert Livres betrogen? Ich mag zwar wie ein Spaßvogel wirken, Madame, aber die Informationen, die ich liefere, kosten deshalb so viel, weil sie immer stimmen. Es war der Bruder des Königs, der Euch im Louvre in die Falle gelockt hat, um Euch umbringen zu lassen. Das weiß ich von dem Halunken, der Eure Dienerin Marguerite erstochen hat, und es hat mich nicht weniger als zehn Pinten Wein im Roten Hahn gekostet, ihm dieses Geständnis zu entlocken.«

Angélique strich sich mit der Hand über die Stirn. Mit stockender Stimme berichtete sie Desgrez von dem seltsamen Vorfall, dessen Zeugin sie einige Jahre zuvor im Schloss Plessis-Bellière geworden war.

»Wisst Ihr, was aus Eurem Verwandten, dem Marquis du Plessis, geworden ist?«

»Nein, das weiß ich nicht. Vielleicht ist er ja in Paris oder bei der Armee.«

»Die Fronde ist lange vorbei«, murmelte der Advokat versonnen, »aber die Strohfackel raucht noch, und es bedarf nur wenig, um sie wieder aufflammen zu lassen. Sicher gibt es genügend Leute, die Angst davor haben, dass dieses Zeugnis ihres Verrats ans Licht kommt.«

Mit einer Bewegung fegte er die auf dem Tisch liegenden Schriftstücke und Gänsekiele beiseite.

»Fassen wir einmal zusammen: Mademoiselle Angélique de Sancé, also Ihr, wird verdächtigt, ein gefährliches Geheimnis zu hüten. Monsieur le Prince oder Fouquet beauftragen den Lakaien Clément, Euch auszuspionieren. Dieser beobachtet Euch jahrelang. Schließlich wird das, was bisher nur ein Verdacht war, Gewissheit: Ihr habt damals das Kästchen verschwinden lassen, und nur Ihr und Euer Gemahl wisst, wo es versteckt ist. Daraufhin geht unser Diener zu Fouquet und versilbert seine Information. Von dem Moment an ist Euer Untergang beschlossene Sache. Alle, die auf Kosten des Oberintendanten leben, und alle, die fürchten, ihre Pension oder die Gunst des Hofes zu verlieren, verbünden sich heimlich gegen den Toulouser Edelmann, der eines Tages vor den König treten und sagen könnte: ›Hört, was ich erfahren habe!‹

Wenn wir in Italien wären, hätte man einen Dolch oder Gift benutzt. Aber es ist ja allgemein bekannt, dass der Graf de Peyrac gegen Gift immun ist, und außerdem gibt man in Frankreich den Dingen gern einen legalen Anschein.

Die dumme Kabale von Monseigneur de Fontenac kommt den Verschwörern wie gerufen. Der gefährliche Mitwisser wird als Hexer verhaftet. Der König wird von entsprechender Seite beeinflusst. Man schürt seine Eifersucht auf den allzu reichen

Adligen. Und schon schließen sich die Tore der Bastille hinter dem Grafen de Peyrac. Alle können aufatmen.«

»Nein«, versetzte Angélique unbeherrscht. »Ich werde sie nicht aufatmen lassen. Ich werde Himmel und Hölle in Bewegung setzen, bis man ihm Gerechtigkeit widerfahren lässt. Ich werde persönlich den König aufsuchen und ihm sagen, *warum* wir so viele Feinde haben.«

»Pst!«, fiel ihr Desgrez ins Wort. »Lasst Euch nicht zu einer unüberlegten Tat hinreißen. Ihr haltet eine Pulverladung in der Hand. Gebt acht, dass sie Euch nicht als Erste in Stücke reißt. Wer garantiert Euch, dass der König oder gar Mazarin nicht längst von dieser Geschichte wissen …?«

»Ich bitte Euch«, protestierte Angélique. »Sie sollten doch dieser alten Verschwörung zum Opfer fallen. Man wollte den Kardinal ermorden und wenn möglich auch noch den König und seinen jüngeren Bruder.«

»Ich weiß, meine Schöne, ich weiß«, erwiderte der Advokat.

Mit einer entschuldigenden Geste verbesserte er sich.

»Ich erkenne sehr wohl die Logik in Eurer Argumentation, Madame. Aber, versteht Ihr, die Intrigen der Großen sind ein Vipernnest. Man riskiert sein Leben, wenn man ihre Gefühle zu entwirren versucht. Es ist sehr gut möglich, dass Monsieur de Mazarin durch einen seiner unzähligen Spitzel bereits über alles in Kenntnis gesetzt wurde. Aber was kümmert Monsieur de Mazarin eine Vergangenheit, aus der er als großer Sieger hervorgegangen ist? Der Kardinal war gerade dabei, mit den Spaniern über die Rückkehr von Monsieur de Condé zu verhandeln. War das der richtige Moment, ein weiteres Verbrechen in die Liste aufzunehmen, die man gerade unter den Tisch fallen lassen wollte? Der Kardinal hat sich taub gestellt. Man will diesen Grafen aus Toulouse verhaften, nun denn, soll man ihn verhaften! Das ist eine sehr gute Idee. Der König folgt bereitwillig jedem Rat des Kardinals, und außerdem hat der Reichtum Eures Gemahls seinen Neid geweckt. Es wird ein Kinderspiel sein, ihn dazu zu bringen, den Verhaftungsbefehl zu unterzeichnen, der Euren Gemahl in die Bastille bringt…«

»Aber warum der Bruder des Königs?«

»Der Bruder des Königs? Nun, ihn kümmert es auch nicht mehr, dass Monsieur Fouquet ihn als Kind ermorden lassen wollte. Für ihn zählt nur noch die Gegenwart, und gegenwärtig lebt er auf Kosten von Fouquet. Fouquet überhäuft ihn mit Gold und besorgt ihm seine Favoriten. Der Kleine Monsieur ist noch nie sonderlich verwöhnt worden, weder von seiner Mutter noch von seinem Bruder. Er zittert bei der Vorstellung, jemand könnte seinen Gönner kompromittieren. Kurz und gut, alles stünde zum Besten, wenn Ihr Euch nicht eingemischt hättet. Man hoffte, dass Ihr Euch zurückziehen würdet, nachdem Ihr Euren Gemahl und Beschützer verloren hattet… geräuschlos… wohin auch immer. Das will die Welt nicht wissen. Niemand kennt das Schicksal der Ehefrauen, wenn ein Adliger in Ungnade fällt. Sie sind taktvoll genug, sich in Luft aufzulösen. Vielleicht gehen sie ins Kloster. Vielleicht nehmen sie auch einen anderen Namen an. Nur Ihr folgt nicht diesem ehernen Gesetz. Ihr verlangt Gerechtigkeit…! Das ist ausgesprochen unverschämt, findet Ihr nicht? Also versucht man zweimal, Euch umzubringen. Und nachdem das fehlschlägt, spielt Fouquet den teuflischen Versucher…«

Angélique seufzte tief.

»Es ist so furchtbar«, sagte sie leise. »Wohin ich mich auch wende, sehe ich nichts als Widersacher und feindselige, hasserfüllte, eifersüchtige, misstrauische, drohende Blicke.«

»Vielleicht ist ja noch nicht alles verloren«, entgegnete Desgrez. »Fouquet bietet Euch die Möglichkeit, Euch auf ehrenvolle Weise aus der Affäre zu ziehen. Man gibt Euch zwar nicht das Vermögen Eures Gemahls zurück, aber Ihr werdet ein sorgloses Leben führen können. Was wollt Ihr mehr?«

»Ich will meinen Mann!«, rief Angélique zornig und sprang auf.

Der Advokat musterte sie ironisch lächelnd.

»Ihr seid wirklich eine sehr merkwürdige Person.«

»Und Ihr seid ein Feigling! In Wahrheit seid Ihr doch halb tot vor Angst, genau wie alle anderen.«

»Ihr müsst zugeben, dass das Leben eines armen Juristen in den Augen dieser hohen Herrschaften nicht sonderlich viel wert ist.«

»Dann behaltet doch Euer erbärmliches kleines Leben! Behaltet es für die mickrigen Spezereihändler, die von ihren Gehilfen bestohlen werden, und für die neidischen Erben! Ich brauche Euch nicht!«

Wortlos stand er auf und strich dabei bedächtig ein Blatt Papier glatt.

»Das hier ist eine Aufstellung meiner Ausgaben. Ihr werdet sehen, dass ich nichts für mich selbst behalten habe.«

»Es ist mir gleichgültig, ob Ihr ehrlich seid oder nicht.«

»Nur noch ein Rat.«

»Ich brauche Euren Rat nicht mehr. Von jetzt an werde ich mich von meinem Schwager beraten lassen.«

»Euer Schwager legt nicht den geringsten Wert darauf, in diese Angelegenheit verwickelt zu werden. Er hat Euch bei sich aufgenommen und an mich verwiesen, weil es ihm zur Ehre gereichen wird, wenn die ganze Sache gut ausgeht. Wenn nicht, wird er seine Hände in Unschuld waschen und sich hinter seinen Verpflichtungen gegenüber dem König verschanzen. Darum sage ich Euch noch einmal: Versucht, mit dem König zu sprechen.«

Er verneigte sich tief vor ihr und setzte seinen verwaschenen Filzhut auf. Nach ein paar Schritten drehte er sich noch einmal um.

»Wenn Ihr mich braucht, könnt Ihr mich im Wirtshaus Zu den Drei Hämmern holen lassen. Da bin ich jeden Abend.«

Als er fort war, hätte Angélique plötzlich am liebsten geweint. Nun war sie wirklich allein. Ihr war, als laste ein dunkler Gewitterhimmel auf ihr, finstere Wolken, die sich aus allen Himmelsrichtungen zusammenballten: der Ehrgeiz von Monseigneur de Fontenac, die Angst von Fouquet und Condé, die Schwäche des Kardinals und in ihrer unmittelbaren Umgebung das misstrauische Lauern ihres Schwagers und ihrer Schwester, die sie beim geringsten beunruhigenden Anzeichen aus dem Haus werfen würden…

Im Flur begegnete sie Hortense, die eine weiße Schürze um ihre magere Taille gebunden hatte. Im ganzen Haus roch es nach warmen Erdbeeren und Aprikosen. Im September kochten die guten Hausfrauen ihr Obst ein. Das war eine heikle und wichtige Aufgabe inmitten von großen roten Kupferbecken, zerstoßenen Zuckerhüten und Barbes Tränen. Drei Tage lang stand das ganze Haus Kopf.

Mit einem ihrer kostbaren Zuckerhüte in der Hand stolperte Hortense über Florimond, der gerade aus der Küche kam und dabei eifrig seine silberne Rassel mit drei Glöckchen und zwei Kristallzacken schwang.

Mehr brauchte sie nicht, um zu explodieren.

»Nicht genug damit, dass ihr uns zur Last fallt und unseren guten Ruf ruiniert«, keifte sie, »jetzt kann ich mich nicht einmal mehr um meinen Haushalt kümmern, ohne herumgeschubst zu werden. Und dann dieser Lärm! Ich habe entsetzliche Kopfschmerzen. Und während ich hier schufte, empfängt Madame ihren Advokaten oder streunt durch die Straßen, um angeblich ihren grässlichen Gemahl zu befreien. Dabei ist das Einzige, dem du nachtrauerst, sein Vermögen.«

»Schrei nicht so«, entgegnete Angélique. »Glaub mir, ich helfe dir liebend gern beim Einkochen. Ich kenne ein paar sehr gute Rezepte aus dem Süden.«

Mit ihrem Zuckerhut in der Hand richtete sich Hortense zu ihrer vollen Größe auf wie eine klassische Tragödin.

»Niemals«, versetzte sie scharf, »niemals werde ich zulassen, dass du das Essen anfasst, das ich für meinen Mann und meine Kinder koche! Ich habe nicht vergessen, dass du mit einem Teufelsanbeter verheiratet bist, einem Hexenmeister und Giftmischer. Es ist durchaus möglich, dass du zu seinem willenlosen Werkzeug geworden bist. Gaston hat sich verändert, seit du hier bist.«

»Dein Mann? Ich schaue ihn doch nicht einmal an.«

»Aber er schaut dich sehr viel häufiger an, als sich ziemt. Dir sollte doch klar sein, dass sich dein Aufenthalt hier ungebührlich in die Länge zieht. Du hattest von einer Nacht gesprochen ...«

»Glaub mir, ich gebe mir alle erdenkliche Mühe, die Situation zu klären.«

»Mit deinen Bemühungen erreichst du nur, dass man auf dich aufmerksam wird, und dann wirst du selbst noch eingesperrt.«

»Inzwischen frage ich mich, ob ich im Gefängnis nicht tatsächlich besser aufgehoben wäre. Zumindest wäre ich dort umsonst untergebracht, und mir bliebe der ganze Ärger hier erspart.«

»Du weißt ja nicht, wovon du redest, meine Hübsche«, erwiderte Hortense mit einem höhnischen Lachen. »Das Gefängnis kostet dreizehn Sols pro Tag, und weil ich deine einzige Verwandte bin, würde man die ganz gewiss von mir einfordern.«

»So teuer ist das doch gar nicht. Auf jeden Fall weniger als das, was ich dir jetzt gebe. Ganz zu schweigen von den Kleidern und dem Schmuck, die ich dir überlassen habe.«

»Mit zwei Kindern sind es dreißig Sols pro Tag.«

Angélique seufzte müde.

»Komm, Florimond«, forderte sie den Jungen auf. »Du siehst doch, dass du Tante Hortense störst. Die Obstdämpfe vernebeln ihr das Gehirn, und sie redet nur noch Unsinn.«

Der Kleine rannte auf sie zu, wobei er erneut seine blitzende

Rassel schwang. Das brachte das Fass zum Überlaufen, und Hortense geriet völlig außer sich.

»Genau wie diese Rassel!«, schrie sie. »Meine Kinder haben nie so etwas gehabt. Du beklagst dich, du hättest kein Geld mehr, und dann kaufst du deinem Sohn so ein teures Spielzeug.«

»Er wollte es doch so gern haben. Außerdem war die Rassel gar nicht so teuer. Das Kind des Flickschusters hat eine ähnliche.«

»Jeder weiß, dass das gemeine Volk nicht sparen kann. Sie verwöhnen ihre Kinder und erziehen sie nicht. Denk daran, dass du arm bist und ich nicht die geringste Absicht habe, dich auszuhalten, ehe du das nächste Mal solche unnützen Dinge kaufst.«

»Das verlange ich doch auch gar nicht von dir«, erwiderte Angélique verletzt. »Sobald Andijos zurück ist, ziehe ich in eine Herberge.«

Mitleidig lächelnd zuckte Hortense die Schultern.

»Du bist ja noch dümmer, als ich dachte. Du hast weder eine Ahnung von Gesetzen noch vom Vorgehen der Justiz. Dein Marquis d'Andijos wird dir überhaupt nichts mitbringen.«

Hortenses traurige Prophezeiung sollte sich bald bewahrheiten.

Als der Marquis d'Andijos in Begleitung des treuen Kouassi-Ba endlich zurückkam, berichtete er Angélique, dass die gesamten Besitztümer des Grafen in Toulouse ebenfalls versiegelt worden waren. Er hatte lediglich tausend Livres auftreiben können, die ihm zwei bedeutende Pächter des Gefangenen geliehen hatten, nachdem er ihnen strengste Verschwiegenheit zugesichert hatte. Der größte Teil von Angéliques Schmuck, das goldene und silberne Geschirr und die meisten der kostbaren Gegenstände aus dem Palast der Fröhlichen Wissenschaft, darunter auch die Gold- und Silberbarren, waren beschlagnahmt und teils zum Sitz des Sénéchaussée-Gerichts von Toulouse, teils nach Montpellier gebracht worden.

Andijos wirkte verlegen. Er hatte seine gewohnte redselige Herzlichkeit verloren und sah sich immer wieder flüchtig um. Weiter erzählte er, dass ganz Toulouse nach der Verhaftung des Grafen de Peyrac in Aufruhr geraten sei. Da das Gerücht umging, der Erzbischof sei dafür verantwortlich, war es rings um den bischöflichen Palast zu einem regelrechten Aufstand gekommen. Einige Ratsherren hatten Andijos aufgesucht und ihn tatsächlich aufgefordert, sich an ihre Spitze zu stellen, um gegen die königliche Autorität zu rebellieren. Der Marquis hatte größte Mühe gehabt, die Stadt zu verlassen, um nach Paris zurückzukehren.

»Und was habt Ihr jetzt vor?«, wollte Angélique wissen.

»Ich werde eine Weile in Paris bleiben. Meine Mittel sind leider, genau wie die Euren, äußerst begrenzt. Ich habe einen alten Bauernhof und einen Taubenschlag verkauft. Vielleicht gelingt es mir, ein Hofamt zu erwerben …«

Sein einst so singender, fröhlicher Tonfall klang inzwischen kläglich wie eine auf halbmast wehende Fahne. Angélique war enttäuscht, denn auf sie machte es ganz den Eindruck, als wollte er sich endgültig von ihr abwenden.

Oh, diese Leute aus dem Süden, dachte sie. Feierliche Schwüre und lautes Gelächter, das ist ihre Welt. Aber kaum kommen unglücklichere Zeiten, dann erlischt das ganze Feuerwerk.

»Ich will Euch nicht kompromittieren«, sagte sie laut. »Ich danke Euch für Eure Dienste, Monsieur d'Andijos. Und ich wünsche Euch alles Gute bei Hof.«

Schweigend küsste er ihr die Hand und zog sich verlegen zurück.

Angélique blieb im Eingangsflur stehen und betrachtete die bemalte hölzerne Haustür des Prokurators. Wie viele Bedienstete hatten sie durch diese Tür schon verlassen, den Blick verschämt niedergeschlagen, aber voller Erleichterung, ihrer in Ungnade gefallenen Herrin entfliehen zu können!

Kouassi-Ba kauerte zu ihren Füßen. Sie streichelte sein Haar, und ein kindliches Lächeln erschien auf den Zügen des Riesen.

Tausend Livres, das war immerhin etwas. In der darauffolgenden Nacht nahm Angélique sich vor, das Haus ihrer Schwester zu verlassen, wo die Stimmung allmählich unerträglich wurde. Ihr junges Dienstmädchen aus dem Béarn und Kouassi-Ba würde sie mitnehmen. Es musste doch möglich sein, in Paris eine bescheidene Unterkunft zu finden. Ihr waren noch ein paar Schmuckstücke und das Kleid aus Goldstoff geblieben. Was sie dafür wohl bekommen würde?

Das Kind in ihrem Leib begann sich zu bewegen, aber sie achtete kaum darauf und war darüber nicht so gerührt, wie sie es bei Florimond gewesen war. Nachdem die erste Freude vorüber war, wurde ihr nun mehr und mehr bewusst, dass ein zweites Kind zu diesem Zeitpunkt geradezu eine Katastrophe bedeutete. Nun ja, sie durfte nicht zu weit in die Zukunft blicken und sich nicht entmutigen lassen.

Der nächste Tag brachte wieder ein wenig Hoffnung. Ein Page aus dem Haushalt von Mademoiselle de Montpensier sprach in seiner prächtigen chamoisfarbenen, mit Gold und schwarzem Samt verzierten Livree bei ihnen vor.

Selbst Hortense war von seinem Anblick beeindruckt.

Die Grande Mademoiselle bat Angélique, am Nachmittag zu ihr in den Louvre zu kommen. Der Page betonte nachdrücklich, dass Mademoiselle nicht mehr in den Tuilerien wohne, sondern im Louvre.

Zitternd vor Ungeduld, überquerte Angélique zur vereinbarten Zeit den Pont Notre-Dame, zur großen Enttäuschung von Kouassi-Ba, der begierig in Richtung Pont-Neuf schielte. Doch Angélique hatte keine Lust, von den Händlern und Bettlern dort belästigt zu werden. Sie war kurz davor gewesen, Hortense um ihre fahrbare Sänfte zu bitten, um ihr letztes prunkvolles

Kleid zu schonen, aber angesichts der verkniffenen Miene ihrer Schwester hatte sie darauf verzichtet.

Angélique trug ein Ton in Ton gehaltenes Kleid in Oliv und Hellgrün, dessen Stoff für die Jahreszeit ein wenig zu dünn war. Sie hatte sich in ihren pflaumenfarbenen Umhang gehüllt, denn der nasskalte Wind pfiff durch die engen Gassen und über die Uferstraßen.

Schließlich erreichte sie den massigen Palast, dessen mit hohen wappengeschmückten Kaminen versehene Dächer und Kuppeln sich vor dem wolkenverhangenen Himmel abzeichneten.

Durch den Innenhof und über breite Marmortreppen gelangte sie in die Gemächer, die Mademoiselle gegenwärtig bewohnte, wie man ihr gesagt hatte. Unwillkürlich erschauerte sie, als sie die langen, trotz der vergoldeten Kassettendecken, der mit Blumenschnitzereien verzierten Täfelung und der kostbaren Wandbehänge finsteren Gänge entlangging. Zu viele Schatten lauerten in diesen Ecken, die wie geschaffen waren für Hinterhalte und Mordanschläge. Eine Geschichte voller Blut und Grauen erhob sich bei jedem Schritt in diesem alten Königsschloss, obwohl sich der Hof eines jungen Königs bemühte, ein wenig Fröhlichkeit zu verbreiten.

Monsieur de Préfontaines berichtete ihr, dass Mademoiselle bei ihrem Maler in der Großen Galerie sei, und er erbot sich, die junge Frau dorthin zu begleiten.

Gemessenen Schrittes ging er neben ihr her. Er war ein kluger, besonnener Mann mittleren Alters, auf dessen Rat die Grande Mademoiselle so großen Wert legte, dass die Königinmutter den Ärmsten schon zweimal ins Exil verbannt hatte, nur um sie zu ärgern.

Trotz ihrer Sorge bemühte sich Angélique, mit ihm zu plaudern, und erkundigte sich nach den Plänen der Prinzessin. Sollte sie nicht in Kürze in den Palais du Luxembourg ziehen?

Monsieur de Préfontaines seufzte. Mademoiselle hatte sich in den Kopf gesetzt, ihre Gemächer im Palais du Luxembourg völlig neu herrichten zu lassen, obwohl sie noch sehr schön und fast neu waren. Einstweilen war sie in den Louvre gezogen, weil sie es nicht ertrug, die Tuilerien mit Monsieur zu teilen. Außerdem gab es viel Gerede über die bevorstehende Hochzeit von Monsieur mit der jungen Henriette von England. Es hieß, das Paar werde den Palais-Royal beziehen. Daher hatte Mademoiselle die Hoffnung noch nicht aufgegeben, in die Tuilerien zurückkehren zu können.

»Ich will Euch meine persönliche Meinung nicht verhehlen, Madame«, schloss Monsieur de Préfontaines. »Ob Luxembourg oder Tuilerien, alles ist besser, als im Louvre zu wohnen.«

Vertraulich beugte er sich zu ihr herüber.

»Was soll ich sagen, mein Großvater und mein Vater gehörten beide der reformierten Religion an. Ich selbst wurde im protestantischen Glauben erzogen, bis ich zehn Jahre alt war. Und ob man will oder nicht, es gibt einfach keinen Hugenotten, der unbefangen durch die Gänge des Louvre wandeln könnte. Gewiss, seit jener fürchterlichen Nacht ist ein Jahrhundert vergangen, aber manchmal sehe ich auf den steinernen Fliesen noch das Blut der Bartholomäusnacht glänzen. Mein Großvater hat mir alles über diese Tragödie erzählt. Er war damals vierundzwanzig Jahre alt und ist nur durch ein Wunder dem organisierten Massaker an den Protestanten entkommen … Schaut. Von diesem Fenster aus hat Karl IX. mit einer Arkebuse auf die reformierten Adligen geschossen, die die Seine zu überqueren versuchten, um den rettenden Pré-aux-Clercs zu erreichen. Mein Großvater sprach oft von Karl IX. Er sah ihn immer noch vor sich, riesig, bärtig, rasend wie ein Tier. Und immer wieder rief er: ›Tötet sie! Tötet sie! Verschont niemanden.‹ Die ganze Nacht hindurch dauerte im Louvre das Schlachten. Aus allen Fenstern warf man Leichen, in allen Alkoven erdolchte man die Leute. Ihr seid keine Hugenottin?«

»Nein, Monsieur.«

»Dann weiß ich nicht, warum ich Euch das überhaupt erzähle«, sagte Monsieur de Préfontaines nachdenklich. »Ich selbst bin katholisch, aber die früheste Erziehung lässt einen nie ganz los. Seit ich hier im Louvre wohne, kann ich kaum noch schlafen. Ich schrecke nachts hoch und glaube in den Gängen die Schreie zu hören: ›Tötet sie! Tötet sie!‹ Und mich verfolgt das Geräusch der rennenden Schritte der protestantischen Adligen, die von ihren Mördern gejagt werden … Wenn Ihr meine Meinung hören wollt, Madame, ich frage mich, ob im Louvre nicht Gespenster umgehen … blutbefleckte Gespenster.«

»Ihr solltet abends einen beruhigenden Kräutertee trinken, Monsieur de Préfontaines«, empfahl ihm Angélique, der bei diesen düsteren Erinnerungen äußerst unwohl zumute war. Der Anschlag, dem sie selbst nur um Haaresbreite entgangen war, während er Marguerite das Leben gekostet hatte, war noch zu gegenwärtig, als dass sie die Worte von Monsieur de Préfontaines als altmodische Hirngespinste abtun konnte.

Mord, Vergewaltigung und Verrat, das Grauen der abscheulichsten Verbrechen lauerte in den Tiefen des riesigen Schlosses.

Bald darauf fand sich Angélique in einer Art Untergeschoss unter der Großen Galerie wieder. Seit den Zeiten von Heinrich IV. waren dort Räume für Künstler und Handwerker reserviert.

Bildhauer, Maler, Uhrmacher, Parfümeure, Edelsteingraveure, Schwertschmiede, die geschicktesten Vergolder, Damaszierer, Lautenmacher, Hersteller von wissenschaftlichen Instrumenten, Tapezereienwirker und Buchdrucker lebten dort mit ihren Familien auf Kosten des Königs. Hinter den groben lackierten Holztüren hörte man das Hämmern der Fäustel, das Dröhnen der Schmieden, das Klappern der Webstühle in der auf Hautelisse-Weberei und türkische Teppiche spezialisierten Werkstatt und das dumpfe Stampfen der Druckerpressen.

Der Maler, von dem Mademoiselle de Montpensier ihr Porträt anfertigen ließ, war ein groß gewachsener Holländer mit rosigem Gesicht, blondem Bart und klaren blauen Augen. Der bescheidene, talentierte Handwerker Van Ossel setzte den Launen der Hofdamen das Bollwerk eines friedliebenden Charakters und mangelnder Französischkenntnisse entgegen. Obwohl die meisten der Großen ihn duzten, wie es im Umgang mit einem Knecht oder einem Arbeiter üblich war, ließ er die Herrschaften ganz nach seiner Pfeife tanzen.

So hatte er etwa darauf bestanden, Mademoiselle mit einer entblößten Brust abzubilden, und im Grunde hatte er damit nicht unrecht, denn das war der vollkommenste Körperteil, den die robuste Jungfer zu bieten hatte. Wenn dieses Gemälde für einen neuen Verehrer gedacht war, würde die Beredtheit dieses verführerischen runden, weißen Busens die Höhe ihrer Mitgift und den Glanz ihrer Titel aufs Vortrefflichste ergänzen.

In einen prächtigen dunkelblauen Samtstoff mit kunstvoll drapiertem Faltenwurf gehüllt, überhäuft mit Schmuck und Perlen und eine Rose in der Hand haltend, lächelte Mademoiselle Angélique entgegen.

»Ich bin gleich bei Euch, meine Liebste. Van Ossel, willst du meinem Martyrium wohl endlich ein Ende machen?«

Der Maler brummte etwas in seinen Bart und platzierte der Form halber noch ein paar zusätzliche Tupfen Licht auf die eine Brust, der er all seine Sorgfalt widmete.

Während eine Kammerzofe Mademoiselle de Montpensier beim Ankleiden half, überließ der Maler seine Pinsel einem kleinen Jungen, der sein Sohn zu sein schien und ihm als Lehrling diente. Aufmerksam musterte er Angélique und ihren Diener Kouassi-Ba. Schließlich zog er seinen Filzhut und verneigte sich tief.

»Wollt Ihr, dass ich Euch male, Madame? Oh, wie schön! Die lichte Frau und der kohlschwarze Mohr. Sonne und Nacht ...«

Lächelnd lehnte Angélique das Angebot ab. Der Zeitpunkt war ungünstig. Aber eines Tages vielleicht …

Vor ihrem geistigen Auge sah sie das große Gemälde, das sie in einem der Salons ihres Hauses im Pariser Stadtviertel Saint-Paul aufhängen lassen würde, nachdem sie siegreich mit Joffrey de Peyrac dort eingezogen wäre.

Als sie durch die Galerie in Mademoiselles Gemächer zurückkehrten, griff die Prinzessin nach Angéliques Arm und kam auf ihre gewohnt unumwundene Art gleich zur Sache.

»Meine liebe Kleine, ich hatte so sehr gehofft, Euch nach einigen Nachforschungen die gute Nachricht überbringen zu können, dass es sich bei der Verhaftung Eures Gemahls tatsächlich nur um ein Missverständnis handelte, ausgelöst durch einen verbitterten Höfling, der sich beim König in ein gutes Licht rücken wollte, oder durch die Verleumdungen eines rachsüchtigen Bittstellers, der von Monsieur de Peyrac abgewiesen wurde … Aber ich fürchte, die Sache ist etwas verzwickter.«

»Ich flehe Euch an, Hoheit, was habt Ihr herausgefunden?«

»Habt noch ein wenig Geduld, in meinen Räumen sind wir vor neugierigen Ohren sicher.«

Als sie nebeneinander auf einem bequemen Kanapee saßen, fuhr Mademoiselle fort:

»Um die Wahrheit zu sagen, habe ich nur sehr wenig in Erfahrung gebracht, und wenn man das übliche Hofgeschwätz beiseitelässt, ist es gerade dieser Mangel an Informationen, der mich beunruhigt. Niemand scheint etwas zu wissen, oder alle ziehen es vor, so zu tun, als wüssten sie nichts.«

Nach kurzem Zögern erklärte sie mit gedämpfter Stimme: »Euer Gemahl wird der Hexerei beschuldigt.«

Um die Prinzessin nicht zu kränken, verschwieg ihr Angélique, dass sie das bereits wusste.

»Das ist nicht weiter schlimm«, fuhr Mademoiselle de Montpensier fort, »und die ganze Angelegenheit hätte mühelos bereinigt werden können, wenn Euer Gemahl einem kirchlichen Gericht überstellt worden wäre, wie es dem Inhalt der Anklage eigentlich entsprochen hätte. Ich will Euch nicht verhehlen, dass ich diese Kirchenmänner bisweilen etwas enervierend und aufdringlich finde, aber man muss zugeben, dass sich ihre spezielle Rechtsprechung im Hinblick auf die Punkte, die in ihre Zuständigkeit fallen, meistens als redlich und klug erweist. Aber das Entscheidende ist, dass Euer Gemahl trotz dieser besonderen Anschuldigung der weltlichen Justiz überantwortet wurde. Und da mache ich mir keine Illusionen. Wenn es zu einem Urteil kommt, was noch gar nicht sicher ist, wird dieses einzig und allein von der Persönlichkeit der geschworenen Richter abhängen.«

»Wollt Ihr damit sagen, Hoheit, dass die Richter der weltlichen Justiz voreingenommen sein könnten?«

»Das hängt ganz davon ab, wen man für diese Aufgabe auswählt.«

»Und wer wählt die Richter aus?«

»Der König.«

Als die Prinzessin die ängstliche Miene der jungen Frau sah, stand sie auf, legte eine Hand auf ihre Schulter und bemühte sich, sie wieder ein wenig aufzuheitern. Alles würde gut enden, da sei sie sich sicher. Aber man müsse versuchen, Licht in die ganze Sache zu bringen … Ein Mann vom Rang und Stand eines Monsieur de Peyrac werde nicht grundlos unter strengster Geheimhaltung eingesperrt. Sie habe sich nachdrücklich beim Erzbischof von Paris, dem Kardinal de Gondi, nach ihm erkundigt. Dieser war ebenfalls ein ehemaliger Streiter der Fronde und nicht gerade gut zu sprechen auf Monseigneur de Fontenac aus Toulouse.

Vom Kardinal, dem man beim besten Willen keine allzu große

Nachsicht gegenüber dem Verhalten seines mächtigen Rivalen aus dem Languedoc nachsagen konnte, hatte sie erfahren, dass der Erzbischof von Toulouse zwar tatsächlich als Erster den Vorwurf der Hexerei erhoben zu haben schien, dann aber von unbekannter Seite gezwungen worden sei, sich zugunsten der königlichen Justiz zurückzuziehen.

»In Wahrheit hatte der Erzbischof von Toulouse nie die Absicht, es so weit kommen zu lassen. Da er – zumindest bei Eurem Gemahl – selbst nicht an Hexerei glaubt, hätte er sich damit begnügt, ihm entweder vor einem kirchlichen Tribunal oder vor dem Parlament von Toulouse eine Rüge zu erteilen. Aber dann hat man ihm *seinen* Angeklagten durch einen von langer Hand vorbereiteten Verhaftungsbefehl entrissen.«

Mademoiselle erklärte weiter, sie sei, indem sie ihre Nachforschungen auf ihre hochrangigen Bekannten ausgeweitet habe, mehr und mehr zu der Überzeugung gelangt, dass Joffrey de Peyrac gewaltsam einem kurz bevorstehenden Prozess vor dem Parlament von Toulouse entzogen worden sei.

»Das habe ich von Monsieur Masseneau persönlich erfahren, einem angesehenen Mitglied des Toulouser Parlaments, der aus mysteriösen Gründen nach Paris beordert wurde und der sich im Übrigen fragt, ob nicht sogar der Prozess Eures Gemahls der Anlass dafür sein könnte.«

»Masseneau?«, wiederholte Angélique nachdenklich.

Blitzartig sah sie den kleinen rotgesichtigen, über und über mit Bändern geschmückten Mann vor sich, der, außer sich vor Wut, den unverschämten Grafen de Peyrac auf der staubigen Straße nach Salsigne mit seinem Gehstock bedrohte.

»Ich werde an den Gouverneur des Languedoc schreiben … an den königlichen Rat …«, hatte er geschrien.

»O mein Gott«, murmelte sie. »Das ist ein Feind meines Gemahls.«

»Ich habe selbst mit diesem Masseneau gesprochen«, entgegnete die Herzogin von Montpensier. »Obwohl er von bürgerlicher Herkunft ist, hat er auf mich einen recht offenen und ehrbaren Eindruck gemacht. Tatsächlich fürchtet er, man könne ihn zum Mitglied des Gerichts bestimmen, welches über den Grafen de Peyrac zu befinden haben wird. Und zwar genau deshalb, weil allgemein bekannt ist, dass er in der Vergangenheit eine Auseinandersetzung mit ihm hatte. Er sagt, die Verwünschungen, die man sich unter sengender Sonne an den Kopf werfe, hätten keinen Einfluss auf den Lauf der Gerechtigkeit, und es wäre ihm äußerst unangenehm, wenn man ihn zwingen würde, sich für einen solchen Scheinprozess herzugeben.«

Angélique hatte nur ein einziges Wort davon gehört: Prozess!

»Dann soll ihm also der Prozess gemacht werden? Ein Advokat, den ich zu Rate gezogen habe, hat mir gesagt, dass damit schon viel gewonnen wäre, insbesondere wenn man erreichen könnte, dass das Tribunal innerhalb des Pariser Parlaments eingesetzt wird. Dieser Masseneau ist doch selbst ein Parlamentsrat, das könnte vielleicht ein Anzeichen dafür sein.«

Mademoiselle de Montpensier verzog das Gesicht zu einer missmutigen Grimasse, die sie nicht gerade schöner machte.

»Ach, wisst Ihr, meine Kleine, ich bin recht bewandert in den Kniffen der Rechtsverdreher, und ich kenne diese Juristen. Glaubt mir, ein aus Parlamentsräten zusammengesetztes Gericht würde Eurem Gemahl nichts nutzen, denn fast alle Mitglieder des Parlaments sind dem jetzigen Oberintendanten der Finanzen, Fouquet, verpflichtet. Sie würden jede seiner Anweisungen befolgen, umso mehr, als er früher selbst Vorsitzender des Parlaments war.«

Angélique erschauerte. Fouquet! So lugte selbst hier das spitze Ohr des gefährlichen Eichhörnchens hervor.

»Wie kommt Ihr auf Monsieur Fouquet?«, fragte Angélique mit unsicherer Stimme. »Ich schwöre Euch, dass mein Gemahl nichts getan hat, was ihm seinen Hass eingetragen haben könnte. Er kennt ihn ja nicht einmal persönlich!«

Immer noch nickte Mademoiselle.

»Ich selbst habe keinen Spion in Fouquets Umgebung. Das ist auch nicht meine Art, selbst wenn er sich solcher Methoden bedient. Genau wie mein verstorbener Vater, der immer beteuerte, dass man sich in diesem Land nur mit einem ganzen Schwarm von Spionen und Zuträgern sicher fühlen könne«, erklärte sie. »Ich habe also keinen Vertrauten im Gefolge des Oberintendanten, was ich für Euren Gemahl bedaure. Aber der Bruder des Königs steht ebenfalls im Sold von Monsieur Fouquet, zumindest vermute ich das. Und er hat angedeutet, dass Ihr und Euer Gemahl etwas über Fouquet wisst.«

Angélique spürte, wie ihr Herz einen Schlag aussetzte. Sollte sie sich ihrer großen Beschützerin anvertrauen? Sie war schon versucht, ihr alles zu erzählen, als ihr gerade noch rechtzeitig einfiel, wie ungeschickt und redselig die Prinzessin war. Es war also besser, abzuwarten und Desgrez um Rat zu bitten.

Die junge Frau seufzte.

»Was könnte ich schon über diesen mächtigen Mann wissen, dem ich noch nie begegnet bin?«, sagte sie mit abgewandtem Blick. »Natürlich erinnere ich mich daran, dass in meiner Kindheit im Poitou von einer angeblichen Adelsverschwörung die Rede war, in die Monsieur Fouquet, der Prinz von Condé und weitere hochgestellte Persönlichkeiten verwickelt gewesen sein sollten. Das war kurz vor Beginn der Fronde.«

Das waren bereits recht gewagte Worte in Gegenwart der Grande Mademoiselle. Aber diese sah keine böse Absicht darin und bestätigte, dass auch ihr Vater sein ganzes Leben damit verbracht habe, Komplotte zu schmieden.

»Das war sein schlimmstes Laster. Abgesehen davon war er viel zu gutmütig und weich, um die Geschicke des Königreichs in die Hand zu nehmen. Er hatte sich zu einem wahren Künstler auf dem Gebiet der Verschwörung entwickelt. Vielleicht gehörte er sogar zu dem Kreis um Fouquet, dessen Name damals noch weitgehend unbekannt war. Aber mein Vater war reich, und Fouquet stand noch ganz am Anfang. Niemand wird je behaupten können, mein Vater habe konspiriert, um sich zu bereichern.«

»Während mein Mann reich geworden ist, ohne sich je an Verschwörungen zu beteiligen«, entgegnete Angélique mit einem blassen Lächeln. »Vielleicht ist es gerade das, was ihn verdächtig erscheinen lässt.«

Mademoiselle gab zu, dass das durchaus möglich war. Sie fügte hinzu, dass jeder Mangel an höfischer Liebedienerei in den Augen des Hofes als schwerer Makel galt. Aber das rechtfertigte immer noch nicht den vom König unterzeichneten geheimen Verhaftungsbefehl.

»Euer Gemahl muss irgendetwas wissen, was er nicht wissen sollte«, erklärte sie mit Nachdruck. »Wie dem auch sei, jetzt kann nur noch der König helfen. Aber er ist nicht leicht zu manipulieren. Mazarin hat ihn in der Kunst der florentinischen und venezianischen Diplomatie unterwiesen. Er kann lächeln, hat vielleicht sogar eine Träne im Augenwinkel, denn er ist ein weichherziger Mensch … und gleichzeitig hält er den Dolch bereit, um einen Freund hinzurichten.«

Als sie sah, wie Angélique erbleichte, legte sie einen Arm um ihre Schultern.

»Ich scherze nur, wie immer«, sagte sie betont munter. »Ihr dürft mich nicht ernst nehmen. Niemand nimmt mich mehr ernst in diesem Königreich. Also gut, jetzt die entscheidende Frage: Wollt Ihr den König sprechen?«

Und als Angélique sich ihr unter dem Eindruck dieses Wechselbads der Gefühle zu Füßen warf, brachen sie beide in Tränen aus.

Anschließend erklärte Mademoiselle de Montpensier, dass das beängstigende Treffen bereits anberaumt sei und der König Madame de Peyrac in zwei Stunden empfangen werde.

Statt über diese Nachricht bestürzt zu sein, fühlte Angélique, wie sich eine seltsame Ruhe in ihr ausbreitete. Dieser Tag würde die Entscheidung bringen.

Da ihr keine Zeit mehr blieb, um nach Saint-Landry zurückzukehren, bat sie Mademoiselle, ihre Puder und Cremes benutzen zu dürfen, um sich für die Audienz beim König herzurichten. Mademoiselle lieh ihr bereitwillig eine ihrer Zofen.

Vor dem Spiegel der Frisierkommode fragte sich Angélique, ob sie überhaupt noch schön genug war, um den König für sich einzunehmen. Ihre Taille war bereits fülliger geworden, aber im Gegenzug wirkte ihr einst kindlich-rundes Gesicht jetzt magerer. Sie war blass, und unter ihren Augen lagen dunkle Schatten. Nach einer strengen Prüfung kam sie zu dem Schluss, dass ihr dieses schmale Gesicht und die durch einen violetten Schatten vergrößerten Augen gar nicht so schlecht standen. Sie verliehen ihr ein zu Herzen gehendes, anrührendes Äußeres, das nicht ohne Reiz war.

Sie schminkte sich dezent, klebte ein schwarzes samtenes Schönheitspflästerchen neben ihre Schläfe und ließ sich von der Kammerzofe die Haare richten.

Als sie sich kurz darauf im Spiegel betrachtete, funkelten ihre grünen Augen wie die einer Katze in der Dunkelheit.

»Das bin nicht mehr ich«, sagte sie leise. »Trotzdem ist sie eine sehr schöne Frau. Oh, dieser Anblick kann den König unmöglich gleichgültig lassen. Aber, herrje, ich bin ihm nicht demütig genug. Lieber Gott, lass mich demütig sein!«

Kapitel 3

Mit klopfendem Herzen erhob sich Angélique aus einem tiefen Knicks. Der König stand vor ihr. Sie hatte ihn nicht näher kommen hören, da der dicke Wollteppich das Geräusch seiner hohen Absätze aus lackiertem Holz gedämpft hatte.

Angélique bemerkte, dass sich die Tür des kleinen Kabinetts wieder geschlossen hatte und sie mit dem Herrscher allein war. Bei dieser Erkenntnis überkam sie eine gewisse Hemmung, ja fast schon Panik. Bisher hatte sie den König immer nur von zahllosen Menschen umringt gesehen. Dadurch war er ihr nie wirklich echt und lebendig erschienen, eher wie ein Schauspieler auf einer Theaterbühne.

Nun spürte sie die Gegenwart dieses etwas massigen und trotzdem schlanken Mannes und roch den zarten Duft des Irispuders, mit dem er, der Mode entsprechend, sein üppiges braunes Haar bleichte. Und dieser Mann war der König.

Sie zwang sich, den Blick zu heben.

Ludwig XIV. sah sie ernst und ungerührt an. Man hätte meinen können, er versuchte sich an den Namen der Besucherin zu erinnern, obwohl die Grande Mademoiselle sie erst kurz zuvor angekündigt hatte. Angélique war wie gelähmt durch die Kälte in seinem Blick.

Sie wusste nicht, dass Ludwig XIV. zwar nicht die Schlichtheit seines Vaters, Ludwigs XIII., geerbt hatte, wohl aber dessen Schüchternheit. Fasziniert von Prunk und Ehren, bemühte er sich nach Kräften, dieses Minderwertigkeitsgefühl zu unterdrücken, das seinem erhabenen Rang so sehr widersprach. Doch auch wenn er inzwischen verheiratet und bereits ausgesprochen galant war, schaffte er es immer noch nicht, eine Frau, vor allem eine schöne Frau, unbefangen anzusprechen.

Und Angélique war schön. Sie hatte, was sie selbst nicht wusste, eine vornehme Kopfhaltung, und in ihrem Blick lag ein gleichzeitig zurückhaltender und kühner Ausdruck, der manchmal wie Unverschämtheit, wie eine Herausforderung anmuten konnte und dann wieder wie die Unschuld frischer, aufrichtiger Geschöpfe. Ihr Lächeln veränderte sie, denn es enthüllte das Wohlwollen, das sie den Menschen und dem Leben entgegenbrachte.

Doch in diesem Augenblick lächelte Angélique nicht. Sie musste warten, bis der König als Erster das Wort ergriff, und angesichts seines langen Schweigens schnürte sich ihre Kehle zusammen.

Endlich entschloss sich der König zu einer kleinen Lüge.

»Madame, ich habe Euch nicht wiedererkannt. Besitzt Ihr nicht mehr dieses wundervolle goldene Kleid, das Ihr in Saint-Jean-de-Luz getragen habt?«

»So ist es, Sire, und ich schäme mich wirklich, in einem so schlichten, abgetragenen Aufzug vor Euch zu erscheinen. Aber dieses Kleid ist das einzige, das mir noch geblieben ist. Eurer Majestät ist ja bekannt, dass mein gesamter Besitz versiegelt wurde.«

Die Züge des Königs gefroren. Doch dann rang er sich ein Lächeln ab.

»Ihr kommt sehr schnell zur Sache. Aber im Grunde habt Ihr recht damit. Ihr erinnert mich daran, dass die Zeit eines Königs kostbar ist und er sie nicht mit belanglosen Plaudereien vergeuden darf. Ihr seid ein wenig streng, Madame.«

Ein Hauch von Rot überzog ihre blassen Wangen, und sie lächelte verwirrt.

»Es liegt mir fern, Euch die zahlreichen Pflichten in Erinnerung zu rufen, die auf Euch lasten, Sire. Ich habe lediglich in aller Bescheidenheit Eure Frage beantwortet. Ich möchte nicht, dass Eure Majestät mich für so nachlässig hält, in einem alten Kleid und mit viel zu schlichtem Schmuck vor ihn zu treten.«

»Ich habe nicht den Befehl erlassen, Euren Besitz zu versiegeln. Ich habe sogar angewiesen, Madame de Peyrac auf freiem Fuß zu belassen und sie in keiner Weise zu behelligen.«

»Ich bin Eurer Majestät unendlich dankbar für diese Aufmerksamkeit«, sagte Angélique und verneigte sich. »Aber ich habe nichts mehr, was mir gehört, denn in meiner Hast, in Erfahrung zu bringen, was meinem Gemahl zugestoßen ist, bin ich ohne weiteres Vermögen, nur mit ein paar Kleidern und einigen Schmuckstücken nach Paris gereist. Ich bin jedoch nicht gekommen, um über meine Not zu klagen, Sire. Meine einzige Sorge gilt dem Schicksal meines Gemahls.«

Sie verstummte und verkniff sich die zahllosen Fragen, mit denen sie ihn am liebsten bestürmt hätte: »Warum habt Ihr ihn verhaften lassen? Was werft Ihr ihm vor? Wann gebt Ihr ihn mir wieder zurück?«

Ludwig XIV. musterte sie mit unverhohlener Neugier.

»Sollte ich aus Euren Worten etwa schließen, dass Ihr, Madame, eine so schöne Frau, tatsächlich in diesen Krüppel verliebt seid?«

Der verächtliche Ton des Herrschers traf Angélique wie ein Dolchstoß. Ein entsetzlicher Schmerz breitete sich in ihr aus, und ihre Augen funkelten vor Empörung.

»Wie könnt Ihr so etwas sagen?«, rief sie hitzig. »Ihr habt ihn doch gehört, Sire. Ihr habt die Goldene Stimme des Königreichs gehört!«

»Tatsächlich besaß seine Stimme einen Reiz, dem man sich nur schwer entziehen konnte.«

Er trat näher an sie heran und fuhr in einschmeichelndem Ton fort: »Dann stimmt es also, dass Euer Gemahl die Macht hatte, selbst die kühlsten Frauen zu betören. Man hat mir zugetragen, er sei so stolz auf diese Kunst gewesen, dass er daraus sogar eine Art Lehre entwickelte, in der er seine Gäste während sogenannter ›Minnehöfe‹ unterwies, bei denen schamloseste Zügellosigkeit herrschte.«

Weniger schamlos als das, was bei Euch im Louvre vor sich geht, war Angélique versucht zu erwidern.

Doch sie riss sich zusammen.

»Man hat Eurer Majestät den Sinn dieser gesellschaftlichen Zusammenkünfte falsch dargelegt. Mein Gemahl liebte es, in seinem Palast der Fröhlichen Wissenschaft die mittelalterlichen Traditionen der alten Troubadours des Südens wieder aufleben zu lassen, die die galante Verehrung der Damen zu einer wahren Institution erhoben haben. Natürlich waren die Unterhaltungen recht ungezwungen, denn man plauderte ja über die Liebe, aber die Schicklichkeit blieb immer gewahrt.«

»Wart Ihr denn nicht eifersüchtig, zu sehen, wie Euer geliebter Gemahl sich hemmungslosen Ausschweifungen hingab, Madame?«

»Ich habe niemals erlebt, dass er sich Ausschweifungen solcher Art hingegeben hätte, wie Ihr sie andeutet, Sire. Diese Traditionen lehren die Treue zu einer Frau, sei es die legitime Gemahlin oder die Mätresse. Und ich war die Frau, die er dazu erwählt hatte.«

»Dennoch hat es lange gedauert, ehe Ihr Euch dieser Wahl beugtet. Warum hat sich Euer anfänglicher Widerwille plötzlich in verzehrende Liebe gewandelt?«

»Ich sehe, dass Eure Majestät sich für die intimsten Details im Leben seiner Untertanen interessiert«, entgegnete Angélique, der es nicht mehr gelang, den ironischen Beiklang in ihrer Stimme zu unterdrücken.

In ihr loderte der Zorn. Am liebsten hätte sie ihm all die scharfen Erwiderungen an den Kopf geworfen, die ihr auf der Zunge brannten. Etwa: »Berichten Eure Spione Euch auch jeden Morgen, wie oft die Adligen des Königreichs in der Nacht miteinander geschlafen haben?«

Nur mit Mühe gelang es ihr, sich zu beherrschen, und sie senkte den Kopf aus Angst, ihre Gefühle könnten sich auf ihrem Gesicht abzeichnen.

»Ihr habt meine Frage nicht beantwortet, Madame«, sagte der König in eisigem Ton.

Angélique strich sich mit der Hand über die Stirn.

»Warum ich angefangen habe, diesen Mann zu lieben?«, entgegnete sie leise. »Zweifellos weil er all die Qualitäten besaß, die dazu führen, dass eine Frau glücklich ist, die Sklavin eines solchen Mannes zu sein.«

»Dann gebt Ihr also zu, dass Euer Gemahl Euch behext hat?«

»Ich habe fünf Jahre an seiner Seite gelebt, Sire. Und ich bin bereit, auf die Bibel zu schwören, dass er weder ein Hexenmeister noch ein Zauberer ist.«

»Ihr wisst, dass man ihn der Hexerei anklagt?«

Sie nickte schweigend.

»Dabei geht es nicht bloß um den seltsamen Einfluss, den er auf Frauen ausübt, sondern auch um die dunkle Herkunft seines gewaltigen Vermögens. Angeblich soll der Teufel ihm das Geheimnis der Transmutation unedler Metalle zu Gold verraten haben.«

»Dann soll man meinen Gemahl vor Gericht stellen, Sire, und er wird mühelos beweisen können, dass er ein Opfer verblendeter Alchemisten geworden ist, deren überholte mittelalterliche Traditionen in unserer Zeit mehr schaden als nutzen.«

Der König entspannte sich ein wenig.

»Ihr müsst zugeben, Madame, dass weder Ihr noch ich viel von Alchemie verstehen. Dennoch will ich Euch gestehen, dass die Erläuterungen, die ich zu den teuflischen Praktiken von Monsieur de Peyrac erhalten habe, recht unbestimmt waren und der weiteren Präzisierung bedürfen.«

Angélique unterdrückte einen Seufzer der Erleichterung.

»Ich bin so glücklich, Sire, von Euch ein so mildes, verständnisvolles Urteil zu hören!«

Der König lächelte schmallippig.

»Lasst uns nicht vorgreifen. Ich habe lediglich gesagt, dass ich weitere Einzelheiten über diese Transmutationsgeschichte verlange.«

»Aber das ist es ja gerade, Sire, *es hat niemals eine Transmutation gegeben*. Mein Gemahl hat lediglich ein Verfahren entwickelt, durch welches das in sehr geringen Mengen in gewissem Gestein enthaltene Gold mit Hilfe von geschmolzenem Blei herausgelöst werden kann. Durch die Anwendung dieses Verfahrens ist er zu seinem Reichtum gelangt.«

»Wenn es sich dabei tatsächlich um ein ehrliches und lauteres Verfahren gehandelt hätte, wäre es doch eigentlich selbstverständlich gewesen, dass er dessen weitere Anwendung in den Dienst seines Königs stellte. Er jedoch hat niemandem auch nur ein Wort davon verraten.«

»Ich selbst war Zeugin, Sire, wie er dieses Verfahren in Gegenwart einiger Herren, darunter auch des Abgesandten des Erzbischofs von Toulouse, in seiner Gänze vorgeführt hat. Aber dieses Verfahren eignet sich lediglich für bestimmte Gesteinsarten, die man die unsichtbaren Goldadern der Pyrenäen nennt. Und man benötigt ausländische Spezialisten, um es anzuwenden. Es ist keine magische Formel, die er einfach weitergeben könnte, sondern eine eigene Wissenschaft, die weitergehende Untersuchungen vor Ort und gewaltige finanzielle Mittel erfordert.«

»Er hat es zweifellos vorgezogen, dieses Verfahren, das ihn nicht nur reich machte, sondern ihm darüber hinaus auch einen Vorwand lieferte, Spanier, Deutsche, Engländer und Häretiker aus der Schweiz in seinem Palast zu empfangen, allein zu seinem eigenen Vorteil zu nutzen. So konnte er in aller Ruhe eine Rebellion im Languedoc vorbereiten.«

»Mein Gemahl war niemals an einer Verschwörung gegen Eure Majestät beteiligt.«

»Dennoch war er von einer Arroganz und Unabhängigkeit, die höchst verräterisch erscheinen. Ihr müsst zugeben, Madame, dass ein Adliger, der nichts vom König verlangt, sehr ungewöhnlich ist. Aber wenn er sich darüber hinaus noch rühmt, seinen Herrscher überhaupt nicht zu brauchen, dann überschreitet das jedes Maß.«

Angélique spürte, wie ein Fieberschauer sie durchlief. Sie antwortete bewusst demütig, gab zu, dass Joffrey ein Sonderling sei, der, durch seine körperliche Missgestalt von seinesgleichen isoliert, alles darangesetzt habe, diese Benachteiligung mit Hilfe philosophischer und wissenschaftlicher Kenntnisse zu überwinden.

»Euer Gemahl wollte einen Staat im Staat gründen«, erwiderte der König kühl. »Und diesen auch ohne Religion, denn ob Hexenmeister oder nicht, er strebte danach, durch Reichtum und Prunkentfaltung zu herrschen. Seit seiner Verhaftung brodelt es in Toulouse, das ganze Languedoc ist in Aufruhr. Ihr solltet nicht glauben, dass ich diesen Verhaftungsbefehl ohne triftigeren Grund als eine Anklage wegen Hexerei unterzeichnet habe, Madame. Diese ist besorgniserregend, das gebe ich zu, aber vor allem zieht sie weitere Unruhen nach sich. Man hat mir stichhaltige Beweise für seinen Verrat vorgelegt.«

»Verräter wittern überall Verrat«, erwiderte Angélique langsam, und ihre grünen Augen schossen Blitze. »Wenn Eure

Majestät mir die Namen derjenigen nennen würde, die den Grafen de Peyrac auf diese Weise verleumdet haben, würde ich mit Sicherheit unter ihnen Personen wiederfinden, die sich, im Gegensatz zu meinem Gemahl, in einer noch gar nicht so fernen Vergangenheit tatsächlich gegen die Herrschaft und sogar das Leben Eurer Majestät verschworen haben.«

Ludwig XIV. zeigte keine Regung, aber sein Teint wurde einen Hauch dunkler.

»Ihr seid recht kühn, Madame, Euch ein Urteil darüber anzumaßen, wem ich mein Vertrauen schenken soll und wem nicht. Die gezähmten, in Ketten gelegten Raubtiere sind mir von größerem Nutzen als der stolze und unabhängige Vasall in der Ferne, der sich bald zu meinem Rivalen aufschwingen würde. Möge das Schicksal Eures Gemahls anderen Adligen, die den Wunsch verspüren, ihr Haupt zu erheben, eine Lehre sein. Wir werden ja sehen, ob er mit seinem ganzen Gold seine Richter kaufen kann oder ob Satan ihm zu Hilfe eilt. Es ist meine Pflicht, das Volk vor den verderblichen Einflüssen dieses Hochadels zu schützen, der über Körper und Seelen und am liebsten sogar noch über seinen König gebieten möchte!«

Ich sollte mich ihm unter Tränen zu Füßen werfen, dachte Angélique.

Doch das brachte sie nicht über sich. Der König war verblasst. Vor sich sah sie nur noch einen Jungen in ihrem Alter – zweiundzwanzig Jahre alt –, den sie am liebsten bei seinem Spitzenjabot gepackt und aus Leibeskräften geschüttelt hätte.

»Das ist also die Gerechtigkeit des Königs«, sagte sie mit einer stockenden Stimme, die ihr selbst fremd klang. »Ihr seid umringt von gepuderten Mördern, federgeschmückten Räubern und Bettlern, die sich in den erbärmlichsten Schmeicheleien ergehen. Fouquet, Condé, Conti, Longueville, Beaufort … Der Mann, den ich liebe, hat niemals Verrat begangen. Er hat die schlimmsten Schicksalsschläge überwunden, hat die königliche Schatzkammer mit einem Teil seines Vermögens gefüllt, er hat dank seines genialen Verstands in harter, unermüdlicher Arbeit seinen Wohlstand gemehrt, und er hat nie jemanden um etwas gebeten. Und genau das wird man ihm niemals verzeihen ...«

»Ihr habt recht, das wird man ihm niemals verzeihen«, wiederholte der König wie ein Echo.

Er trat auf Angélique zu und packte ihren Arm mit einer brutalen Kraft, die trotz seiner beherrschten Züge verriet, wie zornig er war.

»Madame, Ihr werdet diesen Raum ungehindert verlassen, obwohl ich Euch verhaften lassen könnte. Denkt in Zukunft daran, wenn Ihr an der Großherzigkeit des Königs zweifelt. Aber seht Euch vor! Ich will nie wieder etwas von Euch hören, sonst kenne ich keine Gnade. Euer Gemahl ist mein Vasall. Lasst der Justiz ihren Lauf. Lebt wohl, Madame!«

Kapitel 4

»Jetzt ist alles verloren...! Und ich bin schuld! Ich habe Joffrey verloren!«, sagte sich Angélique immer wieder. Verstört lief sie durch die Gänge des Louvre. Sie suchte Kouassi-Ba! Sie wollte mit der Grande Mademoiselle reden! Vergeblich rief ihr von Angst zerrissenes Herz nach Trost und Stütze. Die Gestalten, denen sie begegnete, waren taub und blind, unbeständige Marionetten aus einer anderen Welt.

Die Nacht brach an, und mit ihr erhob sich ein Sturm, der gegen die Scheiben peitschte, die Flammen der Kerzen niederdrückte, unter den Türen hindurchpfiff und die Vorhänge bauschte.

Kolonnaden, Maskarone, feierliche Schatten der gewaltigen Treppen, vergoldete Tischlerarbeiten, Brücken und Galerien, steinerne Fliesen, verzierte Wandflächen und Karniese... Angélique irrte durch den Louvre wie durch einen finsteren Wald, ein tödliches Labyrinth.

In der Hoffnung, Kouassi-Ba zu finden, ging sie eine Treppe hinab und gelangte in einen der Höfe. Der heftige Regen, der mit donnerndem Getöse aus den Dachrinnen herabstürzte, ließ sie zurückweichen.

Unter der Treppe hatte ein Trupp italienischer Komödianten, die an diesem Abend vor dem König tanzen sollten, um ein Kohlenbecken Zuflucht gesucht. Der rote Schein erhellte die farbenfrohen Harlekinkostüme, ihre schwarzen Masken und die Verkleidungen Pantalones und seiner weißen Hanswurste.

Nachdem Angélique wieder in den ersten Stock hinaufgestiegen war, entdeckte sie endlich ein bekanntes Gesicht. Es war Brienne. Er sagte ihr, dass er Monsieur de Préfontaines bei der jungen Prinzessin Henriette von England gesehen hatte. Vielleicht könnte er ihr sagen, wo sich Mademoiselle de Montpensier aufhielt.

Im Salon von Prinzessin Henriette wurde an den Tischen im warmen, freundlichen Schein der Wachskerzen mit hohem Einsatz gespielt. Angélique sah Andijos, Péguilin, Humières und de Guiche. Sie waren ganz auf ihr Spiel konzentriert, oder vielleicht taten sie auch nur so, als sähen sie sie nicht.

Monsieur de Préfontaines, der neben dem Kamin an einem Glas Likör nippte, berichtete ihr, dass Mademoiselle de Montpensier sich in die Gemächer von Anna von Österreich begeben hatte, um dort mit der jungen Königin Karten zu spielen. Ihre Majestät, Königin Maria Theresia, sei müde und eingeschüchtert, und da sie nur schlecht Französisch sprach, mischte sie sich nicht gern unter die wenig nachsichtige Jugend des Hofes. Mademoiselle gehe jeden Abend hinüber, um eine Partie mit ihr zu spielen. Mademoiselle, bemerkte er einmal mehr, besaß ein sehr großes Herz. Doch da die junge Königin früh zu Bett ging, war es durchaus möglich, dass Mademoiselle schon bald bei ihrer Cousine Henriette hereinschaute. Auf jeden Fall würde sie Monsieur de Préfontaines rufen lassen, denn sie ging nie zu Bett, ohne mit ihm ihre Abrechnungen durchgegangen zu sein.

Angélique beschloss, auf sie zu warten. Sie trat an einen Tisch, auf dem die Bediensteten der königlichen Tafel ein kaltes Abendessen und feines Backwerk angerichtet hatten. Sie schämte sich jedes Mal für den Heißhunger, der sie selbst unter den schlimmsten Umständen nicht verließ. Von Monsieur de Préfontaines ermuntert, setzte sie sich hin und aß einen Hähnchenschlegel, zwei Eier in Aspik, verschiedene Pasteten und ein wenig eingelegtes Obst. Nachdem sie einen Pagen um die silberne Wasserkanne gebeten hatte, um sich die Finger abzuspülen, gesellte sie sich zu einer Gruppe von Spielern und nahm Karten auf. Sie hatte etwas Geld bei sich. Bald war ihr das Glück hold, und sie begann zu gewinnen. Das schenkte ihr Trost. Wenn es ihr gelang, ihre Börse wieder aufzufüllen, war dieser Tag wenigstens keine vollkommene Katastrophe. Sie stürzte sich ins Spiel. Bald häuften sich vor ihr die Münzen.

»Kein Wunder, das ist ja auch die kleine Hexe«, bemerkte schließlich einer ihrer Nachbarn vielsagend, nachdem er gegen sie verloren hatte.

Mit flinker Hand zog sie seinen Einsatz zu sich herüber und verstand die Andeutung erst ein paar Sekunden später. Es begann sich also allmählich herumzusprechen, dass Joffrey in Ungnade gefallen war. Hinter vorgehaltener Hand flüsterte man einander zu, dass er der Hexerei beschuldigt wurde. Trotzdem harrte Angélique ungerührt an ihrem Platz aus.

Ich werde erst aufhören zu spielen, wenn ich anfange zu verlieren, dachte sie. Wenn ich sie doch bloß alle in den Ruin treiben und genug Geld gewinnen könnte, um die Richter zu bestechen …

Als sie gerade erneut drei provozierende Asse auf den Tisch legte, glitt eine Hand um ihre Taille und kniff sie.

»Warum seid Ihr in den Louvre zurückgekommen?«, flüsterte der Marquis de Vardes dicht neben ihrem Ohr.

»Ganz sicher nicht, um Euch wiederzusehen«, erwiderte Angélique, ohne ihn anzusehen.

Brüsk machte sie sich von ihm los.

Er nahm ebenfalls Karten in die Hand und ordnete sie mechanisch, während er mit immer noch gedämpfter Stimme fortfuhr:

»Ihr seid verrückt! Wollt Ihr unbedingt ermordet werden?«

»Was ich will, geht Euch nicht das Geringste an.«

Er spielte, verlor und legte einen neuen Einsatz auf den Tisch.

»Hört zu, noch ist es nicht zu spät. Folgt mir. Ich werde Euch ein paar Schweizer mitgeben, die Euch nach Hause begleiten.«

Diesmal schaute sie zu ihm auf und musterte ihn verächtlich.

»Ich habe keinerlei Vertrauen in Euren Schutz, Monsieur de Vardes, und Ihr wisst auch ganz genau, warum das so ist.«

Verdrossen warf er die Karten auf den Tisch.

»Was bin ich doch für ein Dummkopf, mir Sorgen um Euch zu machen.«

Er zögerte, dann verzog er missmutig das Gesicht.

»Ihr zwingt mich zu einer albernen Rolle«, knurrte er. »Aber da es offenbar kein anderes Mittel gibt, um Euch zur Vernunft zu bringen, muss ich es eben so versuchen: Denkt an Euren Sohn. Verlasst so schnell wie möglich den Louvre, und geht vor allem dem Bruder des Königs aus dem Weg!«

»Ich werde mich nicht von diesem Tisch wegrühren, solange Ihr noch in der Nähe seid«, entgegnete Angélique sehr ruhig.

Die Hände des Marquis verkrampften sich. Aber er trat unverzüglich vom Spieltisch zurück.

»Also gut, ich gehe. Und Ihr solltet es mir gleichtun. Euer Leben steht auf dem Spiel.«

Sie sah, wie er sich, nach rechts und links grüßend, entfernte und den Raum verließ.

Angélique blieb verwirrt zurück. Es gelang ihr nicht, die Beklemmung abzuschütteln, die wie eine kalte Schlange in sie glitt. Wollte Vardes sie erneut in eine Falle locken? Er war zu allem fähig. Doch in der Stimme des zynischen Adligen hatte sie einen ungewohnten Beiklang vernommen. Sein Hinweis auf Florimond erschütterte sie. Plötzlich sah sie den herzigen kleinen Jungen mit seiner roten Haube vor sich, wie er mit der silbernen Rassel in der Hand über den Saum seines langen bestickten Kleidchens stolperte… Was sollte aus ihm werden, falls ihr etwas zustieß…?

Die junge Frau legte ihre Karten nieder und schob die Goldmünzen in ihre Börse. Sie hatte fünfzehnhundert Livres gewonnen. Sie nahm ihren Umhang von der Rückenlehne eines Sessels und verabschiedete sich von Prinzessin Henriette, die ihren Gruß mit einem gleichgültigen Nicken erwiderte.

Schweren Herzens verließ Angélique den Salon, diese Zuflucht voller Licht und Wärme.

Ein Luftzug schlug die Tür hinter ihr zu. Der pfeifende Wind drückte die zitternden Flammen der Kerzen nieder, die von wilder Panik erfasst zu sein schienen. Schatten und Flammen zuckten wie im Wahn. Dann wurde es wieder still, während der Wind in der Ferne weiterheulte und sich in den stillen Gängen nichts mehr rührte.

Nachdem Angélique den wachhabenden Schweizer vor den Gemächern von Prinzessin Henriette nach dem Weg gefragt hatte, eilte sie los. Sie ging schnell und zog ihren Umhang enger. Sie bemühte sich, ihre Angst zu unterdrücken, doch in jedem Winkel schien ihr eine verdächtige Gestalt zu lauern. Als sie sich einer Ecke im Korridor näherte, verlangsamte sie ihren Schritt. Eine unbezwingbare Furcht lähmte sie.

Sie sind da, sagte sie sich.

Sie sah niemanden, aber ein Schatten zog sich über den Boden. Diesmal gab es keinen Zweifel: Dort lag jemand auf der Lauer. Angélique blieb stehen. Hinter der Ecke bewegte sich etwas, und eine in einen dunklen Mantel gehüllte Gestalt trat, den Hut tief ins Gesicht gezogen, langsam vor und versperrte ihr den Weg. Angélique biss sich auf die Lippen, um nicht laut aufzuschreien. Hastig machte sie kehrt und eilte den Weg zurück, den sie gekommen war.

Sie warf einen Blick über die Schulter. Jetzt waren sie zu dritt, *und sie folgten ihr*. Die junge Frau ging schneller. Aber die drei Gestalten kamen immer näher. Da begann sie zu laufen und rannte leichtfüßig wie ein Reh davon.

Sie brauchte sich nicht umzudrehen, um zu wissen, dass *sie* sich an ihre Verfolgung gemacht hatten. Sie hörte ihre absichtlich gedämpften Schritte hinter sich. *Sie* liefen auf Zehenspitzen. Es war eine stille, unwirkliche Verfolgung, ein albtraumhaftes Rennen durch den riesigen menschenleeren Palast.

Plötzlich bemerkte Angélique zu ihrer Rechten eine offen stehende Tür. Sie war gerade um die Ecke eines Ganges gebogen. Ihre Verfolger waren nicht mehr zu sehen.

Sie stürzte in den Raum, schloss die Tür hinter sich und schob den Riegel vor. Als sie sich, mehr tot als lebendig, gegen das Holz sinken ließ, hörte sie die hastenden Schritte der Männer und ihren keuchenden Atem. Dann wurde es wieder still.

Vor Aufregung schwankend, taumelte Angélique durchs Zimmer und lehnte sich gegen das Bett. Noch war niemand da, doch sicher würde bald jemand kommen. Die Laken waren für die Nacht gerichtet. Ein Feuer brannte im Kamin und erhellte den Raum, genau wie eine kleine Öllampe, die auf dem Nachttisch stand. Angélique legte eine Hand auf ihre Brust und kam allmählich wieder zu Atem.

Ich muss unbedingt einen Weg aus dieser Schlangengrube finden, sagte sie sich.

Es war leichtsinnig von ihr gewesen, zu glauben, bloß weil sie einem ersten Mordversuch in den Gängen des Louvre entgangen war, werde sie auch einem zweiten Anschlag entkommen.

Natürlich hatte die Grande Mademoiselle nicht gewusst, in welche Gefahr sie Angélique brachte, als sie sie zu sich in den Louvre gerufen hatte. Angélique war sich sicher, dass nicht einmal der König ahnte, was in seinem Palast vor sich ging. Aber im Louvre war Fouquet insgeheim allgegenwärtig. Aus Furcht,

Angéliques Geheimnis könnte das Ende seines erstaunlichen Reichtums bedeuten, hatte der Oberintendant der Finanzen Philippe d'Orléans alarmiert, den mächtigsten seiner Günstlinge, und Angst in den Herzen jener Adligen geweckt, die zwar dem König schmeichelten, aber in Wahrheit von seinem Geld lebten. Die Verhaftung des Grafen de Peyrac war nur ein erster Schritt gewesen. Mit Angéliques Tod wäre die Vorsichtsmaßnahme abgeschlossen. Nur die Toten redeten nicht.

Die junge Frau biss die Zähne zusammen. Ein plötzlicher Lebenswille durchströmte sie. Sie würde nicht sterben!

Sie schaute sich im Zimmer um und suchte nach einem zweiten Ausgang, durch den sie unbemerkt fliehen konnte.

Plötzlich weiteten sich ihre Augen vor Entsetzen.

Der Wandbehang vor ihr bewegte sich. Sie hörte das Knirschen des Riegels im Schloss. Ganz langsam öffnete sich eine verborgene Tür, und in der Öffnung erschienen die drei Männer, die sie verfolgt hatten.

Mühelos erkannte sie in dem ersten Monsieur, den Bruder des Königs.

Er schlug seinen Verschwörerumhang zurück und bauschte die Spitze seines Jabots. Dabei ließ er sie nicht aus den Augen, während ein kaltes Lächeln seine schmalen, roten Lippen kräuselte.

»Großartig!«, rief er. »Das Reh ist geradewegs in die Falle gestürzt. Aber was für ein Rennen! Ihr könnt Euch eines flinken Fußes rühmen, Madame.«

Angélique bemühte sich, Ruhe zu bewahren, und obwohl sie spürte, wie ihre Beine den Dienst zu versagen drohten, deutete sie einen flüchtigen Knicks an.

»Dann wart Ihr es also, der mich so erschreckt hat, Monseigneur? Ich fürchtete schon, auf ein paar Räuber oder Beutelschneider vom Pont-Neuf gestoßen zu sein, die auf der Suche nach einem Opfer in den Palast eingedrungen wären.«

»Oh, es wäre nicht das erste Mal, dass ich nachts auf dem Pont-Neuf den Räuber spiele«, entgegnete Monsieur selbstgefällig, »und kaum jemand kann es mit mir aufnehmen, wenn es darum geht, Geldbörsen abzuschneiden oder den fetten Wanst eines Bürgers zu durchbohren. Nicht wahr, mein Liebster?«

Er wandte sich zu einem seiner Begleiter um. Dieser nahm seinen Hut ab, woraufhin die Züge des Chevalier de Lorraine sichtbar wurden. Wortlos trat der Favorit des Prinzen näher und zog sein Schwert, das im Licht des Feuers rötlich aufleuchtete.

Angélique musterte aufmerksam die dritte Gestalt, die sich ein wenig abseits hielt.

»Clément Tonnel«, sagte sie schließlich. »Was macht Ihr denn hier, mein Freund?«

Der Mann verneigte sich sehr tief.

»Ich stehe in Diensten von Monseigneur«, antwortete er.

Und von der Macht der Gewohnheit überwältigt, fuhr er fort: »Wenn Ihr mir vergeben wollt, Gräfin.«

»Ich will Euch sehr gern vergeben«, antwortete Angélique, die mit einem Mal einen nervösen Lachreiz verspürte. »Aber warum haltet Ihr eine Pistole in der Hand?«

Der Haushofmeister schaute verlegen auf seine Waffe. Trotzdem kam auch er auf das Bett zu, an dem Angélique immer noch lehnte.

Philippe d'Orléans hatte die Schublade des runden Tischchens aufgezogen, das als Nachttisch diente. Er nahm ein Glas heraus, das bis zur Hälfte mit einer schwärzlichen Flüssigkeit gefüllt war.

»Madame«, verkündete er feierlich, »Ihr werdet sterben.«

»Wirklich?«, antwortete Angélique.

Sie betrachtete die drei Männer, die vor ihr standen. Es kam ihr vor, als spalte sich ihr Wesen. In ihrem Inneren rang eine verzweifelte Frau die Hände und rief: »Erbarmen, ich will nicht sterben!« Eine andere jedoch war bei klarem Verstand und dachte: Sie sind wirklich lächerlich. Das Ganze ist bloß ein übler Scherz. Man könnte meinen, sie führten hier eine Komödie auf.

Doch der Bruder des Königs sprach schon weiter.

»Und seht nur, Madame, welche Wertschätzung wir Euch entgegenbringen. Wir werden Euren Tod mit allen Überraschungen einer gelungenen Aufführung verbinden. Vor einigen Jahren wurde eine adlige Dame aus der Auvergne, die Euch vielleicht sogar ähnlich sah, mit einer Raffinesse ermordet, von der wir uns inspirieren ließen. Ihr werdet Eure Todesart selbst auswählen dürfen, genau wie es auch der Mörder dieser Dame, ihr Gemahl, bestimmt hatte, der im Übrigen später verurteilt wurde.«

Angélique hörte ihm zu, während sie sich bemühte, ihren inneren Aufruhr zu beherrschen. Sie war sich sicher, dass sie diese Geschichte schon einmal gehört hatte – in ganz Frankreich war davon die Rede gewesen –, was in ihr immer mehr die Gewissheit stärkte, dass sie einen diesem widerwärtigen Drama nachempfundenen Albtraum durchlebte und vielleicht auch wieder daraus erwachen würde.

Oder hatten ihre Angreifer womöglich eine kunstvolle Tragikomödie ganz nach ihrem Geschmack inszeniert? Das gesamte Jahrhundert war verrückt nach Theater, vom einfachen Lastenträger bis hin zum Kirchenfürsten. Hatten sie sich etwa ausgemalt, in eine Rolle zu schlüpfen und sich diesmal das Vergnügen zu gönnen, ihre dramatischen Deklamationen auch in die Tat umzusetzen …?

Sie waren verrückt. Aber jetzt war keine Zeit mehr, sie von ihrem Irrsinn zu heilen. Und die Anwesenheit des Haushofmeisters, der sich damit begnügte, Befehle auszuführen, für die er ein Vermögen erhalten hatte und auch weiterhin erhalten würde, bewies, dass sie nicht träumte und es keine Möglichkeit gab, sie in ihrem gegenwärtigen Wahn von ihrem Vorhaben abzubringen.

Sie beschloss, zu versuchen, denjenigen der drei Verschwörer auf ihre Seite zu ziehen, der in dieser Verschwörung über die höchste Autorität verfügte und ihren Argumenten gegenüber vielleicht auch am zugänglichsten war.

»Monseigneur«, wandte sie sich an den unmittelbar vor ihr stehenden Philippe d'Orléans, »ich habe Euch in Saint-Jean-de-Luz sehr geschätzt. Euer Auftreten war das eines wahren Fürsten, und Ihr wart Eurem Bruder eine wertvolle Stütze. Kommt wieder zu Euch. Erinnert Euch daran, wer Ihr seid …«

Der junge Mann erschauerte. Dieser unerwartete Hinweis auf seinen Status als einziger Bruder des Königs brachte ihn aus der Fassung. Hastig mischte sich der Chevalier de Lorraine ein.

»Lasst Euch nicht von Schmeicheleien einwickeln, Monseigneur. Ihr würdet selbst am teuersten dafür bezahlen, wenn Eure Entschlossenheit ins Wanken geriete.«

Da durchzuckte Angélique die Erkenntnis, dass es der Chevalier de Lorraine war, für den ihr Tod die größte Bedeutung hatte. Um jeden Preis würde er Einfluss auf die Entscheidungen des Prinzen nehmen. Doch das war nur einer der Gedanken, die sich in ihrem Kopf zu jagen begannen. Sie konnte nicht mehr klar denken.

»Lasst es uns zu Ende bringen«, beharrte der Chevalier.

»Madame, Ihr habt uns verhöhnt«, erklärte Monsieur mit ungeduldig verzogenem Mund. »Ihr werdet sterben, aber wir sind großzügig: Wir lassen Euch die Wahl zwischen Gift, Stahl oder Feuer.«

Ein heftiger Windstoß rüttelte an der Tür und wehte beißenden Rauch durchs Zimmer. Hoffnungsvoll hatte Angélique den Kopf gehoben.

»O nein, es wird niemand kommen, niemand!« Der Bruder

des Königs lachte hämisch. »Das ist Euer Totenbett, Madame. Es wurde eigens für Euch bereitet.«

»Was, um Himmels willen, habe ich Euch denn getan?«, rief Angélique, die spürte, wie ihre Schläfen vor Angst feucht wurden. »Ihr sprecht von meinem Tod, als sei er das Selbstverständlichste von der Welt, gewissermaßen unumgänglich. Erlaubt mir, dass ich anderer Ansicht bin. Der größte Verbrecher hat das Recht, zu erfahren, wessen man ihn beschuldigt, damit er sich verteidigen kann.«

»Die geschickteste Verteidigung wird das Urteil nicht ändern, Madame.«

»Also gut, wenn ich schon sterben muss, dann sagt mir wenigstens, warum«, beharrte die junge Frau.

Sie musste um jeden Preis Zeit gewinnen.

Der junge Prinz warf seinem Gefährten einen fragenden Blick zu.

»Da Ihr ohnehin bald nicht mehr am Leben sein werdet, sehe ich keinen Grund, warum wir unnötig grausam sein sollten«, sagte er. »Madame, Ihr seid nicht so unwissend, wie Ihr behauptet. Ihr ahnt sehr wohl, auf wessen Befehl wir hier sind.«

»Der König?«, rief Angélique mit gespieltem Respekt.

Philippe d'Orléans zuckte mit den zarten Schultern.

»Der König taugt bloß dazu, die Leute ins Gefängnis zu schicken, auf die man ihn eifersüchtig macht. Nein, Madame, es handelt sich nicht um Seine Majestät.«

»Von wem lässt sich der Bruder des Königs denn sonst Befehle erteilen?«

Der Prinz erschauerte.

»Ich finde Eure Worte recht gewagt, Madame. Ihr beleidigt mich!«

»Und ich finde, die Mitglieder Eurer Familie sind recht empfindlich!«, erwiderte Angélique, deren Zorn mit einem Mal das Entsetzen übertraf. »Wenn man Euch feiert und verhätschelt, seid Ihr beleidigt, weil derjenige, der Euch empfängt, reicher erscheint als Ihr. Wenn man Euch Geschenke macht, ist es eine Unverschämtheit! Wenn man sich nicht tief genug vor Euch verneigt, genauso! Wenn man nicht als Bettler lebt und ständig die Hand aufhält, bis das Königreich endgültig ruiniert ist, wie Euer ganzer adliger Hühnerhof, dann zeugt das von verletzender Arroganz! Wenn man seine Steuern pünktlich und vollständig bezahlt, ist es eine Provokation …! Ein Haufen Nörgler, das seid Ihr. Ihr, Euer Bruder, der König, Eure Mutter und Eure ganze verräterische Sippschaft: Condé, Montpensier, Soissons, Guise, Lorraine, Vendôme …«

Atemlos hielt sie inne.

Philippe d'Orléans reckte sich auf seinen hohen Absätzen wie ein junger Hahn auf seinen Sporen und warf seinem Günstling einen empörten Blick zu.

»Habt Ihr jemals so unverschämt über die königliche Familie reden hören?«

»Beleidigungen töten nicht, Monseigneur«, antwortete der Chevalier de Lorraine mit einem grausamen Lächeln. »Lasst es uns endlich hinter uns bringen, Madame.«

»Ich will wissen, warum ich sterben soll«, entgegnete Angélique störrisch.

Zu allem entschlossen, um ein paar Minuten zu gewinnen, fügte sie hastig hinzu: »Ist es wegen Monsieur Fouquet?«

Der Bruder des Königs konnte ein zufriedenes Lächeln nicht unterdrücken.

»Dann kehrt Eure Erinnerung also zurück? Ihr wisst wieder, warum Monsieur Fouquet so viel an Eurem Schweigen gelegen ist?«

»Ich weiß nur eines, und zwar, dass ich vor Jahren einen Giftanschlag vereitelt habe, dem Ihr selbst, Monsieur, sowie der König und der Kardinal zum Opfer fallen solltet. Und ich bedaure zutiefst, dass Monsieur Fouquet und der Prinz von Condé damals ihre Pläne nicht in die Tat umsetzen konnten.«

»Dann gesteht Ihr also?«

»Ich habe nichts zu gestehen. Dank dieses verräterischen Dieners wisst Ihr ganz genau, was ich wusste und was ich meinem Gemahl anvertraut habe. Ich habe Euch das Leben gerettet, Monseigneur, und das ist nun Euer Dank!«

Für einen Moment huschte ein verstörter Ausdruck über das verweichlichte Gesicht des jungen Mannes. Sein Egoismus machte ihn empfänglich für alles, was ihn selbst betraf.

»Was vergangen ist, ist vergangen«, sagte er zögernd. »Inzwischen überhäuft mich Monsieur Fouquet mit Wohltaten. Es ist nur gerecht, dass ich ihm dabei helfe, die Gefahr zu beseitigen, die ihn bedroht. Ich bin wirklich zutiefst bekümmert, Madame, aber jetzt ist es zu spät. Warum seid Ihr nicht auf das großzügige Angebot eingegangen, das Monsieur Fouquet Euch durch Madame de Beauvais unterbreiten ließ?«

»Ich glaubte zu verstehen, dass ich im Gegenzug meinen Gemahl seinem traurigen Schicksal überlassen müsste.«

»Natürlich. Einen Grafen de Peyrac bringt man nur dadurch zum Schweigen, dass man ihn für alle Zeiten hinter Gefängnismauern sperrt. Aber wenn eine Frau von Luxus und Schmeicheleien umgeben ist, vergisst sie schnell, was es zu vergessen gilt. Wie dem auch sei, jetzt ist es zu spät. Lasst uns zur Tat schreiten, Madame.«

»Und wenn ich Euch verriete, wo sich dieses Kästchen befindet?«, schlug Angélique vor und packte ihn bei den Schultern. »Ihr, Monseigneur, Ihr allein hieltet damit die gefährliche Macht in Händen, Monsieur Fouquet höchstselbst in Angst zu versetzen und zu beherrschen. Ihr allein besäßet den Beweis für den Verrat so vieler hoher Herren, die Euch heute von oben herab behandeln und nicht ernst nehmen ...«

Ein Funkeln trat in die Augen des jungen Prinzen, und er fuhr sich mit der Zunge über die Lippen.

Doch da streckte auch schon der Chevalier de Lorraine die Hände aus und zog ihn an sich, als wollte er ihn Angéliques schädlichem Zugriff entziehen.

»Seht Euch vor, Monseigneur. Lasst Euch von dieser Frau nicht in Versuchung führen. Sie versucht mit ihren lügnerischen Versprechungen bloß, uns zu entkommen und ihre Hinrichtung hinauszuzögern. Es ist besser, wenn sie ihr Geheimnis mit ins Grab nimmt. Wenn Ihr wüsstet, wo sich dieses Kästchen befindet, wärt Ihr zweifellos sehr mächtig, aber Eure Tage wären gezählt.«

Glücklich über diesen männlichen Schutz, schmiegte sich Philippe d'Orléans an die Brust seines Favoriten und dachte nach.

»Ihr habt wie immer recht, mein Liebster«, entgegnete er seufzend. »Also gut, dann lasst uns unsere Pflicht tun. Wie lautet Eure Wahl, Madame: Gift, Schwert oder Pistole?«

»Entscheidet Euch schnell!«, erklärte der Chevalier de Lorraine drohend. »Sonst entscheiden wir für Euch.«

Nach einem hoffnungsvollen Moment sank Angélique zurück in eine entsetzliche, ausweglose Lage.

Die drei Männer standen vor ihr. Sie hätte nicht eine Bewegung machen können, ohne vom Schwert des Chevalier de Lorraine oder Clément Tonnels Pistole aufgehalten zu werden. Keine Glockenschnur war in Reichweite. Kein Laut drang von draußen herein. Nur das Knistern der Holzscheite im Kamin und das leise Prasseln des Regens gegen die Scheiben durchbrachen die drückende Stille. In wenigen Sekunden würden sich ihre Mörder auf sie stürzen. Angéliques Blick fiel auf die Waffen. Wenn sie die Pistole oder das Schwert wählte, würde sie mit Sicherheit sterben. Aber vielleicht könnte sie das Gift überleben? Seit über einem Jahr nahm sie jeden Tag eine winzige Dosis von dem Gegengift, das Joffrey für sie gemischt hatte.

Sie streckte eine Hand aus und bemühte sich, ihr Zittern zu unterdrücken.

»Gebt her!«, flüsterte sie.

Als sie das Glas an die Lippen führte, bemerkte sie, dass sich am Boden ein metallisch glänzender Satz gebildet hatte. Sie achtete darauf, ihn beim Trinken nicht aufzuwirbeln. Die Flüssigkeit schmeckte bitter und ein wenig nach Pfeffer.

»Und jetzt lasst mich allein«, sagte sie, während sie das Glas zurück auf den Nachttisch stellte.

Sie spürte keinen Schmerz. Bestimmt schützen die Speisen, die ich bei Prinzessin Henriette zu mir genommen habe, meine Magenwand noch gegen die ätzende Wirkung des Gifts, dachte sie. Sie hatte noch nicht alle Hoffnung aufgegeben, ihren Peinigern entfliehen und einem qualvollen Tod entgehen zu können.

Sie fiel vor dem Prinzen auf die Knie.

»Erbarmt Euch meiner Seele, Monseigneur. Holt einen Priester. Ich werde sterben. Ich habe schon nicht mehr genug Kraft, um mich fortzuschleppen. Jetzt seid Ihr sicher, dass ich Euch nicht mehr entkommen werde. Lasst mich nicht ohne Beichte sterben. Gott kann Euch unmöglich das schändliche Verbrechen vergeben, mir den Beistand der Religion verweigert zu haben.«

Und mit gellender Stimme begann sie zu schreien: »Einen Priester! Einen Priester! Gott wird Euch nicht vergeben.«

Sie sah, wie Clément Tonnel erbleichte. Er wandte sich ab und bekreuzigte sich.

»Sie hat recht«, sagte der Prinz mit zitternder Stimme. »Das war auch Teil der Geschichte aus der Auvergne … Wir haben nichts zu gewinnen, wenn wir ihr die Tröstungen der Kirche verweigern. Beruhigt Euch, Madame. Ich hatte Eure Bitte vorausgesehen. Ich werde Euch einen Kaplan schicken, der in einem Nebenzimmer wartet.«

»Messieurs, zieht Euch zurück«, flehte Angélique mit übertrieben schwacher Stimme, während sie eine Hand auf ihren Magen legte, als krümme sie sich unter krampfartigen Schmerzen. »Ich möchte nur noch mein Gewissen erleichtern. Und ich spüre deutlich, wenn ich auch nur einen von Euch dabei vor Augen habe, werde ich nicht fähig sein, meinen Feinden zu vergeben. Oh, diese Schmerzen! Gott, hab Erbarmen!«

Und mit einem entsetzlichen Aufschrei warf sie sich zurück.

Philippe d'Orléans zog den Chevalier de Lorraine mit sich.

»Lasst uns gehen, rasch. Sie hat nur noch wenige Augenblicke zu leben.«

Der Haushofmeister hatte das Zimmer bereits verlassen.

Sobald sie hinausgegangen waren, sprang Angélique auf und rannte ans Fenster. Es gelang ihr, es zu öffnen. Eine regnerische Bö schlug ihr ins Gesicht, und sie beugte sich vor über den finsteren Abgrund. Es war nicht das Geringste zu erkennen, und sie konnte nur vermuten, in welcher Höhe sie sich über dem Boden befand. Dennoch kletterte sie, ohne zu zögern, über die Fensterbrüstung.

Ihr Sturz schien kein Ende zu nehmen. Sie landete hart in einer Art Kloake, in die sie einsank, was sie zweifellos vor größeren Verletzungen bewahrte. Ihr Knöchel schmerzte. Im ersten Moment glaubte sie, sie habe sich den Fuß gebrochen, aber er war nur verstaucht.

Sie schlich ein paar Schritte an der Mauer entlang. Dann steckte sie sich hastig das Ende einer Locke tief in den Hals, woraufhin sie sich mehrmals übergab.

Sie hatte nicht die leiseste Ahnung, wo sie sich befand. Nachdem sie sich ein Stück an der Mauer entlanggetastet hatte, erkannte sie erschreckt, dass sie in einen kleinen, mit Unrat und Abfällen gefüllten Innenhof gesprungen war, wo ihre Verfolger mühelos zu ihr gelangen konnten wie auf den Grund einer Grube.

Zum Glück trafen ihre Finger schließlich auf eine Tür, die sich öffnen ließ. Im Inneren war es dunkel und feucht. Der Geruch von Wein und Vorräten stieg ihr in die Nase. Sie musste sich in den Gesinderäumen des Louvre befinden, nicht weit von den Kellern entfernt.

Sie beschloss, wieder in das obere Stockwerk hinaufzugehen. Dort würde sie den erstbesten Schweizer alarmieren, dem sie begegnete … Aber dann würde der König sie verhaften und ins Gefängnis werfen lassen. Wie sollte sie bloß aus dieser Mausefalle entkommen?

Doch als sie die bewohnten Galerien erreichte, seufzte sie erleichtert auf. Nur wenige Schritte von ihr entfernt erkannte sie den wachhabenden Soldaten vor der Tür von Prinzessin Henriette, den sie vorhin nach dem Weg gefragt hatte. Im gleichen Moment versagten ihre Nerven, und sie schrie vor Angst laut auf, denn am anderen Ende des Ganges kamen der Chevalier de Lorraine und Philippe d'Orléans mit gezogenem Schwert im Laufschritt um die Ecke. Sie kannten den einzigen Ausgang des kleinen Hofs, in den ihr Opfer gesprungen war, und versuchten ihr den Weg abzuschneiden.

Angélique stieß den Soldaten zur Seite und stürzte in den Salon, wo sie sich Prinzessin Henriette zu Füßen warf.

»Erbarmen, Madame, Erbarmen, man will mich umbringen!«

Ein Kanonenschlag hätte die schillernde Gesellschaft nicht stärker erschüttert.

Die Spieler richteten sich auf und starrten verblüfft die junge Frau mit dem aufgelösten Haar an, die triefend nass und mit schlammigem, zerrissenem Kleid in ihrer Mitte zusammengebrochen war.

Angélique war am Ende ihrer Kräfte und sah sich gehetzt um. Sie erkannte die Gesichter von d'Andijos und Péguilin de Lauzun.

»Messieurs, steht mir bei!«, flehte sie. »Man hat versucht, mich zu vergiften. Und jetzt verfolgt man mich, um mich zu töten.«

»Aber wo sind denn Eure Mörder, meine Ärmste?«, fragte die sanfte Stimme Henriettes von England.

»Dort!«

Unfähig, mehr zu sagen, deutete Angélique auf die Tür.

Alle drehten sich um.

Auf der Schwelle standen Monsieur, der Bruder des Königs, und sein Favorit, der Chevalier de Lorraine. Sie hatten ihre Schwerter zurück in die Scheide gesteckt und trugen eine schmerzliche, ernste Miene zur Schau.

»Meine arme Henriette«, sagte Philippe d'Orléans, während er mit kleinen Schritten auf seine Cousine zutrat, »ich bin zutiefst betrübt über diesen Zwischenfall. Die Ärmste ist verrückt.«

»Ich bin nicht verrückt. Ich sage Euch, sie wollen mich umbringen.«

»Meine Liebe, Ihr seid ja völlig von Sinnen«, versuchte die Prinzessin sie zu beruhigen. »Der Mann, den Ihr als Euren Mörder bezeichnet, ist Monseigneur d'Orléans. Schaut doch nur einmal genauer hin.«

»Ich habe ihn mir schon mehr als genau angeschaut!«, rief Angélique. »Mein Lebtag werde ich sein Gesicht nicht mehr vergessen. Ich versichere Euch, er hat versucht, mich zu vergiften. Monsieur de Préfontaines, Ihr seid ein aufrechter Mann, bringt mir eine Arznei, Milch, was weiß ich, damit ich die Wirkung dieses furchtbaren Gifts bekämpfen kann. Ich flehe Euch an … Monsieur de Préfontaines!«

Stammelnd und völlig verdutzt, eilte der arme Mann hinüber zu einer Pastillendose und reichte Angélique eine Schachtel mit Orvietan, von dem sie hastig ein paar Bröckchen einnahm.

Die allgemeine Bestürzung hatte ihren Höhepunkt erreicht.

Die schmalen Lippen vor Ärger zusammengekniffen, versuchte Monsieur immer noch, sich Gehör zu verschaffen.

»Ich versichere Euch, meine Freunde, dass diese Frau den Verstand verloren hat. Ihr alle wisst doch, dass sich ihr Gemahl im Augenblick in der Bastille befindet, und zwar wegen eines abscheulichen Verbrechens: der Hexerei! Die Unglückliche wurde von dem skandalumwitterten Edelmann mit einem Bann belegt und versucht nun, eine Unschuld zu beteuern, die kaum zu beweisen ist. Vergeblich hat Seine Majestät in seiner Güte heute versucht, sie wieder zur Vernunft zu bringen.«

»Pah! Der König und seine Güte…!«, versetzte Angélique wütend.

Bald würde sie anfangen, irre zu reden… Dann wäre es um sie geschehen!

Sie vergrub das Gesicht in ihren Händen und bemühte sich, ruhiger zu werden.

Währenddessen hörte sie die treuherzige junge Stimme von Monsieur.

»Mit einem Mal bekam sie einen wahrhaft diabolischen Anfall. Sie ist vom Teufel besessen. Der König hat unverzüglich den Abt des Augustinerklosters rufen lassen, damit dieser versucht, sie mit rituellen Gebeten zu besänftigen. Aber sie konnte fliehen. Um ihr den Skandal zu ersparen, von den Wachen festgenommen zu werden, hat Seine Majestät mich beauftragt, sie zu suchen und bis zum Eintreffen der Mönche festzuhalten. Ich bedaure zutiefst, dass sie Eure Soirée gestört hat, Henriette. Ich glaube, das Klügste wäre, wenn Ihr Euch alle mit Euren Spielen in ein Nebenzimmer zurückzögt, während ich hier erledige, was mir mein Bruder aufgetragen hat.«

Wie durch einen Nebel sah Angélique, wie sich die Reihen der adligen Damen und Herren um sie herum nach und nach lichteten.

Beeindruckt und darauf bedacht, nichts zu tun, was dem Bruder des Königs missfallen könnte, zogen sich die Höflinge zurück.

Angélique hob die Hände. Sie trafen auf den Stoff eines Kleids, in das sich ihre kraftlosen Finger schon nicht mehr zu krallen vermochten.

»Madame«, flehte sie mit tonloser Stimme, »Ihr wollt mich doch nicht sterben lassen?«

Die Prinzessin zögerte. Sie warf ihrem Cousin einen ängstlichen Blick zu.

»Wie, Henriette«, protestierte dieser schmerzlich, »Ihr zweifelt an mir? Obwohl wir einander bereits gegenseitiges Vertrauen geschworen haben und bald durch heilige Bande miteinander verbunden sein werden?«

Die blonde Henriette senkte den Kopf.

»Vertraut Monseigneur, meine Freundin«, sagte sie zu Angélique. »Ich bin mir sicher, dass er nur Euer Bestes will.«

Rasch ging sie davon.

Wie in einem Delirium, das sie vor Angst stumm werden ließ, wandte sich Angélique, die immer noch auf dem Teppich kniete, der Tür zu, durch die die Höflinge so eilig verschwunden waren. Sie entdeckte Bernard d'Andijos und Péguilin de Lauzun, die sich, beide leichenblass im Gesicht, nicht dazu durchringen konnten, den Raum zu verlassen.

»Nun, Messieurs«, erklärte Monseigneur d'Orléans mit schriller Stimme, »meine Befehle gelten auch für Euch. Muss ich dem König etwa berichten, dass Ihr dem wirren Gerede einer Verrückten mehr Glauben schenkt als den Worten seines eigenen Bruders?«

Die beiden Männer senkten den Kopf und folgten den anderen mit langsamen Schritten hinaus.

Dieser letzte Verrat weckte plötzlich Angéliques Kampfgeist.

»Ihr Feiglinge! Feiglinge! Oh, Ihr Feiglinge!«, schrie sie, sprang auf und hastete mit einem Satz hinter einen schützenden Sessel.

Nur um ein Haar entging sie dem Schwerthieb des Chevalier de Lorraine. Ein zweiter Hieb traf sie an der Schulter, und aus der Wunde floss Blut.

»Andijos, Péguilin, Gascogner, zu mir!«, schrie sie außer sich. »Rettet mich vor den Männern aus dem Norden!«

Mit einem Ruck flog die Tür zum Nebenzimmer wieder auf.

Lauzun und der Marquis d'Andijos stürzten mit blankem Schwert in den Raum. Sie hatten hinter der nur angelehnten Tür gelauert, und nun war kein Zweifel mehr daran möglich, welch schreckliche Absichten der Bruder des Königs und sein Favorit hegten.

Mit einem Streich schlug Andijos Philippe d'Orléans das Schwert aus der Hand und verletzte ihn am Handgelenk. Lauzun kreuzte unterdessen die Klinge mit dem Chevalier de Lorraine.

Andijos packte Angélique bei der Hand.

»Wir müssen fliehen, schnell!«

Er zog sie mit sich hinaus in den Gang und prallte dort gegen Clément Tonnel, der nicht mehr dazu kam, die Pistole zu ziehen, die er unter seinem Umhang verborgen hielt. Schwungvoll bohrte ihm Andijos die Klinge in die Kehle. In einem Schwall von Blut brach der Mann zusammen.

Dann rannten der Marquis und die junge Frau in wilder Flucht davon.

Hinter ihnen rief die Stimme von Monsieur nach den Schweizern.

»Wachen! Wachen! Lasst sie nicht entkommen!«

Bald folgten ihnen schwere Schritte, vermischt mit dem Klirren der Hellebarden.

»Die Große Galerie!«, keuchte Andijos. »Bis in die Tuilerien … die Ställe, Pferde! Dahinter das offene Feld … Gerettet …«

Trotz seiner Leibesfülle rannte der Gascogner mit einer Ausdauer, die Angélique ihm niemals zugetraut hätte. Aber sie selbst konnte nicht mehr weiter. Ihr Knöchel schmerzte höllisch, und ihre Schulter brannte.

»Ich falle!«, keuchte sie. »Gleich falle ich.«

In dem Moment kamen sie an einer der großen Treppen vorbei, die in die Gärten hinunterführten.

»Los, da hinunter«, wies Andijos sie an. »Versteckt Euch, so gut Ihr könnt. Ich werde sie so weit wie möglich fortlocken, zu den Ställen.«

Angélique flog geradezu die steinernen Stufen hinab. Der Schein eines Kohlenbeckens ließ sie zurückschrecken. Unvermittelt brach sie zusammen.

Arlecchino, Colombina und Pierrot fingen sie auf, zogen sie in ihren schützenden Winkel und versteckten sie notdürftig. Die großen grünen und roten Rauten ihrer Kostüme wirbelten noch lange vor Angéliques Augen, ehe sie in eine tiefe Ohnmacht sank.

Kapitel 5

Sanftes grünes Licht hüllte Angélique ein, als sie die Augen wieder öffnete. Sie war in Monteloup, unter dem Blätterdach am Fluss, dort, wohin die Sonnenstrahlen nur grünlich gefärbt durchdrangen.

Und sie hörte ihren Bruder Gontran, der zu ihr sprach.

»Das Grün der Pflanzen werde ich niemals finden. Wenn man Galmei mit persischem Kobaltsalz aufbereitet, erhält man vielleicht einen ähnlichen Farbton, aber das ist dann ein dichtes, undurchsichtiges Grün. Kein Vergleich mit dem lichten Smaragdgrün der Blätter über dem Fluss …«

Gontran hatte eine raue, heisere Stimme. Sie klang anders als sonst, und doch war es der gleiche verdrossene Ton, den er immer anschlug, wenn er von seinen Farben und Gemälden sprach. Wie oft hatte er nicht, mit leisem Groll die Augen seiner Schwester betrachtend, gemurmelt: »Das Grün der Pflanzen werde ich niemals finden.«

Ein Brennen in ihrer Magengrube ließ Angélique erschauern. Sie erinnerte sich daran, dass etwas Schreckliches geschehen war.

Mein Gott, dachte sie, mein Kind ist tot!

Ganz sicher war es tot! So viel Grauen hatte es nicht überleben können. Es war gestorben, als sie aus dem Fenster in den finsteren Abgrund gesprungen war. Oder als sie durch die Gänge des Louvre gerannt war … Der Taumel dieses aberwitzigen Laufs ließ ihre Glieder immer noch wie im Fieber glühen; ihr Herz, dem sie das Letzte abverlangt hatte, schien zu schmerzen.

Unter Aufbietung aller Kräfte gelang es ihr, eine Hand zu bewegen und auf ihren Bauch zu legen. Ein sanftes Zucken antwortete auf ihren Druck.

Oh! Es ist noch da, es lebt! Was für ein tapferes kleines Kerlchen, dachte sie voller Stolz und Zärtlichkeit.

Das Kind regte sich in ihr wie ein kleiner Frosch. Sie spürte, wie der runde Kopf unter ihren Fingern hindurchglitt. Mit jedem Moment wurde ihr Geist klarer, und sie bemerkte, dass sie in Wahrheit in einem großen Bett mit gedrehten Pfosten lag, dessen Vorhänge aus grüner Serge dieses grünliche Licht hindurchschimmern ließen, das sie an die Ufer des Flusses bei Monteloup erinnert hatte.

Sie war nicht bei Hortense in der Rue de l'Enfer. Aber wo war sie dann?

Ihre Erinnerungen blieben verschwommen. Sie hatte lediglich das Gefühl, eine riesige, finstere Masse hinter sich herzuschleifen, ein grauenvolles Drama aus schwarzem Gift, blitzenden Schwertern, Angst und klebrigem Schlamm.

Wieder erklang Gontrans Stimme.

»Niemals, niemals wird jemand das Grün des Wassers unter dem Blätterdach finden.«

Diesmal hätte Angélique um ein Haar aufgeschrien. Sie war verrückt geworden, daran gab es keinen Zweifel! Oder schrecklich krank …?

Sie richtete sich auf und schob die Bettvorhänge zur Seite.

Der Anblick, der sich ihr bot, überzeugte sie vollends davon, dass sie den Verstand verloren hatte.

Vor ihr lag auf einer Art Podest eine halbnackte blonde, rosige Göttin, die in einem Korb aus geflochtenem Stroh üppige goldene Weintrauben darbot, deren wuchernde Ranken sich über samtene Kissen ergossen. Ein wunderschöner nackter, pausbäckiger kleiner Amor mit einer schief sitzenden Blütenkrone auf dem blonden Haar pflückte eifrig einzelne Beeren ab. Plötzlich nieste der kleine Gott mehrmals. Die Göttin musterte ihn besorgt und sagte ein paar Worte in einer fremden Sprache. Das musste die Sprache des Olymps sein.

Im Raum bewegte sich etwas, und ein bärtiger Riese trat auf Amor zu, nahm ihn auf den Arm und hüllte ihn in einen wollenen Mantel. Gekleidet war er wie ein Handwerker dieses Jahrhunderts.

Gleichzeitig entdeckte Angélique die Staffelei des Malers Van Ossel. Daneben stand ein Gehilfe mit lederner Schürze. Er hielt mehrere Paletten in der Hand, auf denen bunt gemischte Farbtupfer leuchteten.

Mit leicht geneigtem Kopf betrachtete er das unvollendete Gemälde des Meisters. Ein bleiches Licht fiel auf sein Gesicht. Er war ein kräftiger mittelgroßer junger Bursche von recht normalem Äußeren in einem Hemd aus grobem Tuch, aus dem ein gebräunter Nacken hervorschaute. Das kastanienbraune Haar fiel ihm unordentlich geschnitten bis auf die Schultern und verdeckte halb die dunklen Augen. Doch diese schmollenden Lippen, die rebellische Nase und das gutmütige, etwas schwere Kinn, das sie an ihren Vater, den Baron Armand, erinnerte, hätte Angélique unter Tausenden wiedererkannt.

»Gontran!«, rief sie.

»Die Dame ist aufgewacht!«, antwortete die Göttin.

Gleich darauf drängte sich die ganze Schar, zu der sich noch fünf oder sechs Kinder gesellten, um ihr Bett.

Der Malergehilfe wirkte verblüfft. Bestürzt musterte er die lächelnde Angélique. Dann verfärbte sich sein Gesicht plötzlich tiefrot, und er griff mit seinen farbbekleckten Fingern nach ihrer Hand.

»Meine Schwester!«, flüsterte er leise.

Die üppige Göttin, die in Wahrheit die Frau des Malers Van Ossel war, rief ihrer Tochter zu, sie solle das mit Zucker und warmem Wasser geschlagene Eigelb bringen, das sie in der Küche vorbereitet hatte.

»Es freut mich sehr«, sagte der Holländer, »dass ich nicht nur einer in Not geratenen Dame, sondern darüber hinaus der Schwester meines Gesellen einen Dienst erweisen konnte.«

»Warum bin ich überhaupt hier?«, wollte Angélique wissen.

Mit seiner schleppenden Stimme erzählte der Holländer, wie sie am vergangenen Abend von lautem Klopfen an der Tür geweckt worden waren. Im Schein der Kerze hatten italienische Komödianten in bunten Satinkostümen ihnen eine ohnmächtige, blutende, halb tote Frau hingehalten und sie angefleht, die unglückliche Verfolgte zu retten.

»Sie ist uns willkommen!«, hatte die bedächtige holländische Stimme darauf geantwortet.

Sie hatten die Verletzte aufgenommen, ihre Wunde verbunden und sie gepflegt. Bei ihnen hatte sie nichts zu befürchten. Wer würde sie schon bei einem Maler im Louvre suchen? Am Morgen hatten sie ihrem Gesellen, der nicht bei ihnen wohnte, von der verletzten Frau erzählt, die sie versteckten. Auch er würde nichts verraten …

Gontran und Angélique schauten sich verlegen an.

Wie viele Jahre waren vergangen, seit sie sich bei der Ankunft in Poitiers voneinander verabschiedet hatten? Angélique sah wieder Raymond und Gontran vor sich, die die steil ansteigenden Gässchen hinaufritten. Vielleicht dachte Gontran gerade an die alte Kutsche zurück, in der sich die drei staubbedeckten kleinen Mädchen drängten.

»Das letzte Mal, als ich dich gesehen habe«, sagte er, »warst du mit Hortense und Madelon auf dem Weg ins Ursulinenkloster in Poitiers.«

»Ja. Madelon ist gestorben, hast du davon gehört?«

»Ja, das habe ich.«

»Erinnerst du dich noch an das Porträt, das du vom alten Guillaume gezeichnet hast?«

»Der alte Guillaume ist tot.«

»Ja, ich weiß.«

»Sein Porträt habe ich immer noch. Und ich habe noch ein schöneres gemalt... aus dem Gedächtnis. Ich werde es dir später zeigen.«

Er hatte sich auf die Bettkante gesetzt und die rauen Hände auf die lederne Schürze gelegt. Sie waren mit roten und blauen Farbflecken übersät, angegriffen von den chemischen Materialien, mit denen er seine Farben herstellte, und schwielig vom Stößel, mit dem er von morgens bis abends in seinem Mörser Mennige, Ocker und Bleiglätte zerstampfte, die anschließend mit Ölen oder Salzgeist vermischt wurden.

»Ach, Gontran, wie bist du nur in diesen Beruf geraten?«, fragte Angélique mit einem Hauch von Mitleid in der Stimme.

Gontran rümpfte seine empfindliche Nase – die Sancé-Nase –, und seine Stirn umwölkte sich.

»So ein Unsinn!«, erklärte er ohne Umschweife. »Wenn ich hierher geraten bin, wie du es ausdrückst, dann nur, weil ich es so gewollt habe. Mein Latein lässt nichts zu wünschen übrig, und die Jesuiten haben keine Mühe gescheut, um aus mir einen Adligen zu machen, der den Namen der Familie weitergeben kann, nachdem Josselin nach Amerika geflohen und Raymond in die Gesellschaft Jesu eingetreten ist. Aber auch ich hatte meinen Traum. Ich habe mich mit unserem Vater überworfen, als er von mir verlangte, in die Armee einzutreten und dem König zu dienen. Er sagte, er werde mir keinen Sol geben. Also habe ich mich zu Fuß auf den Weg gemacht wie ein Bettler und bin in Paris ein Handwerker geworden. Meine Lehrzeit ist bald vorüber. Dann werde ich auf die Wanderschaft gehen. Ich werde von Stadt zu Stadt ziehen und alles lernen, was es dort in den Berufen des Malers oder Graveurs zu lernen gibt. Um meinen Lebensunterhalt zu bestreiten, werde ich mich bei Malern verdingen oder Porträts von Bürgersleuten anfertigen. Und später werde ich einen Meisterbrief erwerben. Ich bin mir sicher, Angélique, eines Tages werde ich ein großer Maler! Und vielleicht werde ich irgendwann beauftragt, die Decken des Louvre auszumalen …«

»Dann male dort die Hölle voller Feuer und Fratzen schneidender Teufel!«

»Nein, ich werde die ganze Decke blau ausmalen wie den Himmel und darauf sonnenbeschienene Wolken, zwischen denen der König in seinem ganzen Glanz erstrahlt.«

»Der König in seinem Glanz …«, wiederholte Angélique mit leiser, matter Stimme.

Sie schloss die Augen. Mit einem Mal fühlte sie sich älter als dieser junge Mann, der zwar einige Jahre vor ihr zur Welt gekommen war, aber sich die ganze Kraft seiner kindlichen Leidenschaft bewahrt hatte. Gewiss, er hatte gefroren und Hunger gelitten, er war gedemütigt worden, aber niemals hatte er von dem Ziel abgelassen, seinen Traum Wirklichkeit werden zu lassen.

»Und was ist mit mir? Willst du mich nicht fragen, wie ich hierher geraten bin?«

»Ich wage es nicht, dich zu fragen«, antwortete er verlegen. »Ich weiß doch, dass du gegen deinen Willen mit einem schrecklichen, furchterregenden Mann vermählt worden bist. Unser Vater frohlockte wegen dieser Heirat, aber wir hatten alle Mitleid mit dir, meine arme Angélique. Warst du sehr unglücklich?«

»Nein. Jetzt bin ich unglücklich.«

Sie zögerte, ihm mehr anzuvertrauen. Warum sollte sie diesen Jungen beunruhigen, den außer seiner wunderbaren Arbeit kaum etwas zu interessieren schien? Wie oft hatte er in den letzten Jahren an seine kleine Schwester Angélique gedacht? Bestimmt nur selten, höchstens, wenn er wieder einmal bedauerte, das Grün der Blätter nicht richtig wiedergeben zu können. Obwohl er fest in ihren Familienkreis eingebunden gewesen war, hatte er die anderen nie wirklich gebraucht.

»Hier in Paris wohne ich bei Hortense«, sprach sie weiter, um in ihrer eisesstarren Seele wieder ein wenig geschwisterliche Wärme zu entfachen.

»Hortense? Dieses zänkische Weib. Als ich nach Paris gekommen bin, wollte ich sie besuchen, aber das hat mir nur Gezeter eingebracht! Sie ist fast gestorben vor Scham, als ich mit meinen derben Schuhen in ihr Haus kam. Ich trüge ja nicht einmal mehr mein Schwert, hat sie gekreischt. Nichts würde mich mehr von einem ungeschliffenen Handwerker unterscheiden! Da hat sie recht. Aber soll ich über meiner ledernen Schürze etwa ein Schwert tragen? Ich bin ein Adliger, aber ich möchte malen, und die Vorurteile dieser dummen Gans werden mich bestimmt nicht davon abhalten.«

»Ich glaube, das Rebellieren liegt uns allen im Blut«, bemerkte Angélique seufzend.

Liebevoll griff sie nach der schwieligen Hand ihres Bruders.

»Es ist dir wohl sehr elend ergangen?«

»Nicht elender, als es mir bei der Armee ergangen wäre. Da hätte ich zwar ein Schwert getragen, aber ich hätte auch bis über beide Ohren in Schulden gesteckt, und die Wucherer würden mir keine Ruhe lassen. Hier weiß ich, was ich verdiene. Ich erwarte keine Pension, die von den Launen eines fernen Herrn abhängt. Mein Meister kann mich nicht betrügen, denn die Zunft schützt mich. Und wenn das Leben zu hart wird, schaue ich manchmal bei den Jesuiten im Temple[1] vorbei und bitte unseren Bruder um ein paar Ecus.«

»Raymond ist in Paris?«, rief Angélique.

»Ja. Er wohnt im Temple, aber er ist Kaplan mehrerer Klöster, und es würde mich nicht wundern, wenn er es irgendwann zum Beichtvater einiger einflussreicher Persönlichkeiten am Hof bringt.«

Angélique dachte nach. Raymonds Hilfe war genau das, was sie jetzt brauchte. Einen Geistlichen, dem die Angelegenheit vielleicht am Herzen lag, da es sich um seine eigene Verwandtschaft handelte …

Trotz der noch frischen Erinnerung an die Gefahr, in der sie geschwebt hatte, und trotz der Worte des Königs dachte Angélique gar nicht daran, aufzugeben. Sie war sich lediglich darüber klar geworden, dass sie von nun an sehr vorsichtig würde sein müssen.

»Gontran«, sagte sie entschlossen, »bringst du mich bitte ins Wirtshaus Zu den Drei Hämmern.«

Gontran wunderte sich nicht über ihre Bitte. War seine Schwester nicht schon immer ein eigenwilliges Geschöpf gewesen? Er sah noch deutlich vor sich, wie sie als Kind barfuß, zerlumpt und von dornigen Ranken zerkratzt von ihren Streifzügen durch die Felder zurückkehrte, über die sie mit niemandem redete, blutend manchmal, ungezähmt und geheimnisvoll.

Van Ossel riet ihnen, die Nacht oder wenigstens den Abend abzuwarten, wenn die Gesichter in der Dunkelheit verschwammen. Schließlich hatte er genug Erfahrung mit den Dramen und Intrigen dieses Palastes, deren Echo durch die Stimmen seiner adligen Modelle an seine Staffelei drang.

Mariedje lieh Angélique einen ihrer Röcke und das dazugehörige Mieder aus schlichtem, dunkel beigefarbenem Leinen. Dann band sie ihr einen schwarzen Satinschal um den Kopf, wie ihn die Frauen aus dem Volk trugen. Belustigt spürte Angélique, wie der Rock, der kürzer war als die Kleider der adligen Damen, um ihre Knöchel schwang.

Als sie in Begleitung von Gontran den Louvre durch eine kleine Tür verließ, die Waschfrauenpforte genannt wurde, weil dort den ganzen Tag über die Wäscherinnen der fürstlichen Haushalte hinaus zur Seine und wieder hinein in den Palast liefen, glich sie eher einer adretten jungen Handwerkerfrau am Arm ihres Mannes als einer adligen Dame, die noch tags zuvor mit dem König gesprochen hatte.

Hinter dem Pont-Neuf glitzerte die Seine in den letzten Sonnenstrahlen. Die Pferde, die zur Tränke an den Fluss geführt wurden, schritten bis zur Brust ins Wasser und schüttelten wiehernd und schnaubend den Kopf. Heukähne hatten mit ihrer duftenden Fracht in einer langen Reihe am Ufer festgemacht. Gerade war ein Marktschiff aus Rouen angekommen, und die Passagiere – Soldaten, Mönche und Ammen – stiegen ans schlammige Ufer.

Die Glocken läuteten zum Angelus. Die Oblaten- und Waffelverkäufer eilten mit ihren Körben, über die sie weiße Tücher gebreitet hatten, durch die Straßen und lockten die Spieler in den Wirtshäusern zum Kauf:

»*Wer von Euch braucht den Oblatenmann,*
der kommt, wenn Euch das Geld zerrann?
Oblaten! Oblaten! Wenn's nicht reicht für den Braten.«

Eine prächtige Kutsche rollte vorbei, davor rannten ihre Läufer und Hunde. Und unter dem roten Himmel erstreckte sich die endlose Galerie des vom nahenden Dunkel bläulich verfärbten massigen, düsteren Louvre.

Kapitel 6

Lautes Grölen drang aus dem Wirtshaus, dessen gewaltiges Schild über den Köpfen der Passanten drei schmiedeeiserne Hämmer zeigte.

Angélique und ihr Bruder Gontran stiegen die Stufen hinab und fanden sich eingehüllt von Tabakrauch und Soßendüften wieder. Am Ende des Raums blickte man durch eine schmale, offene Tür in die Küche, wo sich vor den roten Feuern gemächlich mit reichlich Geflügel garnierte Spieße drehten.

Die Geschwister setzten sich an einen etwas abseits stehenden Tisch bei einem Fenster, und Gontran bestellte Wein.

»Nimm eine gute Flasche«, sagte Angélique und zwang sich zu einem Lächeln. »Ich bezahle.«

Sie zeigte ihm ihre Börse, in der sie sorgsam die fünfzehnhundert Livres hütete, die sie am Spieltisch gewonnen hatte.

Gontran erklärte, er sei kein Feinschmecker. Normalerweise begnügte er sich mit einem einfachen Landwein aus der Pariser Region. Und sonntags gönnte er sich berühmtere Tropfen draußen in den Vororten, wo die Weine aus Bordeaux und dem Burgund billiger waren, weil dort auf sie noch kein Stadtzoll entrichtet worden war. Dieser sonntägliche Ausflug war seine einzige Zerstreuung.

Angélique fragte ihn, ob er mit Freunden dorthin ging. Er verneinte. Er hatte keine Freunde, aber er saß gern dort unter einer Laube und betrachtete die Gesichter der Leute um ihn herum. Für ihn war die Menschheit gut und freundlich.

»Hast du ein Glück«, murmelte Angélique, die auf ihrer Zunge plötzlich den bitteren Geschmack des Gifts spürte. Sie fühlte sich nicht krank, aber matt und nervös.

Sie zog den grobwollenen Umhang, den Mariedje ihr geliehen hatte, fester um sich und betrachtete mit glänzenden Augen das für sie neue Treiben in einer Hauptstadtschenke.

Hier atmete man zwar keine frische Luft, aber dafür ein Gemisch aus Freiheit und Vertrautheit, das die Stammgäste mit Wohlbehagen erfüllte.

Der Adlige kam hierher, um zu rauchen und die Förmlichkeit der königlichen Vorzimmer zu vergessen, der Bürger schlug sich hinter dem Rücken seiner argwöhnischen, zänkischen Frau den Wanst voll, der Musketier frönte dem Würfelspiel, und der Handwerker vertrank hier seinen Lohn und vergaß für ein paar Stunden seine Sorgen.

Die Drei Hämmer lagen an der Place de Montorgueil, nicht weit vom Palais Royal entfernt, und so verkehrten dort auch viele Schauspieler, die mit geschminkten Gesichtern und falschen Nasen spätabends hereinkamen, um sich »die Eingeweide zu erfrischen«, wie sie sagten, und ihre von den rasenden Leidenschaften heiseren Kehlen zu benetzen. Italienische Komödianten in grellbunten Kostümen, Schausteller, manchmal sogar verdächtig aussehende Zigeuner mit glühenden Augen mischten sich unter die Gäste aus dem Viertel.

An diesem Abend präsentierte ein italienischer Greis, dessen Gesicht hinter einer roten Samtmaske verborgen war und dessen weißer Bart bis zu seinem Gürtel hinabreichte, den Anwesenden einen höchst amüsanten kleinen Affen. Nachdem dieser einen der Gäste eine Weile beobachtet hatte, begann er ihn zu imitieren, wie er seine Pfeife rauchte, den Hut aufsetzte oder sein Glas an die Lippen führte.

Lautes Gelächter schüttelte die feisten Bäuche.

Gontran beobachtete die Szene mit leuchtenden Augen.

»Sieh nur, ist das nicht herrlich: die rote Maske und dazu der Bart, der aussieht wie glitzernder Schnee!«

Angélique hingegen wurde immer nervöser, sie fragte sich, wie lange sie wohl noch warten mussten.

Endlich öffnete sich die Tür erneut, und die riesige Dänische Dogge des Advokaten Desgrez tauchte auf.

Ein Mann in einem weiten steingrauen Umhang begleitete den Advokaten. Überrascht erkannte Angélique den jungen Cerbalaud, der sein bleiches Gesicht unter einem tief in die Stirn gezogenen Hut und hinter seinem hochgeschlagenen Kragen verbarg.

Sie bat Gontran, die beiden Neuankömmlinge diskret an ihren Tisch zu holen.

»Mein Gott, Madame«, sagte der Advokat und stöhnte, als er neben sie auf die Bank glitt, »seit heute Morgen habe ich Euch zehnmal mit durchgeschnittener Kehle, zwanzigmal ertrunken und hundertmal begraben gesehen.«

»Ein Mal hätte gereicht, Maître«, antwortete sie lachend.

Und doch freute es sie unwillkürlich, ihn so besorgt zu sehen.

»Habt Ihr solche Angst, eine Klientin zu verlieren, die Euch schlecht entlohnt und darüber hinaus noch in Gefahr bringt?«, fragte sie.

Er verzog kläglich das Gesicht.

»Sentimentalität ist eine Krankheit, von der man sich nur sehr langsam erholt. Wenn dann noch Abenteuerlust dazukommt, ist ein dummes Ende gewiss. Kurzum, je verwickelter Eure Angelegenheit wird, desto mehr fasziniert sie mich. Wie geht es Eurer Verletzung?«

»Ihr habt schon davon gehört?«

»Wie es sich für einen Advokaten ziemt, der sich gelegentlich als Büttel verdingt. Aber ich gestehe, dass der Herr hier an meiner Seite mir eine wertvolle Hilfe war.«

Der wachsbleiche Cerbalaud, unter dessen Augen violette Schatten von Schlafmangel zeugten, berichtete ihr vom weiteren Verlauf der tragischen Ereignisse im Louvre, in die er durch allergrößten Zufall verwickelt worden war.

In jener Nacht hatte er Wachdienst in den Stallungen der Tuilerien gehabt, als plötzlich ein keuchender Mann, der seine Perücke verloren hatte, aus den Gärten hervorstürzte. Es war Bernard d'Andijos. Gefolgt von den Häschern des Königsbruders, war er durch die Große Galerie gerannt. Das rasende Hämmern seiner hölzernen Absätze hatte sowohl im Louvre als auch in den Tuilerien erschreckte Gesichter an die Türen der Zimmer und Gemächer gelockt. Im Vorbeilaufen hatte er die Wachen zur Seite gestoßen, die versucht hatten, sich ihm in den Weg zu stellen.

Während er hastig ein Pferd sattelte, hatte er erklärt, dass Madame de Peyrac beinahe ermordet worden sei und er selbst mit Monsieur d'Orléans die Klingen gekreuzt habe. Kurz darauf hatte er seinem Pferd die Sporen gegeben und war auf das offene Land zugaloppiert, wobei er noch gerufen hatte, dass er gen Süden reiten wolle, um das Languedoc gegen den König aufzuwiegeln.

»Oh, der arme Marquis d'Andijos!«, sagte Angélique. »Er … das Languedoc gegen den König aufwiegeln …?«

»Glaubt Ihr etwa, das wird er nicht tun?«, fragte Cerbalaud.

Ernst hob er einen Finger.

»Madame, Ihr habt das wahre Wesen der Gascogner nicht verstanden; Lachen und Zorn wechseln sich rasch ab, aber man weiß nie, was am Ende überwiegt. Und wenn es der Zorn ist, Potzteufel, dann seht Euch vor!«

»Ihr habt recht, den Gascognern verdanke ich mein Leben. Wisst Ihr, was aus Monsieur de Lauzun geworden ist?«

»Er sitzt in der Bastille.«

»Mein Gott«, seufzte Angélique, »hoffentlich vergisst man ihn dort nicht die nächsten vierzig Jahre!«

»Seid unbesorgt, er wird sich schon in Erinnerung zu rufen wissen. Außerdem habe ich den Leichnam Eures früheren Haushofmeisters gesehen, der von zwei Lakaien fortgetragen wurde.«

»Der Teufel soll seine Seele holen!«

»Als ich schließlich davon überzeugt war, dass Ihr ebenfalls ums Leben gekommen wart, habe ich Euren Schwager, den Prokurator Maître Fallot de Sancé, aufgesucht. Dort traf ich auf Euren Advokaten, Maître Desgrez. Wir sind zusammen zum Châtelet gegangen und haben dort alle Leichen von Ertrunkenen oder Ermordeten angeschaut, die heute Morgen in Paris aufgefunden wurden. Ein erbärmliches Geschäft, mir ist immer noch ganz übel davon. Und nun bin ich hier! Was habt Ihr jetzt vor, Madame? Ihr müsst so schnell wie möglich fliehen.«

Angélique blickte auf ihre Hände, die vor ihr auf dem Tisch lagen, neben dem großen Stielglas, in dem der Wein, den sie nicht angerührt hatte, funkelte wie ein dunkler Rubin. Sie erschienen ihr ungewöhnlich klein und von einem zerbrechlichen Weiß. Unwillkürlich verglich sie sie mit den starken männlichen Händen ihrer Begleiter.

Als Stammgast des Lokals stellte Desgrez eine aus Horn geschnitzte Dose vor sich hin und rieb ein wenig Tabak, ehe er seine Pfeife stopfte.

Angélique fühlte sich sehr allein und schwach.

»Wenn ich recht verstehe«, sagte Gontran unvermittelt, »bist du also in eine üble Geschichte verwickelt, bei der dein Leben in Gefahr ist. Das passt zu dir. So etwas sind wir von dir gewohnt!«

»Monsieur de Peyrac ist in der Bastille, man beschuldigt ihn der Hexerei«, erklärte Desgrez.

»Das passt zu dir«, wiederholte Gontran. »Aber noch ist es nicht zu spät, um von hier zu verschwinden. Wenn du kein Geld hast, kann ich dir welches leihen. Ich habe etwas für meine Wanderschaft zurückgelegt, und Raymond wird dir sicher auch helfen. Pack deine Sachen und nimm die Postkutsche nach Poitiers. Von dort aus fährst du weiter nach Monteloup. Zu Hause hast du nichts zu befürchten!«

Einen Moment lang sah Angélique vor ihrem geistigen Auge das schützende Schloss von Monteloup, die stillen Sümpfe und Wälder. Florimond würde mit den Truthähnen auf der Zugbrücke spielen …

»Und Joffrey?«, fragte sie. »Wer wird dafür sorgen, dass ihm Gerechtigkeit widerfährt?«

Daraufhin folgte ein drückendes Schweigen, das vom Grölen eines Tischs voller Säufer und dem Schimpfen der Tafelnden übertönt wurde, die mit ihren Messern auf ihre Teller schlugen. Das Erscheinen von Maître Corbasson, dem Bratkoch, der in den hoch erhobenen Händen eine knusprig braune, brutzelnde Gans hereintrug, brachte ihre Proteste zum Schweigen.

Gleichmütig stopfte Desgrez seine langstielige holländische Pfeife.

»So sehr hängst du also an deinem Mann?«, fragte Gontran.

Angélique biss die Zähne zusammen.

»Eine Unze seines Gehirns ist mehr wert als eure drei Hirne zusammen«, erklärte sie unumwunden. »Ich weiß, es klingt lächerlich. Aber obwohl er mein Gemahl ist, obwohl er hinkt und obwohl sein Gesicht entstellt wurde, liebe ich ihn.«

Ein trockenes Schluchzen schüttelte sie.

Und trotzdem habe ich seinen Untergang besiegelt, dachte sie. Wegen dieser elenden Giftgeschichte. Gestern, bei meiner Unterredung mit dem König, habe ich sein Urteil unterzeichnet, ich habe …

Plötzlich wurde Angéliques Blick starr, und ihre Züge gefroren vor Entsetzen. Eine Erscheinung war hinter der Fensterscheibe aufgetaucht: ein albtraumhaftes Gesicht, eingerahmt von einer Flut von langem fettigem Haar. Über die bleiche Wange zog sich eine violette Geschwulst. Ein Auge war hinter einer schwarzen Binde verborgen; das andere leuchtete wie das eines Wolfs. Die schreckliche Gestalt beobachtete Angélique, und sie *lachte.*

»Was ist los?«, fragte Gontran, der mit dem Rücken zum Fenster saß und nichts sah.

Desgrez folgte dem entsetzten Blick der jungen Frau. Unvermittelt stürzte er zur Tür und pfiff nach seinem Hund.

Das Gesicht hinter der Scheibe verschwand. Kurz darauf kehrte der Advokat unverrichteter Dinge zurück.

»Er ist verschwunden wie eine Ratte in ihrem Loch.«

»Kennt Ihr diesen tristen Herrn?«, erkundigte sich Cerbalaud.

»Ich kenne sie alle. Der da ist Calembredaine, illustrer Haderlump, König der Mantelräuber vom Pont-Neuf, und einer der mächtigsten Bandenführer der Hauptstadt.«

»Dreist ist er ja, einfach hierherzukommen und den ehrbaren Leuten beim Abendessen zuzuschauen.«

»Vielleicht hatte er einen Komplizen im Schankraum, dem er ein Zeichen geben wollte.«

»Nein, er hat mich angeschaut«, sagte Angélique mit klappernden Zähnen.

»Pah! Habt keine Angst. Hier sind wir ganz in der Nähe der Rue de la Truanderie und des Faubourg Saint-Denis. Das ist das Revier der Bettler und ihres Herrschers, des Großen Coesre, des Königs der Diebe und Gauner.«

Bei diesen Worten hatte er eine Hand um die Taille der jungen Frau gelegt und zog sie fest an sich. Angélique spürte die Wärme und Kraft seiner männlichen Hand. Ihre überreizten Nerven entspannten sich. Ohne Scham schmiegte sie sich an ihn. Was kümmerte es sie, dass Desgrez ein bürgerlicher, armer Advokat war? War sie nicht selbst kurz davor, eine Ausgestoßene zu werden, eine Verfolgte, ohne Obdach oder Schutz, vielleicht sogar ohne Namen?

»Schockschwerenot«, fuhr Desgrez fröhlich fort. »Man setzt sich doch nicht ins Wirtshaus, um so düstere Reden zu führen. Lasst uns etwas essen; danach können wir immer noch Pläne schmieden. He! Corbasson, du Teufelsröster, willst du uns hier verhungern lassen?«

Der Wirt eilte herbei.

»Was kannst du drei hohen Herren, die seit vierundzwanzig Stunden nichts als Aufregung zu sich genommen haben, und einer zarten jungen Dame anbieten, deren Appetit ein wenig der Anregung bedarf?«

Corbasson legte die Hände ans Kinn, und seine Miene sah aus, als hätte er gerade eine Inspiration gehabt.

»Nun denn. Euch, Messieurs, schlage ich ein großes, mit Salat- und Essiggürkchen gespicktes, blutiges Rinderfilet vor, dazu drei kleine in Asche gegrillte Hähnchen und ein Schälchen mit frittierter Creme. Und was würde Madame von einem leichteren Menü halten? Gekochtes Kalbfleisch und ein Salat, das Mark eines Knochens, Apfelgelee, eine eingelegte Birne und ein Oblatenhörnchen. Zum Abschluss noch ein paar Fencheldragees, und ich bin mir sicher, dass sich bald wieder Rosen unter ihren Lilienteint mischen werden.«

»Corbasson, du bist der unentbehrlichste und liebenswürdigste Mann der gesamten Schöpfung. Wenn ich das nächste Mal in die Kirche gehe, werde ich für dich zum heiligen Honoratus beten. Überdies bist du ein großer Künstler, nicht nur als Soßenkoch, sondern auch in deinen geistreichen Worten.«

Doch gewiss zum ersten Mal in ihrem Leben hatte Angélique keinen Hunger. Lustlos stocherte sie in den Gerichten von Maître Corbasson herum.

Ihr Körper kämpfte mit den Nachwirkungen des Gifts, das sie in der vergangenen Nacht getrunken hatte. Jahrhunderte schienen seit diesem entsetzlichen Erlebnis vergangen zu sein. Benommen von ihrer Übelkeit und vielleicht auch von dem aufdringlichen, ungewohnten Dunst, der in der Tabakschenke herrschte, wurde sie allmählich schläfrig. Mit geschlossenen Augen kam ihr der Gedanke, dass Angélique de Peyrac gestorben war.

Als sie wieder erwachte, war der Schankraum von rauchgeschwängertem Dämmerlicht erfüllt.

Angélique bewegte sich und bemerkte, dass ihre Wange auf einem rauen Kissen lag. Es waren die Knie des Advokaten Desgrez, der mit halb geschlossenen Augen verträumt seine Pfeife rauchte.

Hastig richtete Angélique sich auf und verzog vor Schmerz das Gesicht.

»Verzeiht mir!«, stammelte sie. »Ich … Es muss sicher furchtbar unbequem für Euch gewesen sein.«

»Habt Ihr gut geschlafen?«, fragte er mit schleppender Stimme, in der sich Müdigkeit und ein leichter Rausch mischten.

Der Krug vor ihm war fast leer. Einige andere Schläfer, die auf den Bänken oder gleich auf dem Fußboden lagen, schnarchten vernehmlich vor sich hin. Cerbalaud und Gontran, deren Ellbogen auf dem Tisch ruhten, taten es ihnen gleich.

Die junge Frau schaute zum Fenster hinüber. Sie erinnerte sich vage an etwas Schauerliches, doch sie sah nur den Widerschein eines bleichen, regnerischen Morgens, der die Scheiben nass werden ließ.

Aus dem Hinterzimmer hörte man die Anweisungen von Maître Corbasson und das Geräusch mehrerer großer Fässer, die über die Fliesen gerollt wurden.

Ein Mann stieß mit dem Fuß die Tür auf und kam, den Hut im Nacken, herein. Er hielt ein Glöckchen in der Hand und trug über seinen Kleidern eine Art Kittel in verwaschenem Blau, auf dem man ein Streumuster aus stilisierten Lilien und das Wappen des heiligen Christophorus erkennen konnte.

»Hier ist Picard, der Weinausrufer. Brauchst du meine Dienste, Wirt?«

»Du kommst gerade recht, mein Freund. Man hat mir von der Place de Grève gerade sechs Fässer Loire-Wein geliefert. Drei Weiße und drei Rote. Ich will pro Tag zwei davon anstechen.«

Cerbalaud schreckte aus dem Schlaf hoch, richtete sich auf und zog sein Schwert.

»Potzteufel, ihr Herren, hört mich an! Ich ziehe in den Krieg gegen den König.«

»Seid still, Cerbalaud«, flehte Angélique ängstlich.

Er bedachte sie mit dem misstrauischen Blick eines noch halb schlafenden Trinkers.

»Traut Ihr mir das etwa nicht zu? Da kennt Ihr die Gascogner schlecht, Madame. Krieg dem König! Ich fordere Euch alle dazu auf! Erhebt Euch gegen den König! Auf, ihr Rebellen des Languedoc!«

Mit erhobenem Schwert torkelte er gegen die Stufen am Ausgang und verschwand durch die Tür.

Die Schlafenden ließen sich von seinem Grölen nicht stören und schnarchten unbeeindruckt weiter. Der Wirt und der Weinausrufer knieten vor ihren Fässern und probierten mit lautem Schmatzen den neuen Wein, ehe sie den Preis dafür festlegten. Sein frischer, berauschender Duft vertrieb den Geruch von kaltem Pfeifenrauch, Alkohol und ranzigen Soßen.

Gontran rieb sich die Augen.

»Großer Gott«, sagte er gähnend, »ich habe schon lange nicht mehr so gut gegessen. Genauer gesagt, nicht mehr seit dem letzten Bankett der Lukasbruderschaft, das leider nur einmal im Jahr stattfindet. Ist das da draußen nicht das Angelusläuten?«

»Das könnte schon sein«, entgegnete Desgrez.

Gontran stand auf und streckte sich.

»Ich muss gehen, Angélique, sonst wird mein Meister unzufrieden. Geh mit Maître Desgrez zu Raymond in den Temple. Ich schaue heute Abend bei Hortense vorbei, auch wenn mir der Besuch wieder nichts als Beleidigungen von unserer reizenden Schwester einbringen wird. Und dir rate ich noch einmal, geh weg aus Paris. Aber ich weiß ja, du bist das störrischste Maultier, das unser Vater je großgezogen hat...«

»Und du bist sein störrischster Esel«, gab Angélique zurück.

Gemeinsam gingen sie hinaus, gefolgt von Desgrez' Hund, der auf den Namen Sorbonne hörte. Durch die Rinne in der Mitte der Straße floss schlammiges Wasser. Es hatte geregnet. Die Luft war immer noch mit Feuchtigkeit getränkt, und die eisernen Ladenschilder quietschten im schwachen Wind.

»Zur Barke! Zur Schale!«, rief eine Austernhändlerin.

»Auf ein gutes Erwachen! Auf die Sonne des Leibes!«, antwortete der Branntweinverkäufer.

Gontran hielt den Mann an und leerte mit einem Zug einen Becher Schnaps. Dann wischte er sich mit dem Handrücken die Lippen ab, bezahlte, lüpfte zum Abschied den Hut und verschwand in der Menge. Dabei sah er aus wie all die anderen Handwerker, die zu dieser Stunde zur Arbeit gingen.

Was ist bloß aus uns geworden, dachte Angélique, während sie ihm nachschaute. Schöne Erben hat der Name de Sancé!

Ein wenig verlegen, weil sie sich für ihren Bruder schämte, wandte sie sich an Desgrez.

»Er war schon immer etwas sonderbar«, sagte sie. »Er hätte Offizier werden können wie alle jungen Adligen, aber er wollte immer bloß Farben mischen. Meine Mutter erzählte oft, als sie mit ihm schwanger war, habe sie acht Tage damit verbracht, alle Kleider der Familie schwarz zu färben, weil meine Großeltern gestorben waren. Vielleicht liegt es ja daran?«

Desgrez lächelte.

»Lasst uns Euren Jesuitenbruder aufsuchen«, entgegnete er. »Das vierte Exemplar dieser seltsamen Familie.«

»Oh, Raymond ist eine angesehene Persönlichkeit.«

»Das hoffe ich für Euch, Madame.«

»Ihr dürft mich nicht mehr Madame nennen«, erwiderte Angélique. »Schaut mich an, Maître Desgrez.«

Sie hob ihr rührendes wachsbleiches, schmales Gesicht zu ihm auf. Die Müdigkeit hellte ihre grünen Augen auf und verlieh ihnen eine kaum vorstellbare Farbe: das Grün der ersten Frühlingsblätter.

»Der König hat gesagt, er wolle nie wieder etwas von mir hören. Versteht Ihr, was dieser Befehl bedeutet? Es gibt keine Madame de Peyrac mehr. Ich darf nicht mehr existieren. Ich existiere nicht mehr. Versteht Ihr das?«

»Ich verstehe vor allem, dass Ihr krank seid«, antwortete Desgrez. »Bleibt Ihr bei Eurer Aussage von vor ein paar Tagen?«

»Welcher Aussage?«

»Dass Ihr kein Vertrauen mehr zu mir habt?«

»Im Augenblick seid Ihr der Einzige, dem ich noch vertrauen kann.«

»Dann kommt mit. Ich bringe Euch an einen Ort, wo man sich um Euch kümmert. Ihr könnt nicht vor einen gestrengen Jesuiten treten, solange Ihr nicht im Vollbesitz Eurer Kräfte seid.«

Er griff nach ihrem Arm und geleitete sie durch das Gewühl der morgendlichen Stadt.

Zweiter Teil

Im Schatten des Temple

Kapitel 7

In den Straßen herrschte inzwischen ein ohrenbetäubender Lärm. Alle Händler begannen gleichzeitig, mit lautem Geschrei ihre Waren anzupreisen.

Angélique hatte große Mühe, ihre verletzte Schulter vor Stößen zu schützen, und sie biss die Zähne zusammen, um nicht aufzustöhnen.

In der Rue Saint-Nicolas blieb Desgrez vor einem Laden stehen, dessen riesiges Schild ein kupfernes Becken auf königsblauem Grund zeigte. Dampfschwaden drangen aus den Fenstern im ersten Stock ins Freie.

Angélique erkannte, dass sie vor dem Haus eines Baders und Barbiers standen, und bei dem Gedanken, in einen Zuber voll warmem Wasser zu steigen, durchströmte sie schon im Voraus ein Gefühl der Erleichterung.

Maître Georges, der Inhaber, forderte sie auf, sich hinzusetzen und ein paar Minuten zu warten. Er rasierte gerade mit kreisenden Bewegungen einen Musketier und lamentierte dabei über das Elend des Friedens, eines der größten Unglücke, das einem tapferen Krieger widerfahren könne.

Nachdem Maître Georges den »tapferen Krieger« schließlich seinem Lehrling überlassen hatte, der ihm die Haare waschen sollte, was keine leichte Aufgabe war, wischte er die Klinge des Rasiermessers an seiner Schürze ab und kam mit einem beflissenen Lächeln auf Angélique zu.

»Hä, hä! Ich verstehe. Sie leidet an einer galanten Krankheit, und du willst, dass ich sie wieder herrichte, ehe du dich ihrer bedienst, du unverbesserlicher Schürzenjäger? Eine Vorsichtsmaßnahme, die ich sehr begrüße. Vertrau mir, meine Schöne. Zuerst bekommst du ein anständiges Bad, das kann nicht schaden, ganz gleich, was die Herren Ärzte behaupten. Dann setzen wir drei Schröpfköpfe an, um das schlechte Blut herauszuziehen, und zu guter Letzt gibt es noch einen Kräuterverband auf die bewusste Stelle, den hübschen Altar der Venus, auf dem Maître Desgrez anschließend unbesorgt sein Opfer darbringen kann.«

»Nein, wir haben ein anderes Anliegen«, entgegnete der Advokat sehr ruhig. »Diese junge Dame wurde verletzt, und ich möchte, dass Ihr ihr ein wenig Linderung verschafft. Und anschließend lasst Ihr ihr ein Bad bereiten.«

Angélique, die bei den Worten des Barbiers trotz ihrer Blässe errötet war, schämte sich entsetzlich bei der Vorstellung, sich vor diesen beiden Männern auszuziehen. Sie war in ihrem bisherigen Leben immer nur von Frauen umsorgt worden, und da sie nie krank war, hatte sie keine Erfahrung mit den Untersuchungsmethoden der Ärzte, geschweige denn der Barbiere, die in ihren Läden gleichzeitig als Chirurgen fungierten.

Doch bevor sie noch eine abwehrende Geste machen konnte, hatte Desgrez völlig unbefangen und mit der Fingerfertigkeit eines Mannes, für den die Kleider einer Frau kein Geheimnis mehr bargen, begonnen, ihr Mieder aufzuhaken. Dann löste er den Zugsaum ihres Hemds und ließ dieses an ihren Armen entlang bis zur Taille herabgleiten.

Maître Georges beugte sich vor und hob vorsichtig den Verband aus Salben und zerzupfter Leinwand an, den Mariedje auf den langen Schnitt gelegt hatte, den das Schwert des Chevalier de Lorraine ihr beigebracht hatte.

»Hm!«, brummte der Barbier vor sich hin. »Ich verstehe. Ein galanter Herr war der Ansicht, der verlangte Preis sei zu hoch, und hat stattdessen *mit eiserner Münze* bezahlt, wie wir sagen. Weißt du denn nicht, dass man ihr Schwert sicher unter dem Bett verstauen soll, bis sie die Börse gezückt haben, Herzchen?«

»Und was sagt Ihr zu der Wunde?«, unterbrach ihn Desgrez, immer noch gleichmütig, während Angélique schlimmste Qualen litt.

»Hm! Hm! Sieht weder gut noch böse aus. Ich sehe da die ranzige Salbe eines ahnungslosen Apothekers. Wir waschen sie ab und tragen stattdessen eine stärkende, erfrischende Mixtur auf.«

Er ging davon und holte eine Dose von einem Regal.

Für Angélique war es eine Tortur, halbnackt in diesem Laden zu sitzen, wo sich der zweifelhafte Geruch der Arzneien mit dem von Seife vermischte.

Ein Kunde kam herein, um sich rasieren zu lassen.

»Was für ein herrlicher Busen«, rief er mit einem Blick auf Angélique. »Warum kann ich den nicht liebkosen, wenn der Mond aufgeht!«

Sorbonne, der zu Füßen seines Herrn gelegen hatte, sprang auf ein unmerkliches Zeichen von Desgrez hin auf und schlug dem Neuankömmling die Zähne in den Schritt.

»Auauau! Aua! Weh mir!«, rief der Kunde. »Das ist der Mann mit dem Hund! Dann gehören diese beiden göttlichen Liebesäpfel also dir, Desgrez? Du Teufelskerl!«

»Wenn es Euch nichts ausmacht, Messire«, entgegnete Desgrez ungerührt.

»Dann habe ich nichts gesagt und nichts gesehen. Oh, Messire, vergebt mir und sagt Eurem Hund, er soll meine armen abgewetzten Hosen loslassen.«

Mit einem leisen Pfiff rief Desgrez den Hund zurück.

»Oh, ich will gehen«, sagte Angélique mit zitternden Lippen, während sie unbeholfen versuchte, sich wieder anzuziehen.

Mit festem Griff zwang sie der junge Mann, sich wieder hinzusetzen.

»Spielt hier nicht die Spröde, Närrin«, zischte er grob. »Muss ich Euch an die Maxime der Soldaten erinnern: Krieg ist Krieg. Ihr befindet Euch in einer Schlacht, bei der sowohl das Leben Eures Gemahls als auch Euer eigenes auf dem Spiel stehen. Ihr müsst alles tun, um siegreich daraus hervorzugehen, und jetzt ist nicht mehr die Zeit für gezierte Spielereien. Seht mich an«, befahl er.

Sie zwang sich, zu ihm aufzuschauen. Sie sah ein Männergesicht, wie man ihm an allen Straßenecken begegnete, weder schön noch hässlich, Lippen, die sich zu einem spöttischen Lächeln kräuselten und dabei den Blick auf unregelmäßige, aber starke Zähne freigaben, buschige Augenbrauen, ein kantiges Kinn. Einen Mann, der sich durch nichts von den anderen zu unterscheiden schien und der dennoch durch eine geheimnisvolle Gabe die Macht hatte, mehrere Leben zu leben.

»Ich bin ein mittelloser Advokat«, fuhr er fort, »und die Menschen um uns herum sind einfache Leute aus dem Volk. Sie mögen derb sein, aber sie sind weniger lasterhaft als viele der Großen, die ihren Blick auf Eurem Busen ruhen ließen, ohne dass es Euren Zorn erregt hätte. Ihr habt mir gesagt, Madame de Peyrac existierte nicht mehr … Also müsst Ihr jetzt lernen, eine andere Frau zu sein, sonst …«

Er machte eine Geste, als fegte er mit einem Besen über den Boden.

Maître Georges kam mit einem kleinen blitzenden Messer in der Hand zurück.

»Ich fürchte, es wird mir nichts anderes übrig bleiben, als ins Fleisch zu schneiden«, sagte er. »Ich sehe da eine weißliche Flüssigkeit unter der Haut, die entfernt werden muss. Hab keine Angst, Herzchen«, fügte er hinzu, als redete er mit einem Kind, »keiner hat geschicktere Hände als Maître Georges.«

Trotz ihrer Befürchtungen musste Angélique zugeben, dass er die Wahrheit gesagt hatte, denn er operierte sehr gewandt. Nachdem er einen kräftigen Schwall Branntwein auf die Wunde gegossen hatte, der sie zusammenzucken ließ, wies er sie an, in die Badestube hinaufzugehen, er werde sie anschließend fertig verbinden.

Die Schwitzbäder von Maître Georges waren eine der letzten Einrichtungen, wie sie im Mittelalter bestanden hatten, als die Kreuzfahrer aus dem Orient zurückkehrten, wo sie nicht nur Gefallen an den türkischen Bädern gefunden hatten, sondern auch daran, sich zu waschen. Zu jener Zeit wimmelte es in Paris von Schwitzbädern, wo man nicht nur schwitzte und sich den Dreck vom Körper wusch, sondern sich auch am ganzen Körper das Haar entfernen ließ. Doch schon bald hatten sie sich einen üblen Ruf erworben, da zu ihren vielfältigen Spezialitäten auch jene gehörten, die hauptsächlich in die Zuständigkeit der verrufenen Häuser in der Rue du Val d'amour fielen. Besorgte Priester, sittenstrenge Hugenotten und Ärzte, die in ihnen eine Brutstätte für Hautkrankheiten vermuteten, hatten sich verbündet, um ihre Abschaffung durchzusetzen. Und seitdem gab es, abgesehen von den schmutzigen Räumlichkeiten einiger Barbiere, in Paris keine Möglichkeit mehr, sich zu waschen. Aber die Leute schienen dem nicht wirklich nachzutrauern.

Maître Georges sprach gelegentlich davon, seine Schwitzbäder zu schließen, da sie ihm allerlei Ärger eintrugen. Sie brachten ihm mehr Probleme als Geld, erklärte er. Im Vorbeigehen erhaschte Angélique durch einen Türspalt einen Blick auf ein Paar, das gemeinsam auf einem Ruhebett lag. Und sie hatte den Verdacht, dass der Argwohn der Moralwächter nicht ganz unbegründet war.

Die Schwitzbäder selbst bestanden aus zwei großen gefliesten Räumen, die mit kleinen Holzkabinen ausgestattet waren. Im hinteren Teil jedes der beiden Räume erhitzte ein Junge steinerne Kugeln in einem Ofen.

Angélique wurde von einer der Mägde, die sich um den Frauensaal kümmerten, vollständig ausgezogen. Man schloss sie in eine der Kabinen ein, in der sich eine Bank und ein kleines Wasserbecken befanden, in das zuvor ein paar glühend heiße Steinkugeln geworfen worden waren. Das Wasser zischte, und heißer Dampf stieg daraus empor.

Angélique bekam auf ihrer Bank kaum Luft, sie keuchte und glaubte, sie müsse sterben. Als man sie wieder herausholte, lief ihr der Schweiß in Strömen über den Körper.

Dann befahl ihr die Magd, in eine kupferne Wanne mit kaltem Wasser zu steigen, ehe sie sie in ein Handtuch wickelte und in einen angrenzenden Raum brachte, in dem sich bereits andere Frauen in schlichtestem Aufzug aufhielten. Dienerinnen, bei denen es sich zum größten Teil um hässliche alte Vetteln handelte, rasierten die Kundinnen oder kämmten ihr langes Haar, während sie dabei gackerten wie eine Schar Hühner. Der Klang der Stimmen und die Themen ihrer Unterhaltungen verrieten Angélique, dass die meisten Badegäste selbst von sehr einfachem Stand waren, Dienstmädchen oder Marktweiber etwa, die nach der Messe ins Bad gingen, um dort den neuesten Tratsch zu hören, ehe sie zu ihrer Arbeit eilten.

Man wies Angélique an, sich auf eine andere Bank zu legen.

Nach einer Weile erschien Maître Georges, ohne dass die Frauen auch nur im Mindesten daran Anstoß zu nehmen schienen.

Er hielt eine Lanzette in der Hand. Hinter ihm kam ein junges Mädchen herein, das einen Korb mit Schröpfköpfen und einem Zunderstab trug.

Angélique protestierte noch heftiger als zuvor.

»Ihr werdet mich nicht zur Ader lassen! Ich habe schon genug

Blut verloren. Seht Ihr denn nicht, dass ich guter Hoffnung bin? Ihr bringt noch mein Kind um!«

Ungerührt bedeutete ihr der Barbier und Wundarzt, sich umzudrehen.

»Sei still, oder ich hole deinen Freund, damit er dir den Hintern versohlt.«

Entsetzt über die Vorstellung, den Advokaten tatsächlich in dieser Rolle zu erleben, verstummte Angélique und sagte kein Wort mehr.

Der Barbier ritzte ihren Rücken an drei Stellen mit seinem Messer ein und setzte die Schröpfköpfe an.

»Seht nur das schwarze Blut, das aus ihr herausläuft!«, sagte er entzückt. »So schwarzes Blut in einem so weißen Mädchen, ist das denn die Möglichkeit!«

»Erbarmen, lasst mir noch ein paar Tropfen davon!«, flehte Angélique.

»Ich hätte größte Lust, dich vollständig ausbluten zu lassen«, antwortete der Barbier mit wild rollenden Augen. »Und dann verrate ich dir, wie du deine Adern mit frischem, edlem Blut wieder auffüllen kannst. Ein gutes Glas Rotwein und eine Liebesnacht, das ist es.«

Nachdem er sie fest verbunden hatte, ließ er endlich von ihr ab. Zwei Mädchen halfen ihr dabei, ihr Haar zu richten und sich wieder anzuziehen. Sie steckte ihnen ein Trinkgeld zu, bei dessen Anblick sie verblüfft die Augen aufrissen.

»He, Marquise«, rief die Jüngere von beiden, »macht dir dein Rechtsverdreher in seiner abgewetzten Jacke so fürstliche Geschenke?«

Eine der alten Frauen stieß sie an, und nach einem forschenden Blick auf Angélique, die auf wackligen Beinen langsam die hölzerne Treppe hinunterstieg, flüsterte sie ihrer Kollegin zu: »Hast du nicht gemerkt, dass das eine Adlige ist, die ein wenig Abwechslung von ihren langweiligen jungen Herren sucht?«

»Normalerweise verkleiden die sich aber nicht«, widersprach die Erste. »Sie ziehen eine Maske auf, und Maître Georges lässt sie zur Hintertür herein.«

Vorn im Laden traf Angélique auf Desgrez, der sie frisch rasiert und mit geröteter Haut erwartete.

»Jetzt ist sie bereit«, erklärte der Barbier und zwinkerte ihm vielsagend zu. »Aber haltet Euch mit Euren Grobheiten etwas zurück, solange die Wunde an ihrer Schulter noch nicht ganz verheilt ist.«

Diesmal lachte die junge Frau. Sie war beim besten Willen nicht mehr zu Protest fähig.

»Wie fühlt Ihr Euch?«, wollte Desgrez wissen, als sie wieder draußen vor der Tür standen.

»Schwach wie ein junges Kätzchen«, antwortete Angélique, »aber im Grunde ist das gar nicht so unangenehm. Ich habe das Gefühl, das Leben mit großem Gleichmut zu betrachten. Ich weiß nicht, ob die rabiate Kur des Barbiers wirklich so gesund ist, aber die Nerven beruhigt sie ganz gewiss. Ihr könnt ganz unbesorgt sein, gleichgültig, wie mein Bruder Raymond reagiert, er wird eine bescheidene, fügsame Schwester vor sich sehen.«

»Das ist ja großartig. Ich fürchte jedes Mal, Euer rebellischer Geist könnte erneut aufbegehren. Vielleicht solltet Ihr dem Schwitzbad einen weiteren Besuch abstatten, bevor Ihr das nächste Mal Seiner Majestät gegenübertretet …?«

»Ach«, seufzte Angélique niedergeschlagen, »hätte ich das bloß getan! Es wird kein nächstes Mal geben. Ich werde nie wieder vor Seine Majestät treten.«

»Sagt niemals nie. Das Leben hält viele Überraschungen bereit, und das Rad dreht sich immer weiter.«

Ein Windstoß löste den Schal, den sie um ihr Haar gebunden hatte. Desgrez blieb stehen und band ihn behutsam wieder fest.

Angélique griff nach seinen warmen braunen Händen mit den schlanken Fingern und hielt sie fest.

»Ihr seid sehr nett, Desgrez«, sagte sie leise und sah mit zärtlichem Blick zu ihm auf.

»Da irrt Ihr Euch gewaltig, Madame. Seht Ihr diesen Hund?«

Er deutete auf Sorbonne, der um sie herumtollte. Desgrez hielt ihn fest, packte seinen Kopf und entblößte das kräftige Gebiss der Dogge.

»Was haltet Ihr von diesen Zähnen?«

»Sie sind furchterregend.«

»Wisst Ihr, wozu ich diesen Hund abgerichtet habe? Nun, ich will es Euch sagen: Wenn es Abend wird in Paris, gehen wir beide auf die Jagd. Ich lasse ihn an einem alten Mantelfetzen Witterung aufnehmen oder an einem Gegenstand, der dem Verbrecher gehört, dem ich auf den Fersen bin. Und dann ziehen wir los; wir gehen an die Ufer der Seine hinab, wir streifen unter den Brücken und zwischen den Stützpfosten der Häuser herum, wir wandern durch die Vororte und über die alten Stadtmauern, wir gehen in die Höfe und tauchen ein in die Löcher, die bis obenhin voll sind mit diesem Ungeziefer aus Bettlern und Räubern. Und mit einem Mal stürmt Sorbonne los. Wenn ich ihn dann einhole, hält er meinen Mann an der Kehle gepackt. Ganz vorsichtig nur, gerade so, dass er sich nicht mehr rühren kann. Ich befehle meinem Hund ›warte‹. Auf Deutsch, denn es war ein deutscher Söldner, der ihn mir verkauft hat. Dann beuge ich mich zu dem Mann hinab, ich verhöre ihn, und dann fälle ich das Urteil. Manchmal lasse ich Gnade walten, manchmal rufe ich die Stadtwache, damit sie ihn ins Châtelet bringen, und manchmal sage ich mir, wozu soll es gut sein, die Gefängnisse und die ehrenwerten Richter zu bemühen? Dann sage ich zu Sorbonne: ›Fass!‹ Und schon gibt es einen Gauner weniger in Paris.«

»Und... und tut Ihr so etwas oft?«, fragte Angélique, die unwillkürlich erschauerte.

»Ziemlich oft, ja. Ihr seht also, ich bin kein netter Mensch.«

»Es gibt so viele unterschiedliche Seiten an einem Mann«, murmelte sie nach kurzem Schweigen. »Er kann gleichzeitig sehr böse und doch nett sein. Warum geht Ihr diesem fürchterlichen Beruf nach?«

»Ich habe es Euch doch bereits gesagt: Ich bin arm. Mein Vater hat mir nichts als sein Advokatenamt und Schulden hinterlassen. Tag und Nacht trieb er sich in Spielhäusern herum. Ich selbst habe nie etwas anderes als Armut erlebt. Latein habe ich in einem jener Kollegien der Universität gelernt, wo einem im Winter vor Kälte die Haut abfriert. Damals habe ich Geschmack an Wirtshäusern und Bordellen gefunden, denn, glaubt mir, für einen armen Studenten gibt es nichts Wundervolleres, als sich die Hände zu wärmen, während sich am Spieß ein saftiger Braten dreht. Und meine Liebschaften waren etwas reifere Freudenmädchen, die meine Füße zwischen ihren dicken Schenkeln wärmten und keinen Sol von mir verlangten, weil ich jung und leidenschaftlich war. Mein Reich sind die Gassen von Paris und ihr nächtliches Treiben. Vielleicht werde ich irgendwann ein anerkannter Advokat, wenn ich einen großen Prozess gewinne. Aber so, wie die Dinge laufen, werde ich wohl in der zähen Haut eines schrecklichen Schnaufers enden, als Iltis der übelsten Sorte.«

»Was ist das?«

»So nennen die Untertanen Seiner Majestät des Großen Coesre, des Königs der Bettler, die Büttel.«

»Sie kennen Euch bereits?«
»Sie kennen meinen Hund.«

Vor ihnen lag die Rue du Temple. Sie war von schlammigen Löchern übersät, die mit Brettern abgedeckt worden waren. Noch wenige Jahre zuvor hatte es in diesem Viertel nur Gemüsegärten gegeben, die die »Gärten des Temple« genannt wurden, und zwischen den neuen Häusern sah man immer noch Kohlbeete und kleine Ziegenherden.

Vor ihnen tauchte die Wehrmauer mit dem düsteren Turm der alten Tempelritter auf.

Desgrez bat Angélique, kurz zu warten, und betrat den Laden eines Kurzwarenhändlers. Bald darauf kam er mit einem schlichten sauberen Kragen ohne Spitzenbesatz wieder heraus, der mit einem violetten Bändchen gebunden wurde. Weiße Manschetten schmückten seine Handgelenke. Seine Westentasche wirkte seltsam gebauscht. Er zog ein Taschentuch heraus, wobei ihm um ein Haar ein großer Rosenkranz heruntergefallen wäre. Ohne dass er die Kleidung gewechselt hätte, wirkten sein Rock und seine fadenscheinigen Kniehosen mit einem Mal ausgesprochen ehrbar. Auch seine veränderte Miene trug zweifellos zu diesem Eindruck bei, denn Angélique zögerte plötzlich, ihn mit der gleichen Vertrautheit anzureden wie zuvor.

»Ihr seht aus wie ein frommer Beamter«, sagte sie verwirrt.

»Und das ist doch genau der richtige Aufzug für einen Advokaten, der eine junge Dame zu ihrem Bruder bei den Jesuiten begleitet, findet Ihr nicht?«, fragte Desgrez und lüpfte ehrerbietig den Hut.

Kapitel 8

Als sie sich den hohen, zinnenbewehrten Mauern des ehemaligen Templerbezirks näherten, wo, beherrscht vom finsteren Wehrturm der Tempelritter, eine Vielzahl gotischer Türme aufragten, ahnte Angélique nicht, dass sie bald den Ort in Paris betreten würde, an dem man die sicherste Gewähr hatte, unbehelligt zu leben und ruhig zu schlafen.

Dieser von befestigten Mauern umschlossene Bereich, der einst das Lehen der Tempelritter gewesen war und nun vom Malteserorden verwaltet wurde, genoss alte Privilegien, denen sich selbst der König beugte: Man bezahlte dort keine Steuern, es gab keinerlei Behinderungen und Einschränkungen durch die Obrigkeit, und zahlungsunfähige Schuldner fanden dort Zuflucht vor der Verhaftung. Seit vielen Generationen bildete der Temple die Apanage der großen Bastarde Frankreichs. Der gegenwärtige Großprior, der Herzog von Vendôme, stammte in direkter Linie von Heinrich IV. und seiner berühmtesten Mätresse, Gabrielle d'Estrées, ab.

Angélique, die nichts von der besonderen Gerichtsbarkeit dieser kleinen abgeschiedenen Insel inmitten der großen Stadt wusste, spürte eine gewisse Beklemmung, als sie über die Zugbrücke schritt. Doch auf der anderen Seite des Torgewölbes empfing sie eine überraschende Stille.

Der Temple hatte schon seit langem seine militärischen Traditionen verloren. Inzwischen war er bloß noch ein friedlicher Zufluchtsort, der seinen glücklichen Bewohnern alle Annehmlichkeiten eines gleichermaßen zurückgezogenen wie mondänen Lebens bot. Im Viertel der Adligen bemerkte Angélique einige Karossen, die vor den herrlichen Stadthäusern der Familien de Guise, de Boufflers und de Boisboudran standen.

Im Schatten der massigen Tour de César besaßen die Jesuiten ein behagliches Haus, in dem vor allem jene Mitglieder ihrer Gemeinschaft lebten und sich ihren geistlichen Übungen widmeten, die bei den hohen Persönlichkeiten des Hofes das Amt eines Beichtvaters ausübten.

Im Vestibül des Hauses begegneten die junge Frau und der Advokat einem Priester mit spanischem Teint, der Angélique bekannt vorkam. Es war der Beichtvater der jungen Königin Maria Theresia, den diese zusammen mit ihren beiden Zwergen, der Kammerfrau Molina und der kleinen Philippa aus Spanien mitgebracht hatte.

Desgrez bat den Seminaristen, der sie eingelassen hatte, dem ehrwürdigen Pater de Sancé auszurichten, dass ein Rechtsgelehrter sich mit ihm über den Grafen de Peyrac zu unterhalten wünsche.

»Wenn Euer Bruder nichts von seiner Verhaftung weiß, dann können die Jesuiten ihren Laden gleich dichtmachen«, erklärte der Advokat Angélique, während sie in einem kleinen Besucherzimmer warteten. »Ich habe oft gedacht, falls ich irgendwann einmal dazu berufen sein sollte, die Strafverfolgung neu zu organisieren, dann würde ich mich von ihren Methoden inspirieren lassen.«

In dem Moment kam Pater de Sancé raschen Schrittes herein. Auf den ersten Blick erkannte er Angélique.

»Meine liebe Schwester!«, sagte er.

Dann kam er auf sie zu und umarmte sie brüderlich.

»Oh, Raymond!«, entgegnete sie leise, durch diesen Empfang getröstet.

Er bedeutete ihnen, Platz zu nehmen.
»Wie steht es um deine schmerzliche Angelegenheit?«

Nach den Aufregungen der vergangenen nicht einmal drei Tage und der energischen Behandlung durch Maître Georges konnte Angélique vor lauter Rührung darüber, ihren Bruder wiederzusehen, keinen klaren Gedanken mehr fassen, und so ergriff Desgrez an ihrer Stelle das Wort.

In ernstem Ton fasste er die Lage zusammen. Der Graf de Peyrac befand sich aufgrund einer geheimen Anklage wegen Hexerei in der Bastille. Dazu kam noch, dass er das Missfallen des Königs erregt und sich den Argwohn hochgestellter Persönlichkeiten zugezogen hatte.

»Ich weiß! Ich weiß!«, brummte der Jesuit vor sich hin.

Er verriet nicht, wer ihn so genau informiert hatte, aber nach einem forschenden Blick auf Desgrez fragte er ohne Umschweife: »Was sollten wir Eurer Ansicht nach unternehmen, Maître, um meinen unglücklichen Schwager zu retten?«

»Ich denke, im vorliegenden Fall wäre das Bessere des Guten Feind. Der Graf de Peyrac ist zweifellos das Opfer einer Hofkabale, von der der König nichts weiß, obwohl sie von einer mächtigen Persönlichkeit gelenkt wird. Ich möchte jedoch keinen Namen nennen.«

»Das solltet Ihr auch lieber nicht tun«, warf Pater de Sancé rasch ein, während vor Angéliques geistigem Auge das verschlagene Profil des gefährlichen Eichhörnchens aufschien. »*Welche Höhen werde ich nicht erklimmen?*«[2]

»Aber es wäre unklug, die Machenschaften von Personen durchkreuzen zu wollen, die Geld und Einfluss auf ihrer Seite haben. Dreimal wäre Madame de Peyrac bereits fast einem Anschlag zum Opfer gefallen. Das muss genügen. Wir sollten uns fügen und uns auf das beschränken, was wir offen vorbringen dürfen. Monsieur de Peyrac wird der Hexerei beschuldigt.

Nun gut, dann soll er einem kirchlichen Gericht überstellt werden. Und an diesem Punkt, Pater, wird Eure Hilfe außerordentlich wertvoll, denn ich will Euch nicht verhehlen, dass ich als unbekannter Advokat dahingehend über keinerlei Einfluss verfüge.«

»Dennoch scheint Ihr mir über weitreichende Kenntnisse im Bereich des kanonischen Rechts zu verfügen.«

»Oh, bei mir werdet Ihr mehr Diplome finden als Mandeln in einem Marzipan«, entgegnete Desgrez und gab damit zum ersten Mal während dieser Unterhaltung seine steife Haltung auf.

Raymond lächelte, und Angélique wunderte sich über das spontane Einvernehmen zwischen den beiden Männern.

»Damit ich als Anwalt des Grafen de Peyrac meine Einwendungen vorbringen kann, müsste erst einmal über den Prozess entschieden und ihm ein Rechtsbeistand zugestanden werden. Ich vermute, zu Beginn hatte niemand so etwas im Sinn. Aber die verschiedenen Schritte, die Madame de Peyrac bei Hof unternommen hat, haben das Gewissen des Herrschers erschüttert. Mittlerweile zweifle ich nicht mehr daran, dass es zu einem Prozess kommen wird. Und Ihr, Pater, könntet dafür sorgen, dass er in der einzig zulässigen Form durchgeführt wird, wodurch Missbrauch und Fälschungen durch weltliche Richter unmöglich werden.«

»Wie ich sehe, macht Ihr Euch keine Illusionen über Eure eigene Zunft, Maître.«

»Ich mache mir keine Illusionen über irgendjemanden, Pater.«

»Das ist sehr weise«, stimmte ihm Raymond de Sancé zu.

Anschließend versprach er ihnen, einige Personen aufzusuchen, deren Namen er nicht nannte, und den Advokaten und seine Schwester über seine Schritte auf dem Laufenden zu halten.

»Du wohnst bei Hortense, nicht wahr?«

»Ja«, antwortete Angélique mit einem Seufzen.

»Wo Ihr gerade davon sprecht«, mischte sich Desgrez ein. »Mir ist da ein Gedanke gekommen. Könntet Ihr nicht Eure Verbindungen nutzen, Pater, um Eurer Schwester, meiner Klientin, eine bescheidene Unterkunft im Temple zu besorgen? Ihr wisst ja, dass ihr Leben immer noch in Gefahr ist, aber niemand würde es wagen, in diesen Bezirk einzudringen, um ein Verbrechen zu begehen. Jeder weiß, dass der Großprior, der Herzog von Vendôme, keine Verbrecher innerhalb der Mauern duldet und jedem Schutz gewährt, der ihn um Obdach bittet. Ein Mord in seinem Gerichtsbereich würde ein öffentliches Aufsehen erregen, das niemand wünscht. Außerdem könnte Madame de Peyrac unter falschem Namen einziehen, was ihre Spuren verwischen würde. Und schließlich würde ihr diese Lösung ein wenig Ruhe verschaffen, was sie bei ihrer angegriffenen Gesundheit dringend benötigt.«

»Euer Vorschlag klingt sehr vernünftig«, stimmte ihm Raymond zu. Nachdem er eine Weile nachgedacht hatte, ging er hinaus und kam mit einem kleinen Zettel zurück, auf dem er eine Adresse notiert hatte: *Madame Cordeau, Witwe, Zimmervermieterin am Carreau du Temple.*

»Die Unterkunft ist bescheiden, ja sogar ärmlich. Aber du bekommst ein großes Zimmer und kannst deine Mahlzeiten bei Madame Cordeau einnehmen, die den Auftrag hat, sich um das Häuschen zu kümmern und drei, vier Zimmer darin zu vermieten. Ich weiß, dass du mehr Luxus gewohnt bist, aber ich glaube, dieses Zimmer bietet dir genau die Unauffälligkeit, die Maître Desgrez für dich wünscht.«

»Gut, Raymond«, willigte Angélique gehorsam ein. Dann fügte sie in wärmerem Ton hinzu: »Danke, dass du an die Unschuld meines Gemahls glaubst und uns helfen willst, gegen diese Ungerechtigkeit anzukämpfen.«

Die Miene des Jesuiten wurde streng.

»Angélique, ich wollte deinen Kummer nicht noch vergrößern, denn dein trauriges Gesicht und dein Aufzug haben mein Mitleid erregt. Aber glaube nicht, dass ich auch nur das geringste Verständnis für den skandalösen Lebenswandel deines Gemahls hätte, zu dem er dich ebenfalls verführt hat und für den du nun bitter büßen musst. Trotzdem ist es selbstverständlich, dass ich einem Mitglied meiner Familie helfe.«

Die junge Frau öffnete den Mund, um etwas zu erwidern. Doch sie besann sich eines Besseren. Sie hatte keine Kraft mehr, zu kämpfen.

Dennoch gelang es ihr nicht, ihre Zunge bis zuletzt im Zaum zu halten. Als Raymond sie ins Vestibül zurückführte, berichtete er Angélique, dass ihre jüngste Schwester Marie-Agnès dank seiner Fürsprache eine der äußerst begehrten Stellungen eines Ehrenfräuleins der Königin erhalten habe.

»Wie schön!«, platzte sie heraus. »Marie-Agnès im Louvre! Ich bin mir sicher, dass sie dort eine rasche und umfassende Ausbildung erhalten wird.«

»Madame de Navailles nimmt sich der Ehrenfräulein ganz besonders an. Sie ist eine sehr liebenswürdige Person, und dazu klug und umsichtig. Ich sprach gerade mit dem Beichtvater der Königin, der mir erzählte, welch großen Wert Ihre Majestät auf den einwandfreien Lebenswandel ihrer Ehrenfräulein legt.«

»Bist du tatsächlich so naiv …?«

»Das ist eine Schwäche, die unsere Oberen nicht dulden.«

»Dann sei auch nicht so ein Heuchler«, entgegnete Angélique.

Das freundliche Lächeln wich nicht aus Raymonds Gesicht.

»Ich sehe mit Freude, dass du dich nicht verändert hast, meine liebe Schwester. Ich hoffe, dass du in dem Haus, das ich dir nannte, Ruhe finden wirst. Geh jetzt, ich werde für dich beten.«

»Diese Jesuiten sind wirklich bemerkenswerte Leute«, erklärte Desgrez wenig später. »Warum bin ich nur nicht Jesuit geworden?«

Über diese Frage dachte er nach, bis sie die Rue de l'Enfer erreichten.

Hortense empfing ihre Schwester und den Advokaten mit feindseliger Miene.

»Wunderbar! Wunderbar!«, schimpfte sie und tat so, als gelänge es ihr nur mit Mühe, sich zu beherrschen. »Ich sehe schon, jedes Mal, wenn du dich davonmachst, kommst du in einem noch beklagenswerteren Zustand zurück. Und natürlich immer in Begleitung.«

»Hortense, das ist Maître Desgrez!«

Hortense wandte dem Advokaten, den sie wegen seiner schäbigen Kleidung und seines lasterhaften Rufs nicht leiden konnte, den Rücken zu.

»Gaston!«, rief sie. »Kommt her und seht Euch Eure Schwägerin an. Ich hoffe, das wird Euch endgültig von ihr kurieren!«

Verärgert über die Aufforderung seiner Frau, kam Maître Fallot de Sancé heran, doch bei Angéliques Anblick blieb ihm vor Verblüffung der Mund offen stehen.

»Mein armes Kind, in welchem Zustand …!«

In dem Moment läutete es an der Tür, und Barbe führte Gontran herein. Bei seinem Anblick geriet Hortense vollends außer sich und brach in heftige Verwünschungen aus.

»Was habe ich dem Herrn bloß getan, dass er mich mit solchen Geschwistern straft? Wer soll mir jetzt noch glauben, dass meine Familie tatsächlich von altem Adel ist? Meine Schwester kommt wie eine Lumpensammlerin gekleidet nach Hause! Und mein Bruder ist so tief gesunken, dass er mittlerweile sogar gezwungen ist, seinen Lebensunterhalt als grober Handwerker zu verdienen, den Adlige und Bürger ungestraft duzen und mit dem Rohrstock verprügeln dürfen …! Man hätte nicht nur diesen schrecklichen, verkrüppelten Hexenmeister in die Bastille sperren sollen, sondern euch beide gleich noch dazu!«

Angélique achtete nicht auf ihr Gezeter und rief nach ihrer jungen Magd aus dem Béarn, damit diese ihr half, ihre Sachen zusammenzupacken.

Hortense verstummte und schnappte nach Luft.

»Da kannst du lange rufen! Die ist fort.«

»Was meinst du damit, fort?«

»Meine Güte, wie der Herr, so's Gescherr! Gestern Abend hat ein langer, schlaksiger Kerl mit fürchterlichem Akzent nach ihr gefragt, und sie ist mit ihm weggegangen.«

Angélique war bestürzt, denn sie fühlte sich für das junge Mädchen verantwortlich, das sie aus seiner Heimat fortgerissen hatte. Sie wandte sich an Barbe.

»Du hättest sie nicht gehen lassen dürfen, Barbe.«

»Woher sollte ich das denn wissen, Madame?«, jammerte das dicke Mädchen. »Die Kleine hatte den Teufel im Leib. Sie hat auf das Kreuz geschworen, dass der Mann, der nach ihr verlangte, ihr Bruder sei.«

»Ja sicher. Ihr Bruder auf gascognische Weise. Dort unten gibt es einen Ausdruck, ›Bruder meiner Heimat‹, mit dem sich die Leute aus der gleichen Provinz bezeichnen. Ach, was soll's. Jetzt brauche ich wenigstens nicht mehr für ihren Unterhalt zu zahlen …«

Noch am gleichen Abend zogen Angélique und ihr kleiner Sohn in das bescheidene Zimmer bei der Witwe Cordeau am Carreau du Temple.

So hieß der Marktplatz, auf dem sich die Händler in großer Zahl versammelten, um Geflügel, Fisch, frisches Fleisch, Knoblauch,

Honig und Kresse feilzubieten, denn gegen eine kleine Gebühr hatte jeder das Recht, sich dort niederzulassen und seine Waren zu dem Preis zu verkaufen, der ihm beliebte, ohne Steuern dafür zahlen zu müssen oder kontrolliert zu werden. Der Platz war sehr beliebt, und es herrschte stets ein reges Treiben. Die Witwe Cordeau hingegen war eine alte Frau von eher bäuerlichem als städtischem Wesen, die vor ihrem kärglichen Feuer Wolle spann und dabei fast wie eine Hexe aussah.

Aber Angéliques Zimmer war sauber und duftete nach Seife, das Bett war bequem, und jemand hatte ein dickes Bündel Stroh auf dem Boden verteilt, um die Kälte abzuhalten, die in diesen ersten Wintertagen von den steinernen Fliesen aufstieg.

Madame Cordeau hatte eine kleine Wiege für Florimond, etwas Holz und einen Topf mit Brühe heraufbringen lassen.

Nachdem Desgrez und Gontran fort waren, fütterte die junge Frau den Kleinen und legte ihn schlafen. Florimond jammerte und rief nach Barbe und seinen kleinen Cousins. Um ihn abzulenken, sang sie ihm das Lied von der grünen Mühle vor, das er besonders gern mochte. Ihre Wunde schmerzte kaum noch, und sich um ihr Kind zu kümmern lenkte auch sie selbst ab. Zwar hatte sie sich in den vergangenen Jahren daran gewöhnt, von zahlreichen Bediensteten umgeben zu sein, aber ihre Kindheit war hart genug gewesen, dass ihr das Verschwinden ihrer letzten Magd nicht allzu viel ausmachte.

Im Übrigen hatten sie die Nonnen, bei denen sie zur Schule gegangen war, auch körperliche Arbeit gelehrt, »als Vorbereitung auf mögliche Schicksalsschläge, die der Himmel über sie hereinbrechen lassen könnte«.

Und so durchströmte Angélique ein tiefes Wohlbehagen, als das Kind eingeschlafen war und sie selbst sich entspannt zwischen die groben, aber sauberen Laken legte, während der Nachtwächter unter ihrem Fenster vorbeiging und rief: »Es ist zehn Uhr. Das Tor ist geschlossen. Schlaft in Frieden, ihr guten Leut' im Temple ...«

Das Tor war geschlossen. Während die große Stadt ringsum erwachte, um sich den Schrecken der Nacht mit ihren grollenden Schenken, ihren lauernden Räubern, ihren bereitstehenden Mördern und ihren Einbrechern zu stellen, schlief die kleine Gemeinschaft des Temple im Schutz ihrer zinnenbewehrten Mauern friedlich ein. Die Hersteller von falschem Schmuck, die zahlungsunfähigen Schuldner und die Herausgeber verbotener Schriften schlossen in dem Wissen um ein geruhsames Morgen die Augen. Vom Palast des Großpriors, der einsam inmitten seiner Gärten lag, schwebten Cembaloklänge herüber, und aus der Kapelle und dem Kreuzgang hörte man lateinische Gebete, während einige Malteserritter im schwarzen Mantel mit weißem Kreuz in ihre Zellen zurückkehrten.

Es regnete. Angélique schlief friedlich ein.

Sie hatte sich im Templerbezirk unter dem unverfänglichen Namen Madame Martin angemeldet. Niemand stellte ihr eine Frage. In den folgenden Tagen lebte sie in dem ihr bislang unbekannten, aber angenehmen Gefühl, eine einfache junge Mutter aus bescheidenen Verhältnissen zu sein, die sich unauffällig zwischen ihren Nachbarn bewegte und keine anderen Sorgen kannte, als sich um ihr Kind zu kümmern. Bei Madame Cordeau nahm sie ihre Mahlzeiten in Gesellschaft der Witwe selbst, ihres fünfzehnjährigen Sohnes, der in der Stadt als Lehrling arbeitete, und eines ruinierten Kaufmanns ein, der sich im Temple vor seinen Gläubigern versteckte.

»Das größte Unglück meines Lebens war, dass mein Vater und meine Mutter mich schlecht erzogen haben«, sagte er gern. »Ja, Madame, sie haben mich Ehrlichkeit gelehrt. Und das ist der größte Fehler, den man haben kann, wenn man den Beruf eines Kaufmanns wählt.«

Der kleine Florimond erhielt viele Komplimente, und Angélique war sehr stolz auf ihn. Sie nutzte den geringsten Sonnenstrahl, um mit ihm zwischen den Marktständen spazieren zu gehen, wo alle Marktfrauen behaupteten, er sähe aus wie das kleine Jesuskind in der Krippe.

Einer der Schmuckhändler, der seinen kleinen Stand an der Mauer des Hauses eingerichtet hatte, in dem Angélique wohnte, schenkte ihr ein Kreuz mit roten Steinen, die wie Rubine aussehen sollten. Als Angélique dem Kind das kümmerliche Schmuckstück um den Hals legte, wurde sie von Wehmut erfasst. Wo war der sechskarätige Diamant, den Florimond am Tag ihrer zeremoniellen Vorstellung bei Hof in Saint-Jean-de-Luz beinahe verschluckt hätte?

Die Hersteller von falschem Schmuck gehörten zu der Vielzahl von Handwerkern, die sich im ehemaligen Templerbezirk niederließen, um sich den tyrannischen Forderungen der Zünfte zu entziehen, und da Imitationen durch die Pariser Goldschmiedezunft verboten waren, war der Temple der einzige Ort in der ganzen Stadt, wo man all das Flitterwerk erstehen konnte, mit dem sich die Mädchen aus dem Volk so gern schmückten. Aus allen Winkeln der Hauptstadt strömten sie herbei, frisch und hübsch in ihren ärmlichen Kleidern aus tristem, meist grauem Stoff, weshalb sie auch *grisettes*[3] genannt wurden.

Angélique, die die schillernden Farben des Hofes sehr gemocht hatte, war überrascht und bekümmert, als sie das einförmige Aussehen der einfachen Leute von Paris entdeckte. Viele von ihnen kleideten sich noch nach der Mode des vergangenen Jahrhunderts. Sie selbst hatte ihre letzten Röcke aus Seide und Taft gegen ein robustes Kleid aus brauner Wolle eingetauscht. Für Florimond hatte sie einen Kittel in der gleichen Farbe und einen kleinen Kapuzenumhang gekauft.

Bei ihren Spaziergängen vermied sie es, in die Nähe der prächtigen Häuser jener reichen und vornehmen Persönlichkeiten zu kommen, die sich – manche aus Neigung, manche aus Sparsamkeit – innerhalb der Mauern des Temple niedergelassen hatten. Zum einen fürchtete sie, von den Besuchern erkannt zu werden, deren Karossen mit lautem Gepolter durch das Torgewölbe fuhren, aber vor allem wollte sie sich wehmütige Gedanken ersparen. Ein vollständiger Bruch mit ihrem früheren Leben erschien ihr in jeglicher Hinsicht als das Beste. Und schließlich war sie ja tatsächlich nur noch die Frau eines armen, von allen verlassenen Gefangenen …

Kapitel 9

Doch als sie eines Tages mit Florimond auf dem Arm die Treppe hinunterging und zum ersten Mal ihrer Zimmernachbarin begegnete, hatte sie das Gefühl, dass die Frau ihr bekannt vorkam. Madame Cordeau hatte ihr gesagt, dass bei ihr auch eine arme, aber sehr zurückhaltende junge Witwe wohnte, die lieber einen kleinen Zuschlag zu ihrer bescheidenen Miete zahlte, damit man ihr die Mahlzeiten aufs Zimmer brachte. Angélique erhaschte einen flüchtigen Blick auf ein hinreißendes Gesicht unter braunem Haar. Angelique war sich sicher, der Frau schon einmal begegnet zu sein.

Sie machte nur einen kurzen Spaziergang, weil es regnete, und als sie zurückkam, schien ihre Nachbarin auf sie zu warten.

»Seid Ihr nicht Madame de Peyrac?«, fragte sie.

Ärgerlich und ein wenig besorgt zugleich, bedeutete ihr Angélique mit einem Wink, sie in ihr Zimmer zu begleiten.

»Wir sind am Tag des feierlichen Einzugs des Königs zusammen in der Kutsche meiner Freundin Athénaïs de Tonnay-Charente gefahren. Ich bin Madame Scarron.«

Da erkannte Angélique die ebenso schöne wie diskrete Frau wieder, für deren ärmlichen Aufzug sich damals alle ein wenig geschämt hatten. Die »Frau des Krüppels«, wie Athénaïs' Bruder sie boshaft genannt hatte.

Hortense hatte es sich nicht nehmen lassen, herauszustreichen, welch glanzvolle Bekanntschaften sie dank ihrer geistreichen

Art geschlossen hatte. Und später hatte sie ihrer Schwester noch mehr über diese Madame Scarron erzählt, die sie an jenem Tag begleitet und mit ihnen das Fenster im Hôtel de Beauvais geteilt hatte.

Sie hatte Angélique die Geschichten über eine der außergewöhnlichsten Gestalten ihrer Provinz in Erinnerung gerufen, jenen mächtigen Adligen aus der großen Familie d'Aubigné, mit dem Madame Scarron angeblich verwandt war.

Denn eigentlich hieß sie Françoise d'Aubigné. Und Hortense hatte ihre Enthüllung mit den üblichen Kommentaren ergänzt, dass es für diese so schöne und vornehme junge Frau ein Fehler gewesen sei, Scarron zu heiraten, der zwar ein ausgezeichneter Dichter war und aus guter Familie stammte, aber dennoch ein Bürgerlicher blieb, sodass sie durch die Verbindung mit ihm alle Vorteile einbüßte, die mit einer so angesehenen Verwandtschaft einhergingen. Françoise habe vielleicht keine andere Wahl gehabt, fuhr sie fort, da sie keinen Sol Mitgift gehabt habe, die es ihr erlaubt hätte, eine bessere Partie zu finden. In Ermangelung dieser Möglichkeit und statt in ein bescheidenes Kloster einzutreten, das arme Frauen aufnahm, um aus ihnen Laienschwestern zu machen, hatte sie Scarron vorgezogen, obwohl er bereits seit mehreren Jahren verkrüppelt war.

Das war eine der wenigen Gelegenheiten gewesen, bei denen Angélique und Hortense in der beschaulichen Stille des Hauses im Sprengel Saint-Landry jene alten Geschichten ihrer Provinz wieder aufleben ließen, von denen die Abende in Monteloup erfüllt gewesen waren.

Agrippa d'Aubigné war ein großer Söldnerführer und Räuberhauptmann in der Gegend von Maillezais gewesen, was ihn schon zu Lebzeiten zu einer Legende dieser Region hatte werden lassen. Darüber hinaus war er der beste Freund und Kampfgefährte von König Heinrich IV. gewesen, dem er seinen Übertritt zum katholischen Glauben niemals verziehen hatte. Unaufhörlich hatte er in herrlichen Gedichten und harschen Episteln, die er im gesamten Königreich verbreitete, gegen ihn gewettert. Nachdem er sich auf seine sicheren, befestigten Güter zurückgezogen hatte, wo er als unangefochtener Gebieter herrschte, seine Werke druckte und Waffen herstellen ließ, wartete er auf seine Verbündeten aus England, mit denen er das Königreich zurückerobern und im ganzen Land die Reformation durchsetzen wollte.

Die Tragödie dieses Mannes war sein einziger Sohn Constant gewesen, der Inbegriff eines schlechten Untertanen, der das väterliche Vermögen verprasste und bis über beide Ohren verschuldet war, weshalb er auch immer wieder verhaftet wurde. Er war ein Dieb, der angeblich seine erste Frau und deren Liebhaber umgebracht hatte, ein Hugenotte, der sich nicht einmal die Mühe gemacht hatte, zu konvertieren, um sich auf die Seite des Königs zu schlagen und seinen Vater gegen eine hohe Belohnung zu verraten. Schließlich hatte er seinem Vater Agrippa die Leibgarde abspenstig gemacht, ihn von seinen Gütern in Maillezais und der näheren Umgebung vertrieben und seinen gesamten Besitz an sich gerafft.

Von den Häschern des Königs gejagt, hatte Agrippa d'Aubigné fliehen müssen und in Genf Zuflucht gesucht, einer protestantischen Stadt, die ihn mit allen Ehren aufgenommen hatte.

Françoise hatte sich seit jenen Augusttagen, als sie gemeinsam den herrlichen Umzug angeschaut hatten, nicht verändert. Angélique bemerkte, dass sie immer noch in den gleichen Stoff gekleidet war, der ihre Gestalt elegant umschmeichelte, aber nicht sehr teuer sein konnte. Dazu trug sie einen blütenweißen Kragen und wahrte einen rührenden Eindruck von Schicklichkeit.

Trotz der Umstände war Angélique froh darüber, mit einer Poitevinerin plaudern zu können, und so bot sie ihr einen Platz am Feuer an und lud sie ein, mit ihr und Florimond ein Oblatenhörnchen zu teilen.

Madame Scarron erzählte ihr, dass ihr Gemahl gestorben sei.

Sie war in den Temple gezogen, weil man dort drei Monate bleiben konnte, ohne Miete zahlen zu müssen. Denn bis alle Erbschaftsangelegenheiten geklärt waren, verfügte sie über keinerlei finanzielle Mittel und stand kurz davor, von ihren Gläubigern auf die Straße gesetzt zu werden. Im Laufe dieser drei Monate hoffte sie, den König oder die Königinmutter dazu bewegen zu können, die Pension von zweitausend Livres, die Ihre Majestät einst dem Dichter Scarron gewährt hatte, auf sie selbst zu übertragen.

»Meine Schwester, Madame Fallot de Sancé, hat mir erzählt, dass Ihr mit einem der Helden unserer Provinz verwandt seid, dem großen und edlen Agrippa d'Aubigné«, sagte Angélique. »Unsere Kindheit war erfüllt von seinen Gedichten, seinen Ankündigungen, gegen den König in den Krieg zu ziehen, und seinem Warten auf die Engländer. Vor allem, dass er nicht müde wurde, seinen Sohn Constant zu verfluchen, hat uns alle sehr beeindruckt.«

»Constant war mein Vater«, erwiderte die junge Witwe schlicht. »Das ist auch der Grund dafür, dass ich in einem Gefängnis geboren wurde, wie Ihr sicherlich gehört habt. Immer wieder saß er im Gefängnis. Bei meiner Geburt war es das von Niort.«

In ihrer Stimme lag jene Unbeschwertheit, jener sanfte Humor, der dem schmerzlichen Thema die Spitze nahm und ihren Ruf als unvergleichliche Gastgeberin begründet hatte.

»Dann kommen wir ja aus derselben Gegend«, erwiderte Angélique erfreut und passte sich so dem Tonfall ihrer Nachbarin an. »Wie schön, dass wir unter einem Dach wohnen. Warum sieht man Euch nicht öfter unten bei Madame Cordeau? Ihr könntet mit uns zusammen essen.«

»Oh, ich kann nichts dagegen tun«, entgegnete die Witwe erschauernd. »Aber ich sterbe vor Angst, wenn ich diese Witwe Cordeau und ihren Sohn sehe ...!«

Angélique wollte gerade zu einer verwunderten Antwort ansetzen, als sie durch ein merkwürdiges Geräusch, eine Art grollenden Ruf von der Treppe her, unterbrochen wurde.

Madame Scarron ging zur Tür und öffnete, doch gleich darauf wich sie erschreckt zurück und schlug die Tür hastig wieder zu.

»Mein Gott, da ist ein Teufel auf der Treppe!«

»Was meint Ihr damit?«

»Jedenfalls ist es ein vollkommen schwarzer Mann.«

Angélique stieß einen Schrei aus und stürzte hinaus auf den Treppenabsatz.

»Kouassi-Ba!«, rief sie.

»Ja, ich bin es, Médême«, antwortete Kouassi-Ba.

Wie ein dunkles Gespenst tauchte er aus dem schmalen, düsteren Treppenhaus auf. Er war in unförmige Lumpen gekleidet, die nur noch von Fäden zusammengehalten wurden. Seine Haut war grau und schlaff. Doch als er Florimond erblickte, stieß er einen Freudenschrei aus und stürzte sich auf das begeisterte Kind, wobei er einen raschen wilden Tanz aufführte.

Mit einer entsetzten Geste rannte Françoise Scarron aus dem Zimmer und floh nach nebenan.

Angélique hatte den Kopf in beide Hände gestützt, um nachzudenken. Wann … wann bloß war Kouassi-Ba verschwunden? Sie konnte sich nicht mehr daran erinnern. Alles verschwamm. Endlich fiel ihr ein, dass er sie am Morgen jenes entsetzlichen Tages, als sie den König gesehen und beinahe durch die Hand des Herzogs von Orléans gestorben wäre, in den Louvre begleitet hatte. Sie musste sich eingestehen, dass sie seitdem nicht ein einziges Mal mehr an ihn gedacht hatte!

Sie warf ein Bündel Reisig ins Feuer, damit er seine nassen Lumpen trocknen konnte, und gab ihm alles zu essen, was sie finden konnte.

Er berichtete ihr von seiner Odyssee.

In dem großen Schloss, in dem der König von Frankreich wohnt, hatte Kouassi-Ba lange, lange auf »Médême« gewartet. Sehr lange! Die vorbeikommenden Mägde hatten sich über ihn lustig gemacht.

Dann war es dunkel geworden. Man hatte mit Stöcken auf ihn eingeprügelt. Danach war er im Wasser wieder aufgewacht, ja, in dem Wasser, das vor dem großen Schloss vorbeifloss ...

Sie haben ihn bewusstlos geschlagen und in die Seine geworfen, schloss Angélique daraus.

Kouassi-Ba war geschwommen; schließlich hatte er einen Strand gefunden. Als er wieder zu sich kam, war er glücklich gewesen, denn er glaubte, wieder im Land seiner Kindheit zu sein, bevor er von den Arabern verschleppt worden war. Drei schwarze Männer beugten sich über ihn. Männer wie er, nicht kleine Mohrenjungen, wie sie die hohen Damen als Pagen hatten.

»Bist du sicher, dass du nicht geträumt hast?«, fragte Angélique überrascht. »Mohren in Paris! Und überhaupt habe ich erst sehr wenige erwachsene Mohren gesehen.«

Nach mehrmaligem Nachfragen wurde ihr klar, dass er von einigen Schwarzen aufgelesen worden war, die als Kuriositäten auf dem Jahrmarkt von Saint-Germain ausgestellt wurden oder mit dressierten Bären auftraten. Anfangs hatte Kouassi-Ba keine Lust gehabt, bei ihnen zu bleiben. Er fürchtete sich vor den Bären. Aber sie waren gute Kameraden. Und die Bären auch. Trotzdem hatte er sie verlassen müssen, um sich unauffällig auf die Suche nach Angélique zu machen.

Nachdem er geendet hatte, zog er ein kleines Körbchen unter seinen zerrissenen Kleidern hervor, kniete vor Florimond nieder und reichte ihm zwei kleine weiche Brötchen, die »Schafsbrote«

genannt wurden und deren Kruste mit Eigelb vergoldet und mit Weizenkörnern bestreut war. Sie dufteten köstlich.

»Womit hast du das gekauft?«

»Ich habe sie nicht gekauft. Ich bin in den Bäckerladen gegangen und habe so gemacht« – er schnitt eine furchterregende Grimasse –, »da haben sich die Dame und das Mädchen unter dem Ladentisch versteckt, und ich habe die Kuchen genommen, um sie meinem kleinen Herrn mitzubringen.«

»Mein Gott!«, seufzte Angélique fassungslos.

»Wenn ich meinen großen krummen Säbel hätte …«

»Den habe ich an den Trödler verkauft«, warf sie hastig ein.

Sie fragte sich, ob nicht die Häscher der Stadtwache Kouassi-Ba auf den Fersen waren und ihn bis zum Tor des Temple verfolgt hatten. Sie glaubte sogar, draußen Lärm zu hören. Als sie ans Fenster trat, entdeckte sie eine Menschentraube, die sich vor dem Haus gebildet hatte. Ein dunkel gekleideter Mann von würdevollem Äußeren sprach mit der Witwe Cordeau. Angélique öffnete das Fenster einen Spalt und versuchte zu hören, worum es ging.

»Da oben bei Euch soll ein schwarzer Mann sein?«, rief die Witwe Cordeau zu ihr herauf.

Angélique eilte nach unten.

»Das stimmt, Madame Cordeau. Es handelt sich um einen Mohren, einen … einen ehemaligen Dienstboten. Er ist ein sehr anständiger Bursche.«

Der würdevolle Mann stellte sich ihr daraufhin als der Amtmann des Temple vor, der vom Großprior mit der Ausübung der hohen, mittleren und niederen Gerichtsbarkeit innerhalb der Mauern betraut sei. Er sagte, er könne unmöglich einen Mohren im Temple dulden, zumal man ihm berichtet habe, dass dieser wie ein Bettler gekleidet sei.

Nachdem Angélique eine ganze Weile mit ihm verhandelt

hatte, sicherte sie ihm zu, dass Kouassi-Ba den Bezirk vor Einbruch der Dunkelheit wieder verlassen würde.

Betrübt ging sie wieder hinauf.

»Was soll ich nur mit dir machen, mein armer Kouassi-Ba? Deine Anwesenheit hier hat einen wahren Aufstand ausgelöst. Außerdem habe ich nicht mehr genug Geld, um dich zu ernähren und zu unterhalten. Ach je, du bist Luxus gewohnt! Und dass es dir an nichts fehlt…«

»Verkauf mich, Médême.«

Als sie ihn verblüfft anstarrte, fügte er hinzu: »Der Graf hat mich in Narbonne für viel Geld gekauft, und damals war ich noch klein. Jetzt bin ich mindestens tausend Livres wert. Dann hast du viel Geld, um meinen Herrn aus dem Gefängnis zu holen.«

Angélique sagte sich, dass er recht hatte. Im Grunde war Kouassi-Ba das Einzige, was ihr von ihrem früheren Vermögen noch geblieben war. Es widerstrebte ihr, ihn zu verkaufen, aber wäre das nicht die beste Lösung, um eine Zuflucht für diesen armen Wilden zu finden, der unversehens in diese verworfene zivilisierte Welt geraten war? Er hatte stark abgenommen.

»Komm morgen wieder«, wies sie ihn an. »Bis dahin habe ich eine Lösung gefunden. Und sieh zu, dass du dich nicht von den Stadtwachen erwischen lässt.«

»Ich weiß schon, wie ich mich verstecke. Ich habe viele Freunde in dieser Stadt. Ich mache so, und dann sagen die Freunde: ›Du gehörst zu uns‹, und nehmen mich mit in ihre Häuser.«

Er zeigte ihr, wie man die Finger auf eine bestimmte Weise überkreuzen musste, um von diesen Freunden erkannt zu werden.

Sie gab ihm eine Decke und sah ihm nach, als sich die große, magere Gestalt durch den Regen entfernte. Gleich nachdem er fort war, beschloss sie, zu ihrem Bruder zu gehen und ihn um

Rat zu fragen. Aber der ehrwürdige Pater de Sancé war nicht da.

In Gedanken versunken, kehrte Angélique zurück, als ein junger Bursche mit einem Violinenkasten unter dem Arm sie, von Pfütze zu Pfütze springend, überholte.

»Giovani!«

Das war offensichtlich der Tag der Wiedersehen! Sie zog den jungen Musiker in den Schutz des Kreuzgangs der alten Kirche und fragte ihn, was er treibe.

»Ich spiele noch nicht im Orchester von Monsieur Lully«, antwortete er, »aber bevor Mademoiselle de Montpensier nach Saint-Fargeau abgereist ist, hat sie mich Madame de Soissons überlassen, die zur Aufseherin über den Haushalt der Königin ernannt worden ist. Dadurch habe ich jetzt ausgezeichnete Verbindungen«, fuhr er mit gewichtiger Miene fort, »dank denen ich mein Gehalt aufbessern kann, indem ich jungen Mädchen aus guter Familie Musik- und Tanzunterricht erteile. Ich komme gerade von Mademoiselle de Sévigné, die im Hôtel de Boufflers wohnt.«

Nach einem verlegenen Blick auf die bescheidene Kleidung seiner früheren Herrin fügte er hinzu: »Und Ihr, Madame, dürfte ich mir erlauben, zu fragen, wie es um Eure Angelegenheiten steht? Wann werden wir den Grafen wiedersehen?«

»Bald. Es ist nur noch eine Sache von Tagen«, antwortete Angélique, die etwas ganz anderes im Sinn hatte. »Giovani«, sagte sie und packte den Jungen bei den Schultern, »ich habe mich entschlossen, Kouassi-Ba zu verkaufen. Ich erinnere mich, dass die Gräfin de Soissons ihn kaufen wollte, aber ich kann den Temple nicht verlassen, geschweige denn in die Tuilerien gehen. Würdest du mir in dieser Sache als Vermittler dienen?«

»Ich stehe Euch jederzeit zu Diensten, Madame«, entgegnete der junge Musiker liebenswürdig.

Er musste sich beeilt haben, denn keine zwei Stunden später, als Angélique gerade Florimonds Abendessen zubereitete, klopfte es an ihrer Tür. Als sie öffnete, sah sie sich einer großen, überheblich wirkenden, rothaarigen Frau und einem Lakaien in der kirschroten Livree des Haushalts des Grafen de Soissons gegenüber.

»Giovani hat uns geschickt«, sagte die Frau, unter deren Umhang ein adrettes Zofenkleid hervorblitzte.

Ihr Gesicht zeigte den listigen und gleichzeitig dreisten Ausdruck der bevorzugten Dienerin einer hohen Dame.

»Wir sind bereit, mit Euch zu reden«, fuhr sie fort, nachdem sie Angélique und das Zimmer mit abschätzigem Blick gemustert hatte. »Aber zuerst wollen wir wissen, wie viel für uns dabei herausspringt.«

»Mäßige deinen Ton, Mädchen«, erwiderte Angélique kühl, um die Verhältnisse unverzüglich zurechtzurücken.

Sie setzte sich hin und ließ ihre Besucher vor sich stehen.

»Wie heißt du?«, fragte sie den Lakaien.

»La Jacinthe, Gräfin.«

»Schön! Wenigstens du hast scharfe Augen und ein gutes Gedächtnis. Warum sollte ich zwei Leute bezahlen?«

»Weil Bertille und ich in solchen Angelegenheiten immer zusammenarbeiten.«

»Ein Gespann also. Na, zum Glück ist nicht der gesamte Haushalt des Grafen de Soissons daran beteiligt! Also gut, ich habe folgenden Auftrag für euch: Richtet der Gräfin aus, dass ich ihr meinen Mohren Kouassi-Ba verkaufen möchte. Aber ich kann weder in die Tuilerien noch in den Louvre kommen. Eure Herrin müsste mir also ein Haus im Temple nennen, wo wir uns treffen können. Außerdem bestehe ich darauf, dass alles mit größter Diskretion abläuft und mein Name unter keinen Umständen genannt wird.«

»Das dürfte schwierig werden«, entgegnete die Dienerin, nachdem sie einen Blick mit ihrem Gefährten gewechselt hatte.

»Pro zehn Livres, die mir der Verkauf einbringt, bekommt ihr beide zwei. Das heißt, je höher der Kaufpreis, desto höher ist auch Euer Lohn. Und Madame de Soissons muss es so sehr danach gelüsten, diesen Mohren zu erwerben, dass sie vor keinem Betrag zurückschreckt.«

»Dafür werde ich schon sorgen«, versprach die Zofe. »Übrigens hat die Gräfin noch heute Morgen, als ich ihr Haar richtete, bedauert, diesen schrecklichen Teufel nicht in ihrem Gefolge zu haben! Sie wird schon sehen, was sie davon hat!«, schloss sie und verdrehte die Augen.

Angélique und Kouassi-Ba warteten in einem kleinen Raum neben der Anrichtekammer des Hôtel de Boufflers.

Aus dem Salon, wo Madame de Sévigné an diesem Tag in ihrem Alkoven empfing, hörten sie Lachen und mondänes Stimmengewirr. Junge Lakaien eilten mit Tabletts voller Gebäck vorbei.

Obwohl Angélique es sich nicht eingestehen mochte, schmerzte es sie, ausgeschlossen zu sein, während die Frauen ihrer Welt nur wenige Schritte von ihr entfernt ihr unbeschwertes Leben weiterführten. Sie hatte immer davon geträumt, Paris und seine Alkoven kennenzulernen, wo sich die klügsten Geister ihrer Zeit versammelten …![4]

Neben ihr verdrehte Kouassi-Ba vor Angst die Augen. Sie hatte für ihn bei einem Altkleiderhändler im Temple eine alte Livree mit ausgebleichtem Goldbesatz geliehen, in der er eine recht kümmerliche Figur abgab.

Endlich öffnete sich die Tür, und hinter der Zofe von Madame de Soissons rauschte die Gräfin selbst, lebhaft und mit ihrem Fächer wedelnd, herein.

»Ah, da ist ja die Frau, von der du mir erzählt hast, Bertille!«

Sie verstummte und musterte Angélique aufmerksam.

»Gott vergib mir«, rief sie dann, »seid Ihr das, meine Liebe?«

»Ich bin es«, antwortete Angélique lachend, »aber bitte, seid nicht verwundert. Ihr wisst doch, dass mein Gemahl in der Bastille ist, und mir fällt es schwer, in besseren Verhältnissen zu leben als er.«

»Ach ja«, erinnerte sich Olympia de Soissons. »Aber haben wir nicht alle ungnädige Zeiten durchlebt? Nachdem mein Onkel, Kardinal Mazarin, aus Frankreich fliehen musste, trugen meine Schwestern und ich löchrige Röcke, und das Volk auf der Straße warf Steine nach unserer Kutsche und nannte uns die ›Mancini-Dirnen‹. Und nun, da der arme Kardinal im Sterben liegt, sind die Menschen dort draußen darüber bekümmerter als ich. Ihr seht, wie sich das Rad dreht…! Aber ist das hier tatsächlich Euer Mohr, meine Liebe? Ich hatte ihn schöner in Erinnerung! Besser genährt und auch schwärzer…«

»Das liegt nur daran, dass er Hunger hat und friert«, entgegnete Angélique hastig. »Aber Ihr werdet schon sehen, sobald er etwas gegessen hat, wird er wieder kohlrabenschwarz.«

Die schöne Frau verzog enttäuscht das Gesicht.

Da richtete sich Kouassi-Ba mit einer katzenhaften Bewegung auf.

»Ich bin noch stark! Schau!«

Er riss die alte Livree auf, und sein von seltsamen wulstigen Tätowierungen bedeckter Oberkörper wurde sichtbar. Er straffte seine Schultern, spannte die Muskeln an und hob die Arme nach vorn wie ein Ringkämpfer auf dem Jahrmarkt. Lichtreflexe glitten über seine dunkle Haut.

Wie er so aufrecht und reglos dastand, schien er mit einem Mal zu wachsen. Trotz seiner ungerührten Miene füllte seine wilde Gegenwart den kleinen Raum vollständig aus und ließ fremdartige Mysterien darin aufscheinen. Bleiches Sonnenlicht fiel durch die Scheiben und umhüllte diesen vertriebenen Sohn Afrikas mit goldenem Schein.

Schließlich senkten sich die langen ägyptischen Wimpern über seine elfenbeinfarbenen Augäpfel, bis nur noch ein schmaler Schlitz blieb, aus dem er die Gräfin de Soissons musterte. Langsam verzogen sich die vollen Lippen des Mohren zu einem gleichermaßen arroganten wie zärtlichen Lächeln.

Noch nie hatte Angélique Kouassi-Ba so schön gesehen, und noch nie, nein niemals, so … furchterregend.

In seiner ganzen primitiven Kraft fixierte der Schwarze seine Beute. Instinktiv hatte er erfasst, was diese weiße, nach neuartigen Wonnen gierende Frau von ihm wollte.

Olympia de Soissons stand mit halb geöffneten Lippen da. Sie schien unter einem Bann zu stehen. In ihren dunklen Augen loderte ein seltsames Feuer. Das Klopfen in ihrem schönen Busen und der lüsterne Ausdruck ihres Mundes verrieten ihr Begehren mit einer solchen Schamlosigkeit, dass selbst ihre dreiste Zofe unvermittelt den Kopf senkte und Angélique der Wunsch überkam, hinauszurennen und die Tür hinter sich zuzuschlagen.

Schließlich schien die Gräfin sich wieder zu fassen und fächelte sich mechanisch Luft zu.

»Wie viel … wie viel wollt Ihr für ihn haben?«

»Zweitausendfünfhundert Livres.«

Die Augen der Zofe leuchteten auf.

Unsanft wieder in die Wirklichkeit zurückgeholt, zuckte Olympia de Soissons zusammen.

»Ihr seid verrückt!«

»Zweitausendfünfhundert Livres, oder ich behalte ihn«, erklärte Angélique kühl.

»Meine Liebe …«

»Oh, Madame«, rief Bertille, die zaghaft einen Finger auf Kouassi-Bas Arm gelegt hatte, »seine Haut ist so zart! Niemand würde glauben, dass ein Mann so eine zarte Haut haben kann. Sie fühlt sich an wie ein getrocknetes Blütenblatt.«

Daraufhin strich auch die Gräfin mit einem Finger über die glatte, geschmeidige Haut an seinem Arm. Ein wollüstiger Schauer durchlief sie. Sie wurde kühner, berührte die Tätowierungen auf seiner Brust und begann zu lachen.

»Einverstanden, ich kaufe ihn. Es ist Irrsinn, aber ich weiß jetzt schon, dass ich einfach nicht auf ihn verzichten kann. Bertille, ruf La Jacinthe herein, damit er mir meine Schatulle bringt.«

Wie auf ein unsichtbares Zeichen hin betrat da auch schon der Lakai den Raum. In der Hand hielt er ein Kästchen aus kunstvoll gearbeitetem Leder.

Während der Mann, der der Gräfin bei ihren geheimen Vergnügungen als Haushofmeister zu dienen schien, die vereinbarte Summe abzählte, winkte die Zofe auf Anweisung ihrer Herrin Kouassi-Ba, ihr zu folgen.

»Auf Wiedersehen, Médême, auf Wiedersehen«, sagte der Mohr und trat ein paar Schritte auf Angélique zu, »und sag meinem kleinen Herrn Florimond …«

»Schon gut, geh jetzt«, unterbrach sie ihn kühl.

Doch als der Sklave sie anschaute wie ein geprügelter Hund, bevor er den Raum verließ, schmerzte sie sein Blick wie ein Dolchstoß mitten ins Herz.

Nervös zählte sie die Münzen und ließ sie in ihre Börse gleiten. Sie wollte nur noch fort.

»Oh, meine Liebe, ich ahne, wie schwer das für Euch sein muss«, tröstete die Gräfin de Soissons, die sich mit ihrem Fächer vergnügt ein wenig Luft zufächelte, Angélique. »Aber gebt die Hoffnung nicht auf, das Rad dreht sich unaufhörlich weiter. Gewiss, man kommt in die Bastille, aber man verlässt sie auch wieder. Wisst Ihr, dass der König Péguilin de Lauzun wieder in Gnaden aufgenommen hat?«

»Péguilin!«, rief Angélique, die die Erwähnung dieses Namens und die damit verbundene Neuigkeit unversehens wieder aufheiterten. »Das freut mich so sehr. Was ist geschehen?«

»Seine Majestät findet nun einmal Gefallen an den Frechheiten dieses unverschämten Adligen. Er hat den erstbesten Vorwand genutzt, um ihn wieder zurück an den Hof zu holen. Man erzählt sich, dass Lauzun in die Bastille gebracht wurde, weil er mit Philippe d'Orléans gekämpft haben soll. Manche behaupten sogar, Ihr, Madame de Peyrac, wärt der Grund dafür gewesen, dass Lauzun mit Monsieur die Klinge gekreuzt hat.«

Angélique erschauerte bei der Erinnerung an diesen grausigen Vorfall. Erneut flehte sie Madame de Soissons an, strengstes Stillschweigen zu bewahren und niemandem zu verraten, wo sie Zuflucht gesucht hatte. Madame de Soissons, die lange Erfahrung gelehrt hatte, dass man in Ungnade gefallene Menschen rücksichtsvoll behandeln sollte, solange der Herrscher nicht endgültig über ihr Schicksal befunden hatte, versprach ihr alles, was sie wollte, und verabschiedete sich mit einer Umarmung.

Als Angélique, in Gedanken versunken und über sich selbst bekümmert, nach Hause zurückkehrte, traf sie vor ihrem Zimmer auf die Witwe Scarron, die auf sie zu warten schien. Sie hatte sie beinahe schon wieder vergessen, und so tat ihr die unerwartete freundliche Besucherin gerade in dieser Stunde gut.

»Ich habe auf Euch gewartet«, sagte Françoise Scarron, »weil ich mich bei Euch für meine lächerliche Reaktion entschuldigen wollte, nachdem ich vor einigen Tagen Euren Mohren auf der Treppe gesehen habe.«

Der Klang ihrer Stimme, aus der auch die Sorge um Angéliques Befinden herauszuhören war, schenkte der jungen Frau ein wenig Trost. Sie wollte nicht über das reden, was sie gerade getan hatte, aber dieser Besuch kam ihr gerade recht. Genau wie beim letzten Mal bat sie ihre Nachbarin in ihr Zimmer und setzte sich mit ihr an das kleine Feuer. Florimond beobachtete sie von seiner Wiege aus. Diese Frau schien ihm kein Unbehagen einzuflößen, und auch wenn er ihr nur wenig Interesse entgegenbrachte, war er zu ihr doch immer freundlich.

Da Madame Scarron ihre seltsame Reaktion schon so freimütig eingestand, konnte sie auch offen zu ihr sein.

»Ich will Euch nicht verhehlen, dass mich Eure Reaktion verwundert hat«, gab Angélique zu. »Schließlich erzählt man sich doch, dass Ihr während Eurer Kindheit in Westindien gelebt habt, wodurch Ihr mit Aussehen und Wesen der Schwarzen vertraut sein müsstet. Wenn ich nach dem einen urteile, der mich neulich aufgesucht hat und der zu unserem Haushalt in Toulouse gehörte, sind sie sanft und gutmütig, wie bitter das Leben auch zu ihnen sein mag.«

»Ihr habt recht. Gott weiß, dass es in dieser Stadt kaum einen Menschen gibt, der sie besser kennt als ich. Als ich allein auf Marie-Galante zurückblieb, weil meine Mutter mit meinem Bruder das Schiff bestieg, um nach Frankreich zurückzukehren und nach meinem Vater zu suchen, nahm mich unsere schwarze Magd, die unsere Unterkunft fegte und unsere Wäsche wusch, in ihre Obhut. Und ich gebe zu, dass es mir in ihrer Sklavenhütte, die kaum weniger komfortabel war als die Häuser der Weißen, aber wo die Menschen fröhlich waren und ich friedlich schlafen konnte, tausendmal besser ging. Ihr Mann servierte im Haushalt des Gouverneurs bei Tisch, und er informierte diesen darüber, dass ich allein und ohne Verwandte zurückgelassen worden war.«

»Wie alt wart Ihr damals?«, wollte Angélique wissen.

»Ich kam mit neun Jahren nach Marie-Galante und blieb drei

Jahre dort. Nachdem der Gouverneur von meiner Lage erfahren hatte, wurde er furchtbar zornig, weil meine Mutter mich einfach im Stich gelassen hatte. Er hat unzählige Briefe geschrieben, die er mit jedem ablegenden Schiff nach Frankreich schickte, und er beauftragte die Boten, meine Mutter zu finden und ihr zu befehlen, mit dem Geld, das er ihr vorstreckte, zurückzukommen und ihre Tochter zu holen. Was sie dann schließlich auch tat.«

»Dieser Gouverneur war ein guter Mensch«, erklärte Angélique bestimmt.

»Ja. Manchmal finden sich solche Menschen auf der Welt, um verlassenen Kindern zu helfen«, entgegnete die Witwe Scarron leise, fast so, als kämen die Worte ohne ihr eigenes Zutun.

Die Erinnerung an ihre angsterfüllte Kindheit schwebte zwischen ihnen. Doch Madame Scarron fing sich rasch wieder.

Es gab viel zu erzählen über Marie-Galante und die zwiespältigen Erinnerungen, die sie an jene Zeit bewahrte.

Françoise scheute sich nicht, zu sagen, dass sie durch ihre Antworten auf Scarrons Fragen zu diesem Land das Interesse des Dichters geweckt hatte, als sie mit fünfzehn Jahren in seinen berühmten Salon gekommen war. Er hatte es sich in den Kopf gesetzt, dass das feuchte, warme Klima Westindiens ihn von der schrecklichen Krankheit kurieren könnte, die ihn seit mehreren Jahren quälte und seinen Körper mit jedem Tag stärker krümmte. Er hatte sich das Leiden bei einem jener Karnevalsfeste zugezogen, die stets in Maßlosigkeit münden, einem Maskenball, bei dem er gezwungen gewesen war, eine ganze Nacht halbnackt im eisigen Flusswasser zu verbringen, um seinen Verfolgern zu entkommen oder irgendeine unsinnige Wette zu gewinnen.

Von dem Fieber und dem Rheuma, das bei jener Gelegenheit ausgebrochen war und seinen Rumpf wie auch seine Gliedmaßen, Arme, Beine und Finger, immer mehr zusammenzog, hatte er sich nie wieder erholt.

Zum Schluss war man sogar gezwungen, vor seinem Stuhl niederzuknien, wenn man ihm ins Gesicht sehen wollte. Dieser Stuhl war eigens für ihn angefertigt worden, und er blieb sowohl tagsüber als auch nachts darin sitzen, weil er nie wieder in der Lage sein würde, ausgestreckt in einem Bett zu liegen.

»Hatte er große Schmerzen?«, fragte Angélique.

»Er litt furchtbar, und die Schmerzen gönnten ihm keine Minute Ruhe«, antwortete die junge Witwe.

Ihre Stimme klang dabei nicht gleichgültig. Leise murmelte sie etwas vor sich hin, und Angélique erkannte, dass sie ein paar Verse zitierte, die der Dichter selbst als Inschrift für seinen Grabstein verfasst hatte:

»Wanderer, sei still, gib acht
weck ihn nicht auf, hier schläft heut' Nacht,
zum ersten Mal seit langer Zeit
Scarron, von seinem Schmerz befreit.«

Angélique wurde das Herz schwer, und sie wagte nicht, ihr von ihren eigenen Kindheitserinnerungen zu erzählen, als sie gesehen hatte, wie ein unglücklicher, vor Schmerzen gekrümmter Mann sich wie durch ein Wunder entspannte und dem Himmel für die Erleichterung dankte, nachdem Mélusine ihm einen Trank eingeflößt oder ihn mit einer Salbe eingerieben hatte.

Ohne es zu wollen, wurde Scarrons Witwe lebhafter, als sie von der geistreichen Gesellschaft erzählte, die sich um den Dichter versammelt hatte – und zwar mehr noch als zuvor, seit ihn sein Gebrechen ans Haus gefesselt hatte. Acht Jahre lang war sie die vergötterte Hetäre dieser mannigfaltigen, vorzüglichen Gesellschaft gewesen, umso mehr, als sie sich nicht nur durch einen scharfen Verstand, sondern auch durch ihre Jugend – sie war siebzehn Jahre alt gewesen, als sie Scarron heiratete – und ihre Schönheit auszeichnete.

Niemand wagte es laut zu sagen, aber hinter vorgehaltener Hand versicherten alle – genau wie auch Hortense es ihrer Schwester gegenüber beteuert hatte –, dass die Gesellschaften im Hôtel de Rambouillet an Glanz bei weitem übertroffen wurden von den Zusammenkünften im Haus in der Rue Neuve Saint-Louis, bei diesen beiden seltsamen Gastgebern: dem verkrüppelten Dichter und der schönen Waise, die er geheiratet hatte.

All das lag noch nicht lange zurück, genau wie für Angélique die prunkvolle Hochzeit des Königs in Saint-Jean-de-Luz, sodass die beiden Frauen schon bald über gemeinsame Bekannte plauderten. Den Marquis d'Armentières, Humières, Jarzé, Méré, de Bar und all die anderen ... Es stellte sich heraus, dass Madame de Navailles, die zur Ehrendame der jungen Königin Maria Theresia ernannt worden war, Françoises Patentante war. Sie hieß ursprünglich Suzanne de Baudéan und war die Tochter von Madame de Neuillant, jener griesgrämigen Tante, die Françoise später in ihre Obhut genommen hatte. Denn in einem Anfall von Weitsicht hatte Jeanne de Cardilhac, Constants Gemahlin, verlangt, dass ihre Tochter genau wie sie selbst katholisch getauft wurde.

»Aber Madame de Navailles erscheint mir sehr jung, um Eure Patin gewesen zu sein«, bemerkte Angélique.

Und wieder erschien auf den Lippen von Françoise d'Aubigné jenes sanfte, belustigte oder resignierte Lächeln, mit dem sie stets von ihrer merkwürdigen Kindheit erzählte.

»Ihr habt recht, sie war damals noch ein kleines Mädchen und ich ein Säugling von ein paar Monaten. Aber keine der wohlmeinenden Damen, die es sich zur Aufgabe gemacht hatten, meine

Mutter zu retten, wollte vor Gott die Verantwortung für mich übernehmen, denn sie waren der Ansicht, meine Mutter habe sie verraten, nachdem sie ihr zuvor das Versprechen abgerungen hatten, ihrem Mann nicht mehr zu erlauben, sich ihr zu nähern. Später habe ich ein paar Jahre meiner Kindheit zusammen mit meiner Cousine und Patin verbracht. Madame de Neuillant, ihre Mutter, war sehr geizig und ließ uns die Arbeit der Mägde verrichten, so mussten wir unter anderem die Truthähne hüten. Dabei ließ sie uns aber Masken und Handschuhe tragen, damit wir nicht unseren Teint und unsere Haut verdarben.«

Madame Scarron hoffte, dass ihre Cousine durch ihre neue Stellung über genügend Einfluss verfügte, um die Übertragung der Pension zu erwirken, die die Königinmutter einst dem Dichter Scarron gewährt hatte. In den ersten Jahren seines Leidens, als er plötzlich in tiefstem Elend dasaß, hatten seine Freunde bei Königin Anna von Österreich, die kurz zuvor die Regentschaft für ihren Sohn übernommen hatte, um eine Pension für ihn ersucht. Er hatte seiner Herrscherin gedankt, indem er im Hôtel de Bourgogne die Komödie »Jodelet« aufführen ließ, die ihn berühmt machte.

Als sei ihr mit einem Mal bewusst geworden, wie dramatisch all diese Erinnerungen klangen, erklärte Françoise d'Aubigné, dass für ihre Mutter, Jeanne de Cardilhac, dieser fürchterliche Constant alles gewesen sei! Um ihn wiederzufinden, ihm zu folgen, ihn nicht zu verlieren, hatte diese Frau größte Kühnheit bewiesen. Sie hatte alles gewagt, hatte sich Richelieu zu Füßen geworfen, damit er ihm die Freiheit wiedergebe, und die entsetzlichen Überfahrten über den Atlantik auf sich genommen, um ihm zu folgen oder nach ihm zu suchen.

Um seinetwillen hatte sie ein Leben voller Raserei, Demütigungen, Elend und ewiger Sorge ertragen, und man hätte beinahe glauben können, dass sie sich dessen nicht einmal bewusst war.

Sie hatte ihn mit siebzehn Jahren geheiratet. Ihr Vater war der Kommandant der Festung Château Trompette in Bordeaux gewesen, wo der damals zweiundvierzigjährige Constant d'Aubigné wegen seiner Schulden eingekerkert war.

»Er war genau wie sein Vater Agrippa, attraktiv, elegant, verführerisch und von einer Eloquenz, die ihm den Anschein eines brillanten Verstands verlieh. Verständlich, dass die ›Tochter des Kerkermeisters‹ ihm für alle Zeiten verfiel und jeden Sinn für ein normales Leben verlor, das sie und ihre Kinder eigentlich hätten erwarten dürfen.«

Kopflose Angst, Sorge um das tägliche Brot und die unablässige Furcht um Constants Schicksal hatten den Hintergrund für Jeanne de Cardilhacs Leben gebildet. Das Flehen und Betteln wurde ihr zur zweiten Natur. Und das war es, worunter ihre Tochter Françoise am meisten gelitten hatte, als sie sich nach ihrer Rückkehr nach Niort, manchmal zusammen mit ihrer Mutter, manchmal auch allein, in die Schlange der Bedürftigen einreihen musste, die an der Klosterpforte um Suppe und hin und wieder auch um andere Lebensmittel anstanden, die von wohltätigen Menschen gespendet worden waren. Dann musste sie die Blicke und Kommentare dieser Leute ertragen, von denen viele zu ihrer Verwandtschaft gehörten, entweder über die Familie d'Aubigné oder über die Vilette de Mursays, die protestantischen Verwandten der perfekten Tochter des großen Agrippa.

Madame Scarron verstummte, und Angélique ahnte, dass sie kurz davor war, zwar nicht zu bereuen, aber doch, sich zu wundern, dass sie so offen über Themen gesprochen hatte, die sie sonst wahrscheinlich eher mied.

Angélique erkannte, dass sie selbst auf dem besten Weg war, genauso zu werden wie Francoise. Sie hatte keine Lust mehr, ihre Geschichte zu erzählen, nicht nur wegen ihrer Feinde, sondern auch, weil sie spürte, dass ihr Schicksal niemanden interessierte. Das Dunkel des Schweigens würde sich wie ein Mantel über Erinnerungen breiten, die sie mit niemandem mehr teilen könnte. Für diese Erinnerungen würde es keine Vertrauten geben. Sie spürte, dass es für Françoise ganz genauso gewesen war. Diese schien sich unbehaglich zu fühlen, weil sie die Zurückhaltung gebrochen hatte, die sie sich seit ihrer frühesten Kindheit auferlegt hatte. Angélique ahnte, wie gefährlich solche Zwänge waren, da sie sie dazu brachten, für alle Zeiten zu schweigen und den haltlosen Gerüchten und Verleumdungen freie Bahn zu lassen, von denen sie ihren Ruf niemals wieder würde reinwaschen können.

»Macht Euch keine Vorwürfe, dass Ihr so offen zu mir wart, Madame«, sagte sie. »Manchmal hilft uns eine bessere Kenntnis unserer Freunde dabei, uns selbst in unserem eigenen Unglück einzuordnen und unsere Feinde zu erkennen. Wisst Ihr, ich bin im Temple, weil mein Gemahl verhaftet wurde, es ist sogar die Rede davon, dass ihm wegen Hexerei der Prozess gemacht werden soll …«

Angélique erkannte, über welche Selbstbeherrschung die junge Witwe verfügte, denn bis auf ein knappes Nicken, das Aufmerksamkeit und Bedauern ausdrückte, ließ sie sich keine Reaktion anmerken. Normalerweise veränderte sich bei der Erwähnung des Wortes »Hexerei« der Gesichtsausdruck ihrer Gesprächspartner, und manche erbleichten.

Françoise Scarron hingegen erwiderte lediglich, dass sie selbst und ihre Kammerfrau Nanon Balbien, die Angélique sicherlich schon einmal gesehen hatte, da sie gelegentlich herkam, um ihr über den Fortgang der Auflösung ihres Haushalts in der Rue Neuve Saint-Louis Bericht zu erstatten, auf ihren kleinen Sohn aufpassen und sich um ihn kümmern könnten, wenn sie gezwungen wäre, fortzugehen, um ihre Advokaten aufzusuchen oder all die ärgerlichen Besorgungen und Gespräche zu erledigen, die unweigerlich mit einem Prozess verbunden waren …

Angélique war sehr gerührt und erleichtert über dieses Angebot. Selbst wenn sie nur zu Raymond ins Haus der Jesuiten ging oder sonntags die Messe besuchte, ließ sie Florimond ungern allein. Meistens weinte er laut, wenn sie zurückkam, und war furchtbar wütend. Sie dankte Françoise Scarron von Herzen. Dann trennten sie sich, beide ein wenig aufgeheitert.

Jetzt, wo das Schicksal ihres Gemahls nicht mehr allein von ihren Bemühungen abhing, überkam Angélique ein gewisser Fatalismus, an dem ihr Zustand nicht ganz unschuldig war. Auch wenn sie allen Grund zur Sorge gehabt hätte, verlief ihre Schwangerschaft völlig normal. Das Kind, das sie erwartete, war quicklebendig und wuchs ohne jeden Zweifel heran, obwohl sie selbst immer noch sehr schlank war. Die Witwe Cordeau versicherte ihr, dass es ein Mädchen sein würde, ein etwas scheinheiliges Mädchen sogar, weil es schon jetzt so tat, als sei es gar nicht da.

Eines Tages besuchte Gontran seine Schwester, um sich von ihr zu verabschieden. Er würde auf die Wanderschaft gehen. Dazu hatte er ein Maultier gekauft, »aber es ist nicht so schön wie die unseren zu Hause«, wie er sagte. Er gab Angélique ein wenig Geld, und diese nahm es an, denn sie war besessen von dem Gedanken, nicht genug davon zu haben, sollte eines Tages eine hohe Summe nötig sein, um Joffrey zu retten.

In den Städten würden die geheimen Bruderschaften der Gesellen Gontran aufnehmen. Sie waren jetzt seine neue Familie. Ob er wohl unter dem Bruch mit seiner alten Welt litt? Es hatte nicht den Anschein. Sie fragte sich, welche Kraft ihn wohl antrieb. Und mit einem Mal verstand sie. Er war von einer Leidenschaft erfüllt. Nahm sie selbst nicht alle Entbehrungen in

Kauf, um in dieser Stadt zu bleiben und so eng wie möglich mit dem Mann verbunden zu sein, den sie liebte?

Sorgenvoll sah sie ihm nach. Seine Unterstützung würde ihr fehlen.

Eines Morgens kehrte sie mit Florimond von einem kurzen Spaziergang zum mächtigen Wehrturm zurück. Sie war dort den Ziegenherden begegnet, die ein Hirte aus Belleville häufig in den Temple führte. Er ließ sie auf dem Brachland neben dem Turm weiden und molk sie, wann immer Kunden kamen und nach Milch verlangten. Er behauptete, Ziegenmilch eigne sich ganz ausgezeichnet für Ammen und die Milch einer Eselin für »von Unzucht und Ausschweifung geschwächte Temperamente«. Obwohl dies sicher nicht auf sie zutraf, kaufte Angélique häufig einen kleinen Krug Milch der Eselin, eines friedlichen Tieres, das die Herde zusammen mit ihrem Hengst begleitete.

Sie hielt Florimond an der Hand, der mit kleinen Schritten neben ihr hertrippelte, und erreichte gerade das Haus, als sie lautes Geschrei hörte. Dann sah sie den Sohn ihrer Zimmerwirtin, der auf sie zulief und seinen Kopf vor dem Hagel aus kleinen Steinchen zu schützen versuchte, mit denen ihn eine Horde kleiner Jungen bewarf, die ihn verfolgten.

»Cordeau! Corde au cou[5]! Komm doch, streck die Zunge raus, du Galgenstrick!«

Ohne auch nur den Versuch zu machen, sich gegen sie zu wehren, stürmte der Junge ins Haus.

Als wenig später zu Mittag gegessen wurde, traf Angélique ihn in der Küche an, wo er friedlich seine Portion Walfischspeck verschlang.

Angélique hatte Madame Cordeaus Sohn bisher keine große Beachtung geschenkt. Er war ein kräftiger Fünfzehnjähriger, untersetzt und schweigsam, dessen niedrige Stirn keine besondere Intelligenz erkennen ließ. Aber er war seiner Mutter und den Mietern gegenüber immer hilfsbereit. Seine einzige Zerstreuung am Sonntag bestand offensichtlich darin, mit Florimond zu spielen, dem er jeden Wunsch von den Augen ablas.

»Was war denn vorhin los, mein armer Cordeau?«, fragte die junge Frau, als sie sich vor den groben Napf setzte, in den ihre Vermieterin die Erbsen und den Walspeck schöpfte.

»Warum hast du diese ungezogenen Lümmel, die dich mit Steinen beworfen haben, nicht einfach verprügelt? Deine Fäuste sind doch stark genug.«

Der Junge zuckte mit den Schultern.

»Ach, wisst Ihr«, erklärte seine Mutter, »das geht schon so lange so, er ist daran gewöhnt! Selbst ich nenne ihn manchmal Cordaucou, ohne mir etwas dabei zu denken. Und mit Steinen haben sie ihn schon beworfen, als er noch ein kleines Kind war. Er prügelt sich nicht. Das Wichtigste ist doch, dass es ihm gelingt, Meister zu werden, nicht wahr? Irgendwann werden ihn schon alle respektieren, da mache ich mir keine Sorgen.«

Und die Alte kicherte hämisch, was ihre Ähnlichkeit mit einer Hexe noch verstärkte.

Angélique erinnerte sich daran, welchen Widerwillen Mutter und Sohn Madame Scarron einflößten, und sah sie erstaunt an.

»Dann stimmt es also? Ihr wisst es gar nicht?«, fuhr Madame Cordeau fort, während sie ihre Pfanne zurück aufs Feuer stellte. »Nun, ich brauche mich ja nicht dafür zu schämen, mein Junge arbeitet für Maître Aubin.«

Und als Angélique immer noch nicht begriff, erklärte sie: »Bei Maître Aubin, dem Henker!«

Die junge Frau spürte, wie ihr ein Schauer über den Rücken lief. Schweigend begann sie das einfache Gericht zu essen. Es war Fastenzeit, und jeden Tag kam unweigerlich ein mit Erbsen gekochtes Stück Walspeck auf den Tisch, das Fastengericht der armen Leute.

»Ja, er geht beim Scharfrichter in die Lehre«, fuhr die Alte fort und setzte sich an den Tisch. »Das gehört ja schließlich auch zum Leben, nicht wahr! Maître Aubin ist der Bruder meines verstorbenen Mannes, und er hat selbst nur Töchter. Nach dem Tod meines Mannes hat Maître Aubin mir einen Brief in den kleinen Ort geschickt, in dem wir wohnten. Er schrieb, er würde sich um meinen Sohn kümmern und ihm das Handwerk beibringen, vielleicht würde er ihm später sogar sein Amt überlassen. Und wisst Ihr, Scharfrichter von Paris, das ist schon etwas! Ich hoffe, dass ich noch lange genug lebe, um meinen Sohn die roten Hosen und das rote Wams tragen zu sehen …«

Und sie richtete einen beinahe zärtlichen Blick auf den dicken, runden Kopf ihres grausigen Sprösslings, der immer noch sein Essen in sich hineinschaufelte.

Womöglich hat er noch heute Morgen einem Gehenkten den Strick um den Hals gelegt, dachte Angélique entsetzt. Die Jungen aus der Nachbarschaft haben recht: Man sollte nicht so heißen, wenn man diesen Beruf ausübt!

»Mein Mann war auch Scharfrichter«, erzählte die Witwe, die ihr Schweigen als wohlwollende Teilnahme auffasste. »Aber auf dem Land ist das natürlich etwas anderes, Hinrichtungen werden ja nur in den größeren Städten ausgeführt. Im Grunde war er Schinder und Wasenmeister, auch wenn er hin und wieder einen Dieb der peinlichen Befragung unterzogen hat …«

Glücklich darüber, endlich einmal nicht durch entsetzte Proteste unterbrochen zu werden, plauderte sie weiter.

Man solle nicht glauben, das Amt des Scharfrichters sei einfach. Die Vielfalt der Methoden, die angewandt wurden, um Missetätern ein Geständnis zu entreißen, hatten es zu einem komplizierten Beruf gemacht. Dem kleinen Cordaucou mangelte es beileibe nicht an Arbeit! Er musste lernen, wie man mit einem einzigen Schwert- oder Beilhieb den Kopf vom Körper trennte, wie man mit glühenden Eisen brannte, die Zunge durchstach, hängte, ertränkte oder räderte, wie man die Folter des Vierteilens, die Wasserfolter, die Spanischen Stiefel und den Wippgalgen anwandte …

An diesem Tag rührte Angélique ihr Essen nicht an und beeilte sich, rasch in ihr Zimmer zurückzukehren.

Hatte Raymond gewusst, welchen Beruf der Sohn der Witwe Cordeau ausübte, als er seine Schwester zu ihr geschickt hatte? Nein, ganz sicher nicht. Trotzdem kam Angélique nicht eine Sekunde auf den Gedanken, dass ihr gefangener Gemahl jemals in die Hände des Scharfrichters geraten könnte. Joffrey de Peyrac war ein Adliger! Es gab sicherlich ein Gesetz oder ein Privileg, das es verbot, Adlige der Folter zu unterziehen. Sie musste unbedingt Desgrez danach fragen … Der Henker war etwas für die Armen, die vor den Markthallen an den Pranger gestellt, nackt an den Straßenkreuzungen ausgepeitscht oder auf der Place de Grève gehängt wurden. Für das »Galgenfutter«, das dem einfachen Volk seine beliebtesten Zerstreuungen bot. Nicht für Joffrey de Peyrac, den letzten Nachkommen der Grafen von Toulouse …

Von dem Tag an ging Angélique nicht mehr so häufig hinunter in die Küche von Madame Cordeau.

Die Freundschaft zu Françoise Scarron war ihr in jener Zeit eine große Stütze. Da sie ein wenig Geld besaß, kaufte sie Holz, um ein schönes Feuer anzuzünden, und lud die junge Witwe in ihr Zimmer ein.

Diese empfing gelegentlich Besuch von einigen der vornehmen Persönlichkeiten, mit denen sie verkehrt hatte, als der satirische Schriftsteller Scarron noch der Mittelpunkt eines kleinen Kreises von Schöngeistern gewesen war.

Eines Tages erkannte Angélique durch die Wand hindurch die laute Stimme von Athénaïs de Tonnay-Charente. Sie wusste, dass die schöne Poitevinerin einen recht stürmischen Aufstieg in der Pariser Gesellschaft hinlegte, aber noch keinen Ehemann mit eindrucksvollem Titel und ebensolchen Einkünften an Land gezogen hatte.

Ein anderes Mal war es eine lebhafte blonde Frau, die immer noch schön war, obwohl sie auf die vierzig zuging.

»Was wollt Ihr, meine Liebe, man muss sein Leben nun einmal jeden Tag so vergnüglich wie möglich gestalten«, hörte Angélique sie sagen, als sie sich verabschiedete. »Es tut mir weh, zu sehen, wie Ihr in Euren abgetragenen Kleidern in diesem kalten Zimmer haust. Jemand, der so schöne Augen hat wie Ihr, darf einfach nicht in solchem Elend leben.«

Françoise antwortete etwas, das Angélique nicht verstand.

»Da mögt Ihr recht haben«, entgegnete die fröhliche, melodische Stimme, »aber es liegt doch nur an uns, zu verhindern, dass eine Abhängigkeit, die auch nicht demütigender ist, als um Pensionen zu betteln, zur Sklaverei wird. Der ›Gönner‹ zum Beispiel, der mir gegenwärtig ermöglicht, in einer prächtigen Kutsche durch die Stadt zu fahren, gibt sich bereitwillig mit zwei kurzen Besuchen im Monat zufrieden. ›Für fünfhundert Livres‹, habe ich ihm gesagt, ›kann ich unmöglich mehr geben.‹ Er fügt sich, denn er weiß genau, dass er ansonsten gar nichts bekommen würde. Er ist ein anständiger Mann, aber das einzig Gute an ihm ist, dass er sich hervorragend mit Fleisch auskennt, denn sein Großvater war Fleischer. Er berät mich, wenn ich Gäste empfange. Ich habe ihn auch gewarnt, dass er sich ja nicht einfallen lassen soll, eifersüchtig zu werden, denn ich lege großen Wert auf meine kleinen Launen. Ihr seid schockiert, meine Schöne? Ich sehe es daran, wie Ihr Eure hübschen Lippen zusammenpresst. Und dabei gibt es nichts Vielfältigeres in der

Natur als die Freuden der Liebe, auch wenn sie im Grunde immer gleich bleiben.«

Als Angélique ihre Freundin das nächste Mal sah, konnte sie es sich nicht verkneifen, nach der seltsamen Besucherin zu fragen.

»Glaubt bitte nicht, dass ich Wert darauf lege, Frauen dieser Art zu empfangen«, antwortete Françoise etwas verlegen. »Aber man muss wirklich zugeben, dass Ninon de Lenclos eine reizende und überaus geistreiche Freundin ist. Sie hat mir sehr geholfen und tut ihr Bestes, um mir vorteilhafte Beziehungen zu verschaffen. Trotzdem frage ich mich, ob ihre Empfehlungen mir nicht eher schaden als nutzen.«

»Ich hätte sie zu gern kennengelernt und ein wenig mit ihr geplaudert«, sagte Angélique. »Ninon de Lenclos …«, wiederholte sie träumerisch. »Als sich abzeichnete, dass ich nach Paris kommen würde, habe ich gedacht: ›Hoffentlich gelingt es mir, in den Salon von Ninon de Lenclos eingeladen zu werden!‹«

»Ich will sterben, wenn ich lüge!«, rief die junge Witwe mit leuchtenden Augen. »Es gibt keinen Ort in Paris, an dem man sich wohler fühlen könnte. Der Ton dort ist himmlisch, die Schicklichkeit bemerkenswert, und man langweilt sich nicht eine Sekunde lang. Ninons Salon ist wahrhaft eine Falle des Teufels, denn niemand würde vermuten, dass er von einer Frau mit so verdammenswertem Lebenswandel geführt wird. Ihr wisst doch, was über sie gesagt wird: ›Ninon de Lenclos hat mit allen bedeutenden Männern der Zeit von Ludwig XIII. geschlafen, und nun schickt sie sich an, das Gleiche auch mit denen von Ludwig XIV. zu tun.‹ Was mich im Übrigen nicht wundern würde, denn ihre Jugend scheint ewig zu währen.«

Als Angélique an diesem Tag zum zweiten Mal das kleine Besucherzimmer der Jesuiten betrat, erwartete sie dort nicht nur ihren Bruder vorzufinden, der sie hatte rufen lassen, sondern auch den Advokaten Desgrez, den sie schon lange nicht mehr gesehen hatte.

Aber stattdessen befand sich in dem Raum lediglich ein kleiner Mann mittleren Alters. Er war schwarz gekleidet und trug eine aus Rosshaar gefertigte Kanzlistenperücke mit einem aufgenähten runden Käppchen aus schwarzem Leder.

Er stand auf und grüßte sie linkisch und auf etwas altmodische Weise, bevor er erklärte, er sei Gerichtsschreiber und von Maître Desgrez in der Angelegenheit des Sieur Peyrac hinzugezogen worden.

»Ich beschäftige mich erst seit drei Tagen mit diesem Fall, aber ich habe mich bereits ausgiebig mit Maître Desgrez und Maître Fallot besprochen. Sie haben mich über alle Einzelheiten in Kenntnis gesetzt und mich mit der Abfassung der üblichen Schriftstücke und der Einleitung Eures Prozesses beauftragt.«

Angélique stieß einen Seufzer der Erleichterung aus.

»Gott sei Dank, jetzt ist es endlich so weit!«, rief sie.

Entrüstet musterte der kleine Mann diese Klientin, die offenkundig nicht die leiseste Ahnung von den Anforderungen eines Gerichtsverfahrens hatte.

»Wenn Maître Desgrez mir die außerordentliche Ehre erwiesen hat, mich um meinen Beistand zu bitten, dann deshalb, weil diesem jungen Mann bewusst geworden ist, dass er trotz der ganzen Diplome, die er dank seiner hohen Intelligenz erworben hat, jemanden braucht, der sich mit allen Feinheiten eines Rechtsverfahrens auskennt. Und dieser Fachmann, Madame, das bin ich.«

Angélique sah, wie er kurz die Augen schloss, schluckte, und schließlich seine ganze Aufmerksamkeit dem Staub widmete, der in einem Lichtstrahl tanzte. Sie war verwirrt.

»Aber Ihr habt doch gerade gesagt, der Prozess sei bereits eingeleitet.«

»Immer mit der Ruhe, schöne Dame. Ich sagte lediglich, dass

ich mit der Einleitung des Prozesses beauftragt wurde … aber so etwas kann zwanzig Jahre dauern.«

Das Eintreten des Advokaten und des Jesuiten unterbrach ihn.

»Was für einen seltsamen Vogel habt Ihr denn da mitgebracht?«, wollte Angélique von Desgrez wissen.

»Keine Angst, er ist nicht gefährlich. Er ist ein kleines Insekt, das sich von alten Akten ernährt, aber ein kleiner Gott auf seinem Gebiet.«

»Er spricht davon, meinen Gemahl zwanzig Jahre im Gefängnis verfaulen zu lassen!«

»Monsieur Clopot, Ihr redet zu viel und habt Madame verärgert«, sagte der Advokat.

Der kleine Mann schrumpfte noch ein wenig mehr zusammen und zog sich in eine Ecke zurück, wo er sich an die Wand drückte. Die Ähnlichkeit mit einer Küchenschabe war unverkennbar.

Um ein Haar hätte Angélique laut aufgelacht.

»Ihr springt mit Eurem kleinen Aktengott aber ziemlich hart um.«

»Das ist die einzige Macht, die ich über ihn habe. Um die Wahrheit zu sagen, er ist hundertmal reicher als ich. Aber nun sollten wir uns hinsetzen und die Lage besprechen.«

»Es steht also fest, dass es zu einem Prozess kommen wird?«

»Ja.«

Die junge Frau musterte ihren Bruder und ihren Advokaten, in deren Zügen sich leises Widerstreben spiegelte.

»Das hat dir die Anwesenheit von Monsieur Clopot ja bereits verraten«, sagte Raymond schließlich. »Aber es ist uns nicht gelungen, dafür zu sorgen, dass dein Gemahl vor ein Kirchengericht gestellt wird.«

»Aber … aber er wird doch der Hexerei beschuldigt?«

»Wir haben alle entsprechenden Argumente vorgebracht und unseren ganzen Einfluss geltend gemacht, das kannst du mir glauben. Aber ich glaube, der König legt es darauf an, sich katholischer zu erweisen als der Papst. Je näher Monsieur Mazarin dem Grab kommt, desto stärker erhebt der junge Monarch den Anspruch, sich persönlich um alle Angelegenheiten des Königreichs zu kümmern, und dazu gehört auch die Religion. Als genügte es nicht, dass der König die französischen Bischöfe auswählt und nicht eine kirchliche Autorität oder gar der Papst, wie es vorgeschrieben ist. Wie dem auch sei, wir haben nichts weiter erreicht als die Eröffnung eines Zivilprozesses.«

»Aber das ist doch immer noch besser, als wenn man ihn vergessen würde, nicht wahr?«, entgegnete Angélique und suchte in Desgrez' Augen nach Bestätigung.

Doch die steinernen Züge des Advokaten entspannten sich nicht.

»Es ist immer besser, sein Los zu kennen, statt jahrelang im Zweifel belassen zu werden«, sagte er schließlich.

»Wir sollten uns nicht zu lange mit dieser Niederlage aufhalten«, sprach Raymond weiter. »Jetzt geht es darum, herauszufinden, wie wir die Leitung des Prozesses beeinflussen können. Der König wird die Mitglieder des Gerichts persönlich zusammenstellen. Unsere Aufgabe wird es sein, ihm begreiflich zu machen, dass es seine Pflicht ist, dabei unparteiisch und gerecht vorzugehen. Welch heikle Aufgabe, das Gewissen eines Königs zu erleuchten …!«

Diese Worte erinnerten Angélique daran, was der Marquis du Plessis-Bellière vor Jahren über Monsieur Vincent de Paul gesagt hatte: »Er ist das Gewissen des Königreichs.«

»Warum ist mir das nicht früher eingefallen?«, rief sie. »Wenn Monsieur Vincent mit der Königin und dem König über Joffrey reden würde, könnte er ihr Herz sicher erweichen.«

»Aber leider ist Monsieur Vincent letzten Monat im Mutterhaus seines Ordens gestorben.«

»Mein Gott!«, seufzte Angélique, und vor Enttäuschung stiegen ihr Tränen in die Augen. »Warum habe ich nicht daran gedacht, als er noch lebte! Er hätte gewusst, wie er mit ihnen reden sollte. Er hätte dafür gesorgt, dass Joffrey vor ein kirchliches Gericht gestellt würde …«

»Glaubst du etwa, wir hätten nicht alles in unserer Macht Stehende versucht, um genau das zu erreichen?«, fragte der Jesuit verärgert.

Angéliques Augen leuchteten.

»Doch«, sagte sie leise, »aber Monsieur Vincent war ein Heiliger.«

Darauf entgegnete niemand etwas, schließlich seufzte Pater de Sancé.

»Du hast recht. Es bedarf tatsächlich eines Heiligen, um den hochmütigen König zum Einlenken zu bewegen. Selbst seine engsten Höflinge kennen das wahre Wesen dieses jungen Mannes noch nicht, der unter seinem beherrschten Äußeren von glühender Machtgier zerfressen wird. Ich zweifle nicht daran, dass er ein großer König ist, aber …«

Er verstummte, vielleicht glaubte er, es sei zu gefährlich, solche Bemerkungen zu äußern.

»Wir wissen«, fuhr er fort, »dass mehrere Gelehrte, die gegenwärtig in Rom leben und von denen zwei unserer Gemeinschaft angehören, wegen der Verhaftung des Grafen Joffrey de Peyrac besorgt sind und, natürlich unter dem Deckmantel der Verschwiegenheit, denn die Angelegenheit wurde ja bis heute geheim gehalten, dagegen protestiert haben. Wir könnten versuchen, ihre Aussagen zu bündeln und den Papst zu bitten, schriftlich beim König zu intervenieren. Wenn diese erhabene Stimme ihn an seine Verantwortung gemahnt und ihn beschwört, den Fall eines Angeklagten, den die größten Geister unserer Zeit einhellig vom Vorwurf der Hexerei freisprechen, mit Bedacht zu prüfen, könnte ihn das vielleicht milde stimmen.«

»Glaubst du denn, der Papst würde einen solchen Brief schreiben?«, entgegnete Angélique mutlos. »Die Kirche mag die Gelehrten nicht besonders.«

»Mir scheint, einer Frau mit deinem Lebenswandel steht es nicht zu, über die Fehler oder Irrtümer der Kirche zu urteilen«, antwortete Raymond sanft.

Angélique ließ sich von seinem freundlichen Ton nicht täuschen und schwieg.

»Ich hatte den Eindruck, dass zwischen mir und Raymond heute irgendetwas nicht stimmte«, sagte sie kurz darauf, als sie den Advokaten zum Tor des Temple zurückbegleitete. »Warum urteilt er so hart über meinen Lebenswandel? Mir scheint, ich führe ein mindestens ebenso vorbildliches Leben wie die Henkersfrau, bei der ich wohne.«

Desgrez lächelte.

»Ich vermute, dass Euer Bruder bereits ein paar der Zettel zu Gesicht bekommen hat, die seit heute Morgen in Paris in Umlauf sind. Claude Le Petit, der berühmte Dichter vom Pont-Neuf, der den Großen seit fast sechs Jahren Bauchgrimmen beschert, hat von dem Prozess gegen Euren Gemahl erfahren und die Gelegenheit genutzt, seine Feder in Vitriol zu tauchen.«

»Was kann er denn schon behaupten? Habt Ihr die Pamphlete gelesen?«

Der Advokat winkte Monsieur Clopot heran, der hinter ihnen herging, und forderte ihn auf, ihm den Beutel zu reichen, den er in der Hand hielt. Dann zog er ein Bündel ungelenk bedruckter Blätter heraus.

Es handelte sich um kurze, gereimte Lieder. Mit schwungvollem Witz schilderte der Schreiber, der sich offensichtlich mit

Absicht der gemeinsten Beleidigungen und vulgärsten Bezeichnungen bediente, Joffrey de Peyrac als »den großen Hinkefuß, den langhaarigen Wilden, den großen Hahnrei aus dem Languedoc« …

Er hatte leichtes Spiel, sich über das Äußere des Angeklagten lustig zu machen. Eines seiner Spottgedichte endete mit den Versen:

Doch die schöne Madame de Peyrac,
hofft, dass ihr Mann, der verkrüppelte Sack,
noch lange in seiner Zelle wird bleiben
damit sie es fröhlich im Louvre kann treiben.

Angélique glaubte, sie würde erröten, aber in Wirklichkeit wurde sie leichenblass.

»Oh, dieser verfluchte Schmutzpoet!«, schrie sie und schleuderte die Blätter auf die schlammige Straße. »Sie haben ja alle recht: Der Dreck ist noch viel zu sauber für ihn!«

»Pst, Madame, Ihr dürft doch nicht fluchen«, protestierte Desgrez mit gespielter Entrüstung, während sich der Gerichtsschreiber bekreuzigte. »Monsieur Clopot, würdet Ihr bitte diesen Unrat wieder aufsammeln und zurück in den Beutel stecken.«

»Ich wüsste zu gern, warum man nicht diese elenden Schmierfinken ins Gefängnis steckt, statt dort ehrbare Leute einzusperren«, fuhr Angélique, vor Wut zitternd, fort. »Und ich habe gehört, dass sie in die Bastille kommen, als verdienten sie auch nur den geringsten Respekt. Warum wirft man sie nicht zu den Räubern ins Châtelet? Zu denen passen sie doch.«

»Es ist nicht leicht, einen dieser Neuigkeitenkrämer zu erwischen. Es gibt niemanden, der einem so behände zwischen den Fingern hindurchschlüpft. Sie sind überall und nirgends. Claude Le Petit wäre schon zehnmal fast gehängt worden, und trotzdem taucht er immer wieder auf und verschießt seine Pfeile, wenn man am wenigsten damit rechnet. Er ist das Auge von Paris. Er sieht alles, er weiß alles, und niemand ist ihm jemals begegnet. Ich selbst habe ihn noch nie gesehen, aber ich nehme an, seine Ohren sind größer als ein Rasierbecken, denn der ganze Klatsch der Hauptstadt findet darin Asyl. Man sollte ihn als Spion bezahlen, statt ihn zu verfolgen.«

»Man sollte ihn ein für allemal aufhängen!«

»Unsere lieben, unfähigen Büttel zählen solche Flugschriftenschreiber tatsächlich zu den ›übelgesinnten Personen‹. Aber sie werden den kleinen Poeten vom Pont-Neuf nie erwischen, wenn mein Hund und ich uns nicht endlich darum kümmern.«

»Tut das, ich flehe Euch an!«, rief Angélique und packte Desgrez mit beiden Händen an seinem grobleinenen Kragen. »Sorbonne soll ihn zu mir schleifen, tot oder lebendig.«

»Ich werde ihn lieber Monsieur de Mazarin übergeben, denn, glaubt mir, mehr noch als Ihr ist das sein ärgster Feind.«

»Wie konnte man nur zulassen, dass er so lange ungestraft seine Lügen verbreitet?«

»Ach je! Die beängstigende Stärke von Claude Le Petit liegt darin, dass er niemals lügt und sich nur selten irrt.«

Angélique öffnete den Mund, um zu protestieren, doch dann erinnerte sie sich an den Marquis de Vardes. Sie schwieg und schluckte ihre Wut und ihre Scham hinunter.

Kapitel 10

Und mit einem Mal kam der Dezember mit seinen eisigen Nebelschwaden, den vier von Gebeten und allabendlichen Andachten in einer nahen Kirche erfüllten Adventswochen … und schließlich Weihnachten.

Angélique erschrak bei dem Gedanken, dass das Jahr zu Ende gehen würde, ohne dass Joffreys Schicksal geklärt wäre. Hier in der Île-de-France spürte man den Wechsel der Jahreszeiten sehr viel stärker als im Süden, wo zu jeder Zeit die Sonne schien. Hier war Weihnachten das Mysterium des Lichts, das in die dunklen, kalten Tage einbrach. Und wer sich zu Weihnachten nicht in den sanften Schoß einer Familie zurückziehen konnte, litt eine noch bitterere Einsamkeit.

Zwei Wochen vor Weihnachten begann es zu schneien. Die Stadt legte ihr Festkleid an. In den Kirchen wurden Krippen aus dicker Pappe oder Rocaille aufgebaut, in denen die Figuren der Geburt Christi ihren Platz fanden: das Jesuskind eingerahmt von Ochs und Esel, die es mit ihrem Atem wärmten.

Die Banner der Bruderschaften wurden in endlosen Prozessionen singend durch die mit Schnee und Schlamm bedeckten Gassen getragen.

Wie es der alljährliche Brauch verlangte, buken die Augustiner vom Hôtel-Dieu Tausende mit Zitronensaft beträufelter Krapfen, und die Kinder schwärmten mit vollen Schüsseln durch ganz Paris aus, um sie zu verkaufen. Nur mit diesen Krapfen durfte das Fasten gebrochen werden, und das dadurch gesammelte Geld würde helfen, den armen Kranken das Fest mit kleinen Geschenken zu verschönern.

Gleichzeitig überstürzten sich für Angélique die Ereignisse.

In die finsteren Windungen des schrecklichen Prozesses verstrickt, war ihr kaum bewusst, dass die gesegneten Stunden der Weihnacht und die ersten Tage des neuen Jahres bevorstanden.

Als Erstes suchte Desgrez sie eines Morgens im Temple auf, um ihr zu berichten, was er über die Ernennung der Richter erfahren hatte.

»Der Auswahl der geschworenen Richter ist eine langwierige Untersuchung vorausgegangen. Wir dürfen uns keine falschen Hoffnungen machen, denn es hat ganz den Anschein, dass man sie nicht aufgrund ihres Gerechtigkeitssinns ausgewählt hat, sondern wegen der besonderen Ergebenheit, mit der sie dem König dienen. Darüber hinaus hat man mit Bedacht verschiedene Juristen ausgesondert, deren Treue zum König zwar über jeden Zweifel erhaben ist, aber von denen man auch weiß, dass sie mutig genug sind, um sich gegebenenfalls dem königlichen Druck zu widersetzen. Das ist zum Beispiel der Fall bei Maître Gallemand, einem der berühmtesten Advokaten unserer Zeit, dessen Stellung unanfechtbar ist, da er während der Fronde offen Partei für den König ergriffen hat, sodass er um ein Haar sogar verhaftet worden wäre. Aber er ist ein Kämpfer, der niemanden fürchtet, und vor seinen unerwarteten spitzen Bemerkungen zittert der ganze Justizpalast. Ich habe lange gehofft, dass er ausgewählt würde, aber offensichtlich will man nur verlässliche Leute haben.«

»Nach allem, was ich bei unserer letzten Begegnung verstanden habe, war das ja zu erwarten«, entgegnete Angélique unverdrossen. »Kennt Ihr die Namen derjenigen, die bereits ausgewählt wurden?«

»Séguier wird der Form halber die Befragung persönlich durchführen, um dem Prozess die größtmögliche Signalwirkung und Aufmerksamkeit zu sichern.«

»Séguier! Der Siegelbewahrer[6]! Das ist mehr, als ich zu hoffen wagte!«

»Wir sollten uns nicht zu früh freuen«, entgegnete der Advokat. »Séguier hat dieses hohe Amt mit seiner moralischen Unabhängigkeit erkauft. Ich habe gehört, dass er den Gefangenen besucht haben soll, und ihre Begegnung sei recht hitzig verlaufen. Der Graf hat sich geweigert, den Eid zu leisten, da ein gewöhnliches Gericht in seinen Augen nicht befugt sei, über ein Mitglied des Parlaments von Toulouse zu befinden, und nur die Große Kammer des Pariser Parlaments über einen einstigen Requetenmeister eines Provinzparlaments urteilen könne.«

»Sagtet Ihr nicht, dass ein Prozess vor dem Parlament auch nicht wünschenswerter sei, da die Parlamentsräte alles tun würden, was Monsieur Fouquet von ihnen verlangt?«

»So ist es, Madame, und ich habe versucht, Euren Gemahl zu warnen. Aber entweder hat ihn meine Nachricht nicht erreicht, oder sein Stolz verbietet es ihm, Ratschläge anzunehmen. Jedenfalls kann ich Euch nichts anderes berichten als die Antwort, die er dem obersten Beamten der königlichen Justiz gegeben hat.«

»Und was hatte das zur Folge?«, fragte Angélique ängstlich.

»Ich vermute, dass der König beschlossen hat, sich über die üblichen Gepflogenheiten hinwegzusetzen, und man trotzdem über Euren Gemahl zu Gericht sitzen wird, notfalls auch ›stumm‹.«

»Was bedeutet das?«

Der Advokat erklärte ihr, dass dann *in contumaciam* über ihn geurteilt werde, also so, als sei er nicht vor Gericht erschienen, und dass damit die Angelegenheit sehr viel heikler würde, da in Frankreich ein Beschuldigter immer als schuldig gelte, während es in England etwa dem Ankläger obliege, Beweise für die Schuld des Verhafteten beizubringen. Außerdem werde dieser in England innerhalb von vierundzwanzig Stunden wieder freigelassen, falls keine schriftliche Anklage vorliege.

»Und weiß man schon, wer in dem Prozess als Ankläger auftreten wird?«

»Es sind zwei. Einer davon ist Denis Talon, der Generaladvokat des Königs. Und genau wie ich es vorausgesehen hatte, wurde Euer Schwager Fallot de Sancé zum Richter bestimmt. Offenbar wollte er anfangs ablehnen, indem er sich auf seine Verwandtschaft mit Euch berief, aber er muss wohl von Talon oder jemand anderem überzeugt worden sein, denn hinter den Kulissen des Justizpalasts heißt es jetzt über ihn, er habe eine kluge Wahl getroffen zwischen der Verpflichtung gegenüber seiner Familie und der Treue zum König, dem er alles verdankt.«

Angélique schluckte, und ihre Züge verzerrten sich. Aber sie beherrschte sich und wollte auch noch den Rest hören.

»Dazu kommt noch Masseneau, ein Parlamentsrat aus Toulouse.«

»Dem zweifellos ebenso daran gelegen ist, jedem Befehl des Königs zu gehorchen. Und darüber hinaus freut er sich sicherlich über die Gelegenheit, sich an einem unverschämten Adligen zu rächen ...«

»Das weiß ich nicht, Madame, auch wenn das natürlich möglich ist, da gerade Masseneau vom König persönlich benannt wurde. Aber ich habe gehört, dass er sich erst kürzlich mit der Grande Mademoiselle über Euren Gemahl unterhalten habe. Und dabei soll sich herausgestellt haben, dass er Monsieur de Peyrac nicht vollkommen feindlich gesinnt ist und seine Ernennung sehr bedauert.«

Angélique suchte in ihrer Erinnerung.

»Ja, die Herzogin von Montpensier hat mir gegenüber ebenfalls so etwas erwähnt. Aber wenn ich darüber nachdenke, erscheint mir das doch wenig wahrscheinlich, denn ich habe mit eigenen Ohren gehört, wie Masseneau meinen Gemahl verwünschte und mein Gemahl im gleichen Tonfall antwortete.«

»Umstände, die ohne jeden Zweifel zu seiner namentlichen Ernennung durch den König geführt haben. Denn das war nur bei Masseneau und dem Generaladvokaten der Fall. Alle anderen werden von Séguier oder Talon ausgewählt.«

»Dann gibt es also noch andere Richter?«

»Ja. Zum einen den Vorsitzenden. Ich habe gehört, es soll Mesmon sein, aber das wundert mich. Er ist ein Greis, dessen Leben am seidenen Faden hängt. Ich kann mir kaum vorstellen, wie er eine Verhandlung führen soll, die doch recht hitzig zu werden droht. Vielleicht wurde er aber auch gerade wegen seiner körperlichen Schwäche ausgewählt, denn er ist ein gerechter und gewissenhafter Mann. Wenn er für diesen Prozess wieder ein wenig zu Kräften käme, bestünde die Hoffnung, dass wir ihn überzeugen könnten.«

Nach einer kurzen Pause fuhr er fort: »Dann haben wir noch Bourié, Sekretär im Justizrat, der unter Juristen im Ruf eines Urkundenfälschers steht, und einen gewissen Delmas, einen vollkommen unbekannten Juristen, der vielleicht deshalb ausgewählt wurde, weil er der Onkel von Colbert ist, dem Gehilfen von Mazarin, vielleicht aber auch nur, weil er Protestant ist und der König Wert darauf legt, seiner Justiz allen Anschein der Legalität zu verleihen, indem er auch die reformierte Religion an der weltlichen Rechtsprechung beteiligt…«

»Ich vermute, dieser Hugenotte wird überrascht sein, zu einem Hexenprozess hinzugezogen zu werden, in dem von Exorzismus und Besessenheit die Rede ist«, entgegnete Angélique. »Aber für uns kann es ja nur von Vorteil sein, unter den Richtern einen klar denkenden Menschen zu haben, der jeglichem Aberglauben abhold ist, nicht wahr?«

»Bestimmt«, entgegnete der Advokat nickend, aber seine Miene blieb besorgt. »Da Ihr gerade von Exorzismus und Besessenheit sprecht, kennt Ihr vielleicht einen Mönch namens Conan Bécher und eine Nonne, die, bevor sie ins Kloster ging, Carmencita de Mérecourt hieß?«

»Und ob ich sie kenne!«, rief Angélique ungestüm. »Dieser Bécher ist ein halb wahnsinniger Alchemist, der sich geschworen hat, meinem Gemahl des Geheimnis des Steins der Weisen zu entreißen. Und Carmencita de Mérecourt ist eine aufbrausende Person, die einst Joffreys ... Mätresse war und ihm nicht verziehen hat, dass er sie jetzt verschmäht. Aber was haben die beiden mit dieser Geschichte zu tun?«

»Es heißt, dieser Bécher habe an Eurem Mann einen Exorzismus vorgenommen, bei dem auch diese Dame anwesend gewesen sei. Meine Informationen darüber sind sehr vage. Das Schriftstück wurde kürzlich der Akte hinzugefügt und ist offenbar eines der entscheidenden Dokumente der Anklage.«

»Habt Ihr es denn nicht gelesen?«

»Ich habe kein einziges Dokument aus dieser umfangreichen Akte gelesen, die der Parlamentsrat Bourié mit so viel Eifer zusammenstellt. Ich gehe davon aus, dass er nicht davor zurückschreckt, dabei seine Qualitäten als Fälscher unter Beweis zu stellen.«

»Aber der Prozess steht kurz bevor! Da müsst Ihr als Anwalt des Beschuldigten doch die Einzelheiten der Anklage kennen!«

»Leider nicht. Und man hat mir bereits mehrmals mitgeteilt, dass Eurem Gemahl der Beistand eines Advokaten verwehrt werden wird. Daher bemühe ich mich im Augenblick hauptsächlich, eine *schriftliche* Bestätigung für diese Weigerung zu bekommen.«

»Aber das ist doch Wahnsinn!«

»Keineswegs. Die Rechtstradition besagt, dass man nur solchen Angeklagten den Beistand eines Advokaten verweigern darf, denen das Verbrechen der Majestätsbeleidigung zur Last gelegt wird. Und da dieser Vorwurf im vorliegenden Fall kaum aufrechtzuerhalten ist, kann ich einen Verfahrensfehler nachweisen, wenn ich eine schriftliche Bestätigung dafür erhalte, dass man Eurem Gemahl einen Rechtsbeistand vorenthält. Das verleiht mir sofort eine stärkere moralische Position. Ich glaube, dass ich sie durch diesen Winkelzug dazu zwingen kann, mich als seinen Verteidiger zu benennen.«

Als Desgrez am übernächsten Tag zurückkam, lag auf seinem Gesicht zum ersten Mal ein zufriedener Ausdruck, der Angéliques Herz vor Hoffnung schneller schlagen ließ.

»Geschafft«, verkündete er voller Freude. »Der oberste Richter Séguier hat mich zum Verteidiger des der Hexerei beschuldigten Sieur Peyrac bestimmt. Diesen Sieg verdanken wir den besonderen Kniffen des Verfahrensrechts. Trotz ihres blinden Drangs, dem König zu gefallen, befanden sich diese hohen Justizlakaien mit einem Mal doch zu sehr im Widerspruch zu ihren eigenen Prinzipien. Kurzum, es ist ihnen gar nichts anderes übrig geblieben, als einen Advokaten zu benennen. Ich möchte Euch trotzdem darauf aufmerksam machen, Madame, dass es für Euch noch nicht zu spät ist, einen berühmteren Advokaten zu wählen und ihm den Fall Eures Gatten zu übertragen.«

Aufgewühlt zögerte Angélique mit ihrer Antwort. Sie trat ans Fenster und schaute hinaus.

Der einstige Templerbezirk lag verlassen da, als schliefe er unter seiner Schneedecke. Madame Scarron ging in ihrem schäbigen Mantel davon, um in der Kapelle des Großpriors die Messe zu hören. Das Läuten einer kleinen Glocke verklang unter dem grauen Himmel.

Unten vor dem Haus drehte sich Sorbonne melancholisch im Kreis, während er auf seinen Herrn wartete.

Angélique warf dem Advokaten, der sie mit ernster, gemessener Miene ansah, einen verstohlenen Blick zu.

»Ich wüsste nicht, wer besser geeignet wäre, diese Angelegenheit zu übernehmen, die mir so sehr am Herzen liegt«, sagte sie. »Ihr erfüllt alle wünschenswerten Voraussetzungen. Als mein Schwager Fallot Euch mir empfohlen hat, meinte er: ›Dieser Mann ist einer der scharfsinnigsten Juristen, die ich kenne, und außerdem wird er Euch nicht viel kosten.‹«

»Ich danke Euch für Eure hohe Meinung, Madame«, entgegnete Desgrez, der über ihre Worte keineswegs verärgert zu sein schien.

Gedankenverloren malte die junge Frau mit dem Finger auf die beschlagene Scheibe. Wenn ich erst mit Joffrey nach Toulouse zurückgekehrt bin, dachte sie, werde ich mich dann noch an den Advokaten Desgrez erinnern? Vielleicht werde ich manchmal daran zurückdenken, dass wir zusammen im Schwitzbad waren, und es wird mir unvorstellbar erscheinen …!

Plötzlich drehte sie sich mit verklärter Miene um.

»Wenn ich recht verstehe, dürft Ihr meinen Gemahl doch von jetzt an täglich sehen. Könnt Ihr mich nicht mitnehmen?«

Aber Desgrez riet ihr nachdrücklich davon ab, zu versuchen, die strengen Vorgaben hinsichtlich der vollkommenen Isolierung des Gefangenen zu umgehen. Er war sich noch nicht einmal sicher, dass er selbst zu ihm durchgelassen würde, aber er war fest entschlossen, mit Hilfe der Advokatenkammer dafür zu kämpfen. Diese Advokatenkammer zählte insgesamt fünfundsechzig Mitglieder, und zwar neben den Advokaten des Parlaments auch die des Königlichen Rates sowie der Kriminal- und Zivilgerichte und des Steuergerichts. Er erklärte, dass er aufgrund seiner Zugehörigkeit zu dieser letzten, eher glanzlosen Institution vielleicht bessere Aussichten auf Erfolg hatte als ein berühmter Advokat, dem die Mächtigen mit größerem Argwohn begegnen würden. Jetzt musste aber sehr schnell gehandelt werden, denn da er der königlichen Justiz seine Ernennung zum Verteidiger nur durch eine List abgerungen hatte, stand zu befürchten, dass ihm die Anklageunterlagen erst kurz vor dem Prozess zugänglich gemacht würden, und das womöglich auch nur zum Teil.

»Ich weiß, dass die einzelnen Dokumente bei solchen Prozessen häufig aus losen Blättern bestehen, damit sie der Siegelbewahrer, Kardinal Mazarin oder der König jederzeit in Augenschein nehmen und einzelne Seiten entfernen oder auch hinzufügen können. Natürlich ist das nicht üblich, aber da die Umstände in dieser Angelegenheit doch recht ungewöhnlich sind …«

Trotz dieser desillusionierenden Worte sang Angélique an diesem Abend leise vor sich hin, während sie Florimonds Brei zubereitete, und fand schließlich sogar ein wenig Geschmack am ewig gleichen Walspeck der Mutter Cordeau. Die Kinder vom Hôtel-Dieu waren an diesem Tag in den Temple gekommen, und sie hatte ihnen ein paar köstliche Krapfen abgekauft. Nachdem sie sie gegessen hatte, ließ sie die wohlige Sattheit ein wenig optimistischer in die Zukunft blicken.

Und ihre Zuversicht wurde belohnt, denn schon am folgenden Abend kehrte der Advokat mit zwei außerordentlichen Nachrichten zurück: Man hatte ihm einen Teil der Akten übergeben, und er hatte die Erlaubnis erhalten, den Gefangenen zu besuchen.

Als Angélique das hörte, stürzte sie auf Desgrez zu, schlang ihm die Arme um den Hals und küsste ihn stürmisch. Doch gleich darauf zuckte sie verwirrt zurück, und während sie sich die Tränen aus den Augen wischte, stammelte sie, dass sie nicht mehr wisse, was sie tue.

Taktvoll ging Desgrez nicht näher darauf ein.

Er sagte, dass sein Besuch in der Bastille für die Mittagszeit des kommenden Tages angesetzt sei. Er würde nur in Gegenwart des Gouverneurs mit dem Gefangenen sprechen dürfen, hoffte aber, dass es ihm gelingen würde, in der Folge auch unter vier Augen mit dem Grafen de Peyrac zu reden.

»Ich werde Euch begleiten«, entschied Angélique. »Ich werde vor dem Gefängnis warten. Ich weiß jetzt schon, dass ich es nicht ertragen würde, währenddessen hier zu sitzen und ruhig abzuwarten.«

Anschließend berichtete ihr der Advokat von den Prozessunterlagen, in die man ihm Einsicht gewährt hatte. Aus einem abgegriffenen Wollsamtbeutel zog er ein paar Blätter, auf denen er die wichtigsten Anklagepunkte notiert hatte.

»Im Wesentlichen wird er der Hexerei und Zauberei beschuldigt. Er wird als ausgezeichneter Giftmischer und Hersteller von Drogen bezeichnet. Er sei überführt, im Besitz magischer Kräfte zu sein, die Zukunft voraussagen zu können und böse Zauber abzuwehren, um so gegen Gift gefeit zu sein. Durch Hexerei soll er die Macht erlangt haben, Menschen von anerkannter geistiger Gesundheit zu betören und jeden beliebigen Menschen mit einem Fluch oder seinem Bann zu belegen... Außerdem soll er die Verwendung von Pulvern und Blumen als Liebeszauber gelehrt haben. Die Anklage behauptet, dass eine seiner... früheren Mätressen gestorben sei, und nachdem man ihren Leichnam wieder ausgegraben habe, habe man in ihrem Mund einen Talisman mit dem Bild des Grafen de Peyrac gefunden...«

»Das ist doch albern!«, rief Angélique verblüfft. »Ihr wollt doch nicht etwa behaupten, dass ehrbare Richter dieses dumme Zeug in aller Öffentlichkeit vortragen werden?«

»Vermutlich schon, und ich für mein Teil bin sogar froh über diesen himmelschreienden Unsinn, denn dadurch werde ich die Anschuldigungen umso leichter entkräften können. Weiterhin wird ihm in der Anklageschrift noch das Verbrechen der Alchemie zur Last gelegt, die Suche nach verborgenen Schätzen, die Transmutation von Gold und – haltet Euch fest – ›die ketzerische Behauptung, Leben geschaffen zu haben‹. Könnt Ihr mir erklären, was das bedeuten soll?«

Angélique war ratlos und dachte lange nach, ehe sie schließlich eine Hand auf ihren Bauch legte, in dem sich ihr zweites Kind bewegte.

»Glaubt Ihr vielleicht, dass sie darauf anspielen?«, fragte sie lachend.

Der Advokat zuckte zweifelnd und resigniert mit den Schultern. Dann las er weiter.

»›... Hat sein Vermögen mit Hilfe der Hexerei und vor allem der Transmutation vergrößert‹ und so weiter und so fort... Und zum Schluss steht hier noch: ›Verlangte Rechte, die ihm nicht zustanden. Rühmte sich öffentlich seiner Unabhängigkeit vom König und den Prinzen. Empfing verdächtige fremde Häretiker und bediente sich verbotener ausländischer Bücher.‹«

Desgrez zögerte kurz, ehe er fortfuhr.

»Und jetzt kommt das Dokument, das mir der beunruhigendste und erstaunlichste Teil dieser ganzen Akte zu sein scheint. Es handelt sich um das Protokoll eines Exorzismus, den drei Geistliche an Eurem Gemahl vorgenommen haben sollen. Sie alle erklären, dass er mit absoluter Gewissheit der Besessenheit und des Umgangs mit dem Teufel überführt sei.«

»Aber das ist doch unmöglich!«, rief Angélique, während sie spürte, wie kalter Schweiß auf ihre Schläfen trat. »Wer sind diese Priester?«

»Einer von ihnen ist der Mönch Bécher, von dem ich Euch bereits gestern erzählt habe. Ich weiß nicht, ob er als Abgesandter des Offizials in die Bastille gelassen wurde. Aber sicher ist, dass diese Zeremonie tatsächlich stattgefunden hat und dass sämtliche Zeugen versichern, alle Reaktionen des Grafen hätten auf unzweifelhafte Weise bewiesen, dass er mit dem Teufel im Bunde ist.«

»Das ist doch unmöglich!«, wiederholte Angélique. »Sagt mir, dass *Ihr* wenigstens nicht an diesen Unsinn glaubt.«

»Ich bin ein Freigeist, Madame. Ich glaube weder an Gott noch an den Teufel.«

»Seid still«, stammelte sie und bekreuzigte sich hastig.

Sie eilte zu Florimond und drückte ihn an sich.

»Hast du gehört, was er da sagt, mein Engel?«, flüsterte sie ihm zu. »Oh, die Männer sind doch alle verrückt.«

Nach kurzem Schweigen trat Desgrez auf sie zu.

»Macht Euch keine Sorgen«, sagte er, »es steckt *mit Sicherheit* ein Schwindel dahinter, und den gilt es nun rechtzeitig aufzudecken. Aber ich möchte noch einmal betonen, dass dieses Dokument äußerst besorgniserregend ist, denn es wird die Richter vermutlich am stärksten beeindrucken. Der Exorzismus wurde nach den Regeln des römischen Offizials durchgeführt. Die Reaktionen des Angeklagten belasten ihn schwer. Mir sind vor allem seine Reaktionen auf die Teufelsflecken und seine behexende Wirkung auf andere aufgefallen.«

»Was meint Ihr damit?«

»Die Dämonologen behaupten, dass verschiedene Punkte des Körpers, die sogenannten Teufelsflecken, empfindlich auf die Berührung eines zuvor exorzierten silbernen Stifts reagieren. Und während dieser Prüfung haben die Zeugen schreckliche und ›wahrhaft teuflische‹ Schreie gehört, die der Beschuldigte immer wieder ausstieß, obwohl eine Berührung mit diesem ungefährlichen Instrument einem gewöhnlichen Mann nicht das Geringste ausmachen würde. Und was die Behexung anderer Personen betrifft, so wurde eine Frau hereingeführt, die alle bekannten Anzeichen der Besessenheit aufwies.«

»Wenn es sich dabei um Carmencita handelt, traue ich ihr durchaus zu, dass sie ihre Rolle als Besessene vortrefflich gespielt hat«, bemerkte Angélique sarkastisch.

»Es ist sehr wahrscheinlich, dass es sich um diese Nonne handelt, aber ihr Name wird in dem Dokument nicht genannt. Wie dem auch sei, ich sagte ja schon, dass irgendetwas an der ganzen Geschichte faul klingt. Aber ich gehe davon aus, dass die Mitglieder des Gerichts sich bei jeder Gelegenheit darauf berufen werden, und deshalb muss ich es unbedingt entkräften. Unglücklicherweise ist mir bislang nichts eingefallen, was seine Verwendung unzulässig machen würde.«

»Vielleicht kann Euch ja mein Gemahl Näheres dazu sagen.«

»Wir wollen es hoffen«, antwortete der Advokat mit einem Seufzen.

Kapitel 11

In ihrem Kleid aus unschuldigem Schnee wirkte die gewaltige Festung der Bastille noch finsterer und schwärzer als sonst. Unter den tief hängenden Wolken stiegen von der Plattform des großen Turms dünne graue Rauchfäden auf. Zweifellos waren in den Räumen des Gouverneurs und der Wachen Feuer angezündet worden, aber Angélique konnte sich mühelos die eisige Feuchtigkeit in den Verliesen vorstellen, wo die »vergessenen« Gefangenen sich auf ihrem klammen Strohlager zusammenkauerten.

Desgrez hatte sie in eine kleine Schenke im Faubourg Saint-Antoine geführt, deren Wirt und vor allem dessen Tochter mit ihm befreundet zu sein schienen. Dort sollte sie bis zu seiner Rückkehr warten.

Von ihrem Platz neben dem Fenster konnte Angélique alles beobachten, ohne selbst gesehen zu werden. Deutlich konnte sie die Soldaten auf der vorgelagerten Bastion erkennen, die neben den Kanonen in ihre Hände bliesen und mit den Füßen stampften, um sich zu wärmen. Manchmal rief ihnen einer ihrer Kameraden von den hohen Zinnen herab etwas zu, und ihre lauten Stimmen hallten durch die eisige Luft.

Der Ort, an den Desgrez sie geführt hatte, war einer jener Plätze in Paris, wo er sich zu Hause fühlte, weil er mit Erinnerungen aus Kinder- oder Studententagen verbunden war oder den mehr oder weniger alltäglichen Rahmen seiner beruflichen Aktivitäten bildete. Hier war man nicht weit entfernt vom Zentrum der Stadt mit seinem lärmenden Trubel, der noch einige Stunden in die Nacht hinein anhalten würde, denn in dieser Jahreszeit waren die Tage kurz, und was immer auch behauptet wurde, nur die wenigsten Pariser gingen gern bei Sonnenuntergang zu Bett.

Es lockten die Theater, die Wirtshäuser, die Gesellschaften bei Freunden, ein paar hastige verbotene Verkäufe. Die Rufe hielten das Leben in Gang. Noch ein paar Stunden lang würde in Paris niemand an die bedrohliche Nacht denken, die den Messerstechern und Räubern gehörte.

Die Schenke lag in der Rue de la Contrescarpe, die an den Gräben der Bastille entlangführte. Trotz der Kälte hing der abgestandene Geruch des fauligen Wassers in der Luft. Die Reiter und Kaufleute, die die Stadtgrenze an der Porte Saint-Antoine erreichten, machten halt, um den Stadtzoll zu entrichten. Einen Moment lang war Angélique abgelenkt vom Eintreffen einer Gruppe Zigeuner, die man auch Ägypter nannte. Die Frauen saßen auf mageren Kleppern zusammen mit ihren Kindern, deren Augen dunkel und wild dreinblickten. Die stolzen Männer mit ihren Rapieren und Federhüten stritten lange mit dem Zöllner. Schließlich ließen sie kleine Affen vor ihm tanzen, und da der Mann seinen Spaß an der Vorstellung hatte, sahen sie ihre Schuld als beglichen an und zogen triumphierend in Paris ein.

Kurz darauf fuhr eine prächtige, von Läufern begleitete Kutsche vorbei, und im Inneren erkannte Angélique die Gesichter von Madame Fouquet und ihrer Tochter. Sie glaubte sich zu erinnern, dass der Oberintendant der Finanzen früher in dieser Gegend gewohnt hatte und prunkvolle Gesellschaften zu geben pflegte.

Ich hoffe von ganzem Herzen, dass er irgendwann die gerechte Strafe für all seine Verbrechen erhält, dachte sie.

Schließlich wohnte er ja gar nicht so weit von der Bastille entfernt.

Endlich sah Angélique Desgrez, der von der Zugbrücke her auf sie zukam. Ihr Herz begann in vager Sorge zu klopfen. Der Gang des Advokaten und sein Gesichtsausdruck erschienen ihr merkwürdig.

Er rang sich ein Lächeln ab und begann dann hastig zu reden, doch sie hatte das Gefühl, dass sein heiterer Tonfall aufgesetzt klang. Er sagte, dass es ihm ohne größere Mühe gelungen sei, Monsieur de Peyrac zu sehen, und dass der Gouverneur sie sogar eine Weile allein gelassen habe. Sie waren sich darüber einig geworden, dass Desgrez die Verteidigung übernehmen sollte.

Zwar hatte der Graf anfangs keinen Advokaten haben wollen, denn er war der Ansicht, wenn er darin einwilligte, bedeute das gleichzeitig auch seine Zustimmung dazu, vor ein gewöhnliches Gericht gestellt zu werden und nicht vor das Parlamentsgericht, wie er verlangte. Er hatte sich ursprünglich selbst verteidigen wollen, aber nach kurzer Unterhaltung mit dem Advokaten habe er dessen Hilfe schließlich angenommen.

»Ich bin überrascht, dass mein Gemahl so schnell nachgegeben hat«, wunderte sich Angélique. »Er fühlt sich so leicht in seinem Stolz angegriffen, und ich hatte eher befürchtet, dass Euch ein harter Kampf bevorstünde. Denn Ihr müsst wissen, dass er unübertrefflich darin ist, logische Argumente für seine Ansichten zu finden!«

Der Advokat runzelte die Stirn, als litte er unter starken Kopfschmerzen, und bat die Tochter des Wirts, ihm eine Pinte Bier zu bringen.

»Euer Gemahl hat beim Anblick Eurer Schrift nachgegeben«, sagte er schließlich.

»Er hat meinen Brief gelesen? Hat er sich darüber gefreut?«

»Ich habe ihn ihm vorgelesen.«

»Warum? Er ...«

Sie verstummte und murmelte mit tonloser Stimme: »Wollt

Ihr damit sagen, dass er nicht in der Lage war, ihn selbst zu lesen? Warum? Ist er krank? Redet schon! Ich habe ein Recht darauf, es zu erfahren.«

Unbewusst hatte sie das Handgelenk des jungen Mannes gepackt und grub ihre Fingernägel in sein Fleisch.

Er wartete, bis die junge Kellnerin wieder fort war.

»Ihr müsst jetzt stark sein«, sagte er mit aufrichtigem Mitgefühl. »Es ist auf jeden Fall besser, wenn Ihr alles wisst. Der Gouverneur der Bastille hat mir nicht verschwiegen, dass der Graf de Peyrac im Vorfeld des Prozesses der peinlichen Befragung unterzogen wurde.«

Angélique wurde aschfahl.

»Was haben sie mit ihm gemacht? Haben sie seine armen Glieder endgültig gebrochen?«

»Nein. Aber die Spanischen Stiefel und das Strecken haben ihn sehr geschwächt, seitdem kann er nur noch liegen. Und das ist noch nicht das Schlimmste. Während der Gouverneur fort war, hat er mir einige Einzelheiten über den Exorzismus berichtet, den der Mönch Bécher an ihm vorgenommen hat. Er versichert, dass der Stift, den dieser für eine der Prüfungen benutzt hat, manipuliert war, sodass ihm immer wieder eine lange Nadel ins Fleisch stach. Diese bereitete ihm so unerträgliche Schmerzen, dass er nicht umhin konnte, mehrmals aufzuschreien, was von den Zeugen natürlich sehr ungünstig ausgelegt wurde. Die besessene Nonne konnte er jedoch nicht zweifelsfrei erkennen, da er halb ohnmächtig war.«

»Leidet er sehr? Ist er verzweifelt?«

»Er ist sehr tapfer, obwohl sein Körper sehr geschwächt ist und er nahezu dreißig Verhöre über sich ergehen lassen musste.«

Nachdem Desgrez eine Weile nachdenklich vor sich hin geschaut hatte, fuhr er fort: »Soll ich Euch gestehen, dass mich sein Äußeres vom ersten Moment an sehr getroffen hat? Ich konnte mir nicht vorstellen, dass Ihr die Gemahlin dieses Mannes sein solltet. Doch sobald wir ein paar Worte miteinander gewechselt hatten und er seinen leuchtenden Blick auf mich richtete, habe ich verstanden ... welche Faszination er auf seine Umgebung ausübt. Und ich beginne sogar zu ahnen, was der wahre geheime Grund für seine Verhaftung gewesen ist.«

Desgrez senkte die Stimme und sprach stockend weiter, als schrecke er selbst vor seiner Entdeckung zurück.

»Durch all seine Talente, durch alles, was er ist, verkörpert er *eine gegensätzliche Kraft* ... Deshalb soll er verschwinden ... und ... *Ihr auch.*«

»O Joffrey ... mein Geliebter«, sagte Angélique leise, und sie musste alle Kräfte aufbieten, um nicht in Tränen auszubrechen.

»Jetzt sehen wir klarer«, sagte der ehrwürdige Pater de Sancé, nachdem ihn der Advokat über seine letzten Schritte informiert hatte. »Was meint Ihr, Maître, wird sich die Anklage auf die vermeintliche Hexerei beschränken und sich dazu auf das von Bécher verfasste Protokoll stützen?«

»Davon bin ich überzeugt, denn die wenigen Gerüchte, die über den angeblichen Verrat des Grafen de Peyrac gestreut wurden, haben sich rasch als haltlos erwiesen. Man wird also notgedrungen zur ersten Beschuldigung zurückkehren: Dieses weltliche Gericht wird über einen Hexenmeister urteilen.«

»Sehr gut. Zum einen müssen wir also die Richter davon überzeugen, dass bei den Arbeiten, denen sich mein Schwager widmete, nichts Übernatürliches im Spiel war. Dazu müsst Ihr die Aussagen seiner Bergleute beibringen. Und zum anderen müssen wir beweisen, dass der Exorzismus, auf den sich die Anklage zu stützen glaubt, wertlos ist.«

»Die Richter sind alle sehr religiös. Wir hätten also schon gewonnen, wenn wir sie davon überzeugen könnten, dass die Prüfung nicht rechtens war.«

»Dann werden wir Euch helfen, das zu beweisen.«

Raymond de Sancé schlug mit der flachen Hand auf den Tisch im Besucherzimmer und wandte dem Advokaten sein fein geschnittenes, dunkles Gesicht zu. In dieser Geste und den halb geschlossenen Augen lebte plötzlich der alte Großvater de Ridoué wieder auf. Jedes Mal, wenn Angélique diese Ähnlichkeit auffiel, durchströmte sie ein Glücksgefühl, und sie spürte, wie sich der schützende Schatten von Monteloup über ihre bedrohte Familie breitete.

»Denn es gibt da etwas, das Ihr nicht wisst, Maître Desgrez«, erklärte der Jesuit mit fester Stimme, »genauso wie viele französische Kirchenfürsten, deren religiöse Bildung zugegebenermaßen oft noch beschränkter ist als die eines einfachen Landpfarrers. Ihr müsst wissen, dass es in ganz Frankreich nur einen einzigen Mann gibt, der vom Papst bevollmächtigt wurde, Fälle von Besessenheit und dem Wirken des Satans zu prüfen. Dieser Mann gehört zur Gesellschaft Jesu. Erst nach einem langen, besonnenen Leben und langwierigen, ernsten Studien wurde ihm von seiner Heiligkeit dem Papst das gefährliche Privileg verliehen, mit dem Herrscher der Finsternis von Angesicht zu Angesicht Zwiesprache zu halten. Maître Desgrez, ich bin überzeugt, dass es die Richter in gehörige Verwirrung stürzen wird, wenn Ihr ihnen mitteilt, dass nur ein vom ehrwürdigen Pater Kiher, dem Großexorzisten Frankreichs, unterzeichnetes Exorzismusprotokoll in den Augen der Kirche Bestand hat.«

»Natürlich«, rief Desgrez aufgeregt. »Ich will Euch gestehen, dass ich so etwas bereits geahnt habe. Aber dieser Bécher hat ein teuflisches Geschick bewiesen. Es ist ihm gelungen, sich von Kardinal de Gondi, dem Erzbischof von Paris, bevollmächtigen zu lassen. Ich werde diese Verletzung des Kirchenrechts öffentlich machen!«, rief der Advokat, der sich bereits vor Gericht wähnte. »Ich werde die Priester anprangern, die über keinerlei Berechtigung für ihr Tun verfügten und durch einen gotteslästerlichen Akt versucht haben, die Kirche lächerlich zu machen.«

»Bitte entschuldigt mich einen Augenblick«, sagte Pater de Sancé und stand auf.

Kurz darauf kehrte er in Begleitung eines anderen Jesuiten zurück, den er ihnen als Pater Kiher vorstellte.

Der Großexorzist von Frankreich beeindruckte Angélique sehr. Sie wusste nicht genau, was sie erwartet hatte. Aber ganz sicher nicht einen Mann von so bescheidenem Äußeren. Ohne seine schwarze Soutane und das kupferne Kreuz auf seiner Brust hätte man den groß gewachsenen, schweigsamen Jesuiten leicht für einen friedlichen Bauern halten können und nicht für einen Priester, der es gewohnt war, mit dem Teufel Zwiesprache zu halten.

Angélique spürte, dass selbst Desgrez trotz seiner tief verwurzelten Skepsis unwillkürlich von der Persönlichkeit des Neuankömmlings fasziniert war.

Raymond erklärte, dass er Pater Kiher bereits über die Angelegenheit in Kenntnis gesetzt habe, und berichtete ihm von den jüngsten Entwicklungen.

Der Großexorzist lauschte mit einem gütigen, beruhigenden Lächeln.

»Das Ganze erscheint mir recht simpel«, sagte er schließlich. »Ich muss lediglich selbst einen vorschriftsgemäßen Exorzismus durchführen. Das Protokoll, das Ihr vor Gericht verlesen werdet und das ich durch meine persönliche Aussage stütze, wird das Gewissen der Richter zweifellos in einen heiklen Zwiespalt bringen.«

»So einfach ist das nicht«, entgegnete Desgrez und kratzte

sich heftig am Kopf. »Der Gefangene wird streng bewacht und darf mit niemandem reden. Zu versuchen, Euch Zutritt zur Bastille zu verschaffen, und sei es auch als Geistlicher, ist wahrscheinlich ein recht aussichtsloses Unterfangen …«

»Umso mehr, als wir zu dritt sein müssen.«

»Wieso das denn?«

»Der Leibhaftige ist zu geschickt, als dass ein einzelner Mann, und sei er mit noch so vielen Gebeten gewappnet, ihn gefahrlos herausfordern könnte. Um einem Mann gegenüberzutreten, der mit dem Teufel Umgang pflegt, müssen mir mindestens zwei meiner üblichen Gehilfen zur Seite stehen.«

»Aber mein Gemahl pflegt doch keinen Umgang mit dem Teufel!«, protestierte Angélique.

Unvermittelt vergrub sie das Gesicht in beiden Händen, um ein krampfhaftes Lachen zu ersticken. Sie hatte so oft gehört, Joffrey pflege Umgang mit dem Teufel, dass sich ihr schließlich die Vorstellung ihres Gemahls aufdrängte, der behaglich in seinem Salon saß und mit einem lächelnden, gehörnten Teufel plauderte. Ach, wenn sie doch nur endlich wieder zu Hause in Toulouse wären, dann würden sie über all diese Torheiten herzlich lachen! Sie stellte sich vor, wie sie auf Joffreys Schoß saß und ihre Lippen in seinem dichten, nach Veilchenparfüm duftenden Haar vergrub, während seine wundervollen Hände in endlosen Liebkosungen den Körper wiederentdeckten, den er so liebte.

Ihr haltloses Gelächter endete in einem abgehackten Schluchzen.

»Nur Mut, liebe Schwester«, tröstete Raymond sie sanft. »Die Geburt des Herrn schenkt uns Hoffnung: Friede den Menschen, die guten Willens sind.«

Doch das unentwegte Schwanken zwischen Hoffen und Verzweiflung zehrte an der jungen Frau. Wenn sie an die letzte Weihnacht zurückdachte, die sie im festlichen Toulouse verbracht hatte, überkam sie blankes Entsetzen angesichts des Weges, den sie seitdem zurückgelegt hatte. Als an diesem Heiligen Abend alle Glocken von Paris unter dem grauen Himmel läuteten, gab es für sie keinen anderen Platz, an dem sie willkommen war, als den Kamin der Witwe Cordeau.

Diese hatte ihre Mieter eingeladen, den Heiligen Abend bei ihr zu verbringen, denn in dieser Nacht sollte niemand allein auf die Christmette warten müssen, und es war die Pflicht eines jeden guten Christen, die Einsamen um sich zu scharen.

In Gegenwart der Alten, die ruhig ihre Wolle spann, und des Henkerslehrlings, der unschuldig mit dem kleinen Florimond spielte, brachte Angélique gerade noch die Kraft auf, ihre Handflächen zum Feuer hin auszustrecken. Neben ihr auf der Bank saß Madame Scarron, ebenso jung, ebenso schön und ebenso arm und verlassen wie sie selbst, und manchmal legte die junge Witwe sanft einen Arm um die Taille ihrer Gefährtin und drängte sich in dem zaghaften Bedürfnis, einen anderen Körper an ihrem einsamen Fleisch zu spüren, an sie.

Der alte Modewarenhändler, der sich ebenfalls an das einzige Feuer des tristen Häuschens geflüchtet hatte, döste in dem gepolsterten Lehnstuhl, den er aus seinem Zimmer heruntergeschafft hatte, vor sich hin. Er redete leise im Schlaf und rechnete in dem beharrlichen Versuch, die Gründe für seinen Bankrott aufzudecken, Zahlen zusammen. Als ihn das Knacken eines Holzscheits aufweckte, lächelte er und rief bemüht heiter: »Lasst uns nicht vergessen, dass die Geburt Jesu bevorsteht. Die ganze Welt freut sich. Wollen wir nicht ein kleines Weihnachtslied singen?«

Und zu Florimonds großer Freude begann er mit zittriger Stimme zu singen:

»Drei kleine Schäferinnen
im schönen Wiesengrund,

zu denen kam der Engel
und tat ihnen die Nachricht kund.
La, la, ladiladida …«

Plötzlich klopfte es an der Tür. Sie sahen einen dunklen Schatten, der Cordaucou ein paar Worte zuflüsterte.

»Da ist jemand für Madame Angélique«, sagte der Junge.

In dem Glauben, Desgrez vorzufinden, stand Angélique auf. Im Eingang sah sie einen gestiefelten Reiter in einem weiten Umhang, dessen tief in die Stirn gezogener Hut sein Gesicht verbarg.

»Ich bin gekommen, um dir Lebewohl zu sagen, meine liebe Schwester.«

Es war Raymond.

»Wohin gehst du?«, fragte sie verwundert.

»Nach Rom … Ich kann dir nichts Näheres über meine Mission sagen, aber schon morgen wird alle Welt erfahren, dass sich die Beziehungen zwischen der französischen Gesandtschaft und dem Vatikan verschlechtert haben. Der Botschafter hat sich geweigert, den Anweisungen des Heiligen Vaters zu folgen, denen zufolge nur die Mitglieder der Gesandtschaft Zugang zum Botschaftsgelände erhalten sollten. Und Ludwig XIV. hat ausrichten lassen, dass er mit Gewalt gegen jeden vorgehen werde, der ihm fremde Entscheidungen aufzwingen wolle. Wir stehen kurz vor einem Bruch zwischen der französischen Kirche und dem Heiligen Stuhl. Diese Katastrophe muss um jeden Preis verhindert werden. Ich muss so schnell wie möglich nach Rom reiten und versuchen, einen Kompromiss auszuhandeln und die Gemüter zu beruhigen.«

»Du gehst weg!«, wiederholte sie bestürzt. »Du lässt mich also auch im Stich? Was ist mit dem Brief für Joffrey?«

»Ach, meine arme Kleine, ich fürchte sehr, dass unter den gegenwärtigen Umständen ein Ersuchen des Heiligen Vaters bei unserem König wenig Gehör finden würde. Aber ich verspreche dir, dass ich mich während meines Aufenthalts in Rom weiter um die Angelegenheit kümmern werde. Hier hast du etwas Geld. Und ich habe noch eine Neuigkeit für dich: Vor knapp einer Stunde habe ich mit Desgrez gesprochen. Dein Gemahl ist in das Gefängnis des Justizpalastes verlegt worden.«

»Was hat das zu bedeuten?«

»Dass er bald vor Gericht gestellt wird. Aber das ist noch nicht alles. Maître Desgrez ist sich sicher, dass es ihm gelingen wird, Pater Kiher und seinen Gehilfen Zugang zur Conciergerie zu verschaffen. Noch heute Nacht werden sie den Umstand nutzen, dass wegen der Christmette so viele Menschen unterwegs sind, und heimlich den Gefangenen besuchen. Ich zweifle nicht daran, dass diese Prüfung für den Prozess entscheidend sein wird. Hab Vertrauen!«

Sie hörte ihm mit eisigem Herzen zu, unfähig, neue Hoffnung zu schöpfen.

Da legte der Mönch die Hände auf ihre zarten Schultern, zog sie an sich und küsste sie brüderlich auf die kalten Wangen.

»Hab Vertrauen, meine liebe Schwester«, sagte er nochmals.

Dann hörte sie, wie die von der dichten Schneedecke gedämpften Schritte der beiden Pferde verklangen, die die Zugbrücke des Temple überquerten und sich durch die Straßen von Paris entfernten.

Hinter der Porte Saint-Antoine würde ihr Bruder die Straße nach Lyon nehmen und mit verhängtem Zügel auf die Alpen, Italien, Rom und den Vatikan zureiten. Vielleicht war doch noch nicht alles verloren.

Ein Schauer durchlief Angélique. In dieser Nacht noch, während die Weihnachtsglocken läuteten, würden sich drei Männer vorsichtig in das schreckliche Dunkel eines Verlieses vorwagen, um den Teufel herauszufordern.

Schweigend befestigte sie die Börse, die Raymond ihr gegeben hatte, an ihrem Gürtel, kehrte an ihren Platz neben Madame Scarron zurück und versuchte zu beten.

Am übernächsten Tag ging noch jemand fort. Zwar war dieser Abschied genauso wenig ein Zufall wie die anderen, aber trotzdem hatte Angélique das Gefühl, erneut im Stich gelassen zu werden.

Sie war zwei Stunden fort gewesen und hatte ein paar kleinere Besorgungen zum Vorwand genommen, um ihren natürlichen Drang nach Luft und Freiheit zu stillen, der ihr so guttat. Doch als sie in den Temple zurückkehrte, erfuhr sie von Madame Cordeau, dass Madame Scarron ausgezogen war.

Einige *Herren* seien gekommen, um sie abzuholen: der Marquis d'Albret, Monsieur de Méré und der Graf de Lude. Als Angélique diese Namen hörte, die sich Madame Cordeau als gewissenhafte Hüterin des Hauses gemerkt hatte, erkannte sie, dass die Königinmutter die Bitten der Freunde der Witwe des Dichters Scarron erhört haben musste.

Angélique wünschte Françoise, dass die ihr gewährte Pension ausreichen würde, um ihre Schulden zu bezahlen und eine angemessenere Unterkunft zu finden, wo sie weiterhin ihre Freunde empfangen konnte. Sie hatte ihre wenigen Möbel mitgenommen. Für Angélique hatte sie eine kurze Nachricht zurückgelassen, in der sie bedauerte, den Temple zu verlassen, ohne sie zum Abschied noch einmal umarmen zu können. Sie würde Nanon schicken, um sich nach ihr zu erkundigen.

Vergeblich ließ die vergangene Weihnacht noch ein wenig von ihrer Sanftheit durch die Kälte und Dunkelheit des Winters wehen. Das Ende des Jahres rückte näher, und weitere Feste standen bevor. Doch für Angélique wurden die Festlichkeiten von der Ankündigung des Prozesses überschattet. Bald würde es so weit sein, denn der Angeklagte war bereits in die Conciergerie verlegt worden, wo sich die Zellen des Justizpalastes befanden.

Der Advokat Desgrez wohnte auf dem Petit-Pont, der die Île de la Cité mit dem Universitätsviertel verband, in einem der alten schmalen, spitzgiebeligen Häuser, deren Fundamente seit Jahrhunderten schon von der Seine umspült wurden und die trotz der zahlreichen Überschwemmungen einfach nicht einstürzten.

Als Angélique es vor Ungeduld nicht mehr aushielt, suchte sie ihn zu Hause auf, obwohl er ihr geraten hatte, das Gelände des Temple nicht zu verlassen. Der Wirt der »Drei Hämmer« hatte ihr seine Adresse verraten. Seit Raymonds Abreise hatte sie den jungen Mann nicht mehr gesehen und auch nichts von ihm gehört. Die Jesuiten, mit denen der Advokat gesprochen hatte, hatten sie freundlich empfangen, aber auch sie wussten nichts oder wollten nichts sagen. Pater Kiher war unauffindbar, und man gab ihr zu verstehen, dass der Großexorzist nicht unentwegt gestört werden durfte. So hatte sie schließlich eine Maske aufgesetzt und sich quer durch Paris auf die Suche nach dem Advokaten gemacht. Ihr war bewusst, wie unvorsichtig das war, aber ihre Geduld war erschöpft.

Als sie die Adresse erreichte, die man ihr genannt hatte, zögerte sie. Tatsächlich, dieses Haus passte zu Desgrez: ärmlich, schlaksig und ein klein wenig arrogant. Der Schatten der Gefängnismauern vom Petit Châtelet breitete sich über seine heruntergekommene Fassade. Im Erdgeschoss schützte eine von alten Skulpturen umringte Statue des heiligen Nikolaus den Laden eines Wachsziehers. Die Leute, die zum Beten in die nahe Kathedrale Notre-Dame gingen, kauften bei ihm ihre geweihten Kerzen.

Der Wachszieher gab ihr Auskunft: Ja, dieser unselige Advokat wohnte im obersten Stock. Das sei auch gerade gut genug für so einen zwielichtigen Halunken, der sich dank seines blutrünstigen Hundes erdreistete, keine Miete zu zahlen! Für einen Säufer, der in alles seine Nase hineinstecken musste und die anständigen Leute nicht in Frieden ließ! Eines Tages würde man ihn ertrunken aus der Seine ziehen, und beim heiligen Nikolaus, alle Welt würde sich wünschen, ihn einfach wieder hineinzuwerfen.

Angélique stieg die Wendeltreppe hinauf, deren morsches Holzgeländer mit seltsamen geschnitzten Fratzen verziert war. Im obersten Stockwerk gab es nur eine Tür. Sie hörte Sorbonne an der Schwelle schnüffeln und klopfte.

Ein dralles Mädchen mit geschminktem Gesicht, dessen verrutschtes Halstuch den Blick auf einen ausladenden Busen freigab, öffnete.

Angélique wich zurück. Daran hatte sie nicht gedacht.

»Was willst du?«, fragte das Mädchen.

»Wohnt hier Maître Desgrez?«

Im Zimmer bewegte sich jemand, und der Advokat erschien mit einem Gänsekiel in der Hand.

»Tretet ein, Madame«, forderte er sie ungezwungen auf.

Dann schubste er das Mädchen hinaus und schloss die Tür.

»Könnt Ihr Euch denn nicht einmal ein paar Tage gedulden?«, fragte er vorwurfsvoll. »Müsst Ihr mich denn sogar in meiner dreckigen Höhle aufscheuchen, obwohl Euch das das Leben kosten könnte …?«

»Ich hatte keine Nachricht von Euch seit …«

»Seit gerade einmal sechs Tagen.«

»Was hat der Exorzismus ergeben?«

»Setzt Euch dorthin«, entgegnete Desgrez erbarmungslos,

»und lasst mich erst fertigschreiben, womit ich gerade beschäftigt war. Danach können wir uns unterhalten.«

Angélique setzte sich auf die einfache hölzerne Truhe, auf die er gedeutet hatte und in der er wahrscheinlich seine Kleider aufbewahrte. Sie schaute sich um und dachte bei sich, dass sie noch nie eine so ärmliche Behausung gesehen hatte. Das Tageslicht fiel nur durch kleine grünliche Bleiglasfenster herein. Dem kärglichen Feuer, das im Kamin brannte, gelang es nicht, die Feuchtigkeit zu vertreiben, die vom Fluss aufstieg, den man unten zwischen den Pfeilern des Petit-Pont hindurchfließen hörte. In einer Ecke stapelten sich Bücher auf dem Boden. Desgrez hatte keinen Tisch. Er saß auf einem Schemel und schrieb auf einem Brett, das auf seinen Knien lag. Sein Schreibzeug stand neben ihm auf dem Boden.

Das einzige größere Möbelstück war ein Bett, aber die blauen Sergevorhänge und die Decken waren mit Löchern übersät. Immerhin gab es weiße Laken, verschlissen zwar, aber sauber. Unwillkürlich kehrte Angéliques Blick immer wieder zu diesem zerwühlten Bett zurück, dessen Unordnung freimütig verriet, was sich noch kurz zuvor zwischen dem Advokaten und dem so flink hinausbeförderten Mädchen zugetragen haben musste.

Gedemütigt erkannte sie, wie gefährlich ihre natürliche Impulsivität manchmal war und in welch unangenehme Situationen es sie bringen konnte, so unbedacht in das Leben anderer einzudringen.

Mechanisch streichelte sie den dicken Kopf der Dänischen Dogge, den diese unterwürfig auf ihren Schoß gelegt hatte.

»Uff!«, rief Desgrez, als er schließlich aufstand und sich streckte. »In meinem ganzen Leben habe ich noch nicht so viel über Gott und die Kirche gesprochen. Wisst Ihr, was das für Blätter sind, die hier einfach so auf meinem Fußboden herumliegen?«

»Nein.«

»Das ist die Verteidigungsrede des Advokaten Maître Desgrez, die er beim Prozess des wegen Hexerei angeklagten Grafen de Peyrac halten wird. Und zwar am zwanzigsten Januar 1661 im Justizpalast.«

»Der Termin steht fest?«, rief Angélique und spürte, wie sie erbleichte. »Ich will unbedingt dabei sein. Verkleidet mich als Jurist oder als Mönch. Ich bin zwar guter Hoffnung«, sagte sie und schaute missmutig an sich herab, »aber das sieht man kaum. Madame Cordeau behauptet, ich bekomme ein Mädchen, weil das Kind sehr hoch liegt. Notfalls hält man mich eben für einen Geistlichen, der etwas zu sehr der Völlerei zugetan ist…«

Desgrez begann zu lachen.

»Ich weiß nicht, ob das nicht doch zu auffällig wäre. Ich hatte eine bessere Idee. Es werden auch ein paar Nonnen im Publikum zugelassen sein. Ihr werdet Euch mit Haube und Skapulier verkleiden.«

»Dann fürchte ich aber, dass der gute Ruf der Ordensschwestern durch meine Leibesfülle Schaden nehmen könnte.«

»Pah! Unter einem weiten Gewand und einem dicken Umhang wird niemand etwas erkennen. Aber kann ich mich darauf verlassen, dass Ihr die Beherrschung bewahrt?«

»Ich werde die beherrschteste Frau im ganzen Publikum sein, das verspreche ich Euch.«

»Es wird bestimmt nicht leicht«, entgegnete Desgrez. »Ich kann beim besten Willen nicht voraussagen, wie sich die Dinge entwickeln. Jedes Gericht hat ein Gutes: Es lässt sich durch spektakuläre Auftritte beeinflussen. Also behalte ich die praktische Vorführung der Goldgewinnung in der Hinterhand, um den Vorwurf der Alchemie zu entkräften, und vor allem das Protokoll von Pater Kiher, dem *einzigen von der Kirche ermächtigten Exorzisten*, der aussagen wird, dass Euer Gemahl nicht das geringste Anzeichen von Besessenheit aufweist.«

»Gott sei Dank!« Angélique seufzte.

Sollten ihre Qualen tatsächlich bald ein Ende haben?

»Wir werden gewinnen, nicht wahr?«

Er machte eine zweifelnde Geste.

»Ich habe diesen Fritz Hauer gesehen, den Ihr hergerufen habt«, entgegnete er nach kurzem Schweigen. »Er ist mit seinen ganzen Kesseln und Retorten eingetroffen. Eine beeindruckende Erscheinung, der Mann! Das ist schade. Nun ja! Ich habe ihn im Kartäuserkloster im Faubourg Saint-Jacques versteckt. Und mit dem Mohren konnte ich mich unterhalten, nachdem ich mich, als Essighändler verkleidet, in die Tuilerien geschlichen habe. Seine Unterstützung ist uns gewiss. Aber verratet niemandem ein Wort von meinem Plan. Möglicherweise ist das Leben dieser armen Leute in Gefahr. Und unser Erfolg hängt an einigen wenigen Demonstrationen.«

Diese Empfehlung erschien der armen Angélique überflüssig. Von dem ständigen Schwanken zwischen Hoffen und Bangen wurde ihr Mund trocken und brannte.

»Ich begleite Euch zurück zum Temple«, sagte der Advokat. »Paris ist ungesund für Euch. Bleibt bis zum Morgen des Prozesses innerhalb der Mauern. Eine Nonne wird Euch abholen. Sie bringt Eure Verkleidung mit und wird Euch in den Justizpalast begleiten. Aber ich warne Euch lieber gleich, diese ehrbare Dame ist nicht sonderlich liebenswürdig. Sie ist meine ältere Schwester. Sie hat mich aufgezogen und ist ins Kloster gegangen, als sie erkannt hat, dass ihre energischen Züchtigungen mich nicht davon abgehalten haben, vom rechten Weg abzukommen. Sie betet für den Erlass meiner Sünden. Kurz gesagt, sie würde alles für mich tun. Ihr könnt vollstes Vertrauen zu ihr haben.«

Nachdem er sein Redemanuskript in seinen Beutel geschoben hatte, stieg Desgrez zusammen mit Angélique die Treppe hinunter. Auf der Straße nahm er ihren Arm. Diese Stütze verlieh ihr ein beruhigendes Gefühl, und so ließ sie ihn gewähren.

Sie gingen nicht gleich zurück zum Temple.

Das Viertel, in dessen Straßen sie nun erneut eintauchten, schien sich noch nicht auf das Ende des arbeitsreichen Tages vorzubereiten. Überall drängten sich die Menschen. Die meisten von ihnen waren Juristen, aber unter sie mischten sich auch einige Paare, die Arm in Arm durch die Straßen schlenderten.

Desgrez zog sie in einen Tordurchgang und rief einen bärtigen, mit einer Hellebarde bewaffneten Soldaten beim Namen, der den Zugang zu einem düsteren Innenhof bewachte. Dann schob er Angélique in eine dunkle Ecke.

»Wartet hier«, sagte er. »Ich muss meine Rede in Sicherheit bringen.«

Er ging mit seinem Beutel unter dem Arm los. Doch nach ein paar Schritten machte er kehrt, kam zurück, sagte etwas zu dem Wächter und steckte ihm dabei eine Börse zu. Sie verstand, dass er ihm auftrug, sie weder aus den Augen zu lassen noch zuzulassen, dass sich ihr irgendjemand näherte oder ein Gespräch mit ihr begann. Der schneeverhangene Himmel, der sich immer dunkler färbte, je näher der Abend rückte, verstärkte die nächtliche Stimmung, die die Stadt einhüllte. Angélique fragte sich, wo sie sich wohl befinden mochte. Der schmale Hof, in dem sie wartete, wirkte wie ein geschlossener Schacht zwischen den umliegenden Gebäuden, deren feuchte, harte, hoch aufragende Mauern sie undeutlich erkennen konnte.

Sie hörte geistliche Gesänge. Und nach und nach schälte sich der Umriss, oder besser gesagt die Vision, einer sehr schlanken, hohen Kirche aus der Dunkelheit, deren scheinbar unendlich hoch aufragender First in der Finsternis des Winterabends verschwand. Sicher wurde dort gerade die Abendandacht gehalten, und es mussten sich zahlreiche Gläubige dazu eingefunden haben. Erstaunlicherweise war das von innen erleuchtete Gebäude nur an seinen übermäßig hohen Fenstern zu erkennen, die sich nebeneinander aufreihten und im Schatten des unsichtbaren Himmels verloren wie riesige Kerzen aus bunt schillerndem Licht wirkten. Dadurch erklärte sich auch der Eindruck einer Vision, der sich ihrer bemächtigt hatte, als sich ihre Augen nach und nach an das Dunkel gewöhnt hatten.

Unentwegt kamen und gingen Menschen. Die Ersten trugen bereits Laternen in der Hand, aber viele waren mit den Örtlichkeiten vertraut und betraten, genau wie Desgrez, den Hof, als seien sie dort zu Hause.

In einer Ecke wurden ebenfalls Laternen und Leuchter mit drei oder sechs Kerzen angezündet, und Angélique sah, dass der Innenhof gar nicht so abgeschlossen war, wie es den Anschein hatte. Zur Rechten des Torbogens öffnete sich ein breiter Gang, der, soweit Angélique erkennen konnte, von verschiedensten Läden gesäumt war. Es waren die Besitzer dieser Läden, die die Lichter anzündeten, um nicht durch das unscheinbare Aussehen ihrer Waren womöglich die letzten Gelegenheiten des Tages zu verpassen. Der Anblick lenkte Angélique von ihren Sorgen ab. Neugierig geworden, näherte sie sich den Auslagen, auf denen die unterschiedlichsten Waren feilgeboten wurden: Fächer, Schildpatt, Halsketten und Zierrat aus reinem Gold. Das waren keine Imitationen oder unedle Metalle wie im Temple. An einem anderen Stand wurden Spitzen, Kragen, Manschetten und Jabots verkauft, und die Liebhaber wussten um die Qualität ihrer Herkunft. Sie entdeckte auch zahlreiche Bücher.

Sehr schnell erregte ein Laden ihre Aufmerksamkeit. Es war der erste in der Reihe. In der Auslage bemerkte sie auf einem Tablett aus schwarzem, wie Marmor glänzendem Holz jene Kuriosität, die dafür bekannt war, dass sie noch nie jemand zu Gesicht bekommen hatte. Doch ein Schild verkündete in deutlich lesbaren Buchstaben: *Horn eines Einhorns*.

Das Tablett war umringt von weiteren hübschen Gegenständen aus schönen Materialien, die bestens dazu geeignet waren, die Begeisterung der Neugierigen zu wecken: Straußeneier, Krokodilzähne und Körbe mit allen Arten von Kräutern und Pflanzen, die zu den interessantesten und merkwürdigsten der ganzen Welt gehörten.

Da öffnete sich plötzlich die Tür im Hintergrund des Ladens, und eine Stimme sagte: »Hier braucht mich jemand …«

Das war keine Frage, sondern eine Feststellung.

Der Mann kam auf sie zu. Er war mittleren Alters, schwarz gekleidet und zweifellos der Besitzer. Als er sie ansah, wusste Angélique plötzlich nicht mehr, was sie sagen sollte.

Er musterte sie aufmerksam und sagte dann: »Ihr solltet Euch von dem Fluch befreien, der auf Euch lastet.«

In dem Moment tauchte der schwer atmende Desgrez wieder auf. Er machte ihr keine Vorwürfe, weil sie trotz seiner Anweisung fortgegangen war, denn obwohl sie nichts davon bemerkt hatte, hatte der Hellebardenträger seinen Anweisungen gehorcht und war ihr die ganze Zeit über gefolgt. Auch jetzt stand er hinter ihr.

Der Advokat packte die junge Frau beim Arm, als gäbe er allmählich die Hoffnung auf, sie würde endlich dort bleiben, wo sie hingehörte, und begrüßte den Besitzer des seltsamen Ladens.

»Wie geht es Euch, Maître Ludovicus? Das Buch, das Ihr mir geliehen habt, kann ich Euch leider noch nicht zurückbringen.«

»Das macht nichts! Behaltet es so lange wie nötig. Ich weiß, dass es Euch … von Nutzen sein wird.«

Desgrez erwartete eine Erklärung von Angélique, doch es kam keine.

Als sie sich entfernten, rief Maître Ludovicus dem Advokaten nach: »Versucht, sie zu überzeugen… Sie hat es verdient zu leben.«

Draußen fiel der Schnee in dicken Flocken.

»Wer ist dieser Mann? Womit handelt er?«, wollte Angélique wissen, nachdem sie unter einem Torvorbau stehen geblieben waren, um dem Gedränge vor den Auslagen zu entkommen.

»Das ist der Magier des Viertels«, antwortete der Advokat. »Er befreit Euch von Dämonen der niederen Kategorien.«

Angélique unterdrückte einen erschreckten Aufschrei.

»Habt Ihr mir nicht gesagt, dafür gäbe es Priester?«

»Priester sind für den großen Widersacher zuständig: den Satan. Aber für die bösen Geister, die die Menschen plagen, bedarf es anderer Spezialisten… Warum zittert Ihr denn so?«

»Weil Ihr mir fürchterliche, schreckliche Dinge erzählt. Ihr glaubt doch nicht etwa an so etwas, Desgrez?«

»Oh, ich glaube an gar nichts, das wisst Ihr doch. Aber ich gebe zu, dass die Methoden von Maître Ludovicus wirkungsvoll sind. Er ist einer jener Wahrsager, die alle Gesellschaften brauchen, weil sie von alters her mit der unsichtbaren, aber nicht minder regen Welt um uns herum in Verbindung treten mussten. Erkundigt Euch nur nach dem Magier aus der Galerie des Justizpalasts. Dann werdet Ihr ja sehen, welch hohes Ansehen er genießt. Ich wäre nicht überrascht, wenn einige der ach so frommen Richter ihn ebenfalls heimlich aufsuchten. Angeblich soll sogar der Siegelbewahrer Séguier zu seinen Kunden gehören.«

Angélique hatte nur ein Wort gehört.

»Der Justizpalast…?! Wollt Ihr damit sagen, wir waren gerade im Justizpalast?«

»Genau.«

»Warum habt Ihr mir das nicht gesagt? Mein Gemahl war hinter diesen Mauern ganz in meiner Nähe, und ich habe nichts gespürt.«

»Ihr irrt. Er ist noch sehr weit entfernt. Am anderen Ende dieser Türme und Gebäude. Ihr müsst an der gesamten Ladengalerie vorbei, um zur Conciergerie am Quai des Morfondus zu gelangen, wo die Gefangenen untergebracht sind.«

»Und diese Kirche mit den bis in den Himmel hinaufreichenden Fenstern, die ich in der Dunkelheit gesehen habe, war also die Sainte-Chapelle, in der die heilige Dornenkrone aufbewahrt wird?«

»So ist es.«

»Ich hätte beten können.«

»Warum nicht? Ein wenig Beten hat noch nie geschadet...«

Angélique war zutiefst verstört.

Dieser Unbekannte, der von einem Fluch gesprochen hatte, hatte die Erinnerung an den Mann mit den leuchtenden Augen wieder hochkommen lassen, der sie – Gott, wie fern das alles schien! – in Saint-Jean-de-Luz zweimal so erschreckt hatte. Damals hatte sie den seltsamen Eindruck verspürt, nicht klar bestimmen zu können, mit was für einem Menschen sie es eigentlich zu tun hatte. Zum Schluss hatte sie sich sogar gefragt, ob er tatsächlich existierte oder ob sie sich diese Begegnungen unter dem Eindruck der Müdigkeit und der Hitze nicht bloß eingebildet hatte. Doch als sie ein paar Tage vor ihrer Abreise aus Saint-Jean-de-Luz an einen Platz gekommen war, auf dem einige Stallburschen des Kardinals gerade die bestickten Überwürfe seiner Maultiere falteten, was einiges an Kraft und Ausdauer erforderte, hatte sie unvermittelt seinen Namen gehört: Flégétanis. Daraufhin war sie stehen geblieben und hatte den Plaudereien zugehört, mit denen die Männer sich von der harten Arbeit ablenkten.

Sie hatten gesagt, dass er ein Schreiber in Diensten Fouquets war und sich durch besonderen Eifer auszeichnete. Als Beispiel führten sie die Abrechnungen an, die er für die Galeere im

Becken der Nivelle erstellt hatte... Sie hatten auch gesagt, dass man sich vor seiner Vorliebe für Okkultismus in Acht nehmen müsse, durch die er viel zu tief in die Geheimnisse des gesamten Hofes verstrickt war. Denn welcher der Höflinge hatte keine gefährlichen Geheimnisse? Sie alle versuchten mit Hilfe der okkulten Wissenschaften in die Zukunft zu blicken... Außerdem hatten die Männer behauptet, dass er zusammen mit dem Vater der Mancini-Schwestern Alchemie und Weissagung betrieben habe. Der alte Mancini besaß ein geheimes Kabinett im Louvre oder im Palais Royal und war in diesen Künsten äußerst bewandert. Und jedes Mal, wenn er magische Pendel über dem Horoskop seiner Tochter Maria schwingen ließ, hatte er gesagt, dass sie allen nur Ärger bringen werde...

Hatte Angélique an diesem Tag begonnen, den seltsamen Mann für das Unglück verantwortlich zu machen, das über sie hereingebrochen war? Und dennoch war die Erinnerung an ihn mit der Zeit verblasst.

Aber seit der Fremde vorhin das Wort »Fluch« ausgesprochen hatte, war das Gefühl plötzlich wieder da.

»Es hat aufgehört zu schneien«, sagte Desgrez. »Lasst uns weitergehen.«

Sie folgte ihm die lange, breite Straße entlang, die ihr damals, als sie mit dem alten Onkel hinausgegangen war, um die Fortschritte an den Triumphbögen auf dem Pont Notre-Dame zu bewundern, wie ein Fluss erschienen war, der die Insel in zwei Welten teilte: die Rue de la Barillerie, die immer häufiger der Boulevard de Paris genannt wurde.

Auf der einen Seite lag die Kathedrale Notre-Dame, auf der anderen der Justizpalast mit seinen Nebengebäuden, die sich bis zum Pont-Neuf hinzogen.

Als sie das Ende des Pont Notre-Dame erreichten, blieb Sorbonne plötzlich reglos stehen und spitzte die Ohren.

Wenige Schritte vor ihnen stand in geradezu unverschämt provozierender Haltung ein großer, athletischer, in Lumpen gekleideter Kerl, der auf die beiden Spaziergänger zu warten schien. Unter seinem verblichenen, mit einer Feder geschmückten Hut erkannte man das von einer violetten Geschwulst entstellte Gesicht und die schwarze Binde, die eines seiner Augen bedeckte. Der Mann lächelte.

Sorbonne stürzte auf ihn zu. Wie ein Akrobat sprang der Bettler zur Seite und verschwand durch die Tür eines der Häuser auf der Brücke. Der Hund hetzte hinter ihm her.

Dann hörten sie ein lautes Platschen.

»Dieser verfluchte Calembredaine!«, knurrte Desgrez. »Er ist trotz der Eisschollen in die Seine gesprungen, und ich wette, dass er sich jetzt gerade durch das Pfahlwerk davonmacht. Er hat wahre Rattenlöcher unter allen Brücken von Paris.«

Sorbonne kam mit hängenden Ohren zurück.

Angélique bemühte sich, ihre Angst zu beherrschen, trotzdem wurde sie von düsteren Vorahnungen geplagt. Sie hatte das Gefühl, als sei dieser schäbige Herumtreiber, der sich ihr unvermittelt in den Weg gestellt hatte, das Sinnbild einer schrecklichen Zukunft.

Dritter Teil

Auf den Stufen des Justizpalasts

Kapitel 12

Es wurde gerade erst hell, als Angélique in Begleitung der Nonne den Pont-au-Change überquerte und die Île de la Cité erreichte.

Es war bitterkalt. In der Seine trieben dicke Eisschollen, die die Pfeiler der alten Holzbrücken bedrohlich knarzen ließen.

Schnee bedeckte die Dächer, säumte die Kranzgesimse der Häuser und ließ die Turmspitze der Sainte Chapelle, die inmitten der gedrungenen Masse des Justizpalasts aufragte, wie einen Frühlingszweig erblühen.

Nur ihre fromme Verkleidung hielt Angélique davon ab, bei einem Branntweinhändler ein kleines Gläschen zu erstehen. Der Mann eilte mit roter Nase durch die Straßen, um die Handwerksgesellen, die armen Schreiber und die Lehrlinge aufzuwecken, die morgens als Erste aufstehen müssen, um den Laden, die Werkstatt oder die Schreibstube zu öffnen.

Die große Uhr am Eckturm schlug sechs Mal. Ihr unvergleichliches Zifferblatt auf blauem, mit goldenen Lilien verziertem Grund, der auf Anweisung von Heinrich III. frisch gemalt worden war, bildete immer noch eine aufsehenerregende Neuheit. Diese Uhr war das Juwel des Justizpalasts. Ihre kleinen Figuren aus bunt bemaltem Ton und die Taube, die den Heiligen Geist symbolisierte und unter ihren Flügeln den Darstellungen von Mitgefühl und Gerechtigkeit Zuflucht bot, leuchteten im grauen Morgenlicht in all ihrer roten, weißen und blauen Pracht.

Nachdem sie der Rue de la Barillerie gefolgt waren, ein Gittertor passiert, einen großen Hof überquert und eine Vielzahl von Stufen erklommen hatten, wurden Angélique und ihre Begleiterin schließlich von einem Rechtsgelehrten angesprochen, in dem Angélique überrascht den Advokaten Desgrez erkannte. Sie fühlte sich eingeschüchtert angesichts seiner weiten schwarzen Robe, des blütenweißen Kragens und seiner fest gerollten Perücke unter dem Barett. In der Hand hielt er einen nagelneuen Prozessbeutel, der mit Akten vollgestopft zu sein schien. Mit ernster Miene erklärte er, dass er den Gefangenen soeben in der Conciergerie, dem Gefängis des Justizpalasts, aufgesucht habe.

»Weiß er, dass ich im Saal sein werde?«, fragte Angélique.

»Nein! Das würde ihn zu sehr aufregen. Und was ist mit Euch …? Versprecht Ihr mir, ganz ruhig zu bleiben?«

»Ich verspreche es.«

»Er ist … er ist übel zugerichtet«, fuhr Desgrez mit stockender Stimme fort. »Man hat ihn grausam gefoltert. Aber so besteht immerhin die Hoffnung, dass die offensichtlichen Übergriffe der Hintermänner des Prozesses die Richter vielleicht beeindrucken. Was auch passiert, werdet Ihr stark sein?«

Sie nickte, ihre Kehle war wie zugeschnürt.

An der Tür des Saals verlangten königliche Wachen unterschriebene Einlasskarten. Angélique war kaum überrascht, als die Nonne an ihrer Seite eine Karte vorwies und leise sagte: »Dienst Seiner Exzellenz des Kardinals Mazarin!«

Daraufhin nahm sich ein Gerichtsdiener der beiden Ordensschwestern an und führte sie in einen bereits vollbesetzten Saal, in dem sich die schwarzen Roben der Juristen mit den Kutten und Soutanen der Priester und Mönche mischten.

Ein recht schmaler Streifen aus Adligen zierte den hinteren Bereich des Halbrunds. Angélique entdeckte niemanden, den sie kannte. Entweder waren die Adligen des Hofes nicht zugelassen, oder sie wussten nichts von diesem hinter verschlossenen Türen abgehaltenen Prozess. Vielleicht wollten sie sich aber auch nur nicht durch ihre Anwesenheit kompromittieren.

Die Gräfin de Peyrac und ihre Begleiterin wurden zu zwei etwas seitlich gelegenen Plätzen geführt, von wo aus sie jedoch alles sehen und hören konnten. Erstaunt sah Angélique, dass sie neben einer ganzen Reihe weiterer Nonnen aus dem gleichen Orden saß, die unter der diskreten Aufsicht eines hohen Geistlichen zu stehen schienen. Angélique fragte sich, was diese Nonnen wohl bei einem Prozess zu suchen hatten, in dem es um Alchemie und Hexerei ging. Später sollte sie erfahren, dass die Ordenstracht, die sie trugen, den Hospitaliterinnen von der heiligen Katharina gehörte, die der Verwaltung der Gefängnisse zugeteilt waren. Die Nonnen nahmen die weiblichen Gefangenen in Empfang, wenn diese in das Gefängnis des Justizpalasts gebracht wurden, weil ihr Prozess kurz bevorstand. Außerdem war es ihre Aufgabe, die Ertrunkenen zu waschen und in Leichentücher einzunähen, die aus der Seine gefischt und anschließend ins Châtelet gebracht wurden, eine Tätigkeit, die, wie man sich denken kann, ein hohes Maß an christlicher Nächstenliebe erforderte.

Desgrez' Schwester gehörte diesem tapferen Orden an.

Der Saal, der in einem der ältesten Bereiche des Justizpalasts lag, wies ein ausgeprägtes Spitzbogengewölbe auf, an dessen reich verzierten Abhänglingen sich über den Köpfen der Zuschauer eine Flut von Akanthusblättern rankten. Wegen der farbigen Fenster herrschte im Inneren ein trübes Halbdunkel, und ein paar Kerzen steigerten die düstere Atmosphäre noch zusätzlich. Zwei, drei große Öfen mit blitzenden Kacheln verbreiteten ein wenig Wärme.

Angélique bedauerte, dass sie den Advokaten nicht gefragt hatte, ob es ihm gelungen war, Kouassi-Ba zu holen und sich mit dem alten sächsischen Bergmann über die heutige Verhandlung zu verständigen.

Vergeblich suchte sie in der Menge nach bekannten Gesichtern.

Noch waren weder der Advokat noch der Gefangene oder die Richter anwesend. Dabei war der Saal inzwischen voll besetzt, und trotz der frühen Stunde standen zahlreiche Zuschauer sogar in den Gängen. Man sah, dass manche wie zu einer Theatervorstellung gekommen waren, oder besser gesagt wie zu einer öffentlichen Rechtsvorlesung, denn ein Großteil des Publikums bestand offensichtlich aus jungen Absolventen der Rechtswissenschaften.

Während die meisten Zuschauer schweigend abwarteten, saß genau vor Angélique eine recht lärmende Gruppe. Gedämpfte Kommentare flogen hin und her, die zweifellos dazu bestimmt waren, ein in der Nähe sitzendes, noch unerfahrenes Publikum zu belehren.

»Worauf warten sie denn noch?«, fragte ein junger Jurist mit üppig gepudertem Haar ungeduldig.

»Darauf, dass die Saaltüren geschlossen werden und der Angeklagte hereingebracht und auf die Sünderbank geführt wird«, antwortete sein Nachbar, dessen breites, pickliges Gesicht aus einem Pelzkragen hervorschaute, gähnend.

»Ist das dieses allein stehende Bänkchen da unten, das nicht einmal eine Rückenlehne hat?«

Ein schmutziger Jurist mit fettigem Haar drehte sich höhnisch grinsend zu der Gruppe um.

»Ihr verlangt doch wohl nicht etwa, dass man für einen solchen Satansjünger auch noch einen bequemen Sessel bereitstellt!«, widersprach er.

»Angeblich kann ein Hexenmeister auf einer Nadel oder einer Flamme stehen«, bemerkte der gepuderte Advokat.

»Das wird man von ihm nicht verlangen«, erwiderte sein dicker Nachbar würdevoll. »Aber er wird auf diesem Schemel knien müssen, vor einem Kruzifix, das unterhalb des Pults des vorsitzenden Richters aufgestellt wird.«

»Das ist immer noch viel zu luxuriös für solche Ungeheuer!«, rief der Jurist mit dem fettigen Haar.

Angélique erschauerte. Wenn die Stimmung im Publikum, das sich aus der Elite der Rechtszunft zusammensetzte, schon so voreingenommen und feindselig war, was war dann von den Richtern zu erwarten, die eigens vom König und seinen Helfershelfern ausgewählt worden waren?

Doch da erklang erneut die würdevolle Stimme des Advokaten im Pelzkragen.

»Für mich sind das alles nichts als Lügen. Dieser Mann ist genauso wenig ein Hexenmeister wie Ihr oder ich. Wahrscheinlich hat er bloß eine Intrige der Großen gestört, und diese haben nach einem legalen Vorwand gesucht, um ihn aus dem Weg zu schaffen.«

Angélique beugte sich ein Stück vor, um das Gesicht des Mannes besser sehen zu können, der es wagte, eine so gefährliche Meinung offen zu äußern. Sie brannte darauf, ihn nach seinem Namen zu fragen, doch ihre Begleiterin berührte sie leicht an der Hand, um sie zur Zurückhaltung zu mahnen.

»Wenn seine Standesgenossen ihn wirklich aus dem Weg räumen wollten, gäbe es dafür doch einfachere Wege, als ein Gericht zu bemühen«, flüsterte der Nachbar des Mannes im Pelzkragen, nachdem er sich rasch umgeschaut hatte.

»Aber sie müssen auch das Volk zufriedenstellen und hin und wieder beweisen, dass der König auch die Mächtigen zur Verantwortung zieht.«

»Wenn Eure Vermutung zuträfe, Maître Gallemand, dass dieser Mann durch den Prozess öffentlich angeprangert werden soll, um die Gier des Volkes zu befriedigen, wie es schon Nero zu tun pflegte, dann hätte man doch eine große öffentliche Verhandlung angeordnet und das Volk nicht davon ausgeschlossen«, widersprach der junge Hitzkopf.

»Man sieht, dass du noch keine Erfahrung in diesem schmutzigen Geschäft hast«, entgegnete der berühmte Advokat, vor dessen scharfem Witz der gesamte Justizpalast zitterte, wie Desgrez behauptet hatte. »Bei einer öffentlichen Verhandlung besteht immer die Gefahr eines Aufruhrs, denn das Volk ist gefühlvoll und beileibe nicht so dumm, wie es den Anschein hat. Aber unser König ist bereits sehr klug, was solche Verfahrensfragen angeht. Seine größte Sorge ist, die Dinge könnten sich bei uns genauso entwickeln wie in England, wo das Volk kurzerhand den Kopf des Königs auf den Richtblock gelegt hat. Also bringt man hier diejenigen, die eine eigene, störende Meinung vertreten, sanft und ohne großes Aufsehen zum Schweigen. Und anschließend wirft man ihren noch zuckenden Leichnam den niedersten Instinkten des Pöbels zum Fraß vor. Man beschuldigt die einfachen Leute der Bestialität. Die Priester sprechen von der Notwendigkeit, ihrer schändlichsten Gelüste Herr zu werden, und natürlich wird vorher und nachher eine Messe gelesen. Die Rädelsführer verschwinden. Man wird nie erfahren, wer sie waren und woher sie kamen.«

»Die Kirche ist nicht verantwortlich für solche Ausschreitungen«, protestierte der Kaplan, indem er sich zu den Plaudernden vorbeugte. »Ich möchte sogar feststellen, Messieurs, dass heutzutage viel zu oft Laien ohne jegliche Kenntnis des kanonischen Rechts sich anmaßen, an die Stelle des göttlichen Gesetzes zu treten. Und ich glaube, ich kann Euch versichern, dass die meisten Geistlichen, die Ihr hier seht, tief besorgt sind über den fortschreitenden Übergriff der weltlichen Macht auf kirchliches Recht. Ich komme gerade aus Rom zurück, wo ich mit eigenen Augen gesehen habe, wie sich die Gebäude unserer Botschaft im Vatikan nach und nach in eine Zufluchtsstätte für die schlimmsten Schurken verwandeln. Der Heilige Vater selbst ist nicht mehr Herr in seiner Stadt, denn unser König hat nicht gezögert, zur Klärung dieser Unstimmigkeit Soldaten zu schicken, die die Wachen seiner Botschaft verstärken. Diese haben Befehl, auf die Truppen des Papstes zu schießen, falls diese zur Tat schreiten sollten, das heißt, wenn sie die italienischen und Schweizer Räuber und Diebe ergreifen, die sich in die französische Botschaft geflüchtet haben.«

»Aber das Hoheitsrecht einer ausländischen Botschaft muss unverletzbar bleiben«, entgegnete ein alter Bürger vorsichtig.

»Natürlich. Sie darf im Gegenzug aber auch nicht zum Zufluchtsort für das ganze Gesindel von Rom werden und sich an Bestrebungen beteiligen, die Einheit der Kirche zu zerstören.«

»Und genauso wenig darf die Kirche die Einheit des französischen Staates antasten, die vom König verteidigt wird«, versetzte der alte Bürger starrsinnig.

Die Umsitzenden schauten ihn an und schienen sich zu fragen, weshalb er überhaupt hier war. Die meisten wandten sich mit zweifelnder Miene ab und bereuten offensichtlich ihre gewagten Äußerungen in Gegenwart eines Unbekannten, bei dem es sich womöglich um einen Spion des Königlichen Rates handelte.

Nur Maître Gallemand musterte ihn ruhig und antwortete: »Nun denn, Monsieur, verfolgt nur aufmerksam diesen Prozess, dann werdet Ihr zweifellos einen kleinen Aspekt des großen und sehr realen Konflikts zwischen dem König und der Römischen Kirche beobachten können.«

Angélique lauschte diesem Wortwechsel erschreckt. Jetzt verstand sie das Zögern der Jesuiten und den Grund für das Ausbleiben eines Briefs aus Rom, in den sie so lange alle Hoffnung gesetzt hatte. Der König erkannte also keinen Herrn mehr an. Es gab nur noch eine Hoffnung für Joffrey de Peyrac: dass das Gewissen der Geschworenen stärker sein würde als ihre Unterwürfigkeit dem König gegenüber.

Mit einem Mal senkte sich Schweigen auf das Halbrund herab und holte die junge Frau wieder zurück in die Wirklichkeit. Ihr Herzschlag setzte aus.

Sie hatte Joffrey gesehen.

Auf zwei Krücken gestützt, humpelte er mühsam herein. Sein Hinken hatte sich verstärkt, und bei jedem Schritt hatte man das Gefühl, er werde das Gleichgewicht verlieren.

Er wirkte auf sie gleichzeitig sehr groß und sehr gebeugt, außerdem war er erschreckend mager. Nach den langen Monaten der Trennung, die die Erinnerung an die geliebte Gestalt verwischt hatten, sah sie ihn nun mit den Augen des Publikums und bemerkte entsetzt sein auffälliges, geradezu beunruhigendes Äußeres. Joffreys üppiges schwarzes Haar, das ein von tiefen roten Narben zerfurchtes, gespenstisch bleiches Gesicht einrahmte, seine verschlissenen Kleider, seine hagere Silhouette, das alles verfehlte seine Wirkung auf die Menge nicht.

Als er den Kopf hob und sein funkelnder schwarzer Blick in einer Art spöttischer Überlegenheit langsam über die Reihen strich, verflog das Mitleid, das manche bei seinem Eintritt überkommen hatte, und ein feindseliges Murmeln durchlief den Zuschauerraum. Dieser Anblick übertraf alles, was man sich erhofft hatte. Das war ein echter Hexenmeister!

Eingerahmt von seinen Bewachern, blieb der Graf de Peyrac vor dem Sünderbänkchen stehen, auf dem er nicht niederknien konnte.

In diesem Moment kamen etwa zwanzig bewaffnete königliche Gardisten durch zwei Türen herein und verteilten sich in dem riesigen Saal.

Der Prozess begann.

»Messieurs, das Gericht!«, verkündete eine Stimme.

Alle Anwesenden erhoben sich, und durch die Tür hinter dem erhöhten Bereich traten mit Hellebarden bewaffnete Gerichtsdiener in Uniformen aus dem sechzehnten Jahrhundert mit Halskrause und federgeschmücktem Barett ein. Ihnen folgte eine Prozession von Richtern in Robe, Hermelinkragen und Barett.

Der Erste in der Reihe war recht alt und von Kopf bis Fuß schwarz gekleidet. Nur mit Mühe erkannte Angélique in ihm den Kanzler Séguier, den sie beim feierlichen Einzug des Königs in so prächtigen Gewändern erblickt hatte. Der Mann hinter ihm war groß und hager. Er trug eine rote Robe. Dann kamen wieder sechs schwarz gekleidete Männer. Einer von ihnen trug ein kurzes rotes Mäntelchen. Das war der Sieur Masseneau, der Präsident des Toulouser Parlaments, der zu diesem Anlass sehr viel nüchterner gekleidet war als bei ihrer Begegnung auf der Straße nach Salsigne.

»Der schwarz gekleidete Alte vorneweg ist der Oberste Gerichtspräsident Séguier«, kommentierte Maître Gallemand in der Reihe vor Angélique halblaut. »Der Mann in Rot ist Denis Talon, der Generaladvokat des Königlichen Rats und Hauptankläger. Das rote Mäntelchen gehört Masseneau, einem Parlamentsrat aus Toulouse, der für diesen Prozess zum vorsitzenden Richter ernannt wurde. Der Jüngste von ihnen ist der Prokurator Fallot, der sich Baron de Sancé nennt und nicht zögert, die Gunst des Hofes dadurch zurückzugewinnen, dass er über den Angeklagten zu Gericht sitzt, obwohl dieser ein naher angeheirateter Verwandter von ihm sein soll.«

»Wie bei Corneille also«, bemerkte der Grünschnabel mit dem gepuderten Haar.

»Mein Freund, ich sehe, dass du, wie alle flatterhaften jungen Leute deiner Generation, diese Theatervorstellungen besuchst, denen kein Jurist, der etwas auf sich hält, beiwohnen könnte, ohne dass man ihn für einen oberflächlichen Geist hielte. Und doch, glaub mir, wirst du dort niemals eine schönere Komödie sehen als die, die heute hier aufgeführt wird...«

Im allgemeinen Stimmengewirr konnte Angélique den Rest nicht mehr verstehen.

Sie hätte gern gewusst, wer die übrigen Richter waren. Desgrez hatte nicht erwähnt, dass es so viele sein würden. Aber eigentlich war das auch egal, da sie außer Masseneau und Fallot ohnehin niemanden von ihnen kannte.

Wo blieb ihr Advokat?

Dann sah sie, wie er durch die gleiche Tür hereinkam wie zuvor die Richter. Ihm folgten mehrere ihr unbekannte Mönche. Die meisten von ihnen setzten sich in die erste Zuschauerreihe, wo offensichtlich Plätze für sie freigehalten worden waren.

Angélique war besorgt, weil Pater Kiher nicht bei ihnen war. Aber auch Bécher war nirgends zu sehen, und sie seufzte erleichtert.

Inzwischen herrschte vollkommene Stille. Einer der Mönche sprach ein Segensgebet, dann hielt er dem Angeklagten ein Kruzifix hin, das dieser küsste, ehe er sich bekreuzigte.

Angesichts dieser Geste der Demut und Frömmigkeit durchlief eine Woge der Enttäuschung den Saal. Würde man ihnen das Spektakel der Hexerei vorenthalten und stattdessen bloß das simple Urteil in einem Streit unter Adligen präsentieren?

»Zeigt uns die Taten Luzifers!«, forderte eine schrille Stimme.

Eine Bewegung teilte die Reihen: Einige Wachen stürzten sich auf den respektlosen Zuschauer. Der junge Mann und ein paar seiner Gefährten wurden rücksichtslos gepackt und unverzüglich nach draußen gezerrt.

Dann wurde es wieder still.

»Angeklagter, leistet den Eid!«, forderte Séguier den Grafen auf, während er gleichzeitig ein Blatt Papier glattstrich, das ein junger Schreiber ihm auf Knien reichte.

Angélique schloss die Augen. Joffrey würde sprechen. Sie rechnete damit, dass seine Stimme schwach und gebrochen klingen würde, und zweifellos hatten das auch die anderen Zuschauer erwartet, denn als sich seine tiefe, klare Stimme erhob, horchten alle verwundert auf.

Zutiefst erschüttert erkannte Angélique die verführerische Stimme wieder, die ihr in den warmen Nächten von Toulouse so viele zärtliche Liebesworte zugeflüstert hatte.

»Ich schwöre, die volle Wahrheit zu sagen. Trotzdem weiß ich, Messieurs, dass mir nach dem Gesetz das Recht zusteht, die Zuständigkeit dieses Gerichts zurückzuweisen, denn ich bin selbst Requetenmeister und Parlamentsrat und unterstehe somit allein der Gerichtsbarkeit der großen Kammer des Parlaments …«

Der oberste Vertreter der französischen Justiz schien kurz zu zögern, dann entgegnete er mit einer gewissen Hast: »Das Gesetz lässt keinen einschränkenden Eid zu. Schwört, und dieses Tribunal erhält damit die Befugnis, über Euch zu Gericht zu sitzen. Wenn Ihr nicht schwört, wird Euer Fall ›stumm‹ verhandelt, das heißt *in contumaciam*, als wärt Ihr nicht anwesend.«

»Ich sehe, Monsieur, die Würfel sind bereits gefallen. Daher will ich Euch die Aufgabe erleichtern und verzichte auf sämtliche juristischen Argumentationen, die es mir erlauben würden, dieses Tribunal in Gänze oder teilweise als nicht zuständig zurückzuweisen. Ich vertraue also auf seinen Sinn für Gerechtigkeit und bestätige meinen Eid.«

Der alte Séguier machte keinen Hehl aus seiner scheinheiligen Zufriedenheit.

»Das Gericht wird die eingeschränkte Ehre zu würdigen wissen, die Ihr ihm zu erweisen scheint, indem Ihr seine Zuständigkeit anerkennt. Vor Euch hat bereits der König beschlossen, seinem Gerechtigkeitssinn zu vertrauen, und das ist in diesem Fall das Entscheidende. Was Euch betrifft, Messieurs« – er wandte sich an die Richter –, »seid Euch in jedem Moment des Vertrauens bewusst, das Seine Majestät in Euch gesetzt hat. Vergesst nicht, dass Ihr die große Ehre habt, das Schwert der Gerechtigkeit zu vertreten, das unser Herrscher in seinen erhabenen Händen hält. Nun gibt es aber zwei Formen der Gerechtigkeit: diejenige, deren Maßstäben die Taten der gewöhnlichen Sterblichen, auch der Adligen, unterworfen sind, und diejenige, deren Maßstäbe für die Entscheidungen eines Königs gelten, denn sein Titel leitet sich von einem göttlichen Recht ab. Möge die Bedeutung dieses Erbes Euch nicht verborgen bleiben, Messieurs. Indem Ihr im Namen des Königs Recht sprecht, tragt Ihr die Verantwortung für seine Größe. Und indem Ihr den König ehrt, ehrt Ihr gleichzeitig auch den höchsten Verteidiger des Glaubens in diesem Land.«

Nach dieser recht konfusen Ansprache, in der sich seine Qualitäten als demagogischer Parlamentsvorsitzender mit denen des Höflings zu einer doppeldeutigen Warnung verbanden, zog sich Séguier hoheitsvoll zurück, wobei er sich bemühte, seine Eile zu verbergen. Nachdem er den Saal verlassen hatte, setzten sich alle wieder hin. Die Kerzen, die noch auf den Pulten brannten, wurden ausgeblasen. Nun herrschte im Saal das gleiche Dämmerlicht wie in einer Krypta, und als die Strahlen der bleichen Wintersonne durch die farbigen Fenster sickerten, breitete sich über einige Gesichter ein blauer oder roter Schleier.

»Der alte Fuchs will nicht einmal die Verantwortung übernehmen, selbst die Anklageschrift zu verlesen«, flüsterte Maître Gallemand, der die Hände wie einen Trichter um den Mund gelegt hatte, seinen Nebensitzern zu. »Er macht es wie Pontius Pilatus, und wenn es zu einer Verurteilung kommt, wird er nicht zögern, die Schuld dafür der Inquisition oder den Jesuiten zuzuweisen.«

»Das kann er doch gar nicht. Es handelt sich schließlich um ein weltliches Gericht.«

»Pah! Die höfische Gerichtsbarkeit muss den Befehlen ihres Herrn gehorchen und gleichzeitig ihre wahren Motive vor dem Volk verbergen.«

Halb ohnmächtig lauschte Angélique diesen aufrührerischen Worten. Nicht einen Moment lang hatte sie das Gefühl, das alles könne Wirklichkeit sein. Vielleicht war es ein Wachtraum, ja, oder ein Theaterstück … Sie hatte nur Augen für ihren Gemahl, der immer noch stand, leicht gebeugt und schwer auf seine beiden Krücken gestützt. Ein zunächst noch vager Gedanke nahm nach und nach in ihrem Geist Gestalt an.

Ich werde ihn rächen. Alles, was seine Folterknechte ihn haben erleiden lassen, werde ich sie ebenfalls erleiden lassen, und wenn der Teufel tatsächlich existiert, wie es die Religion lehrt, dann soll der Satan ihre falschen Christenseelen zu sich holen.

Nach dem nicht sonderlich würdevollen Abgang des Obersten Gerichtsvorsitzenden bestieg der große, hagere Generaladvokat Denis Talon feierlich das Podest und brach die Siegel auf einem großen Umschlag. Mit schneidender Stimme machte er sich daran, die einzelnen Anklagepunkte vorzulesen:

»Sieur Joffrey de Peyrac, der durch ein privates Urteil des Königlichen Rates bereits all seiner Titel und seines gesamten Besitzes enthoben wurde, ist unserem Gericht überstellt worden, damit es über seine Anklage wegen Hexerei und Zauberei sowie alchemistischer Praktiken zur Gewinnung von Edelmetallen befindet, Handlungen also, die in ihrer Gesamtheit sowohl die Religion als auch die Sicherheit von Staat und Kirche bedrohen. Deswegen beantrage ich, dass er und seine etwaigen Helfershelfer wegen all dieser Taten und weiterer Vergehen, die ihm in der Anklageschrift zur Last gelegt werden, auf der Place de

Grève verbrannt werden und ihre Asche verstreut wird, wie es Hexenmeistern gebührt, die des Umgangs mit dem Teufel überführt sind. Zuvor beantrage ich jedoch, dass er der peinlichen Befragung unterzogen wird, damit er die Namen seiner Komplizen preisgibt…«

Das Blut pochte so heftig in Angéliques Ohren, dass sie das Ende der Verlesung gar nicht mehr hörte.

Sie kam erst wieder zu sich, als die volltönende Stimme des Angeklagten zum zweiten Mal erklang.

»Ich schwöre, dass alles, was hier gegen mich vorgebracht wurde, falsch ist und von Voreingenommenheit zeugt. Außerdem schwöre ich, dass ich in der Lage bin, meine Unschuld allen zu beweisen, die tatsächlich willens sind, unvoreingenommen zu urteilen.«

Der Anwalt des Königs presste die schmalen Lippen aufeinander und faltete sein Papier wieder zusammen, als ginge ihn der weitere Verlauf dieser Zeremonie nichts mehr an. Er machte ebenfalls Anstalten, sich zurückzuziehen, als unvermittelt der Advokat Desgrez aufstand.

»Hohes Gericht«, erklärte er mit lauter Stimme, »der König und Ihr selbst habt mir die große Ehre erwiesen, mich zum Verteidiger des Angeklagten zu bestimmen. Daher möchte ich mir erlauben, Euch vor dem Abgang des Königlichen Generaladvokaten eine Frage zu stellen: Wie kommt es, dass dieser Antrag vor Beginn der Verhandlung bereits fertig ausformuliert ist und hier sogar versiegelt präsentiert wird, während nichts Dergleichen in der gesetzlichen Verfahrensordnung vorgesehen ist?«

Der gestrenge Denis Talon musterte den jungen Advokaten abschätzig von Kopf bis Fuß.

»Junger Maître«, entgegnete er schließlich mit verächtlicher Herablassung, »ich sehe, dass Ihr Euch in Eurer Unerfahrenheit nicht mit den Wechselfällen dieses Mandats vertraut gemacht habt. Ich will Euch sagen, dass zunächst Monsieur Mesmon und nicht Monsieur de Masseneau vom König beauftragt wurde, diesen Prozess anzustrengen und die Verhandlung zu leiten …«

»Den Vorschriften entsprechend, hätte der Vorsitzende Mesmon hier anwesend sein müssen, um seine Anklage selbst vorzutragen!«

»Dann wisst Ihr also nicht, dass der Vorsitzende Mesmon gestern überraschend verstorben ist. Dennoch hatte er zuvor noch genügend Zeit, diesen Antrag vorzubereiten, der in gewisser Weise also sein Testament darstellt. Hier, Messieurs, seht Ihr ein sehr schönes Beispiel für das Pflichtbewusstsein eines hohen Beamten des Königreichs!«

Der ganze Saal erhob sich in ehrendem Gedenken an Monsieur Mesmon. Gleichzeitig wurden in der Menge vereinzelte Rufe laut.

»Sein plötzlicher Tod ist das Werk des Teufels!«

»Er wurde vergiftet!«

»Das fängt ja gut an!«

Wieder griffen die Wachen ein.

Der Vorsitzende Masseneau ergriff das Wort und erinnerte daran, dass es sich um eine nicht öffentliche Verhandlung handelte. Bei der geringsten weiteren Störung würden alle Zuschauer, die keine Rolle bei der Urteilsfindung spielten, des Saales verwiesen.

Das Publikum beruhigte sich wieder.

Maître Desgrez begnügte sich mit der Erklärung, die man ihm gegeben hatte, da sie einen Fall von höherer Gewalt darstellte. Er fügte hinzu, dass er die verlesenen Anklagepunkte unter der Bedingung akzeptierte, dass sein Mandant ausschließlich auf dieser Grundlage beurteilt wurde.

Nachdem die Richter mit gedämpfter Stimme ein paar Worte

gewechselt hatten, erteilten sie ihre Zustimmung. Denis Talon stellte Masseneau als den Vorsitzenden des Gerichts vor und verließ feierlich den Saal.

Der Vorsitzende Masseneau begann unverzüglich mit der Befragung.

»Gesteht Ihr die Tatbestände der Hexerei und Zauberei, die Euch zur Last gelegt werden?«

»Ich streite sämtliche Vorwürfe ab!«

»Dazu habt Ihr nicht das Recht. Ihr werdet auf jeden Punkt der Anklageschrift einzeln eingehen müssen. Das ist übrigens in Eurem eigenen Interesse, denn es gibt Vorwürfe, die sich einfach nicht abstreiten lassen, und es wäre besser, wenn Ihr das auch selbst eingeständet, da Ihr geschworen habt, die volle Wahrheit zu sagen. Also: Gesteht Ihr, Gifte gemischt zu haben?«

»Ich gestehe, hin und wieder chemische Mixturen hergestellt zu haben, von denen einige gefährlich sein könnten, wenn sie eingenommen würden. Aus diesem Grund habe ich sie auch nie zum Verzehr bestimmt oder verkauft, und ich habe sie auch nie benutzt, um jemanden zu vergiften.«

»Ihr gebt also zu, giftige Substanzen wie grünen oder römischen Vitriol hergestellt und verwendet zu haben?«

»Durchaus. Aber um das als ein Verbrechen zu werten, müsstet Ihr beweisen, dass ich tatsächlich jemanden damit vergiftet hätte.«

»Vorerst genügt es uns, festzustellen, dass Ihr nicht abstreitet, mit Hilfe alchemistischer Verfahren giftige Substanzen hergestellt zu haben. Zu welchem Zweck dies geschah, damit werden wir uns später befassen.«

Masseneau beugte sich über die dicke Akte, die vor ihm lag, und begann zu blättern. Angélique zitterte vor Angst, es werde jetzt gleich eine Anklage wegen Giftmords folgen. Sie erinnerte sich daran, dass Desgrez ihr von einem gewissen Bourié erzählt hatte, der zum Richter in diesem Prozess bestimmt worden war, weil er als ein geschickter Fälscher galt und zweifellos den Auftrag hatte, die einzelnen Dokumente der Akte nach Belieben zu manipulieren. Denn den Richtern oblag auch die gesamte Vorbereitung des Prozesses, alle Ermittlungen, Überprüfungen, Verhaftungen, vorbereitenden Verhöre und Untersuchungen in dieser Angelegenheit.

Angélique versuchte zu erkennen, bei welchem der Richter es sich um Bourié handeln könnte.

Masseneau blätterte immer noch in seinen Unterlagen. Endlich hüstelte er leise und schien allen Mut zusammenzunehmen.

Zunächst murmelte er eher vor sich hin, dann wurde seine Stimme fester: »… Als Beweis für das Streben der königlichen Justiz nach Gerechtigkeit und Unparteilichkeit – falls es eines solchen Beweises überhaupt noch bedürfte – muss ich, bevor ich mit der Aufzählung der Anklagepunkte fortfahre, die jeder der vom König eingesetzten Richter hier vor sich hat, noch einmal betonen, wie schwierig und tückenreich sich unsere Voruntersuchungen gestaltet haben …«

»Und reich an Einmischungen zugunsten eines reichen, adligen Angeklagten!«, rief eine spöttische Stimme aus den Zuschauerreihen.

Angélique hatte erwartet, dass die Gerichtsdiener den Störenfried unverzüglich packen und hinauswerfen würden. Zu ihrer großen Überraschung sah sie jedoch, wie ein ganz in ihrer Nähe stehender Gardist einen Büttel verschwörerisch in die Seite knuffte. Es müssen Männer im Saal sein, die die Zuschauer gegen Joffrey aufwiegeln sollen, dachte sie.

Der Vorsitzende fuhr fort, als hätte er nichts gehört.

»… Um also allen zu beweisen, dass die Rechtsprechung des Königs nicht nur unparteiisch, sondern auch großmütig ist, glaube ich an dieser Stelle verkünden zu dürfen, dass ich von den überaus zahlreichen Schriftstücken in dieser Akte, die von verschiedenen Seiten vorgelegt und in langwierigen Untersuchungen gesammelt wurden, nach reiflicher Überlegung und inneren Kämpfen eine Vielzahl *zurückweisen* musste.«

Er verstummte, schien neuen Atem zu schöpfen und schloss mit etwas gepresster Stimme: »... Exakt vierunddreißig Dokumente wurden von mir als zweifelhaft zurückgewiesen, da sie – vermutlich aus persönlichen Rachegelüsten gegenüber dem Angeklagten – offensichtlich gefälscht waren.«

Diese Erklärung sorgte nicht nur in den Zuschauerreihen für Unruhe, sondern auch unter den Richtern, die mit einem solchen Beweis des Mutes und der Milde von Seiten des Vorsitzenden nicht gerechnet hatten. Einer von ihnen, ein kleiner Mann mit verschlagenem Gesicht und Hakennase, konnte sich nicht beherrschen und rief: »Die Anklage wegen der Suche nach verborgenen Schätzen muss aber beibehalten werden.«

Masseneau warf einen erstaunten Blick auf das Bündel mit den vierunddreißig zweifelhaften Dokumenten.

»Ich wüsste nicht, Monsieur Bourié, warum wir uns mit diesem Anklagepunkt aufhalten sollten, wenn der Angeklagte behauptet, solche Schätze selbst herstellen zu können.«

»Vielleicht nutzt er eine besondere Gabe, um Gold aufzuspüren, das unter der Erde, in Gräbern oder in seit Jahrhunderten vergessenen Verstecken liegt?«

Masseneau verzog verächtlich das Gesicht und erklärte: »Die Anklage wegen Schatzsuche wird fallengelassen.«

Der Richter stampfte vor Zorn beinahe mit den Füßen.

»Die Würde des Gerichts und seine Ermessensfreiheit werden mit Füßen getreten, wenn sein Vorsitzender sich für berechtigt hält, belastende Unterlagen, die womöglich zu den wichtigsten Anklagepunkten gehören, nach eigenem Gutdünken auszusondern und dem Urteil der Richter vorzuenthalten ...«

»Monsieur Bourié, in meiner Eigenschaft als Vorsitzender dieses Gerichts rufe ich Euch zur Ordnung und fordere Euch auf, entweder von Eurem Amt als Richter zurückzutreten oder mit der Verhandlung fortzufahren.«

Der Saal geriet in Aufruhr.

»Der Angeklagte hat den Vorsitzenden gekauft. Jeder kennt doch das Gold von Toulouse!«, schrie der gleiche Zuschauer, der auch zuvor schon durch einen Zwischenruf aufgefallen war.

»Wenn schon einmal ein reicher Adliger für seine Gier zur Verantwortung gezogen werden soll …«, fügte der Jurist mit dem fettigen Haar zwei Reihen vor Angélique hinzu.

»Messieurs, die Sitzung ist hiermit unterbrochen, und wenn nicht sofort Ruhe einkehrt, lasse ich den Saal räumen!«, verschaffte sich der Vorsitzende Masseneau mühsam Gehör.

Empört setzte er sein Barett auf die Perücke und verließ, gefolgt von den übrigen Richtern, den Saal.

Angélique hatte das Gefühl, dass sie trotz ihres würdevollen Auftritts Marionetten glichen, die hereinkamen, sich dreimal im Kreis drehten und wieder verschwanden. Wenn sie doch bloß einfach nicht mehr wiederkämen …!

Die Zuschauer beruhigten sich wieder und bemühten sich um ein gesitteteres Verhalten, damit die Richter zurückkamen und das Spektakel weiterging. Alle erhoben sich, als die Schweizergarden mit ihren Hellebarden auf den Boden klopften, um die Rückkehr des Gerichts anzukündigen.

Es herrschte andächtige Stille, während Masseneau seinen Platz wieder einnahm.

»Messieurs, der Zwischenfall ist beigelegt. Die von mir als verdächtig eingestuften Dokumente sind Teil der Akte, die jeder Richter in aller Ruhe studieren kann. Ich habe sie mit einem roten Kreuz markiert, sodass sich jeder ein eigenes Urteil über meine Entscheidung bilden kann.«

»Diese Schriftstücke betreffen vor allem Versündigungen gegen die Heilige Schrift«, erklärte Bourié mit unverhohlener Zufriedenheit. »Außerdem geht es um die Erschaffung von Pygmäen und anderen winzigen Wesen von teuflischer Natur mit Hilfe alchemistischer Verfahren.«

Die Menge trampelte vor unterdrückter Freude mit den Füßen.

»Werden wir bei den Beweisstücken solche Kreaturen zu sehen bekommen?«, wollte eine Stimme wissen.

Die Wachen beförderten den Störenfried unverzüglich nach draußen, und die Verhandlung wurde fortgesetzt.

Desgrez erhob sich.

»Als Anwalt des Angeklagten erkläre ich mich damit einverstanden, dass *alle* Beweisstücke in dieser Verhandlung zur Ansicht kommen!«, sagte er.

Der Vorsitzende nahm das Verhör wieder auf.

»Ich will zunächst einmal die Frage nach dem Gift abschließen, dessen Herstellung Ihr ja bereits eingeräumt habt. Ihr behauptet, Ihr hättet niemals vorgehabt, diese Gifte anderen Menschen zu verabreichen. Wieso aber habt Ihr Euch öffentlich gerühmt, selbst jeden Tag eine bestimmte Dosis davon einzunehmen, ›um gegen Gift gefeit zu sein‹?«

»Das ist vollkommen richtig, und meine damalige Antwort gilt auch noch heute: Ich behaupte, dass man mich weder mit Vitriol noch mit Arsen vergiften kann, da ich bereits zu viel davon eingenommen habe, um auch nur Übelkeit zu verspüren, wenn man versuchte, mich mit Hilfe dieser Mittel ins Jenseits zu befördern.«

»Und Ihr haltet die Behauptung, gegen Gift immun zu sein, auch hier und jetzt aufrecht?«

»Wenn es die einzige Möglichkeit ist, das königliche Gericht zufriedenzustellen, bin ich als treuer Untertan Seiner Majestät gern bereit, vor Euren Augen eines dieser Gifte einzunehmen.«

»Aber dadurch gebt Ihr doch zu, dass Ihr ein Zaubermittel gegen alle Gifte besitzt?«

»Das ist kein Zaubermittel, sondern die Grundlage der Wissenschaft von den Gegengiften. Was jedoch im Gegensatz dazu tatsächlich vom Glauben an Zaubermittel und Hexerei zeugt, ist die Verwendung von Krötenstein oder anderem wirkungslosen Unsinn, wie es beinahe jeder von Euch hier im Saal zu tun pflegt, Messieurs, weil Ihr glaubt, das könne Euch vor Gift schützen.«

»Angeklagter, es ist nicht sehr klug von Euch, über ehrenwerte Gepflogenheiten zu spotten. Doch im Interesse der Gerechtigkeit, die vollständige Aufklärung verlangt, will ich mich nicht mit solchen Einzelheiten aufhalten. Ich werde, mit Eurer Erlaubnis, lediglich festhalten, dass Ihr zugebt, ein Experte auf dem Gebiet der Gifte zu sein.«

»Ich bin genauso wenig ein Experte auf dem Gebiet der Gifte wie in allen anderen Bereichen. Außerdem bin ich nur gegen einige gebräuchliche Gifte wie die bereits erwähnten Arsen und Vitriol gefeit. Aber was bedeuten diese unendlich beschränkten Kenntnisse schon, verglichen mit den Tausenden von pflanzlichen und tierischen Giften, den exotischen, florentinischen oder chinesischen Giften, die keiner der berühmtesten Ärzte des Königreichs zu bekämpfen oder auch nur zu erkennen vermag?«

»Wohingegen Ihr einige dieser Gifte kennt?«

»Ich besitze Pfeile, mit denen die Indianer Bisons jagen. Und auch einige Pfeilspitzen, die von afrikanischen Pygmäen verwendet werden und die in der Lage sind, sogar so riesige Tiere wie Elefanten zu töten, wenn ihr Gift durch eine Verletzung unter die Haut gerät.«

»Wenn ich Euch recht verstehe, übertrumpft Ihr also noch

die gegen Euch gerichtete Anschuldigung, ein Experte auf dem Gebiet der Gifte zu sein?«

»Keineswegs, Monsieur, indem ich Euch dies schildere, will ich lediglich beweisen, dass ich mir bestimmt nicht die Mühe gemacht hätte, so gewöhnliche und leicht zu erkennende Mittel wie Arsen und Vitriol herzustellen, falls ich je die Absicht gehabt hätte, einen armen Kerl ins Jenseits zu befördern, weil er mich schief angesehen hat.«

»Warum habt Ihr sie dann hergestellt?«

»Zu wissenschaftlichen Zwecken und im Verlauf chemischer Experimente mit Mineralien, die manchmal zur Bildung solcher Substanzen führen.«

»Lasst uns nicht zu sehr abschweifen. Es genügt, dass Ihr zugegeben habt, über weitreichende Kenntnisse auf den Gebieten der Gifte und der Alchemie zu verfügen. Ihr seid also, Euren eigenen Worten zufolge, in der Lage, einen Menschen zu töten, ohne dass irgendjemand Euch mit seinem Tod in Verbindung bringt oder auch nur etwas Verdächtiges an diesem Dahinscheiden bemerkt. Wer garantiert uns denn, dass Ihr dergleichen nicht schon getan habt?«

»Das müsstet Ihr beweisen!«

»Euch werden ebenfalls zwei verdächtige Todesfälle zur Last gelegt, wenn auch nicht als Hauptanklagepunkte: Der erste ist der Tod des Neffen von Monseigneur de Fontenac, dem Erzbischof von Toulouse.«

»Gilt ein Duell im Anschluss an eine Provokation und vor Zeugen mittlerweile als Hexerei …?«

»Monsieur de Peyrac, ich fordere Euch auf, von Eurer ironischen Haltung gegenüber diesem Gericht Abstand zu nehmen. Wir versuchen lediglich, der Wahrheit auf den Grund zu kommen. Der zweite Todesfall, den man Euch anlastet, soll entweder auf Eure unsichtbaren Gifte oder auf Eure Hexenkünste im eigentlichen Sinne zurückzuführen sein. Denn bei dem wieder ausgegrabenen Leichnam einer Eurer früheren Mätressen hat man in Gegenwart von Zeugen dieses Medaillon entdeckt, das Euer Brustbild enthält. Erkennt Ihr es wieder?«

Angélique sah, wie der Vorsitzende einem Schweizer einen kleinen Gegenstand reichte. Dieser zeigte ihn dem Grafen de Peyrac, der immer noch auf seine zwei Krücken gestützt vor dem niedrigen Bänkchen stand.

»Ja, ich erkenne die Miniatur wieder, die dieses arme überspannte Mädchen von mir hat anfertigen lassen.«

»Dieses arme überspannte Mädchen, wie Ihr sie nennt, war eine Eurer zahlreichen Mätressen, Mademoiselle de …«

Joffrey de Peyrac hob gebieterisch die Hand.

»Bitte, entweiht nicht in aller Öffentlichkeit diesen Namen, Monsieur. Die Ärmste ist tot!«

»Sie starb nach einem langen Siechtum, und allmählich regt sich der Verdacht, dass Ihr der Auslöser dafür gewesen seid und ihre Krankheit durch Hexerei hervorgerufen habt.«

»Das stimmt nicht.«

»Warum hat man dann Euer Medaillon im Mund der Toten gefunden, das an der Stelle des Herzens ein Loch aufwies, als sei es mit einer Nadel durchstochen worden?«

»Ich habe nicht die geringste Ahnung. Aber sie war sehr abergläubisch, und nach allem, was Ihr mir darüber erzählt, würde ich eher vermuten, dass sie selbst es war, die versucht hat, mich auf diese Weise mit einem Bann zu belegen. So werde ich vom Hexer zum Behexten. Ist das nicht komisch, Monsieur?«

Und plötzlich bemerkten die Zuschauer, dass dieses große, auf seinen Krücken schwankende Gespenst aus vollem Herzen lachte.

Nach kurzem Stocken entspannte sich das Publikum, und hier und da ertönte vereinzeltes Gelächter. Doch Masseneaus Stirn glättete sich nicht.

»Angeklagter, wisst Ihr etwa nicht, dass das Auffinden eines Medaillons im Mund einer Toten ein untrügliches Zeichen dafür ist, dass sie behext wurde?«

»Wie ich sehe, bin ich in Fragen des Aberglaubens sehr viel weniger bewandert als Ihr, Vorsitzender.«

Der Richter überhörte die Andeutung.

»Dann schwört, dass Ihr niemals Hexerei betrieben habt.«

»Ich schwöre beim Leben meiner Frau, meines Kindes und des Königs, dass ich meine Zeit niemals mit solchem Unsinn vergeudet habe, zumindest nicht mit dem, was man in diesem Land darunter versteht.«

»Erläutert die Einschränkung, mit der Ihr Euren Eid versehen habt.«

»Ich will damit sagen, dass ich während meiner Reisen nach China und Indien Zeuge seltsamer Phänomene geworden bin, die beweisen, dass Magie und Hexerei tatsächlich existieren, auch wenn sie nicht das Geringste mit den Scharlatanereien zu tun haben, die in den europäischen Ländern üblicherweise unter diesem Namen praktiziert werden.«

»Dann gebt Ihr also zu, dass Ihr daran glaubt?«

»An echte Hexerei, ja. Obwohl auch diese eine Vielzahl natürlicher Phänomene umfasst, für die die künftigen Jahrhunderte sicherlich Erklärungen finden werden. Aber wenn es darum geht, dümmlich einfachen Jahrmarktsschaustellern oder angeblich gelehrten Alchemisten zu folgen ...«

»Da kommt Ihr ja schon selbst auf die Alchemie zu sprechen! Euren Worten zufolge gibt es also, genau wie bei der Hexerei, die echte und die falsche Alchemie?«

»So ist es. Einige Araber und Spanier beginnen die wahre Alchemie mit einem eigenen Namen zu bezeichnen, der *Chemie*. Diese ist eine experimentelle Wissenschaft, in der alle Substanzumwandlungen beliebig reproduzierbar sind, unabhängig davon, wer das Experiment durchführt, natürlich unter der Bedingung, dass der Betreffende sein Handwerk erlernt hat. Ein überzeugter Alchemist jedoch ist schlimmer als ein Hexenmeister!«

»Ich bin sehr froh, dass Ihr das sagt, denn dadurch erleichtert Ihr dem Gericht seine Aufgabe. Aber was kann denn Eurer Ansicht nach schlimmer sein als ein Hexenmeister?«

»Ein Dummkopf und Visionär.«

Zum ersten Mal seit Beginn dieser feierlichen Sitzung schien der Vorsitzende die Beherrschung zu verlieren.

»Angeklagter, ich beschwöre Euch, bemüht Euch um einen ehrerbietigeren Ton. Schon in Eurem eigenen Interesse. Schlimm genug, dass Ihr bei Eurem Eid vorhin die Unverschämtheit besessen habt, Seine Majestät erst nach Eurer Frau und Eurem Kind zu erwähnen. Wenn Ihr weiterhin eine solche Arroganz an den Tag legt, kann das Gericht es ablehnen, Euch weiter zu hören …«

Angélique sah, wie der Advokat auf ihren Mann zueilte, um ihm etwas zu sagen, und von den Wachen daran gehindert wurde. Doch Masseneau schritt unverzüglich ein und gewährte dem Advokaten volle Handlungsfreiheit, um seine Aufgaben als Verteidiger wahrzunehmen.

»Es lag mir fern, mit meinen Worten Euch persönlich oder einem anderen Richter zu nahe zu treten, Monsieur«, fuhr der Graf de Peyrac fort, als sich das Stimmengewirr einigermaßen gelegt hatte. »Als Wissenschaftler habe ich lediglich die Anhänger jener schädlichen Kunst angegriffen, die man Alchemie nennt, und ich glaube kaum, dass auch nur einer von Euch, die Ihr mit so ernsthaften Aufgaben überhäuft seid, sie insgeheim praktiziert …«

Dieser Schluss gefiel den Richtern, und sie nickten würdevoll.

Das Verhör wurde in einer etwas entspannteren Atmosphäre fortgesetzt. Nachdem Masseneau eine Weile in seinem Aktenberg geblättert hatte, förderte er ein weiteres Blatt zutage.

»Ihr seid überführt, während Eurer mysteriösen Praktiken, die Ihr mit dem neuen Namen Chemie bezeichnet, um Euch von aller Schuld reinzuwaschen, Stücke von Skeletten verwendet zu haben. Wie rechtfertigt Ihr eine so unchristliche Handlungsweise?«

»Man darf keinesfalls okkultistische und chemische Verfahren miteinander verwechseln, Monsieur. Aus diesen Tierknochen gewinne ich lediglich Asche, die die besondere Eigenschaft besitzt, Bleiglätte aufzunehmen, nicht aber das mit dem geschmolzenen Blei vermischte Gold und Silber.«

»Und besitzen menschliche Knochen die gleiche Eigenschaft?«, fragte Masseneau hinterlistig.

»Zweifellos, aber ich gestehe, dass Tierasche für meine Bedürfnisse völlig ausreicht und ich mich damit begnüge.«

»Müssen die Tiere lebendig verbrannt werden, um den Anforderungen Eurer Praktiken zu genügen?«

»Keineswegs, Monsieur. Kocht Ihr etwa Eure Hühnchen lebendig?«

Die Züge des Richters verzerrten sich, aber er beherrschte sich und erwiderte, dass es doch erstaunlich sei, dass solche Knochenasche nur von einem einzigen Menschen im ganzen Land verwendet werde, und das auch noch für Praktiken, die der gesunde Menschenverstand nur als extravagant, um nicht zu sagen, ketzerisch, bezeichnen könne.

Als Peyrac hochmütig mit den Schultern zuckte, fügte Masseneau hinzu, dass es auch eine Anklage wegen Sakrilegs und Gottlosigkeit gebe. Diese gründe sich aber nicht ausschließlich auf die Verwendung von Tierknochen und werde deshalb zu einem späteren Zeitpunkt näher behandelt.

»Dient Eure Knochenasche nicht in Wahrheit dem okkulten Ziel, niedere Materie wie etwa Blei zu regenerieren, um ihr neues Leben zu schenken, indem Ihr sie in edle Metalle wie Gold und Silber umwandelt?«

»Diese Auffassung klingt fast schon wie die trügerische Dialektik der Alchemisten, die mit Hilfe obskurer Symbole vorzugehen behaupten, während es in Wahrheit unmöglich ist, Materie zu erschaffen.«

»Gesteht Ihr gleichwohl die Tatsache, Gold und Silber auf andere Weise geschaffen zu haben, als sie aus dem Kies eines Flussbetts herauszusieben?«

»Ich habe niemals Gold oder Silber *geschaffen*. Ich habe es lediglich *herausgelöst*.«

»Trotzdem erklären uns Leute, die sich auf diesem Gebiet auskennen, dass in dem Gestein, aus dem Ihr diese Metalle herauszulösen behauptet, nach dem Zermahlen und selbst nach dem Waschen weder Gold noch Silber zu finden sind.«

»Das ist richtig. Aber geschmolzenes Blei zieht die unsichtbar darin vorhandenen Edelmetalle an und verbindet sich mit ihnen.«

»Ihr behauptet also, Ihr könntet Gold aus gleich welchem Gestein herauslösen?«

»Nein, das nicht. Die meisten Gesteinsarten enthalten kein Edelmetall oder nicht genügend davon. Außerdem ist es trotz langwieriger, komplizierter Versuche sehr schwierig, dieses in Frankreich nur sehr selten vorkommende Gestein zu erkennen.«

»Wenn es tatsächlich so schwierig ist, diese Gesteinsarten zu erkennen, wie Ihr sagt, wie kommt es dann, dass Ihr sie *als Einziger* im ganzen Königreich zu finden vermögt?«

»Es ist eben eine Gabe, Monsieur«, erwiderte der Graf gereizt, »oder vielmehr eine Wissenschaft und ein mühseliges Handwerk. Ich könnte mir auch erlauben, Euch zu fragen, warum

Lully gegenwärtig als Einziger in Frankreich Opern komponiert und warum Ihr es nicht auch tut, wo doch jeder das Notenlesen lernen kann.«

Der Vorsitzende verzog ärgerlich das Gesicht, fand auf diesen Einwand jedoch keine Antwort. Der Richter mit der verschlagenen Miene hob die Hand.

»Ich erteile Euch das Wort, Monsieur Bourié.«

»Falls es tatsächlich zutrifft, dass der Angeklagte ein geheimes Verfahren entdeckt hat, um Gold und Silber aufzuspüren, möchte ich ihn fragen, warum er, ein hoher Adliger, der seine Treue zum König beteuert, es nicht für nötig erachtet hat, dieses Geheimnis Seiner Majestät, dem strahlenden Herrscher dieses Landes, mitzuteilen. Denn das wäre nicht nur seine Pflicht gewesen, sondern auch eine Möglichkeit, die drückende, wenngleich notwendige Last der Steuern zu mildern, die nicht nur das Volk und den Adel plagen, sondern auch die eigentlich davon befreiten Juristen, die in Form verschiedener Abgaben ebenfalls ihren Teil beitragen?«

Im Publikum erhob sich zustimmendes Gemurmel. Jeder fühlte sich persönlich betroffen und von tiefem Groll gegen diesen herablassenden, unverschämten Krüppel erfasst, der seinen wundersamen Reichtum für sich allein hatte behalten wollen.

Angélique spürte, wie sich der Hass der Zuschauer gegen den von Folter gebrochenen Mann richtete, der vor Erschöpfung auf seinen Krücken zu schwanken begann.

Zum ersten Mal schaute Peyrac direkt in den Saal. Doch der jungen Frau schien es, als sei sein Blick in weite Ferne gerichtet und sähe niemanden. Spürt er denn nicht, dass ich hier bin und mit ihm leide, fragte sie sich.

Der Graf schien zu zögern.

»Ich habe geschworen, Euch die ganze Wahrheit zu sagen«, antwortete er schließlich bedächtig. »Die Wahrheit ist, dass persönlicher Verdienst in diesem Land nicht gefördert wird. Im

Gegenteil, er wird von einer Bande von Höflingen ausgebeutet, die nur ihre eigenen Interessen, ihren Ehrgeiz oder ihre Streitereien im Sinn haben. Für jemanden, der tatsächlich etwas Großes aufbauen möchte, ist es unter diesen Umständen das Beste, sich zu verstecken und sein Werk durch Schweigen zu schützen. Denn man wirft keine Perlen vor die Säue.«

»Was Ihr da sagt, wiegt sehr schwer. Ihr erweist damit nicht nur dem König einen schlechten Dienst, sondern auch Euch selbst«, erwiderte Masseneau ruhig.

Bourié fuhr auf.

»Herr Vorsitzender, als geschworener Richter protestiere ich gegen die allzu große Nachsicht, mit der Ihr auf eine Aussage reagiert, die meines Erachtens als Beleg für das Verbrechen der Majestätsbeleidigung festgehalten werden müsste.«

»Monsieur Bourié, wenn Ihr vorhabt, so weiterzumachen, wäre ich Euch dankbar, wenn Ihr mich offiziell als Vorsitzenden dieses Tribunals ablehntet. Ich selbst habe bereits darum gebeten, von dieser Aufgabe entbunden zu werden, aber unser König hat meiner Bitte nicht entsprochen, was wohl ein Beweis dafür sein dürfte, dass ich sein Vertrauen genieße.«

Bourié errötete und setzte sich wieder hin, während der Graf mit müder, aber ruhiger Stimme erklärte, dass jeder seine Pflicht auf seine Weise interpretiere. Da er nicht am Hof verkehre, habe er sich nicht stark genug gefühlt, seine Ansichten gegen alle Widerstände durchzusetzen. Reichte es denn nicht, dass es ihm von seiner entlegenen Provinz aus gelungen war, der königlichen Schatzkammer jedes Jahr über ein Viertel des gesamten Steueraufkommens des Languedoc zukommen zu lassen? Während er auf diese Weise für das Allgemeinwohl – und zugegebenermaßen auch für sein eigenes Wohl – arbeitete, habe er es dennoch vorgezogen, seine Entdeckungen nicht der Öffentlichkeit preiszugeben, aus Furcht, wie so viele andere missverstandene Gelehrte und Erfinder ins Exil getrieben zu werden.

»Ihr müsst zugeben, dass das eine recht verbitterte und abwertende Sicht auf das Königreich ist«, bemerkte der Vorsitzende immer noch sehr ruhig.

Angélique erschauerte erneut.

Der Advokat hob die Hand.

»Vergebt mir, Herr Vorsitzender. Ich weiß, dass für mich jetzt noch nicht der Moment gekommen ist, das Wort zu ergreifen, aber ich möchte Euch in Erinnerung rufen, dass mein Mandant einer der treuesten Untertanen Seiner Majestät ist. Der König selbst hat ihn mit einem Besuch in Toulouse geehrt und ihn anschließend persönlich zu seiner Hochzeit eingeladen. Ihr könnt nicht behaupten, der Graf de Peyrac habe gegen Seine Majestät und das Königreich gewirkt, ohne gleichzeitig das Urteilsvermögen Seiner Majestät in Frage zu stellen.«

»Schweigt, Maître! Ich war sehr großzügig, Euch aussprechen zu lassen, und seid versichert, dass wir Euren Worten Rechnung tragen werden. Aber unterbrecht nicht noch einmal diese erste Befragung, die den Richtern die Möglichkeit geben soll, sich ein Bild vom Angeklagten und seinen Geschäften zu verschaffen.«

Desgrez setzte sich wieder hin. Der Vorsitzende erinnerte daran, dass der Wunsch des Königs nach Gerechtigkeit zwar beinhalte, alles anzuhören und sich auch berechtigter Kritik nicht zu verschließen, dennoch stünde es niemandem außer dem König selbst zu, sein Verhalten zu beurteilen.

»Das war Majestätsbeleidigung …«, rief Bourié erneut.

»Ich werde Majestätsbeleidigung nicht in die Anklage aufnehmen«, entschied Masseneau.

Kapitel 13

Masseneau setzte seine Befragung mit der Feststellung fort, dass, abgesehen vom Vorwurf der Transmutation des Goldes, die der Angeklagte nicht bestritt, auch wenn er sie als ein natürliches und keineswegs teuflisches Phänomen auszugeben versuchte, zahlreiche Zeugenaussagen vorlagen, denen zufolge er die gesicherte Gabe besaß, Menschen, insbesondere sehr junge Frauen, in seinen Bann zu ziehen. Und dass bei den gottlosen, ausschweifenden Zusammenkunften, die er veranstaltete, die Frauen bei weitem in der Überzahl seien, sei »ein sicheres Zeichen für satanisches Einwirken, denn beim Hexensabbat übersteigt die Zahl der Frauen immer die der Männer«.

Als Peyrac schwieg wie in einem fernen Traum verloren, wurde Masseneau ungeduldig.

»Was habt Ihr auf diese präzise Frage zu antworten, die sich aus dem Studium der Fälle des Offizialats der katholischen Kirche ergibt und Euch in so große Verlegenheit zu bringen scheint?«

Joffrey zuckte zusammen, als sei er plötzlich erwacht.

»Da Ihr darauf besteht, Monsieur, will ich zweierlei antworten. Erstens bezweifle ich, dass Ihr über so profunde Kenntnisse der vor dem römischen Offizialat verhandelten Fälle verfügt, da Einzelheiten über diese Prozesse nicht außerhalb kirchlicher Tribunale weitergegeben werden dürfen. Und zweitens können Eure Kenntnisse in diesen speziellen Angelegenheiten nur von persönlicher Erfahrung herrühren, was bedeutet, dass Ihr zumindest an einem dieser Hexensabbate teilgenommen haben müsst. Ich für mein Teil muss gestehen, dass mir dergleichen in meinem ganzen abenteuerreichen Leben noch nie vergönnt war.«

Der Vorsitzende zuckte bei dieser Beleidigung zusammen. Es hatte ihm die Sprache verschlagen, und erst nach einer ganzen Weile antwortete er mit bedrohlich ruhiger Stimme: »Angeklagter, ich könnte diese Gelegenheit nutzen, um die Befragung abzubrechen und Euch ›stumm‹ abzuurteilen. Ich könnte Euch sogar das Recht auf Verteidigung durch einen Dritten aberkennen. Aber ich möchte nicht, dass Ihr in den Augen böswilliger Beobachter als der Märtyrer irgendeines Anliegens erscheint. Daher werde ich andere Richter mit der Befragung fortfahren lassen, und ich hoffe, dass Ihr ihnen nicht auch die Lust nehmt, Euch anzuhören. Ich erteile dem Vertreter der Protestanten das Wort!«

Daraufhin erhob sich ein groß gewachsener Mann mit strengen Zügen.

Der Vorsitzende rügte ihn.

»Ihr seid heute hier als Richter, Monsieur Delmas. Und die Würde des Gerichts verlangt, dass Ihr den Angeklagten im Sitzen anhört.«

Delmas setzte sich wieder hin.

»Bevor ich mit der Befragung beginne«, sagte er, »möchte ich eine Bitte an das Tribunal richten. Dabei verwahre ich mich gegen den Vorwurf der parteiischen Milde gegenüber dem Angeklagten und möchte sie lediglich als Ausdruck reiner Menschlichkeit verstanden wissen. Jeder weiß, dass der Angeklagte infolge der verheerenden Bruderkriege, die so lange in unserem Land und vor allem in seiner Heimat, dem Südwesten, gewütet haben, seit seiner Kindheit verkrüppelt ist. Da die Sitzung noch länger zu dauern scheint, bitte ich das Gericht, dem Angeklagten zu erlauben, sich hinzusetzen, da er ansonsten zusammenzubrechen droht.«

»Das geht nicht!«, versetzte der unerträgliche Bourié. »Die Tradition verlangt, dass der Angeklagte während der gesamten Verhandlung vor einem Kruzifix kniet. Wir sind ihm schon sehr weit entgegengekommen, indem wir ihm erlaubt haben, stehen zu bleiben.«

»Trotzdem wiederhole ich meine Bitte«, beharrte der protestantische Vertreter.

»Natürlich«, keifte Bourié, »wir wissen doch alle, dass Ihr den Angeklagten nahezu als Glaubensgenossen betrachtet, weil er von einer hugenottischen Amme genährt wurde und behauptet, in seiner Kindheit von Katholiken misshandelt worden zu sein – was im Übrigen erst noch zu beweisen wäre.«

»Ich sage Euch noch einmal, dass mich lediglich Menschlichkeit und Weisheit zu dieser Bitte bewegen. Die Verbrechen, die man diesem Mann zur Last legt, entsetzen mich genauso sehr wie Euch, Monsieur Bourié, aber wenn er zusammenbricht, wird diese Verhandlung niemals ein Ende finden.«

»Ich danke Euch, Monsieur Delmas, aber ich werde nicht zusammenbrechen. Bitte, lasst uns fortfahren«, unterbrach sie der Angeklagte in so gebieterischem Ton, dass sich das Gericht nach kurzem Zögern fügte.

»Monsieur de Peyrac«, sprach Delmas weiter, »ich vertraue auf Euren Eid, die Wahrheit zu sagen, und ich glaube Euch, wenn Ihr behauptet, keinerlei Umgang mit dem Satan gepflegt zu haben. Trotzdem bleiben noch zu viele unklare Punkte, als dass das Gericht vollends von Eurer Aufrichtigkeit überzeugt sein könnte. Darum bitte ich Euch, die Fragen zu beantworten, die ich Euch stellen werde, ohne daraus etwas anderes herauszulesen als meinen Wunsch, die schrecklichen Zweifel zu zerstreuen, die immer noch auf Eurem Verhalten lasten. Ihr behauptet, Gold aus Gestein herausgelöst zu haben, das Fachleuten zufolge gar keines enthält. Nun gut, meinetwegen. Aber *warum* habt Ihr Euch überhaupt dieser seltsamen, mühseligen

Arbeit gewidmet, zu der Euch Euer Adelsrang nicht bestimmt hat?«

»Der wichtigste Grund dafür war mein Wunsch, mein Vermögen durch Arbeit und die Nutzung der geistigen Fähigkeiten zu mehren, die mir bei meiner Geburt geschenkt wurden. Andere bitten um Pensionen, leben auf Kosten ihres Nachbarn oder bleiben arme Schlucker. Da keiner dieser drei Wege mir zusagte, habe ich versucht, aus mir und meinen wenigen Ländereien den größtmöglichen Gewinn zu ziehen. Und damit glaube ich nicht, gegen Gottes Gebot verstoßen zu haben, der uns anwies: ›Du sollst deine Talente[7] nicht vergraben.‹ Das bedeutet meiner Ansicht nach, wenn wir über eine Gabe oder ein Talent verfügen, haben wir nicht das *Recht*, sondern die göttliche Pflicht, dieses zu nutzen.«

Die Züge des Richters wurden starr.

»Es steht Euch nicht zu, Monsieur, uns über göttliche Pflichten zu belehren. Wie dem auch sei … Warum habt Ihr Euch mit ausschweifenden oder sonderbaren Menschen aus dem Ausland umgeben, die zwar nicht der Spionage gegen unser Land überführt wurden, aber, nach allem, was mir berichtet wurde, auch nicht gerade als Freunde Frankreichs oder Roms gelten.«

»Diese Menschen, die Euch sonderbar erscheinen, sind in Wirklichkeit hauptsächlich Gelehrte aus der Schweiz, Italien und dem Deutschen Reich, mit deren Forschungen ich meine eigenen Arbeiten verglich. Diskussionen über die Erdanziehungskraft und die universelle Gravitation sind ein harmloser Zeitvertreib. Und was die Ausschweifungen betrifft, die man mir vorwirft, so haben sich in meinem Palast kaum mehr Skandale zugetragen als in jenen Zeiten, als die höfische Liebe ›die Gesellschaft verfeinerte‹, wie die belesenen Geister sagen, und ganz sicher weniger, als sich heutzutage jeden Abend am Hof und in allen Schenken der Hauptstadt ereignen.«

Angesichts dieser unverschämten Behauptung verdüsterten

sich die Mienen der Richter. Doch Joffrey de Peyrac hob die Hand und erklärte mit lauter Stimme: »Messieurs, dieses Gericht setzt sich aus königlichen Beamten und Juristen zusammen, und ich weiß sehr wohl, dass Ihr durch Eure makellosen Sitten und die Weisheit Eurer Lebensführung einen der tugendhaftesten Bereiche unserer Gesellschaft darstellt. Zürnt mir nicht wegen einer Äußerung, die auf eine andere Gruppe abzielt als die Eure, und wegen Worten, die Ihr selbst bereits oft genug in der Stille Eures Herzens vor Euch hin gemurmelt habt.«

Diese geschickt in aufrichtigem Ton vorgebrachte Einschränkung brachte die Richter aus dem Konzept, denn insgeheim fühlten sie sich geschmeichelt über diese öffentliche Würdigung ihres ehrenwerten, aber wenig vergnüglichen Daseins.

Delmas hüstelte und blätterte in seinen Unterlagen.

»Angeblich beherrscht Ihr acht Sprachen.«

»Pico della Mirandola beherrschte im vergangenen Jahrhundert achtzehn, und damals hat niemand angedeutet, Satan persönlich habe sich die Mühe gemacht, sie ihm beizubringen.«

»Außerdem ist erwiesen, dass Ihr Frauen behext habt. Ich möchte einen von Unglück und Ungnade gepeinigten Menschen nicht unnötig demütigen, aber wenn man Euch ansieht, fällt es schwer, zu glauben, dass es lediglich Euer Äußeres war, das auf die Frauen so anziehend wirkte, dass sie sich allein bei Eurem Anblick umbrachten oder in Ekstase gerieten.«

»Man sollte nicht übertreiben«, entgegnete der Graf mit einem bescheidenen Lächeln. »Es haben sich nur diejenigen behexen lassen, wie Ihr es nennt, die gern dazu bereit waren. Und was vereinzelte überspannte Mädchen betrifft, nun, so kennen wir doch alle solche jungen Damen. Das Kloster oder eher noch das Hospital sind die einzigen Orte, in denen sie gut aufgehoben sind, und man darf nicht alle Frauen nach dem Beispiel einiger Närrinnen beurteilen.«

Delmas setzte eine noch feierlichere Miene auf.

»Kommen wir nun zu Euren ›Liebeshöfen‹ in Toulouse – einer an sich bereits gottlosen Institution, da der Herr gesagt hat: ›Du sollst lieben, um dich fortzupflanzen‹. Es ist allseits bekannt und durch zahlreiche Berichte belegt, dass Ihr während dieser Zusammenkünfte öffentlich die körperliche Liebe verherrlicht habt.«

»Der Herr hat aber niemals gesagt: ›Du sollst dich fortpflanzen wie ein Hund oder eine Hündin‹, und ich wüsste keinen Grund, warum die Unterweisung in der Kunst der Liebe teuflisch sein sollte.«

»Eure Hexenkünste sind es!«

»Wenn ich in den Hexenkünsten wirklich so bewandert wäre, wie Ihr sagt, dann wäre ich doch jetzt sicher nicht hier.«

Der Richter Bourié sprang auf.

»Bei Euren Liebeshöfen habt Ihr die Missachtung der Gesetze der Kirche gepredigt«, schimpfte er. »Ihr habt behauptet, die Institution der Ehe schade der Liebe und das wahre Verdienst eines Menschen liege nicht in frömmlerischem Getue.«

»Ich mag tatsächlich gesagt haben, dass das Verdienst eines Menschen nicht darin liegt, lediglich nach außen hin frömmlerisch zu tun, wenn man im Gegenzug geizig und herzlos ist. Stattdessen solle ein Mann sich bemühen, fröhlich zu sein, Gedichte zu verfassen und sich als ein geschickter und großzügiger Liebhaber zu erweisen, denn dadurch gefällt er den Frauen. Und wenn ich gesagt habe, dass die Ehe der wahren Liebe schadet, meinte ich damit nicht die von Gott gesegnete Institution, sondern die Tatsache, dass unsere Zeit daraus ein regelrechtes Geschäft gemacht hat, einen widerwärtigen Handel, bei dem die Eltern über Ländereien und Mitgift verhandeln und gelegentlich mit Gewalt und unter Drohungen junge Menschen verbinden, die einander nie zuvor gesehen haben. Durch dieses Vorgehen macht man das geheiligte Prinzip der Ehe zunichte, denn

Eheleuten, die durch solche Ketten aneinandergefesselt wurden, bleibt gar kein anderer Ausweg als die Sünde, um sich davon zu befreien.«

»Jetzt besitzt Ihr auch noch die Frechheit, uns Moral predigen zu wollen!«, protestierte Delmas verunsichert.

»Ach je, wir Gascogner necken und kritisieren nun einmal gern«, gab der Graf zu. »Dieser Geist hat mich dazu verleitet, gegen die Absurditäten meines Jahrhunderts anzukämpfen. Darin bin ich der Nachfolger eines berühmten Hidalgo: Don Quijote de la Mancha, der gegen Windmühlen kämpfte. Und ich fürchte, ich habe mich als genauso dumm erwiesen wie er.«

Es verging eine weitere Stunde, in deren Verlauf verschiedene Richter dem Angeklagten eine Reihe unsinniger Fragen stellten. Man wollte von ihm wissen, wie er vorging, um Blumen »betörende« Kräfte zu verleihen, sodass er lediglich einer bestimmten Person einen Strauß davon schicken musste, damit sie in Ekstase fiel. Sie fragten ihn nach den aphrodisierenden Mitteln, die er seinen Gästen während der Liebeshöfe ausschenkte und die diese in einen »lüsternen Rausch« versetzten, und schließlich, mit wie vielen Frauen er gleichzeitig verkehren könne.

Der Graf de Peyrac antwortete auf diese Albernheiten teils mit Verachtung, teils mit einem ironischen Lächeln.

Offensichtlich glaubte ihm niemand, als er erklärte, immer nur eine Frau gleichzeitig zu lieben.

»Eure amourösen Fähigkeiten sind so berühmt, dass wir nicht überrascht waren, zu hören, wie vielen schändlichen Vergnügungen Ihr Euch hingegeben habt«, bemerkte Bourié, dem die anderen dieses heikle Thema überlassen hatten, hämisch.

»Wenn Eure Erfahrung ebenso umfassend wäre wie meine amourösen Fähigkeiten«, entgegnete der Graf de Peyrac mit einem schneidenden Lächeln, »dann wüsstet Ihr, dass die Gier nach solchen Vergnügungen eher ein Ausdruck von Impotenz ist, die die notwendige Erregung in abwegigen Freuden sucht. Ich für mein Teil will Euch gestehen, Messieurs, dass eine einzige Frau in stiller Nacht genügt, um all meine Wünsche zu erfüllen. Und ich will noch eines hinzufügen«, erklärte er in ernsterem Ton. »Ich fordere alle Lästermäuler aus Toulouse und dem Languedoc auf, erst einmal zu beweisen, dass ich seit meiner Hochzeit noch eine andere Frau geliebt habe als meine eigene.«

»Dieses Detail hat die Voruntersuchung tatsächlich bestätigt«, stimmte ihm der Richter Delmas zu.

»Ach, welch vollkommen unbedeutendes Detail«, entgegnete Joffrey lachend.

Die Richter rutschten verlegen auf ihren Stühlen hin und her. Masseneau winkte Bourié, es gut sein zu lassen, aber aus lauter Wut darüber, dass all die Beweisstücke, die er so sorgfältig gefälscht hatte, systematisch verworfen worden waren, gab dieser sich noch nicht geschlagen.

»Ihr habt Euch noch nicht zu dem Vorwurf geäußert, erregende Substanzen in die Getränke Eurer Gäste geschüttet zu haben, die diese dazu verleiteten, sich auf übelste Art und Weise gegen das sechste Gebot zu versündigen.«

»Ich weiß, dass es Substanzen mit einer solchen Wirkung gibt, die Spanische Fliege etwa. Aber ich war nie dafür, durch künstliche Spannung zu erzwingen, was lediglich das Pulsieren des großzügigen Lebens und die natürlichen Eingebungen des Verlangens hervorrufen sollten.«

»Dennoch hat man uns berichtet, dass Ihr größte Sorgfalt auf die Auswahl der Speisen und Getränke verwandt habt, die Ihr Euren Gästen vorsetztet.«

»Aber das ist doch selbstverständlich. Jeder Mann, der darauf bedacht ist, seinen Gästen zu gefallen, würde genauso handeln.«

»Ihr habt behauptet, Speisen und Getränke hätten einen großen Einfluss auf die Verführung der Person, die man zu erobern sucht. Ihr habt Zaubermittel gelehrt!«

»Keineswegs. Ich habe gelehrt, dass man sich an den Gaben der Erde erfreuen soll. Dennoch müsse man bei allem, was man tut, die Regeln erlernen, die zum gewünschten Ziel führen.«

»Dann erläutert uns doch einige Eurer Regeln.«

Joffrey schaute sich um, und Angélique sah sein strahlendes Lächeln.

»Ich stelle fest, Messieurs, dass solche Fragen Euch ebenso faszinieren wie weniger bejahrte Jünglinge. Ob Schüler oder Richter, träumt nicht jeder davon, seine Schöne zu erobern? Aber, Messieurs, ich fürchte, ich muss Euch enttäuschen. Ich besitze hierfür genauso wenig eine Zauberformel wie für die Schaffung von Gold. Meine Lehre beruht lediglich auf menschlicher Vernunft. Als Ihr als angehender Richter zum ersten Mal diesen ehrwürdigen Bezirk betratet, Monsieur Masseneau, fandet Ihr es da nicht selbstverständlich, alles zu lernen, was Euch dazu befähigen würde, eines Tages den Platz einzunehmen, den Ihr heute innehabt? Ihr hättet es als eine Torheit empfunden, dieses Podest zu besteigen und das Wort zu ergreifen, ohne Euch zuvor gründlich mit der Kunst der Prozessführung vertraut gemacht zu haben. Lange Jahre habt Ihr darauf verwandt, allen Fallstricken auszuweichen, die auf Eurem Weg lauerten. Warum sollten wir nicht die gleiche Sorgfalt auf die Liebe verwenden? Unwissenheit ist in allen Bereichen schädlich, um nicht zu sagen, verwerflich. An meiner Lehre war nichts Okkultes. Und da Monsieur Bourié mich auffordert, sie ihm zu erläutern, will ich ihm zum Beispiel raten, nicht im Wirtshaus haltzumachen und mehrere Becher helles Bier zu trinken, wenn er sich in froher Stimmung und geneigt, seine Frau zu liebkosen, auf dem Heimweg befindet. Er läuft dann nämlich Gefahr, sich anschließend äußerst betrübt unter seinem Federbett wiederzufinden, während seine enttäuschte Gemahlin in Versuchung geraten könnte, auf das galante Zwinkern der schmucken

Musketiere einzugehen, denen sie am nächsten Tag begegnet ... «

Hier und da erklang Gelächter, und ein paar junge Leute applaudierten.

» Ich weiß sehr wohl «, fuhr Joffreys volltönende Stimme fort, » dass ich in einem recht kläglichen Zustand bin, um solche Reden zu führen. Aber da ich mich zu einer Beschuldigung äußern muss, möchte ich zum Abschluss noch Folgendes wiederholen: Um sich den Werken der Venus zu widmen, gibt es meiner Ansicht nach kein wirkungsvolleres Mittel als ein hübsches Mädchen, dessen gesunde Konstitution zur körperlichen Liebe verlockt. «

» Angeklagter «, rügte ihn Masseneau streng, » ich muss Euch abermals zu mehr Anstand mahnen. Vergesst nicht, dass sich in diesem Raum fromme Frauen befinden, die Gott unter dem Nonnengewand ihre Jungfräulichkeit geweiht haben. «

» Ich möchte darauf hinweisen, Vorsitzender, dass nicht ich das ... Gespräch, wenn ich es so nennen darf, auf dieses schlüpfrige und ... reizvolle Thema gebracht habe. «

Erneut erklang Gelächter. Delmas bemerkte, dass dieser Teil der Befragung auf Latein hätte vorgenommen werden sollen, doch Fallot de Sancé, der sich damit zum ersten Mal zu Wort meldete, wandte zutreffend ein, dass das gesamte Publikum aus Juristen, Geistlichen und Ordensleuten bestand, die alle Latein beherrschten, und es sicher nicht notwendig sei, sich wegen der keuschen Ohren der Soldaten, Stadtwachen und Schweizer solche Mühe zu machen.

Anschließend ergriffen noch verschiedene Richter das Wort, um weitere Anschuldigungen kurz zusammenzufassen.

Obwohl die gesamte Debatte recht konfus verlaufen war, hatte Angélique den Eindruck, dass sie im Grunde auf einige wenige Anklagepunkte hinauslief: Hexerei, teuflische Behexung von Frauen und die Fähigkeit, Gold »echt« zu machen, das er zuvor durch alchemistische und satanische Mittel gewonnen habe.

Sie seufzte erleichtert auf. Wenn ihr Gemahl lediglich des Umgangs mit dem Teufel angeklagt wurde, bestand Hoffnung, dass er sich aus den Klauen der königlichen Justiz befreien könnte.

Durch Zeugenaussagen konnte der Advokat beweisen, dass der Stift bei dem falschen Exorzismus, dem Joffrey unterzogen worden war, manipuliert gewesen war, wodurch das Ergebnis der Prüfung verfälscht wurde.

Und der alte Sachse Hauer würde den Richtern demonstrieren, was es mit der angeblichen »Vermehrung des Goldes« tatsächlich auf sich hatte, und sie so vielleicht überzeugen.

Da ließ Angélique ihren Blick ein wenig ruhen und schloss für einen Moment die Augen.

Kapitel 14

Als sie sie wieder öffnete, glaubte sie, eine albtraumhafte Vision vor sich zu sehen: Plötzlich stand der Mönch Bécher auf dem Podest. Er legte den Eid auf das Kruzifix ab, das ein anderer Mönch ihm hinhielt. Dann begann er mit abgehackter, tonloser Stimme zu berichten, wie er von dem großen Magier Joffrey de Peyrac auf teuflische Weise getäuscht worden sei, der vor seinen Augen aus geschmolzenem Felsgestein echtes Gold gezogen habe. Dazu hatte er sich eines Steins der Weisen bedient, den er zweifellos aus dem Land der kimmerischen Finsternis mitgebracht hatte, welches ihm der Graf bereitwillig als einen vollkommen unberührten, eisigen Ort beschrieben habe, wo Tag und Nacht Donner grollte, wo sich Sturm und Hagel abwechselten und wo ein Feuerberg ununterbrochen geschmolzene Lava spuckte, die auf ewiges Eis herabregnete, ohne dieses zum Schmelzen zu bringen.

»Die letzte Behauptung ist den Visionen dieses Mannes entsprungen«, warf der Graf de Peyrac ein.

»Unterbrecht den Zeugen nicht«, rief ihn der Vorsitzende zur Ordnung.

Der Mönch fuhr mit seinen Hirngespinsten fort. Er bestätigte, dass der Graf in seiner Gegenwart einen über zwei Pfund schweren Barren aus reinem Gold geschaffen habe, das später von zahlreichen Experten geprüft und für echt und gut befunden worden sei.

»Ihr verschweigt aber, dass ich diesen Barren dem Erzbischof von Toulouse für seine frommen Werke geschenkt habe«, fuhr der Angeklagte erneut dazwischen.

»Das stimmt«, bestätigte der Mönch trübsinnig. »Dieses Gold hat sogar dreiunddreißig Exorzismen widerstanden. Trotzdem hat der Magier immer noch die Macht, ihn jederzeit mit einem Donnerschlag verschwinden zu lassen. Der Erzbischof von Toulouse höchstselbst war einmal Zeuge dieses furchterregenden Phänomens, das ihn zutiefst erschüttert hat. Der Magier hat sich sogar damit gebrüstet und sprach von ›Knallgold‹. Er rühmt sich, auch Quecksilber auf die gleiche Weise transmutieren zu können. All diese Fakten sind im Übrigen Teil eines schriftlichen Berichts, der Euch vorliegt.«

Masseneau bemühte sich um einen scherzhaften Ton.

»Wenn man Euch so reden hört, Pater, könnte man glauben, der Beschuldigte sei in der Lage, diesen mächtigen Justizpalast einstürzen zu lassen wie einst Samson die Säulen des heidnischen Tempels, in dem man ihn gefangen hielt.«

Angélique spürte eine Woge der Sympathie für den Parlamentsrat aus Toulouse.

Bécher rollte mit den Augen, als wären es Murmeln, und bekreuzigte sich hastig.

»O weh, fordert den Magier nicht heraus! Er ist mit Sicherheit genauso stark wie Samson.«

Erneut erhob sich die spöttische Stimme des Grafen: »Wenn ich tatsächlich über die Kräfte verfügte, die mir dieser Foltermönch unterstellt, würde ich sie nicht nutzen, um ihn und seinesgleichen durch Hexerei verschwinden zu lassen. Stattdessen würde ich mich als Erstes einer Zauberformel bedienen, um die mächtigste Festung der Erde zu zerstören: die Torheit und Leichtgläubigkeit der Menschen. Descartes hatte unrecht, als er sagte, dass das Unendliche in menschlichen Begriffen nicht zu fassen sei, denn die menschliche Dummheit bietet ein sehr schönes Beispiel dafür.«

»Angeklagter, vergesst nicht, dass wir nicht hier sind, um über philosophische Fragen zu plaudern. Durch solche Ausflüchte habt Ihr nichts zu gewinnen.«

»Dann lasst uns also weiter den Ausführungen dieses würdigen Vertreters des Mittelalters lauschen«, entgegnete Peyrac ironisch.

»Pater Bécher«, wollte der Richter Bourié wissen, »Ihr wart Zeuge dieser alchemistischen Operationen zur Schaffung von Gold und seid ein anerkannter Gelehrter. Wonach strebte der Angeklagte Eurer Ansicht nach, als er einen Bund mit Satan einging? Reichtum? Liebe? Was war es?«

Bécher richtete seine hagere Gestalt zu ihrer vollen Größe auf. Angélique erschien er dabei wie ein Höllenengel, der im Begriff war, sich aufzuschwingen, und sie bekreuzigte sich hastig. Die ganze Reihe der Nonnen, die inzwischen regelrecht gebannt waren von der düsteren Atmosphäre dieser Szene, folgte ihrem Beispiel.

»Ich weiß, wonach er strebt«, rief Bécher mit tonloser Stimme. »Reichtum und Liebe? Nein! Macht und Verschwörung gegen den Staat oder den König? Auch nicht! Er will so mächtig werden wie Gott selbst. *Ich bin mir sicher, dass er Leben erschaffen kann*, das heißt, er versucht den Schöpfer zu besiegen.«

»Pater«, entgegnete der Protestant Delmas respektvoll, »habt Ihr Beweise für die unglaublichen Behauptungen, die Ihr hier vorbringt?«

»Ich habe mit eigenen Augen Homunculi aus seinem Laboratorium kommen sehen und auch Gnome, Chimären und Drachen. Auch zahlreiche Bauern, deren Namen mir bekannt sind, haben sie in mehreren Gewitternächten draußen herumstreifen und aus jenem unheimlichen Laboratorium entweichen sehen, das eines Tages beinahe vollständig durch die Explosion eines

Stoffes zerstört wurde, den der Graf als Knallgold bezeichnet, während ich dazu instabiles oder satanisches Gold sage.«

Alle Anwesenden im Saal rangen beklommen nach Luft. Eine Nonne fiel in Ohnmacht und wurde hinausgetragen.

Der Vorsitzende wandte sich an den Zeugen und ermahnte ihn feierlich. Er erklärte, dass er die ganze Wahrheit hören wolle, aber da er nun dazu berufen sei, über so außergewöhnliche Hexenkünste zu urteilen wie die Erschaffung von Kreaturen, die er persönlich stets als reine Fabelwesen betrachtet habe, fordere er den Zeugen auf, sich zu besinnen und seine Worte sorgfältig abzuwägen.

Dann fragte er ihn, einen Experten auf dem Gebiet der hermetischen Wissenschaften und Verfasser bekannter, von der Kirche autorisierter Werke, wie so etwas überhaupt möglich sei, und vor allem, ob er frühere Beispiele für solche Vorgänge kenne.

Bécher richtete sich auf und schien erneut zu wachsen. Fast erwarteten die Zuschauer, zu sehen, wie er sich in seiner weiten grauen Kutte wie ein finsterer Vogel in die Lüfte erhob.

»Es gibt zahllose berühmte Schriften zu diesem Thema«, rief er emphatisch. »Paracelsus hat bereits in seinem *De Natura Rerum* erklärt, dass Pygmäen, Faune, Nymphen und Satyrn durch Chemie gezeugt werden! Andere Schriften sagen, dass man Homunculi oder kleine Menschen, die oft nicht größer sind als ein Zoll, im Urin von Kindern finden kann. Der Homunculus ist zunächst unsichtbar, in dieser Zeit ernährt er sich von Wein und Rosenwasser: Ein leiser Schrei verkündet seine wahre Geburt. Nur Magier der ersten Ordnung vermögen ein solches Zauberwerk diabolischer Schöpfung durchzuführen, und der hier anwesende Graf de Peyrac war unzweifelhaft einer dieser mächtigsten Hexenmeister, denn er behauptet selbst, keinen Stein der Weisen zu benötigen, um die Transmutation des Goldes herbeizuführen. Es sei denn, er hätte doch diesen Samen des Lebens und der Edlen Metalle zur Verfügung gehabt, den er, seinen eigenen Worten zufolge, vom anderen Ende der Welt geholt hat.«

Erregt sprang der Richter Bourié auf.

»Was habt Ihr auf eine solche Anschuldigung zu erwidern?«, fragte er, und hämische Freude ließ ihn stammeln.

Peyrac zuckte ungeduldig mit den Schultern.

»Wie wollt Ihr die Visionen eines Menschen zurückweisen, der ganz offensichtlich den Verstand verloren hat?«, entgegnete er verdrossen.

»Angeklagter, Ihr habt nicht das Recht, einer Antwort auszuweichen«, wandte Masseneau ruhig ein. »Gesteht Ihr, diesen grässlichen Wesen, von denen hier die Rede ist, ›Leben eingehaucht‹ zu haben, wie dieser Priester behauptet?«

»Natürlich nicht, und wenn so etwas tatsächlich möglich wäre, wüsste ich keinen Grund, warum es für mich von Interesse gewesen sein sollte.«

»Ihr haltet es also für möglich, auf künstliche Weise Leben zu schaffen?«

»Woher soll man das wissen, Monsieur? Die Wissenschaft hat noch nicht ihr letztes Wort gesprochen. Und liefert die Natur selbst nicht genügend verstörende Beispiele? Im Orient habe ich erlebt, wie sich eine bestimmte Art von Fischen in Molche verwandeln. Ich habe sogar ein paar Exemplare dieser Gattung mit zurück nach Toulouse gebracht, aber die Verwandlung hat sich hier nicht mehr wiederholt, was wahrscheinlich auf das unterschiedliche Klima zurückzuführen ist.«

»Mit einem Wort«, sagte Masseneau mit einem dramatischen Beben in der Stimme, »weist Ihr also dem Herrn bei der Erschaffung lebender Wesen keinerlei Bedeutung zu?«

»Das habe ich nie behauptet, Monsieur«, entgegnete der Graf gelassen. »Ich kenne nicht nur mein Credo, ich glaube auch, dass

Gott tatsächlich alles erschaffen hat. Aber ich verstehe nicht, warum Ihr ihm verbieten wollt, gewisse Übergänge zwischen Pflanzen und Tieren oder von der Kaulquappe zum Frosch vorgesehen zu haben. Wie dem auch sei, ich selbst habe niemals solche Kreaturen ›geschaffen‹, die Ihr Homunculi nennt.«

Daraufhin zog Conan Bécher ein kleines Fläschchen aus den weiten Falten seiner Kutte und reichte es dem vorsitzenden Richter.

Langsam wanderte es durch die Hände der Richter. Von ihrem Platz aus konnte Angélique nicht erkennen, was es enthielt, aber sie sah, wie sich die meisten der Juristen bekreuzigten, und hörte, wie einer der Richter einen jungen Gerichtsschreiber rief und ihm auftrug, Weihwasser aus der Kapelle zu holen.

Auf den Gesichtern der Richter spiegelte sich blankes Entsetzen. Bourié rieb sich ununterbrochen die Hände, doch es war nicht zu erkennen, ob aus Zufriedenheit oder um die Spuren einer gotteslästerlichen Verunreinigung abzuwaschen.

Nur Peyrac wandte den Kopf ab und schien der Zeremonie keinerlei Interesse entgegenzubringen.

Dann kehrte das Fläschchen wieder zum Vorsitzenden Masseneau zurück. Dieser setzte eine große runde Hornbrille auf, um es genauer in Augenschein zu nehmen, und brach schließlich das Schweigen.

»Dieses Monstrum gleicht eher einer ausgetrockneten Eidechse«, sagte er enttäuscht.

»Ich habe zwei dieser pergamentartigen Homunculi, die dem Grafen als Zaubermittel gedient haben müssen, entdeckt, nachdem ich unter Lebensgefahr in sein alchemistisches Labor eingedrungen bin«, erklärte Bécher bescheiden.

»Erkennt Ihr diese … dieses Ding wieder?«, wollte Masseneau vom Angeklagten wissen. »Wache, bringt das Fläschchen zum Angeklagten!«

Der uniformierte Koloss, den er angesprochen hatte, wurde von krampfhaftem Zittern erfasst. Er stammelte etwas vor sich hin, zögerte, griff schließlich entschlossen nach dem Fläschchen und ließ es so unglücklich fallen, dass es zerbrach.

Ein enttäuschtes »Oohh!« durchlief die Zuschauerreihen. Die Menge drängte nach vorn, um den Inhalt des Fläschchens aus der Nähe zu sehen.

Aber die Wachen hatten sich vor der ersten Reihe postiert und hielten die Neugierigen zurück.

Schließlich trat ein Hellebardier vor und spießte mit seiner Waffe einen nicht zu erkennenden kleinen Gegenstand auf, den er dem Grafen de Peyrac vor die Nase hielt.

»Das ist zweifellos einer der Molche, die ich aus China mitgebracht habe«, sagte dieser gelassen. »Sie müssen aus ihrem Aquarium entkommen sein, in das ich meinen Destillierkolben tauchte, damit das Wasser darin immer lauwarm blieb. Die armen kleinen Tierchen ...!«

Angélique hatte den Eindruck, dass von der ganzen Erklärung zu exotischen Eidechsen nur das eine Wort »Destillierkolben« beim Publikum hängengeblieben war, denn erneut entfuhr ihm ein ängstliches »Aah«.

»Wir kommen nun zu einer der letzten Fragen des Verhörs«, fuhr Masseneau fort. »Angeklagter, erkennt Ihr dieses Blatt hier wieder? Diese Liste enthält eine Aufzählung häretischer und alchemistischer Werke, und es soll sich dabei um eine genaue Abschrift des Inhalts eines der Regale in Eurer Bibliothek handeln, die Ihr am häufigsten konsultiert habt. Ich sehe in dieser Liste das *De Natura Rerum* des Paracelsus[8], in dem der Abschnitt über die diabolische Erschaffung von grässlichen Wesen wie diesen Homunculi, von denen der gelehrte Pater Bécher uns vorhin berichtet hat, rot unterstrichen und mit einigen Anmerkungen von Eurer Hand versehen ist.«

»Das ist wahr«, stimmte ihm der Graf mit vor Erschöpfung allmählich rau klingender Stimme zu. »Ich erinnere mich daran, noch eine ganze Reihe weiterer Absurditäten unterstrichen zu haben.«

»Auf dieser Liste stehen darüber hinaus weitere Bücher, die sich zwar nicht mit Alchemie befassen, aber nichtsdestoweniger verboten sind. Ich nenne nur *Das galante Frankreich nach italienischer Art*, *Die galanten Intrigen des französischen Hofes* und so weiter. Diese Bücher wurden in Den Haag oder Lüttich gedruckt, wo, wie wir wissen, die gefährlichsten Pamphletisten und Zeitungsschreiber, die aus Frankreich vertrieben wurden, Zuflucht suchen. Ihre Bücher werden heimlich nach Frankreich gebracht, und wer sie zu erwerben versucht, handelt in höchstem Grade strafbar. Außerdem stehen auf dieser Liste die Namen von Autoren wie Galilei und Kopernikus, deren wissenschaftliche Theorien von der Kirche verurteilt wurden.«

»Ich nehme an, diese Liste wurde Euch von einem Haushofmeister namens Clément Tonnel ausgehändigt, einem Spion in Diensten ich weiß nicht welcher hochrangigen Persönlichkeit, der mehrere Jahre in meinem Haushalt gearbeitet hat. Sie ist korrekt. Aber ich möchte zu bedenken geben, Messieurs, dass es zwei unterschiedliche Gründe für einen Sammler geben kann, dieses oder jenes Buch in seine Bibliothek aufzunehmen. Entweder wünscht er ein Zeugnis der menschlichen Intelligenz zu besitzen, und das ist bei Werken von Kopernikus oder Galilei der Fall, oder aber er möchte sich in die Lage versetzen, am Maßstab der menschlichen Dummheit zu ermessen, welche Fortschritte die Wissenschaft seit dem Mittelalter bereits gemacht hat und welcher Weg noch vor ihr liegt. Und das ist der Fall, wenn er sich mit den Hirngespinsten eines Paracelsus oder Conan Bécher befasst. Glaubt mir, Messieurs, die Lektüre dieser Werke ist bereits Strafe genug.«

»Missbilligt Ihr etwa die Verdammung der gottlosen Theorien von Kopernikus und Galilei durch die katholische Kirche?«

»Ja, denn die Kirche hat sich offensichtlich geirrt. Was nicht bedeutet, dass ich sie in anderen Punkten kritisiere. Ich hätte mich sicher lieber ihr und ihrem Wissen um Exorzismen und Hexerei anvertraut, als hier einem Prozess ausgesetzt zu werden, der sich in sophistischen Diskussionen verliert...«

Der Vorsitzende machte eine theatralische Geste, mit der er wohl ausdrücken wollte, dass er die Hoffnung aufgab, diesen verstockten Angeklagten noch zur Vernunft zu bringen. Er beriet sich mit einigen seiner Kollegen und verkündete anschließend, dass das Verhör beendet sei und man nun mit der Befragung einiger Zeugen der Anklage beginnen werde.

Auf sein Zeichen hin gingen zwei Wachen hinaus, und hinter der schmalen Tür, durch die bereits das Gericht hereingekommen war, ertönte Stimmengewirr.

Zwei weiß gekleidete Geistliche betraten den Gerichtssaal, ihnen folgten vier Nonnen und schließlich zwei Rekollektenmönche in grauen Kutten.

Sie alle stellten sich in einer Reihe vor dem Podest der Richter auf.

Der Vorsitzende Masseneau erhob sich.

»Messieurs, wir kommen nun zum heikelsten Teil dieses Prozesses. Vom König, dem Verteidiger der Kirche Gottes, dazu berufen, das Urteil in einem Hexenprozess zu fällen, mussten wir Zeugnisse beibringen, die gemäß dem *Rituale Romanum* einen unwiderlegbaren Beweis dafür liefern, dass der Sieur Peyrac Umgang mit dem Teufel pflegte. Insbesondere bezüglich des dritten Punktes des Rituals, welcher besagt, dass...«

Er beugte sich vor, um etwas abzulesen.

»... welcher besagt, dass eine Person, die einen Pakt mit dem

Teufel geschlossen hat und die man gemeinhin einen ›echten Besessenen‹ nennt, ›übernatürliche körperliche Kräfte und Macht über Geist und Körper anderer Menschen‹ besitzt, haben wir Folgendes festgehalten ...«

Trotz der eisigen Kälte, die in dem großen Saal herrschte, tupfte sich Masseneau diskret die Stirn ab, eher er leicht stockend weiterlas.

»... Uns sind die Klagen der Priorin des Klosters der Töchter des heiligen Leander in der Auvergne zu Ohren gekommen. Diese erklärte, eine ihrer Novizinnen, die erst kürzlich in ihre Gemeinschaft aufgenommen worden sei und bis dahin stets Anlass zur Zufriedenheit gegeben habe, weise neuerdings Zeichen einer Besessenheit auf, für die sie den Grafen de Peyrac verantwortlich mache. Die Novizin verschwieg nicht, dass dieser sie einst zu schuldhaften Ausschweifungen verführt habe und es die Reue über ihre Sünden gewesen sei, die sie dazu bewogen habe, sich ins Kloster zurückzuziehen. Aber auch dort fand sie keinen Frieden, denn dieser Mann fuhr fort, sie aus der Ferne in Versuchung zu führen, und hatte sie mit Sicherheit behext. Kurz darauf brachte sie dem Ordenskapitel einen Strauß Rosen, der ihr angeblich über die Klostermauer hinweg von einem Unbekannten zugeworfen worden war. Dieser Unbekannte hatte die Gestalt des Grafen de Peyrac, dennoch musste es sich um einen Dämon gehandelt haben, denn es stellte sich heraus, dass sich der betreffende Adlige zu jener Zeit nachweislich in Toulouse aufgehalten hatte. Der fragliche Strauß löste innerhalb der Gemeinschaft bald die seltsamsten Unruhen aus. Weitere Nonnen wurden von außergewöhnlichen obszönen Ekstasen erfasst. Wenn sie wieder zu sich kamen, sprachen sie von einem hinkenden Teufel, dessen Anblick sie mit übermenschlicher Freude erfüllt und in ihrem Fleisch ein verzehrendes Feuer entzündet habe. Natürlich verblieb die Novizin, die diese Unruhen verursacht hatte, beinahe ununterbrochen in einem Zustand solcher

Erregung. Besorgt wandte sich die Priorin von Sankt Leander schließlich an ihre Oberen. Da just zu dem Zeitpunkt auch die Voruntersuchungen zum Prozess des Sieur de Peyrac begannen, ließ mir der Kardinal-Erzbischof von Paris die entsprechenden Unterlagen zukommen. Und an dieser Stelle werden wir nun die Nonnen aus diesem Kloster hören.«

Anschließend beugte sich Masseneau über sein Pult vor und wandte sich respektvoll an eine der gesenkten Hauben vor ihm.

»Schwester Carmencita de Mérecourt, erkennt Ihr im Angeklagten den Mann wieder, der Euch aus der Ferne verfolgt und behext hat?«

Eine anrührende Altstimme antwortete ihm.

»Ich erkenne meinen alleinigen und einzigen Gebieter!«

Verblüfft entdeckte Angélique unter den strengen Schleiern das sinnliche, dunkle Gesicht der schönen Spanierin.

Masseneau räusperte sich und entgegnete mit sichtlicher Mühe: »Aber, Schwester, seid Ihr nicht ins Kloster eingetreten, um Euer Leben allein dem Herrn zu weihen?«

»Ich wollte dem Bild meines Behexers entfliehen. Vergeblich. Er verfolgt mich bis in die heilige Messe.«

»Und was ist mit Euch, Schwester Louise de Rennefonds, erkennt Ihr den Mann wieder, der Euch während jener Anfälle von Raserei erschienen ist?«

»Ja, ich … ich glaube es. Aber der, den ich gesehen habe, hatte Hörner …«, antwortete eine junge zitternde Stimme zaghaft.

Schallendes Gelächter erfüllte den Saal.

»Haha! Gut möglich, dass sie ihm während seines Aufenthalts in der Bastille gewachsen sind«, rief ein junger Jurist.

Angélique schoss vor lauter Zorn und Demütigung das Blut in die Wangen. Ihre Gefährtin griff nach ihrer Hand, um sie daran zu erinnern, dass sie sich beherrschen musste, und so riss sie sich zusammen.

Masseneau wandte sich unterdessen an die Äbtissin des Klosters.

»Ehrwürdige Mutter, ich weiß, dass diese Verhandlung sehr schmerzlich für Euch ist, aber ich muss Euch leider auffordern, Eure Aussagen vor diesem Gericht zu wiederholen!«

Die betagte Nonne, die keineswegs schmerzlich berührt, sondern lediglich verärgert wirkte, ließ sich nicht lange bitten.

»Was sich seit einigen Monaten in dem Kloster abspielt, dem ich seit dreißig Jahren als Äbtissin vorstehe, ist eine Schande«, erklärte sie mit fester Stimme. »Nur wer innerhalb von Klostermauern lebt, Messieurs, weiß, zu welch grotesken Späßen der Teufel fähig ist, wenn es ihm durch die Mithilfe eines Hexenmeisters möglich wird, sich zu offenbaren. Ich will Euch nicht verhehlen, dass mir die Aufgabe, vor der ich heute stehe, sehr schwerfällt, denn es bekümmert mich, gezwungen zu sein, vor einem weltlichen Gericht so beleidigende Angriffe gegen die Kirche darzulegen, aber Seine Exzellenz der Kardinal-Erzbischof hat mich dazu angewiesen. Dennoch möchte ich darum bitten, unter Ausschluss der Öffentlichkeit angehört zu werden.«

Zur Befriedigung der Äbtissin und Enttäuschung des Publikums willigte der Vorsitzende ein.

Gefolgt von der Äbtissin und den übrigen Nonnen, zog sich das Gericht in einen Raum im Hintergrund zurück, der gewöhnlich als Gerichtskanzlei diente.

Nur Carmencita blieb unter der Aufsicht der vier Mönche, die sie hereingeführt hatten, und zweier Schweizergarden im Saal zurück.

Angélique musterte ihre frühere Rivalin. Die Spanierin hatte nichts von ihrer Schönheit eingebüßt. Die klösterliche Zurückgezogenheit hatte ihr Gesicht, in dem die großen schwarzen Augen einem verzückten Traum zu folgen schienen, höchstens noch ein wenig schmaler werden lassen.

Auch das Publikum schien sich am Anblick der schönen Behexten zu weiden.

Angélique hörte die spöttische Stimme von Maître Gallemand.

»Teufel noch eins, der Große Hinkefuß steigt in meiner Achtung!«

Die junge Frau sah, dass ihr Gemahl die aufsehenerregende Szene nicht eines Blickes gewürdigt hatte. Nun, da das Gericht den Saal verlassen hatte, versuchte er offenbar, sich ein wenig auszuruhen. Mühsam ließ er sich auf das schreckliche Bänkchen vor ihm nieder, was ihm schließlich mit schmerzverzerrtem Gesicht gelang. Das lange Stehen auf seinen Krücken und vor allem die Tortur, der man ihn in der Bastille unterzogen hatte, hatten ihn sehr geschwächt.

Angéliques Herz schmerzte, als sei es zu Stein erstarrt.

Bis zu diesem Moment hatte ihr Gemahl eine übermenschliche Tapferkeit bewiesen. Es war ihm gelungen, ruhig zu antworten, auch wenn er es nicht immer geschafft hatte, seine übliche Ironie zu unterdrücken, die unglücklicherweise weder das Gericht noch das Publikum für ihn eingenommen hatte.

Inzwischen wandte Joffrey seiner früheren Mätresse demonstrativ den Rücken zu. Hatte er sie überhaupt gesehen? Nachdem Schwester Carmencita einen Moment lang reglos verharrt hatte, machte sie plötzlich ein paar Schritte auf den Angeklagten zu. Sofort gingen die Wachen dazwischen und drängten sie zurück.

Daraufhin verzerrte sich jäh das wunderschöne spanische Madonnengesicht. Ihre Wangen fielen ein, und mit einem Mal bot sie einen geradezu dämonischen Anblick.

Ihr Mund öffnete und schloss sich wie der eines aus dem Wasser gezogenen Fischs. Dann hob die Nonne blitzschnell die Hand an die Lippen. Ihre Kiefer verkrampften sich, sie verdrehte die Augen, und weiße Schaumbläschen erschienen in ihren Mundwinkeln.

Mit wildem Blick sprang Desgrez auf.

»Seht nur! Jetzt ist es so weit: Der große Auftritt der Seifenblasen.«

Doch unverzüglich wurde er von den Wachen gepackt und aus dem Saal gezerrt.

Sein Aufschrei hatte keinen Widerhall im Publikum gefunden, das atemlos und wie gebannt das Schauspiel verfolgte.

Krampfhafte Zuckungen schüttelten den Körper der Nonne. Sie machte ein paar schwankende Schritte auf den Angeklagten zu. Diesmal versperrten ihr die Mönche den Weg. Da blieb sie stehen, hob die Hände an ihre Haube und riss sie mit ruckhaften Bewegungen herunter. Dabei drehte sie sich immer schneller um sich selbst.

Die vier Mönche warfen sich auf sie und versuchten sie zu bändigen.

Sei es, weil sie nicht allzu energisch vorzugehen wagten, sei es, dass es ihnen tatsächlich nicht gelang, sie zu überwältigen, aber sie entwand sich ihnen wie ein Aal mit den geschmeidigen Bewegungen einer vollendeten Kämpferin und wahren Akrobatin.

Dann warf sie sich zu Boden und glitt mit schlangengleichem Geschick mehrmals zwischen die Beine der Priester und unter ihre Kutten. Sie riss sie zu Boden und versuchte unter anstößigen Gesten, ihre Kutten anzuheben. Zwei, drei Mal rollten die armen Mönche so in höchst unerbaulichen Verrenkungen über den Boden. Die Wachen starrten mit offenem Mund auf dieses Gewoge aus Kutten und Rosenkränzen und wagten nicht einzugreifen.

Schließlich gelang es der sich in alle Richtungen drehenden und windenden Besessenen, ihr Skapulier und danach ihr Habit herunterzureißen, und unversehens erblickte man im trüben Halbdunkel des Gerichtssaals ihren wundervollen splitternackten Körper.

Daraufhin brach ein unbeschreiblicher Tumult los. Menschen schrien und konnten nicht mehr aufhören. Die einen wollten hinaus, die anderen näher heran, um besser zu sehen.

Ein ehrenwerter Richter, der in der ersten Zuschauerreihe saß, sprang auf, riss sich die Robe vom Leib, hastete, nur mit Wams und Kniehose bekleidet, auf das Podest, warf Carmencita das Gewand über den Kopf und schaffte es so, die Rasende zu verhüllen.

Sofort eilten die Nonnen, neben denen Angélique saß, unter der Führung ihrer Oberin nach vorn. Man ließ sie durch, da man sie als Angehörige des Ordens der Hospitaliterinnen von der heiligen Katharina erkannte. Sie umringten Carmencita und verschnürten ihren ganzen Körper mit Seilen, die sie wie aus dem Nichts hervorgezogen hatten. Dann verließen sie, beinahe wie bei einer Prozession, mit ihrer schäumenden Beute den Saal.

In diesem Moment erhob sich aus der entfesselten Menge ein gellender Ruf.

»Seht nur, der Teufel lacht!«

Ausgestreckte Arme deuteten auf den Angeklagten.

Und tatsächlich ließ Joffrey de Peyrac, der das Geschehen aus unmittelbarer Nähe hatte verfolgen können, seiner Belustigung freien Lauf. In seinem volltönenden Lachen erkannte Angélique das Echo jener natürlichen, spontanen Fröhlichkeit wieder, die ihr Leben bezaubert hatte. Aber die aufgewühlten Gemüter erblickten darin eine Provokation der Hölle.

Eine Woge der Empörung und des Entsetzens trug die Menge

nach vorn. Die Wachen stürzten vor und kreuzten ihre Hellebarden. Ohne sie wäre der Angeklagte zweifellos in Stücke gerissen worden.

»Kommt mit hinaus«, wisperte Angéliques Gefährtin.

Und als die bestürzte junge Frau zögerte, fuhr sie fort: »Der Saal wird ohnehin geräumt werden. Wir müssen herausfinden, was mit Maître Desgrez passiert ist. Er wird uns sagen können, ob die Verhandlung heute Nachmittag fortgesetzt wird.«

Kapitel 15

Sie fanden den Advokaten im Hof des Justizpalasts. Er stand an dem kleinen Ausschank, der vom Schwiegersohn und der ältesten Tochter des Henkers betrieben wurde.

Dem Advokaten saß die Perücke schief auf dem Kopf, und er war sehr erregt.

»Ihr habt ja gesehen, wie sie die Abwesenheit des Gerichts genutzt haben, um mich aus dem Saal zu werfen …! Wenn ich noch länger geblieben wäre, hätte ich diese Wahnsinnige schon dazu gebracht, das Stück Seife auszuspucken, das sie sich in den Mund gesteckt hatte, das könnt Ihr mir glauben! Aber egal. Die maßlosen Übertreibungen dieser beiden Zeugen werden mir in meiner Verteidigungsrede sogar von Nutzen sein …! Wenn bloß Pater Kiher nicht so lange auf sich warten ließe, dann wäre ich ruhiger. Aber kommt, Mesdames, setzt Euch an den Tisch hier neben dem Feuer. Ich habe bei der kleinen Henkerstochter Eier und Kaldaunenwurst bestellt. Du hast doch hoffentlich nicht den Saft von ausgekochten Totenköpfen dafür verwendet, meine hübsche Henkersmaid …?«

»Nein, Monsieur«, antwortete die junge Frau liebenswürdig. »Den nehmen wir nur für die Armensuppe.«

Angélique saß da, die Ellbogen auf die Tischplatte gestützt, und hatte das Gesicht in den Händen vergraben. Desgrez sah sie hilflos an, weil er glaubte, sie weine. Doch dann merkte er, dass sie von einem nervösen Lachkrampf geschüttelt wurde.

»O diese Carmencita!«, stammelte sie mit tränenfunkelnden Augen. »Was für eine Schauspielerin! Ich habe noch nie so etwas Komisches gesehen! Glaubt Ihr, dass sie das absichtlich gemacht hat?«

»Bei Frauen weiß man das nie!«, knurrte der Advokat.

»Also wenn diese Nonne Theater gespielt hat, dann war es eine ziemlich gute Vorstellung«, sagte ein alter Gerichtsschreiber an einem Nachbartisch gerade zu seinen Kollegen. »In meiner Jugend habe ich den Prozess gegen den Abbé Grandin erlebt, der verbrannt wurde, weil er die Nonnen von Loudun behext hatte. Und damals passierte genau dasselbe. Es gab gar nicht genügend Mäntel im Saal, um all die schönen jungen Mädchen zu bedecken, die sich die Kleider vom Leib rissen, sobald sie Grandin erblickten. So schnell konnte man gar nicht schauen. Was Ihr heute gesehen habt, war noch gar nichts. Bei den Prozessen von Loudun haben sich manche von ihnen splitternackt auf den Boden gelegt und …«

Er beugte sich vor, um die besonders anstößigen Details im Flüsterton weiterzugeben.

Angélique beruhigte sich ein wenig.

»Verzeiht mir, dass ich gelacht habe. Ich bin am Ende meiner Kräfte.«

»Lacht nur, armes Kind, lacht«, murmelte Desgrez düster. »Ihr werdet noch früh genug weinen. Wenn bloß Pater Kiher endlich käme! Wo, zum Teufel, bleibt er nur …?«

Als er das Rufen eines Tintenverkäufers hörte, der sich mit umgehängtem Tintenfässchen und einigen Gänsekielen in der Hand im Hof herumtrieb, rief er ihn heran. Auf der Tischecke kritzelte er eine Botschaft, mit der er einen Kanzleigehilfen unverzüglich zum Polizeileutnant d'Aubray schickte.

»Dieser d'Aubray ist ein Freund meines Vaters. Ich habe ihm geschrieben, dass wir alles zahlen, was nötig ist, um sämtliche Stadtwachen auf die Suche nach Pater Kiher zu schicken, damit sie ihn mir hierher in den Justizpalast schaffen, freiwillig oder mit Gewalt.«

»Habt Ihr ihn im Temple suchen lassen?«

»Ich habe den kleinen Cordaucou schon zweimal mit einer Nachricht hingeschickt. Jedes Mal ist er unverrichteter Dinge wieder zurückgekommen. Die Jesuiten, bei denen er sich nach ihm erkundigt hat, behaupten, der Pater habe sich heute Morgen auf den Weg in den Justizpalast gemacht.«

»Was befürchtet Ihr denn?«, fragte Angélique beunruhigt.

»Oh, nichts. Es wäre mir nur lieber, wenn er hier wäre, das ist alles.«

»Warum wollte dieser Bourié unbedingt, dass die Anklage wegen Schatzgräberei beibehalten wird?«

Desgrez gab zu, dass ihn das Beharren des Richters auf diesem Punkt ebenfalls verwundert hatte. Vielleicht wollte man den Grafen de Peyrac als einen Verrückten darstellen. Schatzsucher legten in ihrem Wahn, an bestimmten Stellen in der Erde herumzuwühlen, eine unerschütterliche Gewissheit an den Tag, die im Nachhinein meist enttäuscht wurde, sodass sie in der Öffentlichkeit bestenfalls als harmlose, von obskuren Offenbarungen getriebene Sonderlinge galten.

Aber im Grunde war es auch unerheblich, da Masseneau Bouriés Proteste nicht berücksichtigt hatte. Im Gegenzug konnte es sich Angélique jedoch nicht verkneifen, ihre Enttäuschung und Verwunderung darüber zu äußern, dass sich zwei so bedeutende Persönlichkeiten wie der Siegelbewahrer Séguier und der Generaladvokat des Königlichen Rates und Hauptankläger Denis Talon so schnell zurückgezogen hatten. Es hatte sie beruhigt, zu hören, dass sie für den Prozess benannt worden waren, denn ihre hohen Ämter waren eine Gewähr dafür, dass sie sich nicht an einem Prozess beteiligen konnten, in dem die Gerechtigkeit allzu sehr mit Füßen getreten wurde. Doch dann hatten sie kaum ein paar Sätze vorgetragen, in denen sie nicht einmal eine eigene Einschätzung verlauten ließen, und waren auch schon wieder verschwunden.

Mit einer sarkastischen Grimasse erklärte ihr Desgrez, dass dies eine recht verbreitete kleine Komödie war. Man kündigte große Namen an, um in der Öffentlichkeit deutlich zu machen, wie bedeutend ein bestimmter Prozess war, doch dann zogen sich die hohen Herren hastig wieder zurück, da sie nicht den geringsten Wert darauf legten, mit dem Urteilsspruch, wie auch immer er ausfallen mochte, in Verbindung gebracht zu werden. Trotzdem brachten ihnen diese Prestige-Auftritte hohe Zuwendungen oder einen anderen Beweis für die Zufriedenheit des Königs ein.

Angélique fand, dass es im Grunde ja auch vorzuziehen sei, dass noch einige Zweifel hinsichtlich des Urteilsspruchs blieben. Der Prozess gewann dadurch einen normaleren Anschein.

Desgrez antwortete, dass die wissenschaftliche Demonstration der Goldgewinnung die Richter eigentlich überzeugen sollte… wie borniert sie auch immer sein mochten.

»Aber es geht nicht allein darum, sie zu überzeugen, wir müssen sie auch in die Enge treiben. Nur die Stimme von Pater Kiher verfügt über genug Autorität, um sie dazu zu bewegen, sich über die… Präferenzen des Königs hinwegzusetzen. Kommt jetzt, die Verhandlung wird gleich fortgesetzt, und wenn Ihr zu spät kommt, werdet Ihr Euch vor verschlossenen Türen wiederfinden.«

Die Nachmittagssitzung begann mit einer Erklärung des Vorsitzenden Masseneau. Er verkündete, dass sich die Richter nach der Vernehmung einiger Zeugen der Anklage ein ausreichendes Bild von den verschiedenen Aspekten dieses schwierigen Prozesses und dem besonderen Charakter des Angeklagten hätten machen können und sie nun die Zeugen der Verteidigung anhören würden.

Desgrez gab einer der Wachen ein Zeichen, und ein pfiffig wirkender kleiner Junge betrat den Saal.

Er sagte, er heiße Robert Davesne und sei Schlosserlehrling bei Maître Dasron, dessen Werkstatt in der Rue de la Ferronnerie den Namen Zum Kupferschlüssel trug. Mit heller Stimme schwor er beim heiligen Eligius, dem Schutzpatron der Schlosser, die volle Wahrheit zu sagen.

Dann trat er auf den Vorsitzenden zu und reichte ihm einen kleinen Gegenstand, den Masseneau überrascht und argwöhnisch musterte.

»Was ist denn das?«

»Das ist eine Nadel mit Sprungfeder, M'sieur«, antwortete das Kind ungezwungen. »Ich habe geschickte Hände, darum hat mein Meister mich angewiesen, so einen Gegenstand herzustellen, nachdem ein Mönch ihn bei ihm in Auftrag gegeben hatte.«

»Was soll diese Geschichte?«, fragte der Richter, an den Advokaten Desgrez gewandt.

»Monsieur, die Anklage hat als Beweis für die Schuld meines Mandanten seine Reaktionen auf einen Exorzismus angeführt, der in der Bastille unter der Leitung von Conan Bécher durchgeführt wurde, dessen geistliche Titel auszusprechen ich mich aus Respekt vor der Kirche weigere. Conan Bécher hat uns gesagt, dass der Beschuldigte bei der Probe auf ›Teufelsflecken‹ auf eine Weise reagiert habe, die keinerlei Zweifel an seinem Bund mit dem Teufel ließe. Bei der Berührung dieser vom *Rituale Romanum* bezeichneten empfindlichen Punkte soll der Beschuldigte Schreie ausgestoßen haben, die selbst die Kerkerwachen erschauern ließen. Nun, ich möchte darauf hinweisen, dass der Stift, mit dem diese Probe durchgeführt wurde, nach dem gleichen Modell gefertigt wurde wie der, den Ihr jetzt gerade in Händen haltet. Messieurs, dieser falsche ›Exorzismus‹, auf den das Gericht sein Urteil zu stützen droht, wurde mit einem *manipulierten* Instrument vorgenommen. Zwar sah es auf den ersten Blick völlig harmlos aus, doch in seinem Inneren verbarg sich eine lange Nadel, die auf einen unsichtbaren Fingernageldruck herausschnellte und sich im gewünschten Moment in das Fleisch des Opfers bohrte. Ich behaupte, dass auch der beherzteste Mann nicht in der Lage ist, diese Probe zu überstehen, ohne vor Überraschung und Schmerz laut aufzuschreien. Ist einer von Euch, Messieurs, mutig genug, die raffinierte Tortur über sich ergehen zu lassen, der mein Mandant ausgesetzt wurde und die nun auch noch als Beweis herhalten soll, um ihn der Besessenheit zu überführen …?«

Sehr steif und blass richtete Fallot de Sancé sich auf und streckte einen Arm aus.

Doch Masseneau ging ungeduldig dazwischen.

»Mir reicht es jetzt mit dieser Komödie! Ist das der Stift, mit dem der Exorzismus durchgeführt wurde?«

»Es ist eine getreue Kopie davon. Das Original hat dieser Lehrling vor etwa drei Wochen zur Bastille gebracht und Bécher ausgehändigt, und das kann er auch bezeugen.«

In dem Moment löste der Junge schalkhaft den Mechanismus aus, und die Nadel sprang dicht vor Masseneaus Nase heraus, sodass dieser einen Satz nach hinten machte.

»Als Vorsitzender des Gerichts weise ich diesen Zeugen ab. Er wurde erst in letzter Minute hergebracht und steht nicht auf der Liste des Gerichtsschreibers. Außerdem ist er noch ein Kind, weshalb seine Aussage ohnehin von zweifelhaftem Wert wäre. Und zu guter Letzt bin ich davon überzeugt, dass er diese Aussage nicht ohne Grund macht. Wie viel hat man dir bezahlt, damit du hierherkommst?«

»Noch nichts, M'sieur. Aber man hat mir das Doppelte von

dem versprochen, was der Mönch mir schon gegeben hat, also zwanzig Livres.«

Zornig wandte sich Masseneau an den Advokaten.

»Ich warne Euch, wenn Ihr darauf besteht, diese Zeugenaussage festhalten zu lassen, sehe ich mich gezwungen, keine weiteren Entlastungszeugen mehr anzuhören.«

Desgrez senkte ergeben den Kopf, und der Junge verschwand so schnell durch die schmale Tür der Gerichtskanzlei, als sei der Teufel hinter ihm her.

»Bringt die anderen Zeugen herein«, befahl der Vorsitzende kurz angebunden.

Von draußen hörte man Lärm, der wie die Schritte einer großen Schar von Möbelpackern klang. Dann erschien ein seltsamer, von zwei Gerichtsdienern angeführter Zug. Zuerst kamen mehrere schwitzende, zerlumpte Träger aus den Markthallen, die eigenartige Pakete hereintrugen, aus denen eiserne Röhren, Blasebälge und andere seltsame Dinge hervorschauten. Dann folgten zwei kleine Savoyarden, die Körbe mit Holzkohle und Steinguttöpfe hinter sich herzogen, die mit merkwürdigen Aufschriften versehen waren.

Hinter zwei Wachen betrat schließlich ein missgestalteter Gnom den Saal, den der riesige, zutiefst beeindruckte Kouassi-Ba vor sich herzustoßen schien. Der Mohr hatte mit Porzellanerde weiße Streifen auf seinen nackten Oberkörper gemalt. Angélique erinnerte sich, dass er das Gleiche auch in Toulouse gemacht hatte, an Festtagen etwa oder bei wichtigen Experimenten im Laboratorium. Aber bei seinem Auftauchen in dieser wunderlichen Prozession ging ein Raunen durch das Publikum, in dem sich Überraschung mit Entsetzen mischte.

Angélique hingegen stieß einen Seufzer der Erleichterung aus. Tränen stiegen ihr in die Augen.

Oh, diese tapferen Leute, dachte sie mit einem Blick zu Fritz Hauer und Kouassi-Ba. Dabei wissen sie ganz genau, wie gefährlich es für sie ist, ihrem Herrn zu Hilfe zu kommen.

Nachdem die Träger ihre Pakete abgestellt hatten, gingen sie wieder hinaus. Nur der alte Sachse und der Mohr blieben zurück. Sie begannen die Ballen auszupacken und bauten einen tragbaren Schmelzofen sowie fußbetriebene Blasebälge auf. Daneben stellten sie zwei Schmelztiegel und eine große Kupelle aus Knochenasche. Dann öffnete der Sachse zwei Säcke. Aus dem einen zog er mühsam einen schweren schwarzen Fladen, der wie Schlacke aussah, und aus dem anderen einen Barren, bei dem es sich offenbar um Blei handelte.

Daraufhin erhob sich Desgrez' Stimme.

»Dem einhellig geäußerten Wunsch der Richter entsprechend, alles zu sehen und alles zu hören, was den Anklagepunkt der Transmutation von Gold mit Hilfe Schwarzer Magie betrifft, seht Ihr hier die Zeugen und ›Komplizen‹, wie wir Juristen es ausdrücken, dieser angeblich magischen Prozedur vor Euch. Ich mache Euch darauf aufmerksam, dass ihre Anwesenheit hier vollkommen freiwillig ist. Sie sind gekommen, weil sie ihrem früheren Herrn helfen wollen, und nicht, weil ihre Namen meinem Mandanten, dem Grafen de Peyrac, unter der Folter entrissen worden wären ... Herr Vorsitzender, wollt Ihr nun dem Angeklagten erlauben, zusammen mit seinen gewohnten Gehilfen vor Euren Augen das Experiment zu wiederholen, welches die Anklageschrift als ›Zauberwerk‹ bezeichnet, während es sich, dem Angeklagten zufolge, lediglich um ein wissenschaftliches Verfahren zum Herauslösen von unsichtbar im Gestein enthaltenem Gold handelt?«

»Die Richter sind noch unentschlossen«, flüsterte Maître Gallemand seinem Nachbarn zu. »Sie schwanken zwischen Neugier, dem Lockruf der verbotenen Frucht und den strengen Anweisungen, die sie von ganz oben erhalten haben. Wenn sie klug wären, würden sie es ablehnen, sich beeinflussen zu lassen.«

Die junge Frau erschauerte. Sie fürchtete, der einzige sichtbare Beweis für die Unschuld ihres Mannes könne tatsächlich im letzten Moment noch untersagt werden. Doch die Neugier, vielleicht auch das Gerechtigkeitsempfinden, der Richter siegte. Masseneau forderte Joffrey de Peyrac auf, die Operation zu leiten und alle sich daraus ergebenden Fragen zu beantworten.

»Aber ehe Ihr damit beginnt, Graf, könnt Ihr schwören, dass bei diesem Knallgoldexperiment weder der Justizpalast noch die Personen, die sich darin aufhalten, in irgendeiner Weise zu Schaden kommen?«

Angélique mit ihrem stets wachen Sinn für Ironie bemerkte, dass die unfehlbaren Richter ihrem Gemahl in ihrer Furcht vor dem bevorstehenden Mysterium den Titel zurückgaben, der ihm zuvor ohne große Umstände aberkannt worden war.

Joffrey bestätigte, dass keinerlei Gefahr bestand.

Der Richter Bourié verlangte, dass Pater Bécher wieder hereingeholt würde, um ihn während des angeblichen Experiments mit dem Angeklagten zu konfrontieren und auf diese Weise jeden Betrug auszuschließen.

Bécher neigte würdevoll seinen Kopf, und Angélique verspürte wieder das gleiche nervöse Zittern, das sie jedes Mal beim Anblick dieses Mönchs erfasste, der nicht nur der wahre Besessene in diesem Prozess war, sondern auch die Folternadel ersonnen und vielleicht sogar Carmencita zu ihrer Komödie angestiftet hatte. War er bei klarem Verstand und versuchte lediglich, auf widerwärtigste Weise seinen Misserfolg auf dem Gebiet der Alchemie zu vertuschen? Oder handelte es sich tatsächlich um einen wirren, in Visionen verlorenen Geist, der, wie die meisten

Verrückten, hin und wieder klare Momente hatte? Im Grunde war es gleichgültig. Es war Bécher!

Er verkörperte alles, wogegen Joffrey de Peyrac gekämpft hatte, den Unrat, den Bodensatz einer alten Welt, dieses Mittelalters, das sich einst wie ein riesiger Ozean über Europa breitete und bei seinem Rückzug in den Mulden des neuen Jahrhunderts den fruchtlosen Schaum der Sophistik und der Dialektik zurückgelassen hatte.

Die Hände in die weiten Ärmel seiner Kutte geschoben, beobachtete er mit gerecktem Hals und starrem Blick den Sachsen und Kouassi-Ba, die, nachdem sie den Schmelzofen aufgebaut und die Anschlüsse der Röhren mit Lehm abgedichtet hatten, nun das Feuer anfachten.

Angélique hörte, wie hinter ihr ein Priester zu einem seiner Kollegen sagte: »Eine solche Versammlung menschlicher Ungetüme, allen voran dieser wie für eine magische Zeremonie bemalte Mohr, ist natürlich nicht dazu angetan, schwache Seelen zu beruhigen. Zum Glück weiß unser Herr die Seinen stets zu erkennen. Ich habe gehört, auf Veranlassung der Diözese von Paris sei heimlich, aber den Regeln der Kirche entsprechend, ein zweiter Exorzismus durchgeführt worden, und dieser habe ergeben, dass an den Beschuldigungen, die man gegen diesen Adligen erhebt, nicht das Geringste wahr ist. Womöglich soll er hier bloß für seine mangelnde Frömmigkeit bestraft werden …«

Angéliques kummervolles Herz schwankte zwischen Verzweiflung und Zuversicht. Sicher, der Priester hatte recht. Aber warum musste der gute Fritz Hauer auch einen Buckel und dieses bläulich verfärbte Gesicht haben? Und warum sah Kouassi-Ba so furchterregend aus?

Als Joffrey de Peyrac seinen großen, zerschundenen Körper aufrichtete, um auf den rot glühenden Schmelzofen zuzuhinken, fügte er sich nahtlos in dieses finstere Bild.

Der Angeklagte bat einen der Gerichtsdiener, den porösen, schwarzen Schlackebrocken aufzuheben und ihn erst dem Vorsitzenden und anschließend allen Richtern zu zeigen. Ein zweiter Gerichtsdiener reichte ihnen eine starke Lupe, damit sie den Stein aus größter Nähe betrachten konnten.

»Dies, Messieurs, ist Rohstein[9] aus geschmolzenem goldhaltigem Pyrit. Es stammt aus meiner Mine in Salsigne«, erklärte Peyrac.

»Genau diese schwarze Substanz habe ich gemahlen und gewaschen«, bestätigte Bécher. »Aber ich habe nicht das geringste Gold darin gefunden.«

»Nun, Pater«, entgegnete der Angeklagte in einem respektvollen Ton, für den ihn Angélique bewunderte, »dann könnt Ihr hier ja ein weiteres Mal Euer Talent als Goldwäscher unter Beweis stellen. Kouassi-Ba, gib ihm einen Mörser.«

Der Mönch krempelte seine weiten Ärmel hoch und machte sich voller Eifer daran, das schwarze Gestein zu zerstoßen, das sich ohne größere Mühe in Pulver verwandeln ließ.

»Wärt Ihr so freundlich, Monsieur, jetzt einen großen Kübel mit Wasser und ein sauberes, mit Sand gereinigtes Zinnbecken holen zu lassen?«, wandte sich Joffrey daraufhin an den Vorsitzenden Masseneau.

Während zwei Schweizer hinausgingen, um das Gewünschte zu holen, ließ der Gefangene den Richtern einen Metallbarren präsentieren.

»Das ist Blei, aus dem man Kugeln oder Wasserrohre fertigt. Es wird von Fachleuten auch ›armes‹ Blei genannt, da es so gut wie kein Gold oder Silber enthält.«

»Woher sollen wir denn wissen, dass das auch stimmt?«, entgegnete der Protestant Delmas zu Recht.

»Das kann ich Euch durch die Kupellation beweisen.«

Der Sachse reichte seinem ehemaligen Herrn ein dickes Talglicht und zwei weiße Würfel von etwa drei oder vier Zoll Kantenlänge. Mit einem kleinen Federmesser schabte Joffrey eine kleine Mulde in einen der Würfel.

»Was ist das für eine weiße Masse? Ist das Porzellanerde?«, wollte Masseneau wissen.

»Das ist eine Kupelle aus Knochenasche, jener Asche, die Euch schon zu Beginn der Verhandlung so fasziniert hat. Ihr werdet sehen, dass diese weiße Substanz lediglich dazu dient, die Bleiglätte aufzunehmen, nachdem man das Blei mit Hilfe der Flamme eines Talglichts erhitzt hat …«

Die Kerze wurde angezündet, und Fritz Hauer brachte dem Grafen ein dünnes, rechtwinklig gebogenes Rohr, in das dieser zu blasen begann, sodass die Flamme auf das Stück Blei gerichtet wurde, das er zuvor in die Knochenkupelle gelegt hatte.

Man sah, wie sich die leuchtende Flamme neigte und das Blei berührte, woraufhin dieses zu schmelzen begann und sich ein blassblauer Dampf entwickelte.

Conan Bécher hob belehrend einen Finger.

»Die berufenen Gelehrten nennen das ›den Stein der Weisen anblasen‹«, kommentierte er mit schriller Stimme.

Der Graf unterbrach für einen Augenblick sein Tun.

»Wenn man diesem Schwachkopf glaubte, würden sämtliche Schornsteine bald als Teufelsatem gelten.«

Der Mönch setzte eine gequälte Miene auf, und der Vorsitzende rief den Angeklagten zur Ordnung. Joffrey de Peyrac begann erneut zu blasen.

Im abendlichen Halbdunkel, das allmählich den Raum zu erfüllen begann, sah man das geschmolzene Blei brodeln, bis es rötlich leuchtete, ehe es sich beruhigte und schließlich eine dunklere Färbung annahm, als der Gefangene aufhörte, in sein Rohr zu blasen. Plötzlich löste sich die kleine Wolke aus beißendem

Qualm auf, und alle sahen, dass das geschmolzene Blei vollständig verschwunden war.

»Das ist ein Gauklertrick, der nicht das Geringste beweist«, bemerkte Masseneau.

»Es zeigt lediglich, dass die Knochenasche das gesamte oxidierte arme Blei aufgesogen oder *getrunken* hat, wenn Ihr so wollt. Und das beweist, dass dieses Blei keinerlei Edelmetall enthält. Das wollte ich Euch durch diese Operation demonstrieren. Jetzt werde ich Pater Bécher bitten, dieses schwarze Pulver, von dem ich behaupte, dass es Gold enthält, zu waschen, und anschließend werden wir das Gold herauslösen.«

Die beiden Schweizer waren mit einem Wasserkübel und einem kleinen Becken zurückgekommen.

Nachdem der Mönch das Pulver mit kreisenden Bewegungen gewaschen hatte, zeigte er dem Gericht triumphierend die sehr geringe Menge schwererer Elemente, die sich am Boden des Beckens abgesetzt hatten.

»Es ist genau so, wie ich sagte«, erklärte er. »Keine Spur von Gold, nicht einmal ein Hauch. Nur mit Hilfe von Magie könnte man aus diesem Gestein Gold herausholen.«

»Man kann das Gold nur nicht sehen«, wiederholte Joffrey. »Meine Gehilfen werden es allein mit Hilfe von Blei und Feuer aus diesem zerstoßenen Gestein herauslösen. Ich selbst werde mich an dem Vorgang nicht beteiligen. So könnt Ihr sicher sein, dass ich weder ein neues Element einbringe noch einen Zauberspruch verwende und dass es sich um einen rein handwerklichen Vorgang handelt, der von Arbeitern durchgeführt wird, die genauso wenig Hexenmeister sind wie jeder andere Schmied.«

»Er spricht zu unbefangen und gut«, bemerkte Maître Gallemand leise. »Bald werden sie ihn noch beschuldigen, die Richter und das Publikum mit seiner Stimme zu behexen.«

Wieder machten sich Kouassi-Ba und Fritz Hauer ans Werk. Offensichtlich widerstrebend, aber nichtsdestoweniger erregt von seiner »Mission« und der hervorgehobenen Rolle, die er nach und nach in diesem Prozess einnahm, bei dem er auf seine Weise die Kirche zu verteidigen glaubte, beobachtete Bécher, ohne einzugreifen, wie die beiden Helfer als Erstes den Schmelzofen mit Holzkohle befüllten.

Der Sachse griff nach einem großen Tiegel aus Ton. Er legte erst das Blei und dann die zu schwarzem Pulver zerstoßene Schlacke hinein. Das Ganze wurde mit einem weißen Salz bedeckt, bei dem es sich um Borax[10] handeln musste. Schließlich kam noch eine Schicht Holzkohle darüber, und Kouassi-Ba begann, mit den Füßen die beiden Blasebälge zu betätigen.

Angélique bewunderte die Geduld, mit der sich ihr eben noch so stolzer, hochfahrender Gemahl in diese Komödie ergab.

Entschlossen hielt er sich vom Schmelzofen fern und stand neben dem Anklagebänkchen. Trotzdem erhellte der Schein des Feuers sein mageres, bleiches, von üppigem Haar eingerahmtes Gesicht.

Etwas Düsteres, Bedrückendes ging von dieser ganzen Szene aus.

Im heißen Feuer des Ofens schmolzen das Blei und die Schlacke. Rauch und ein beißender, schwefliger Geruch breiteten sich aus. In den ersten Reihen begannen mehrere Zuschauer, zu husten und zu niesen.

Zeitweise verschwand das gesamte Gericht hinter einer dunklen Rauchwand.

Angélique dachte bei sich, dass es den Richtern trotz allem hoch anzurechnen sei, dass sie sich, wenn schon nicht einer Vorführung von Hexenkünsten, so doch dieser äußerst unangenehmen Prüfung aussetzten.

Der Richter Bourié stand auf und bat um die Erlaubnis, näher heranzugehen. Masseneau gestattete es ihm. Aber der Richter, der als gewiefter Fälscher galt und von dem der Advokat behauptet hatte, der König habe ihm drei Abteien versprochen, falls der Prozess mit einem strengen Urteil endete, stellte sich zwischen den Schmelzofen und den Angeklagten, wobei er dem Ofen den Rücken zuwandte, sodass er den Grafen beobachten konnte.

Gelegentlich hüllte ihn der Rauch aus dem Schmelzofen ein und brachte ihn zum Husten, aber standhaft blieb er auf seinem unangenehmen, exponierten Posten und ließ den Grafen nicht aus den Augen.

Der Richter Fallot, der sich de Sancé nennen ließ, schien selbst auf glühenden Kohlen zu sitzen. Er wich dem Blick seiner Kollegen aus und rutschte unruhig auf seinem großen, mit rotem Samt bezogenen Stuhl hin und her.

Armer Gaston, dachte Angélique. Doch dann verlor sie das Interesse an ihm.

Im Feuer, das ein Wächter unentwegt mit neuer Holzkohle nährte, färbte sich der Tiegel inzwischen rot, dann beinahe weiß.

»Halt!«, befahl der sächsische Bergmann, der, mit Ruß, Schweiß und Knochenasche bedeckt, immer mehr einem aus der Hölle entsprungenen Ungeheuer glich.

Er ging zu einem der Säcke hinüber und holte eine große bauchige Zange heraus, mit der er den schweren, von Flammen umgebenen Tiegel packte. Mit durchgedrücktem Rücken breitbeinig auf seinen krummen Beinen stehend, hob er den Tiegel scheinbar mühelos aus dem Ofen.

Daraufhin hielt ihm Kouassi-Ba eine Sandform hin. Ein silberheller Strahl ergoss sich, umhüllt von einem Nebel aus funkelnd weißem Rauch, in die Gussform.

Der Graf de Peyrac schien aus seiner Benommenheit zu erwachen und kommentierte mit müder Stimme: »Was hier in die Form gegossen wurde, ist das Werkblei, das die Edelmetalle aus dem Rohstein aufgenommen hat. Wir werden die Form zerbrechen und gleich anschließend dieses Blei auf einer Aschesohle[11] kupellieren, die in den hinteren Teil des Ofens gelegt wird.«

Fritz Hauer präsentierte die Sohle, eine dicke weiße, mit einer Mulde versehene Platte, und legte sie ins Feuer. Dann zerbrach er die Form auf einem Amboss, um den Bleibarren daraus zu lösen, sodass der erhabene Justizpalast eine Weile lang von dröhnenden Hammerschlägen erfüllt war. Endlich wurde das Blei behutsam in die Mulde gelegt und das Feuer wieder angefacht. Als die Sohle und das Blei rot glühten, ließ Fritz die Blasebälge anhalten, und Kouassi-Ba holte die gesamte restliche Holzkohle aus dem Ofen.

Nun blieb darin nur noch die rot glühende Sohle mit dem heißen, brodelnden geschmolzenen Blei übrig, das sich immer heller färbte.

Kouassi-Ba nahm einen kleinen Handblasebalg und richtete ihn auf das Blei.

Statt es abzukühlen, steigerte die Luft die Hitze noch zusätzlich, und das geschmolzene Metall wurde strahlend weiß.

»Da seht Ihr das Hexenwerk!«, keifte Bécher. »Es ist keine Kohle mehr im Ofen, aber das Höllenfeuer beginnt mit dem Großen Werk! Seht! Da erscheinen die drei Farben.«

Abwechselnd richteten der Mohr und der Sachse den Luftstrahl auf das geschmolzene Metall, das sich wand, Strudel bildete und zu zucken begann wie ein Irrlicht. Inmitten der Masse bildete sich ein feuriges Ei. Als der Mohr seinen Blasebalg zurückzog, richtete sich das Ei auf seiner Längsachse auf und wirbelte herum wie ein Kreisel. Dabei verlor es allmählich seinen Glanz und färbte sich zunehmend dunkler.

Doch unvermittelt blitzte es erneut grell auf, wurde weiß,

hüpfte hoch, sprang aus der Mulde und rollte mit dumpfem Klappern über den Boden bis vor die Füße des Grafen.

»Das Ei des Satans kehrt zu seinem Schöpfer zurück!«, rief Bécher. »Das ist der Blitz! Das ist Knallgold! Es wird in unserer Mitte explodieren!«

Das Publikum schrie auf. Im unversehens herrschenden Halbdunkel verlangte Masseneau nach Kerzen. Inmitten des ganzen Spektakels faselte Bécher immer noch vom »philosophischen Ei« und »Huhn der Weisen«, bis ein Spaßvogel schließlich auf eine Bank stieg und ein schallendes »Kikeriki« von sich gab.

Großer Gott, sie verstehen es nicht, dachte Angélique und rang die Hände.

Endlich tauchten an verschiedenen Stellen im Saal Gerichtsdiener mit dreiarmigen Leuchtern auf, und der Tumult legte sich ein wenig.

Der Graf, der sich während der ganzen Zeit nicht bewegt hatte, berührte das Metallstück mit dem Ende seiner Krücke.

»Heb den Barren auf und bring ihn dem Richter, Kouassi-Ba.«

Ohne zu zögern, sprang der Mohr vor, griff nach dem metallenen Ei. Leuchtend lag es auf seiner ausgestreckten schwarzen Handfläche.

»Das ist Gold!«, keuchte Bourié, der wie versteinert dastand.

Er wollte danach greifen, aber kaum hatte er es berührt, da stieß er einen entsetzlichen Schrei aus und zog hastig seine verbrannte Hand zurück.

»Das Feuer der Hölle!«

»Wieso verbrennt die Hitze dieses Goldes Euren schwarzen Diener nicht, Graf?«, fragte Masseneau, der sich bemühte, seiner Stimme einen festen Klang zu geben.

»Jeder weiß, dass Mohren glühende Kohlen in der Hand halten können, genau wie die Köhler aus der Auvergne.«

Ohne dazu aufgefordert worden zu sein, stürzte Bécher mit vorquellenden Augen auf Kouassi-Ba zu und leerte ein Fläschchen Weihwasser über das beanstandete Stück Metall.

»Hohes Gericht, Ihr habt mit eigenen Augen gesehen, wie gegen alle rituellen Exorzismen das Gold des Teufels geschaffen wurde. Urteilt selbst, wie mächtig dieser Hexenzauber ist!«

»Glaubt Ihr, dieses Gold ist echt?«, fragte Masseneau.

Der Mönch verzog das Gesicht und zog ein weiteres kleines Fläschchen aus seiner unerschöpflichen Tasche, das er vorsichtig entkorkte.

»Das ist Scheidewasser, welches nicht nur Messing und Bronze angreift, sondern auch Legierungen aus Gold und Silber. Aber ich bin mir jetzt schon sicher, dass es sich um *purum aurum* handelt.«

»In Wahrheit ist das Gold, das vor Euren Augen aus dem Gestein gelöst wurde, nicht vollkommen rein«, mischte sich der Graf ein. »Sonst hätte das Metall nicht diesen Blitz erzeugt, der am Ende der Kupellation das Metall aufleuchten ließ und, in Verbindung mit einem abrupten Zustandswechsel, jenes andere Phänomen hervorgerufen hat, das den Block hochspringen ließ. Berzelius war der erste Gelehrte, der diesen eigenartigen Effekt beschrieben hat.«

»Ist dieser Berzelius wenigstens römisch-katholischen Glaubens?«, fragte Bourié mürrisch.

»Zweifellos«, antwortete Peyrac gelassen, »denn er war Schwede und lebte im Mittelalter.«

Bourié lachte sarkastisch.

»Das Gericht wird den Wert eines so weit zurückliegenden Zeugnisses zu würdigen wissen.«

Es folgte ein kurzer Moment der Unschlüssigkeit, während die Richter sich zueinander beugten und darüber berieten, ob man die Sitzung fortführen oder bis zum nächsten Morgen vertagen sollte.

Es war schon spät. Die Zuschauer waren erschöpft und überreizt zugleich. Doch niemand wollte gehen.

Angélique spürte nicht die geringste Müdigkeit. Sie war wie losgelöst von sich selbst. Im Hintergrund ihres Geistes jagten sich die Gedanken, und sie folgte ihrem Verlauf, ohne darin eingreifen zu können. Die Demonstration der Auslösung des Goldes konnte unmöglich negativ für den Angeklagten ausgelegt werden ... Hatten die Übertreibungen des Mönchs Bécher denn keinen schlechten Eindruck auf die Richter gemacht? Dieser Masseneau konnte noch so häufig betonen, dass er unparteiisch sei, es schien offensichtlich, dass er im Grunde seinem Landsmann aus der Gascogne wohlgesinnt war. Aber von ihm einmal abgesehen, setzte sich das gesamte Gericht aus harten, unnachgiebigen Männern aus dem Norden zusammen. Und im Publikum war der urwüchsige Maître Gallemand der Einzige, der es wagte, auch nur die leiseste Kritik an den Entscheidungen des Königs zu äußern. Was die Nonne betraf, die Angélique begleitete, so war sie sicherlich hilfreich, aber eher wie ein Eiswürfel, den man auf die glühende Stirn eines Kranken legte.

Ach, wenn das doch bloß alles in Toulouse passiert wäre ...!

Und wann würde man ihrem Advokaten endlich das Wort erteilen, auch er ein Kind der Stadt Paris, unbekannt und arm obendrein ...? Hoffentlich würde er nicht doch noch in letzter Minute zurückschrecken. Und wo blieb Pater Kiher? Vergeblich suchte Angélique unter den Zuschauern in der ersten Reihe nach dem gewitzten Bauerngesicht des Großexorzisten von Frankreich.

Feindseliges Flüstern umringte Angélique wie ein infernalisches Raunen:

»Anscheinend hat man Bourié drei Diözesen versprochen, wenn er dafür sorgt, dass dieser Mann verurteilt wird. Peyracs einziges Verbrechen war, dass er seinem Jahrhundert voraus ist. Man wird ihn verurteilen, Ihr werdet schon sehen ...«

Masseneau hüstelte.

»Messieurs«, verkündete er, »die Sitzung wird fortgesetzt. Angeklagter, habt Ihr dem, was wir gerade gesehen und gehört haben, noch etwas hinzuzufügen?«

Der große Hinkefuß aus dem Languedoc richtete sich auf seinen Krücken auf, und seine Stimme erhob sich. Ihr voller Klang und der aufrichtige Ton des Grafen ließen das Publikum erschauern.

»Ich schwöre vor Gott und bei den gesegneten Häuptern meiner Frau und meines Kindes, dass ich weder den Teufel noch seine Hexenkünste kenne, dass ich niemals die Transmutation von Gold praktiziert oder nach teuflischer Anleitung Leben erschaffen habe und dass ich niemals versucht habe, meinem Nächsten mit Hilfe von Hexerei oder Flüchen zu schaden.«

Zum ersten Mal während dieser endlosen Sitzung spürte Angélique im Publikum eine Woge der Sympathie für ihren Gemahl.

»Wir glauben dir«, rief eine helle, kindliche Stimme aus der Menge.

Der Richter Bourié richtete sich auf und wedelte mit seinen Ärmeln.

»Seht Euch vor! Das ist die Wirkung eines Zaubers, über den wir noch nicht ausführlich gesprochen haben. Vergesst nicht: die Goldene Stimme des Königreichs ...«

»Dann soll er singen! Er soll singen ...«, antwortete die gleiche kindliche Stimme.

Da stieg dem Vorsitzenden Masseneau das südliche Blut ins Gesicht, und er schlug dröhnend mit der Faust auf sein Pult.

»Ruhe! Ich lasse den Saal räumen! Wachen, werft diese Störenfriede hinaus...! Monsieur Bourié, setzt Euch wieder hin! Ich habe endgültig genug von diesen ständigen Unterbrechungen. Lasst uns endlich zum Ende kommen! Maître Desgrez, wo seid Ihr?«

»Ich bin hier, Vorsitzender«, antwortete der Advokat.

Masseneau holte tief Luft und beherrschte sich mit Mühe. In ruhigerem Ton fuhr er fort: »Messieurs, die königliche Justiz hat die Pflicht, sich nach allen Seiten abzusichern. Daher hat der König, obwohl dieser Prozess unter Ausschluss der Öffentlichkeit geführt wird, in seiner Hochherzigkeit den Angeklagten nicht aller Möglichkeiten zu seiner Verteidigung berauben wollen. Aus diesem Grund war ich der Ansicht, dem Angeklagten gestatten zu müssen, jede noch so gefährliche Demonstration durchzuführen, um die magischen Verfahren aufzuklären, deren er beschuldigt wird. Und zu guter Letzt hat man ihm als Ausdruck der höchsten Milde unseres Herrschers den Beistand eines Advokaten gewährt, dem ich hiermit das Wort erteile.«

Kapitel 16

Desgrez erhob sich, grüßte das Gericht, dankte dem König im Namen seines Mandanten und stieg dann auf das um zwei Stufen erhöhte kleine Podest, von dem herab er sprechen sollte.

Als Angélique sah, wie er dort sehr aufrecht und würdevoll stand, konnte sie kaum glauben, dass dieser schwarz gekleidete Mann der gleiche schlaksige Junge mit der feinen Spürnase sein sollte, der, nach seinem Hund pfeifend, mit gekrümmtem Rücken in seiner schäbigen Jacke durch die Straßen von Paris schlenderte.

Der kleine alte Gerichtsschreiber Clopot, der die Akten für ihn zusammengestellt hatte, trat hinzu und kniete, dem Brauch gemäß, vor ihm nieder.

Der Advokat musterte erst das Gericht, dann das Publikum. Er schien in der Menge nach jemandem zu suchen. Lag es am gelblichen Schein der Kerzen? Angélique hatte den Eindruck, als sei er leichenblass.

Doch als er sprach, klang seine Stimme fest und gelassen.

»Messieurs, nach all den Bemühungen, die sowohl die Anklage als auch die Richter erkennen ließen und in deren Verlauf deutlich wurde, dass Eure gründliche Kenntnis der Gesetze nur noch von Eurer klassischen Bildung erreicht wird – all das, ich möchte es noch einmal betonen, mit dem einzigen Ziel, die

Justiz des Königs zu erleuchten, damit die ganze Wahrheit ans Licht komme –, habt Ihr, Messieurs, die ganze Leuchtkraft der Sterne erschöpft, um diesen Prozess zu beschreiben. Wie könnte ein unbedeutender Advokat in seinem ersten großen Prozess nach den scharfsichtigen lateinischen und griechischen Zitaten der königlichen Kommissäre noch einige winzige Strahlen entdecken, die dazu beitragen könnten, die Wahrheit hervorzubringen, die sich auf dem tiefsten Grund dieser entsetzlichen Anschuldigung verbirgt? Diese Wahrheit erscheint mir so fern und ihre Offenbarung so gefährlich, dass ich innerlich erschauere und mir heimlich beinahe wünsche, die kümmerliche Flamme möge verlöschen und mich in der friedvollen Dunkelheit zurücklassen, in der ich mich zuvor befand. Aber es ist zu spät! Ich habe gesehen, und ich muss sprechen. Und ich muss Euch zurufen: Seht Euch vor, Messieurs! Seht Euch vor, dass Ihr mit der Wahl, die Ihr treffen werdet, Eurer Verantwortung gegenüber den künftigen Jahrhunderten gerecht werdet. Gehört nicht zu denen, die schuld daran sind, dass die Kinder unserer Kinder einst über unser Jahrhundert sagen werden: ›Es war ein Jahrhundert der Heuchler und Ungebildeten. Denn in jenen Zeiten gab es einen großen, ruhmreichen Adligen, den man der Hexerei beschuldigte, nur weil er ein großer Gelehrter war.‹«

Der Advokat hielt kurz inne.

»Stellt Euch eine Szene vergangener Zeiten vor, Messieurs«, fuhr er mit leiserer Stimme fort, »jener dunklen Epoche, als unsere Vorfahren nur grobe Steinwaffen besaßen. Nun kommt einer von ihnen auf den Gedanken, die Erde von einem bestimmten Boden aufzuheben. Er wirft sie ins Feuer und zieht eine scharfe, harte Substanz hervor, die bis dahin vollkommen unbekannt war. Seine Gefährten beschuldigen ihn der Hexerei und verurteilen ihn. Doch ein paar Jahrhunderte später werden aus diesem unbekannten Stoff, dem *Eisen*, unsere Waffen gefertigt. Ich will noch weitergehen. Weicht Ihr, Messieurs, wenn Ihr heutzutage das Laboratorium eines Parfümeurs betretet, entsetzt zurück und vermutet Hexerei angesichts der zahllosen Retorten und Seiher, aus denen nicht immer wohlriechende Dämpfe aufsteigen? Nein, das käme Euch lächerlich vor. Und gleichwohl, welches Mysterium braut sich in der Höhle dieses Handwerkers zusammen! In einer Flüssigkeit lässt er das Unsichtbarste überhaupt Gestalt annehmen: einen Duft. Gehört nicht zu denen, auf die das schreckliche Wort des Evangeliums zutreffen könnte: ›Sie haben Augen und sehen nicht. Sie haben Ohren und hören nicht.‹

Ich zweifle nicht daran, Messieurs, dass allein der Vorwurf, sich bizarren Arbeiten zu widmen, Euren durch das Studium für vielfältige Blickwinkel offenen Geist kaum hätte beunruhigen können. Aber verstörende Umstände und ein seltsamer Ruf umgeben diesen Angeklagten. Lasst uns einmal analysieren, Messieurs, auf welchen Tatsachen dieser Ruf beruht, und lasst uns sehen, ob jede dieser Tatsachen, für sich genommen, den Vorwurf der Hexerei tatsächlich stützt. Als katholisches Kind einer hugenottischen Amme anvertraut, wurde Joffrey de Peyrac im Alter von vier Jahren von religiösen Fanatikern aus dem Fenster in den Hof eines Schlosses geworfen. Dadurch wurde er verkrüppelt und entstellt. Sollte man deswegen alle Menschen, die hinken und deren Anblick anderen Angst einflösst, der Hexerei beschuldigen? Obwohl er von der Natur so stiefmütterlich behandelt wurde, hat der Graf eine wundervolle Stimme, die er von italienischen Meistern ausbilden ließ. Sollte man deshalb alle Sänger mit goldener Kehle, die die adligen Damen und auch unsere Frauen mit Wohlbehagen erfüllen, der Hexerei bezichtigen? Von seinen Reisen brachte der Graf tausenderlei seltsame Geschichten mit. Er hat fremde Gebräuche studiert, genau wie fremde Philosophien. Sollte man alle Reisenden und Philosophen verurteilen? Oh, ich weiß, wenn man das alles zusammennimmt, ergibt es nicht gerade einen einfachen Charakter.

Nun komme ich zum erstaunlichsten Phänomen: Dieser Mann, der ein so umfassendes Wissen erworben hat und dank seiner Gelehrsamkeit reich wurde, dieser Mann, der so wundervoll zu erzählen und zu singen weiß, vermag trotz seines Äußeren den Frauen zu gefallen. Er liebt die Frauen und macht daraus auch keinen Hehl. Er preist die Liebe und hat zahlreiche galante Abenteuer. Dass sich unter diesen verliebten Frauen auch einige überspannte und schamlose Personen befinden, ist nicht verwunderlich bei einem so freizügigen Leben, das die Kirche zwar verurteilt, das aber dennoch weit verbreitet ist. Wenn man, Messieurs, alle Adligen verbrennen müsste, die die Frauen lieben, und all jene, die von ihren enttäuschten Mätressen verfolgt werden, dann wäre, will ich meinen, die Place de Grève nicht groß genug, um ihre Scheiterhaufen aufzunehmen …«

Zustimmendes Gemurmel erhob sich. Angélique war verblüfft über Desgrez' Geschick. Taktvoll vermied er es, von Joffreys Reichtum zu sprechen, der so viel Neid geweckt hatte, und verweilte stattdessen ausführlich bei der bedauerlichen, aber dennoch von den gestrengen Bürgern nicht zu beanstandenden Tatsache jenes ausschweifenden Lebenswandels, der nun einmal das Vorrecht der Großen war.

Stück für Stück verengte er die Anschuldigungen, bis sie auf das Ausmaß von Provinzklatsch zusammengeschrumpft waren, und bald würde man sich wundern, warum man überhaupt so viel Aufhebens darum gemacht hatte.

»Er gefällt den Frauen«, wiederholte Desgrez sanft, »und wir wundern uns, wir Vertreter des starken Geschlechts, warum die Damen des Südens trotz seines tristen Äußeren in Leidenschaft zu ihm entbrennen. Ach, Messieurs, wir sollten nicht zu vermessen sein! Seit Anbeginn der Zeiten war es uns nicht vergönnt, das Herz der Frauen und die Motive für ihre Leidenschaften zu ergründen. Lasst uns respektvoll am Rand des Mysteriums verweilen. Andernfalls wären wir gezwungen, auch alle Frauen zu verbrennen …!«

Bourié sprang von seinem Stuhl auf und brachte damit das Gelächter und den Beifall zum Schweigen.

»Schluss jetzt mit dem Theater!«, rief der Richter, dessen Teint immer gelblicher wurde. »Ihr spottet über dieses Gericht und die Kirche. Habt Ihr vergessen, dass der Vorwurf der Hexerei ursprünglich von einem Erzbischof erhoben wurde? Habt Ihr vergessen, dass der wichtigste Belastungszeuge ein Geistlicher ist und dass ein ordnungsgemäßer Exorzismus an dem Angeklagten durchgeführt wurde, welcher zweifelsfrei bewiesen hat, dass dieser mit dem Satan im Bunde ist …?«

»Ich vergesse nichts, Monsieur Bourié«, erwiderte Desgrez ernst, »und ich will auf Euren Einwand antworten. Es stimmt, dass der Erzbischof von Toulouse als Erster den Vorwurf der Hexerei gegen Monsieur de Peyrac erhoben hat, mit dem ihn eine langjährige Rivalität verband. Hat dieser Kirchenfürst womöglich im Nachhinein seine Geste bereut, deren Folgen er in seinem Groll nicht ausreichend bedacht hatte? Ich möchte es annehmen, denn ich habe hier eine umfangreiche Akte, in der Monseigneur de Fontenac wiederholt fordert, der Angeklagte solle einem Kirchengericht überstellt werden, und in der er sich energisch von allen Entscheidungen distanziert, die in dieser Angelegenheit von einem weltlichen Gericht getroffen werden. Ebenfalls distanziert er sich – ich habe hier den Brief, Messieurs, und kann ihn Euch gern vorlesen – von allen Handlungen und Aussagen des Mannes, den Ihr den wichtigsten Belastungszeugen nennt: den Mönch Conan Bécher. Der wirre Geisteszustand dieses Mannes dürfte jedem Betrachter, der bei vollem Verstand ist, zumindest fragwürdig erscheinen. Außerdem möchte ich daran erinnern, dass er für den einzigen Exorzismus verantwortlich ist, auf den sich nun die Anklage zu stützen scheint. Dieser

Exorzismus wurde am vierten Dezember des vergangenen Jahres im Gefängnis der Bastille in Gegenwart der hier anwesenden Patres Frelat und Jonathan vorgenommen. Ich bestreite nicht die Echtheit des Protokolls, insofern als es tatsächlich von diesem Mönch und seinen Gehilfen verfasst wurde, zu denen ich mich im Übrigen nicht äußern werde, da ich nicht weiß, ob sie leichtgläubig, dumm oder an dem Betrug beteiligt waren.

Aber ich bestreite, dass dieser Exorzismus in seiner Gänze rechtmäßig war!«, rief Desgrez mit dröhnender Stimme. »Ich will nicht im Einzelnen auf die Regelwidrigkeiten dieser finsteren Zeremonie eingehen, aber ich werde wenigstens zwei Punkte hervorheben: Erstens, dass es sich bei der Nonne, die bereits damals in Gegenwart des Angeklagten alle Symptome der Besessenheit vortäuschte, um ebenjene Carmencita de Mérecourt handelt, die uns vorhin eine Kostprobe ihres Talents als Schauspielerin gegeben hat und die, wie ein Gerichtsschreiber bezeugen kann, nach dem Verlassen des Gerichtssaals dabei beobachtet wurde, wie sie das Stück Seife ausspuckte, mit dem sie den Schaum der Epilepsie vorgegaukelt hat, eine Methode, der sich auch die falschen Epileptiker bedienen, die in den Straßen das Mitleid der Menschen heischen.

Zweitens möchte ich noch einmal auf den manipulierten Stift zurückkommen, diese teuflische Nadel, die Ihr nicht ins Protokoll aufnehmen wolltet, weil dafür angeblich nicht genügend Beweise vorlagen. Und wenn es nun doch wahr wäre, Messieurs, wenn tatsächlich ein grausamer Wahnsinniger diesen Mann einer solchen Tortur unterzogen hätte, um Euer Urteil in die Irre zu lenken und Euer Gewissen mit dem Tod eines Unschuldigen zu belasten …? Ich habe hier eine Erklärung des Arztes der Bastille, die dieser wenige Tage nach der entsetzlichen Zeremonie abgegeben hat.«

Mit stockender Stimme verlas Desgrez den Bericht des Sieur Malinton, des Gefängnisarztes der Bastille, der, nachdem er an das Lager eines ihm unbekannten, aber im Gesicht durch auffällige Narben gezeichneten Gefangenen gerufen worden war, festgestellt hatte, dass dieser am ganzen Körper kleine entzündete Wunden aufwies, die von tiefen Nadelstichen zu stammen schienen.

In der lähmenden Stille, die auf diese Verlesung folgte, sprach der Advokat ernst und bedächtig weiter: »Und nun, Messieurs, ist die Stunde gekommen, einer großartigen Stimme Gehör zu verschaffen, deren unwürdiger Mittler ich bin. Einer Stimme, die, über alle menschliche Schändlichkeit erhaben, stets bemüht war, ihre Getreuen mit Umsicht aufzuklären. Und diese Stimme wird Euch Folgendes sagen.«

Desgrez entfaltete ein großes Blatt Papier und las:

»›In dieser Nacht des fünfundzwanzigsten Dezember 1660 wurde im Gefängnis des Justizpalasts von Paris ein Exorzismus an der Person des Sieur Joffrey de Peyrac de Morens d'Irristu vorgenommen, welcher des Einvernehmens und des Umgangs mit dem Teufel angeklagt wird. In Anbetracht dessen, dass gemäß dem *Rituale Romanum* jeder wahrhaft vom Teufel Besessene drei außergewöhnliche Fähigkeiten aufweisen muss, nämlich

1. die Kenntnis von Sprachen, die er nie gelernt hat;
2. die Fähigkeit, in die Zukunft zu sehen und verborgene Dinge zu wissen;
3. übernatürliche körperliche Kräfte;

haben wir, als einziger vom Römischen Offizial bevollmächtigter *Exorzist* für die gesamte Diözese von Paris, in dieser Nacht des 25. Dezember 1660, unterstützt von zwei weiteren Priestern unserer heiligen Gemeinschaft, den Gefangenen, Graf Joffrey de Peyrac, den durch das *Rituale Romanum* vorgeschriebenen Prüfungen und Befragungen unterzogen. Diese haben ergeben, dass der Exorzierte nur diejenigen Sprachen spricht, die er auch gelernt hat, und insbesondere weder des Hebräischen noch des Chaldäischen mächtig ist, welche zwei von uns beherrschen; dass dieser Mann hochgelehrt, aber keinesfalls hellsichtig erscheint; dass er keine übernatürlichen Körperkräfte aufwies, sondern lediglich eitrige, durch tiefe Stiche hervorgerufene Wunden und alte Gebrechen. Daher erklären wir, dass der von uns untersuchte Joffrey de Peyrac in keinster Weise vom Teufel besessen ist …‹ Es folgen die Unterschriften des ehrwürdigen Pater Kiher S. J., Großexorzist der Diözese Paris, und der ehrwürdigen Patres de Marsan und de Montaignat, die ihm dabei assistiert haben.«

Es war so still, dass man das Summen einer Fliege hätte hören können. Die Verblüffung und Verwirrung im Saal war beinahe mit Händen zu greifen, doch niemand rührte sich oder sprach auch nur ein Wort.

Desgrez sah das Gericht an.

»Was soll ich dieser Stimme noch hinzufügen? Ihr Richter werdet nun Euer Urteil fällen. Aber zumindest seid Ihr Euch dabei jetzt einer Sache gewiss: Die Kirche, in deren Namen man von Euch die Verurteilung dieses Mannes fordert, spricht ihn vom Verbrechen der Hexerei, dessentwegen man ihn vor Gericht gezerrt hat, frei … Messieurs, ich überlasse Euch Eurem Gewissen.«

Gelassen griff der Advokat nach seinem Barett, setzte es sich wieder auf den Kopf und stieg die Stufen des kleinen Podests hinunter.

Daraufhin richtete sich Bourié auf, und seine scharfe Stimme hallte durch die Stille.

»Dann soll er herkommen! Er soll persönlich herkommen! Es obliegt dem ehrwürdigen Pater Kiher, von dieser geheimen Zeremonie Zeugnis abzulegen, die in mehr als einer Hinsicht fragwürdig erscheint, da sie ohne Wissen der Justiz vorgenommen wurde.«

»Pater Kiher wird kommen«, erklärte Desgrez sehr ruhig. »Er sollte bereits hier sein. Ich habe ihn holen lassen.«

»Ach ja? Und ich sage Euch, er wird nicht kommen«, schrie Bourié. »Weil Ihr gelogen habt. Ihr habt alle Unterlagen zu diesem aberwitzigen geheimen Exorzismus gefälscht, um das Gericht zu beeindrucken. Ihr habt Euch hinter den Namen bedeutender Kirchenmänner verschanzt, um das gewünschte Urteil zu erwirken ... Der Betrug wäre irgendwann entdeckt worden, aber zu spät ...«

Desgrez, der bislang so würdevoll aufgetreten war, gewann seine übliche Impulsivität zurück und ging auf Bourié los.

»Das ist eine Beleidigung, Monsieur. Im Gegensatz zu Euch bin ich kein Fälscher. Ich erinnere mich noch sehr gut an den Eid, den ich vor der königlichen Anwaltskammer geleistet habe, als man mir das Advokatenamt übertrug.«

Das Publikum hatte erneut zu lärmen begonnen. Stehend versuchte Masseneau, sich Gehör zu verschaffen. Doch immer noch übertönte Desgrez' Stimme alles andere:

»Ich verlange ... Ich verlange, dass die Sitzung auf morgen vertagt wird. Dann wird Pater Kiher seine Aussagen hier bestätigen, das schwöre ich.«

In dem Moment schlug eine Tür auf. Ein kalter Luftzug, in den sich einige Schneeflocken mischten, wehte durch einen der Eingänge aus dem Hof herein. Alle drehten sich zur Tür um, in der zwei schneebedeckte Stadtwachen erschienen waren. Sie traten zur Seite, um einen kleinen, untersetzten Mann vorbeizulassen. Er war sorgfältig gekleidet, und seine kaum durchnässte Perücke und der schwarze Mantel verrieten, dass er gerade erst einer Kutsche entstiegen war.

»Vorsitzender dieses hohen Gerichts«, erklärte er mit rauer

Stimme, »ich habe erfahren, dass Eure Verhandlung zu dieser späten Stunde noch andauert, und ich hielt es für notwendig, Euch umgehend eine, wie ich finde, äußerst wichtige Nachricht zu überbringen.«

»Worum geht es denn, Polizeileutnant?«, entgegnete Masseneau verwundert.

Monsieur d'Aubray deutete auf den Advokaten.

»Der hier anwesende Maître Desgrez hat mich durch einen Boten aufgefordert, in der Hauptstadt Nachforschungen über den Verbleib eines Jesuitenpaters namens Kiher anzustellen. Nachdem ich einige meiner Untergebenen zu verschiedenen Orten geschickt hatte, an denen er sich aufhalten könnte, wo ihn aber niemand gesehen hatte, wurde ich darüber in Kenntnis gesetzt, dass der Leichnam eines im Eis der Seine gefundenen Ertrunkenen in die Leichenhalle des Châtelet gebracht worden war. Ich habe mich in Begleitung eines Jesuitenpaters aus dem Temple dorthin begeben, und dieser hat seinen Ordensbruder, den Pater Kiher, eindeutig identifiziert. Sein Tod ist zweifellos in den frühen Morgenstunden eingetreten …«

»Ihr schreckt also nicht einmal vor einem Verbrechen zurück!«, schrie Bourié und deutete mit ausgestrecktem Arm auf den Advokaten.

Die übrigen Richter wurden unruhig und überhäuften Masseneau mit Vorwürfen.

»Genug! Macht Schluss mit ihm …!«, schrie die Menge.

Angélique war mehr tot als lebendig und erkannte nicht einmal mehr, wem das Gebrüll ringsum überhaupt galt. Sie hielt sich die Ohren zu.

Dann sah sie, wie Masseneau aufstand, und bemühte sich, zu hören, was er sagte.

»Messieurs, die Sitzung wird fortgesetzt: Da der in letzter Minute angekündigte Hauptzeuge des Anwalts der Verteidigung, der ehrwürdige Jesuitenpater Kiher, tot aufgefunden wurde und der hier anwesende Polizeileutnant bei seiner Leiche nicht das geringste Dokument gefunden hat, welches gewissermaßen aus dem Jenseits bezeugen könnte, was Maître Desgrez uns hier mitgeteilt hat, und da außerdem nur der ehrwürdige Pater Kiher diesem angeblich heimlich verfassten Protokoll Glaubwürdigkeit verleihen könnte, betrachtet das Gericht in seiner Weisheit… das Vorgebrachte als null und nichtig und wird sich nun zurückziehen, um über das Urteil zu beraten.«

»Tut das nicht!«, rief Desgrez verzweifelt. »Vertagt das Urteil. Ich werde Zeugen finden. Pater Kiher ist ermordet worden.«

»Von Euch!«, versetzte Bourié.

»Maître, beruhigt Euch«, sagte Masseneau, »und vertraut auf die Entscheidung der Richter.«

Dauerte die Beratung ein paar Minuten oder länger?

Angélique hatte das Gefühl, als hätten sich die Richter niemals bewegt, als seien sie immer da gewesen mit ihren Baretten und ihren roten und schwarzen Roben und würden für immer bleiben.

Doch nun standen sie. Die Lippen des Vorsitzenden Masseneau bewegten sich. Mit zitternder Stimme verkündete er: »Im Namen des Königs erkläre ich Joffrey de Peyrac de Morens für schuldig der Verbrechen der Entführung, Betörung, Gottlosigkeit, Magie, Hexerei und anderer Abscheulichkeiten, die während des Prozesses zur Sprache gekommen sind. Zu deren Sühnung wird er dem Scharfrichter übergeben und öffentlich zum Vorplatz von Notre-Dame geführt werden, wo er barhäuptig, barfuß, mit dem Strick um den Hals und einer fünfzehn Pfund schweren Kerze in der Hand Abbitte leisten wird. Anschließend wird er zur Place de Grève geführt, wo er auf einem zu diesem Zwecke errichteten Scheiterhaufen bei lebendigem Leibe verbrannt werden soll, bis sein Körper und seine Knochen vollständig zu Asche zerfallen sind. Diese soll in den Wind gestreut und verteilt werden. Sein gesamter Besitz wird zugunsten des Königs eingezogen. Vor seiner Hinrichtung wird er darüber hinaus der peinlichen Befragung unterzogen. Weiterhin verfüge ich, dass der Sachse Fritz Hauer zum Mitschuldigen erklärt und als Sühne für seine Verbrechen an einem zu diesem Zweck auf der Place de Grève zu errichtenden Galgen aufgehängt und bis zum Eintritt des Todes gewürgt werden soll. Außerdem verfüge ich, dass der Mohr Kouassi-Ba ebenfalls zum Mitschuldigen erklärt und zu lebenslanger Galeerenstrafe verurteilt wird.«

Die hoch gewachsene, auf zwei Krücken gestützte Gestalt neben der Sünderbank schwankte. Mit bleicher Miene schaute Joffrey de Peyrac zu den Richtern auf.

»Ich bin unschuldig!«

Sein Ruf hallte durch die Totenstille.

Dann sprach er mit leiser, tonloser Stimme weiter: »Baron de Masseneau de Pouillac, ich bin mir darüber im Klaren, dass jetzt für mich nicht mehr die Zeit ist, meine Unschuld zu beteuern. Also werde ich schweigen. Aber ehe ich gehe, möchte ich Euch in aller Öffentlichkeit für Euer Bemühen um die Gerechtigkeit danken, die Ihr in einem Prozess zu wahren versucht habt, dessen Vorsitz und Urteil Euch aufgezwungen wurden. Lasst Euch von einem Edelmann aus altem Geschlecht versichern, dass Ihr würdiger seid, ein Wappen zu führen, als diejenigen, die Euch regieren.«

Die Züge des Toulouser Richters verzerrten sich. Abrupt riss er die Hand vor die Augen und rief in jener okzitanischen Sprache, die nur Angélique und der Verurteilte verstanden: »Lebt wohl! Lebt wohl, Bruder meiner Heimat.«

Kapitel 17

Draußen in der dunklen Nacht, die sich allmählich der Morgendämmerung näherte, schneite es, und der Wind trieb große Flocken vor sich her. Über den dicken weißen Teppich stolpernd, verließen die Anwesenden den Justizpalast. Laternen schaukelten an den Wagenschlägen der Kutschen.

Halb von Sinnen klammerte sich Carmencita de Mérecourt an die Robe eines nach Hause eilenden Richters. Sie bezichtigte sich laut schreiend, ihre einzige Liebe ermordet zu haben.

Angélique bahnte sich einen Weg durch die von dem skandalösen Auftritt wie gelähmte, schweigende Menge. Mechanisch setzte sie einen Fuß vor den anderen. In dieser trotz der eisigen Kälte halbnackten Frau, deren Stimme das Brausen des Schneesturms übertönte, erkannte sie Carmencita kaum wieder.

»Verhaftet mich… Er ist unschuldig! Ich habe gelogen! Ich wollte mich rächen, weil er sie liebte! Er liebte die andere, mich hat er nicht mehr geliebt.«

Zehn Männer waren nötig, um ihre Fingernägel aus dem Saum der Robe des Vorsitzenden Masseneau zu lösen, in die sie sich gekrallt hatte.

Angélique ging davon, eine einsame Gestalt in den dunklen Straßen von Paris. Beim Verlassen des Justizpalasts war sie im Gedränge von der Nonne getrennt worden.

Stumpfsinnig machte sie sich auf den Heimweg in den Temple.

Sie dachte nichts; sie wollte nur noch zurück in ihr kleines Zimmer und sich über Florimonds Wiege beugen.

Wie lange stolperte sie so vor sich hin ...? Die Straßen waren menschenleer. Bei diesem fürchterlichen Wetter hatten sich sogar die Räuber verkrochen. Aus den Schenken drang nur noch wenig Lärm, denn die Nacht neigte sich dem Ende zu, und die Betrunkenen, die noch nicht in ihre Betten heimgekehrt waren, schnarchten unter den Tischen oder klagten einem halb schlafenden Mädchen ihr Leid. Der Schnee bedeckte die Stadt mit einer dumpfen Stille.

Erst als Angélique sich der Mauer um den Temple näherte, fiel ihr ein, dass die Tore geschlossen sein mussten. Doch dann hörte sie die Turmuhr von Notre-Dame de Nazareth und zählte fünf Schläge. In einer Stunde würde der Amtmann aufschließen lassen. Sie überquerte die Zugbrücke und kauerte sich im Tordurchgang zusammen. Geschmolzene Schneeflocken liefen ihr übers Gesicht. Zum Glück hatte sie das bequeme grobwollene Nonnengewand mit seinen verschiedenen Röcken, der breiten Haube und dem Kapuzenmantel vor der Kälte geschützt. Nur ihre Füße waren eiskalt.

Das Kind regte sich in ihrem Leib. Sie legte die Hände auf ihren Bauch und umklammerte ihn in plötzlichem Zorn. Warum wollte dieses Kind leben, wenn Joffrey bald sterben würde ...?

Da riss unvermittelt der wogende Schneeschleier auf, und ein gewaltiges Ungetüm sprang keuchend unter das Gewölbe.

Nachdem der erste Schreck verflogen war, erkannte Angélique den Hund des Advokaten.

Sorbonne hatte die Pfoten auf ihre Schultern gelegt und leckte ihr mit seiner rauen Zunge übers Gesicht. Angélique streichelte ihn, während sie suchend in die Dunkelheit hinausblickte, wo das dichte Schneetreiben anhielt. Sorbonne, das bedeutete Desgrez. Desgrez würde kommen, und mit ihm neue Hoffnung. Ihm würde etwas einfallen. Er würde ihr sagen, was sie tun mussten, um Joffrey zu retten.

Sie hörte die Schritte des jungen Mannes auf der hölzernen Brücke. Vorsichtig kam er näher.

»Seid Ihr da?«, flüsterte er.

»Ja.«

Er kam heran. Sie sah ihn nicht, aber er stand so dicht neben ihr, als er wieder sprach, dass der Tabakgeruch in seinem Atem sie schmerzlich an Joffreys Küsse erinnerte.

»Sie haben versucht, mich zu verhaften, als ich den Justizpalast verließ. Sorbonne hat einen der Büttel getötet, so konnte ich entkommen. Der Hund ist Eurer Spur gefolgt und hat mich hierhergeführt. Jetzt müsst Ihr verschwinden. Habt Ihr verstanden? Kein Name mehr, keine weiteren Schritte, nichts. Sonst werdet Ihr Euch eines Morgens in der Seine wiederfinden, genau wie Pater Kiher, und Euer Sohn hat beide Eltern verloren. Was mich betrifft, ich hatte dieses schreckliche Ende vorausgesehen. Auf mich wartet an der Porte Saint-Martin ein Pferd. In ein paar Stunden bin ich weit weg.«

Angélique klammerte sich an die durchnässte Jacke des Advokaten.

»Ihr werdet doch jetzt nicht gehen …? Ihr werdet mich doch nicht im Stich lassen?«

Er packte die schmalen Handgelenke der jungen Frau und löste ihre verkrampften Finger.

»Ich habe für Euch alles aufs Spiel gesetzt und bis auf mein Leben alles verloren.«

»Dann sagt mir wenigstens … Sagt mir, was ich für meinen Gemahl tun kann.«

»Das Einzige, was Ihr jetzt noch für ihn tun könnt …«

Er zögerte und sprach dann hastig weiter: »Geht zum Henker und gebt ihm dreißig Ecus, damit er ihn erdrosselt … vor dem Feuer. So muss er wenigstens nicht leiden. Hier habt Ihr das Geld.«

Sie spürte, wie er ihr eine Börse in die Hand drückte. Ohne ein weiteres Wort ging er davon. Der Hund zögerte noch, seinem Herrn zu folgen. Er kam zu Angélique zurück und schaute mit seinen warmen, freundlichen Augen zu ihr auf. Desgrez pfiff. Der Hund spitzte die Ohren und rannte hinaus in die Dunkelheit.

Kapitel 18

Maître Aubin, der Scharfrichter, wohnte an der Place du Pilori, unmittelbar vor der Fischhalle. Dort musste er wohnen, nirgendwo sonst. Seit unvordenklichen Zeiten war dieses Detail in den Bestallungsbriefen der Scharfrichter von Paris festgelegt. Alle Läden und Verkaufsstände des Platzes gehörten ihm, und er vermietete sie an die kleinen Händler. Darüber hinaus hatte er das Recht, von jeder Auslage des Markts eine Handvoll frisches Gemüse oder Korn, einen Süßwasserfisch, einen Seefisch und ein Bündel Heu zu nehmen.

Wenn die Fischweiber die Herrinnen der Markthallen waren, so war der Scharfrichter ihr düsterer, verhasster Herr.

Angélique suchte ihn auf, als der Abend dämmerte. Der junge Cordaucou brachte sie hin. Selbst zu dieser späten Stunde waren die Straßen noch voller Menschen. Durch die Rue de la Poterie und die Rue de la Fromagerie gelangte Angélique in dieses charakteristische Viertel, wo die Rufe der Marktweiber erschallten, die für ihre roten Gesichter und ihre blumige Sprache bekannt waren und eine privilegierte Zunft bildeten. In den Straßenrinnen kämpften Hunde um die Abfälle. Mit Heu und Holz beladene Karren versperrten die Straßen. Und über allem hing der Geruch nach Meer, den die Stände in der Fischhalle verströmten.

Vom nahe gelegenen Friedhof der Unschuldigen Kinder mit seinen schrecklichen Leichengruben, in denen seit fünfhundert Jahren die Gebeine der Pariser verscharrt wurden, zog ein ekelerregender Gestank herüber und vermischte sich mit den Aromen von Fleisch und Käse.

Mitten auf dem Platz erhob sich der Pranger. Das Gebäude, eine Art kleiner, achteckiger Turm mit spitzem Dach, umfasste neben dem Erdgeschoss noch einen ersten Stock mit hohen Spitzbogenfenstern, durch die man das große, drehbare eiserne Rad erkennen konnte, das in der Mitte des Turms aufgestellt war.

Dort wurde an diesem Abend ein Dieb zur Schau gestellt. Sein Kopf und seine Hände steckten in rings um das Rad angebrachten Löchern. Hin und wieder setzte einer der Knechte des Henkers das Rad in Bewegung. Das vor Kälte blau verfärbte Gesicht des Diebs und seine baumelnden Hände tauchten abwechselnd in den Fenstern auf wie die makabre Figur einer Automatenuhr, und die Schaulustigen, die sich unten versammelt hatten, lachten über seine verzerrten Züge.

»Das ist Jactance«, hieß es, »der größte Beutelschneider der Markthallen.«

»Ha, von jetzt an wird ihn jeder erkennen!«

»Und sobald er sich irgendwo blicken lässt, schreien alle Mägde und Händler: ›Vorsicht, Beutelschneider!‹

Am Fuß des Prangers hatte sich eine recht große Menschenmenge eingefunden. Doch die Leute waren nicht gekommen, um den aufs Rad gebundenen Dieb anzuschauen, sondern um sich mit den beiden Knechten einig zu werden, die im Erdgeschoss Marken ausgaben.

»Seht Ihr die vielen Leute, Madame?«, fragte Cordaucou mit leisem Stolz. »Die wollen Plätze für die Hinrichtung morgen. Das reicht sicher nicht für alle.«

Mit der für seinen Berufsstand typischen Gefühllosigkeit, die aus ihm einen hervorragenden Scharfrichter zu machen versprach, zeigte er ihr den Aushang, dessen Inhalt die Ausrufer an diesem Morgen mit lauter Stimme an allen Kreuzungen verkündet hatten:

»*Der Sieur Aubin, Scharfrichter der Stadt Paris und aller Vororte, tut kund und zu wissen, dass er auf seinem Schafott zu maßvollen Preisen Plätze vermietet, um das Feuer anzuschauen, in dem morgen auf der Place de Grève ein Hexenmeister verbrannt wird. Eintrittsmarken sind am Pranger bei seinen Knechten erhältlich. Die Plätze werden mit einer Lilie gekennzeichnet sein, die Marken mit einem Andreaskreuz.*«

»Soll ich Euch einen Platz besorgen, wenn Ihr Geld habt?«, erbot sich der Henkerslehrling freundlich.

»Nein, nein«, wehrte Angélique entsetzt ab.

»Das ist aber Euer gutes Recht«, entgegnete der Junge gleichmütig. »Und ich warne Euch, ohne reservierten Platz kommt Ihr bestimmt nicht nah genug heran. Wenn einer aufgehängt wird, kommt kaum noch jemand, die Leute sind daran gewöhnt. Aber Scheiterhaufen gibt's nicht so oft. Das wird sicher ein ganz schönes Gedränge. Maître Aubin sagt, davor graust's ihm jetzt schon. Er mag es nicht, wenn so viele Leute da herumstehen und schreien. Er sagt, man weiß nie, was denen plötzlich einfällt. So, hier ist es, Madame. Kommt rein.«

Das Zimmer, in das Cordaucou sie geführt hatte, war sauber und aufgeräumt. Gerade waren die Kerzen angezündet worden. Am Tisch saßen drei kleine Mädchen, deren blondes Haar unter ihren wollenen Hauben hervorschaute. Sie trugen saubere Kleider und aßen Brei aus hölzernen Schalen.

Die Frau des Henkers saß am Feuer und besserte das scharlachrote Wams ihres Mannes aus.

»'n Abend, Meisterin«, begrüßte sie der Lehrling. »Die Frau hier will mit dem Meister sprechen.«

»Er ist im Justizpalast. Aber er kommt bald zurück. Setzt Euch doch, meine Schöne.«

Angélique setzte sich auf eine Bank an der Wand. Die Frau warf ihr gelegentlich einen verstohlenen Blick zu, stellte jedoch keine Fragen, wie es jede andere Klatschbase getan hätte. Wie viele verstörte Frauen, schmerzerfüllte Mütter und verzweifelte Töchter hatte sie nicht schon auf dieser Bank sitzen sehen, die alle gekommen waren, um vom Henker den letzten Dienst zu erflehen, die Qualen eines geliebten Menschen zu verkürzen …? Wie viele hatten schon, die Hände voller Gold oder mit drohenden Worten auf den Lippen, diese friedlichen Räume betreten, um vom Scharfrichter eine letzte, unmögliche Hilfe bei der Flucht zu erbitten?

Sei es aus Gleichgültigkeit oder aus Mitgefühl, die Frau schwieg, und man hörte nur das leise Lachen der Mädchen, die Cordaucou neckten.

Als Angélique vor der Tür Schritte hörte, richtete sie sich auf. Aber es war noch nicht der Mann, den sie erwartete. Bei dem Neuankömmling handelte es sich um einen jungen Priester, der sich ausgiebig die schlammverkrusteten Schuhe abrieb, bevor er eintrat.

»Ist Maître Aubin nicht da?«

»Er kommt gleich wieder. Kommt doch herein, Abbé, und setzt Euch ans Feuer, wenn Ihr mögt.«

»Ihr seid sehr freundlich, Madame. Ich bin Priester des Lazarusordens und wurde dazu ausersehen, dem Verurteilten beizustehen, der morgen hingerichtet werden soll. Ich bin gekommen, um Maître Aubin das vom Polizeileutnant unterzeichnete Schreiben zu geben und ihn zu bitten, mich zu dem Unglücklichen zu bringen. Eine Nacht des Gebets ist nicht zu viel, um sich auf den Tod vorzubereiten.«

»Da habt Ihr recht«, stimmte ihm die Frau des Henkers zu. »Nehmt Platz, Abbé, und trocknet Euren Mantel. Cordaucou, wirf noch einen Scheit ins Feuer.«

Sie legte das rote Wams zur Seite und griff nach ihrer Spindel.

»Ihr seid sehr mutig«, fuhr sie fort. »Ein Hexenmeister, macht Euch das keine Angst?«

»Alle Geschöpfe Gottes, auch die, die schlimmste Schuld auf sich geladen haben, verdienen Mitgefühl, wenn die Stunde des Todes naht. Aber dieser Mann ist nicht schuldig. Er hat das schreckliche Verbrechen, für das er verurteilt wurde, nicht begangen.«

»Das sagen sie alle!«, entgegnete die Henkersfrau gleichmütig.

»Wenn Monsieur Vincent nicht gestorben wäre, würde es morgen keinen Scheiterhaufen geben. Ich habe selbst gehört, wie er einige Stunden vor seinem Tod voller Sorge über die Ungerechtigkeit sprach, der ein Adliger dieses Landes zum Opfer fallen solle. Wenn er noch lebte, wäre er eher neben dem Verurteilten auf den Scheiterhaufen gestiegen und hätte dem Volk zugerufen, dass man ihn anstelle eines Unschuldigen verbrennen solle.«

»Ach, genau das ist es, was meinen armen Mann so quält«, rief die Frau. »Ihr ahnt ja nicht, Abbé, welche Sorgen er sich wegen dieser Hinrichtung morgen macht. Er hat sechs Messen in Saint-Eustache lesen lassen, eine in jeder Seitenkapelle. Und wenn alles gut geht, will er auch noch eine am Hauptaltar lesen lassen.«

»Wenn Monsieur Vincent noch da wäre ...«

»... dann gäbe es keine Diebe und Hexenmeister mehr, und wir wären ohne Arbeit.«

»Dann würdet Ihr eben in der Fischhalle Heringe verkaufen oder Blumensträuße auf dem Pont-Neuf, und dabei wärt Ihr auch nicht unglücklicher als jetzt.«

»Da habt Ihr wohl recht ...«, entgegnete die Frau lachend.

Angélique musterte den Priester genauer. Auf seine Worte hin wäre sie am liebsten aufgestanden und hätte ihren Namen genannt und ihn um seinen Beistand gebeten. Er war noch jung, aber in ihm leuchtete die Flamme von Monsieur Vincent. Er hatte grobe Hände und die ärmliche, schlichte Art der einfachen Leute. Genauso wäre er auch vor den König getreten. Doch Angélique rührte sich nicht. Seit zwei Tagen brannten ihre Augen von den Tränen, die sie in dem einsamen Zimmer vergoss, wo sie sich mit ihrem Kummer vergrub. Aber jetzt hatte sie keine Tränen und kein Herz mehr. Kein Balsam vermochte die offene Wunde zu heilen. Aus ihrer Verzweiflung war eine böse Blume erwachsen: der Hass.

Für das, was sie ihm angetan haben, werde ich sie hundertfach bezahlen lassen.

Diese Entschlossenheit hatte ihr die Kraft geschenkt, weiterzuleben und zu handeln. Kann man einem Bécher verzeihen ...? So blieb sie starr und reglos sitzen, und unter dem Mantel umklammerten ihre Hände die Börse, die Desgrez ihr gegeben hatte.

»Ob Ihr es glaubt oder nicht, Abbé«, sagte die Henkersfrau, »aber meine größte Sünde ist der Stolz.«

»Das verblüfft mich in der Tat!«, rief der Priester und schlug mit den Händen auf seine Knie. »Ich will mich ja nicht gegen die Nächstenliebe versündigen, meine Tochter, aber wegen des Berufs Eures Mannes seid Ihr bei allen verhasst. Eure Nachbarinnen wenden sich schimpfend ab, wenn Ihr vorbeikommt. Worin findet Ihr noch einen Grund für Hochmut und Stolz ...?«

»Ach«, seufzte die arme Frau, »das ist schon richtig. Aber wenn ich meinen Mann so sehe, wie er breitbeinig dasteht, sein großes Beil hebt und – zack! – mit einem Hieb einen Kopf abschlägt, dann bin ich einfach stolz auf ihn. Es ist nicht leicht, das mit einem einzigen Hieb zu schaffen, wisst Ihr.«

»Meine Tochter, Ihr macht mich schaudern«, entgegnete der Priester.

Versonnen fügte er hinzu: »Das Herz der Menschen ist unergründlich.«

In dem Moment wurde die Tür geöffnet, und der Lärm des Platzes drang von draußen herein. Ein hünenhafter Mann mit breiten Schultern kam mit schwerem, ruhigem Schritt herein. Er brummte einen unverständlichen Gruß und schaute sich mit dem gebieterischen Blick desjenigen um, der immer und überall im Recht ist. Sein volles, pockennarbiges Gesicht hatte derbe, ungerührte Züge. Es wirkte nicht böse, nur kalt und hart wie eine steinerne Maske. Es war das Gesicht eines Mannes, der in bestimmten Situationen weder lachen noch weinen durfte, das Gesicht eines Leichenträgers … oder eines Königs, dachte Angélique, die trotz des groben Handwerkerkittels plötzlich eine Ähnlichkeit mit Ludwig XIV. entdeckte.

Es war der Henker!

Angélique stand auf. Der Priester tat es ihr gleich und hielt dem Scharfrichter wortlos das Schreiben des Polizeileutnants hin.

Maître Aubin ging zu einer Kerze hinüber, um es zu lesen.

»In Ordnung«, sagte er. »Morgen bei Tagesanbruch nehme ich Euch mit.«

»Kann ich nicht schon heute Abend zu ihm?«

»Unmöglich. Alles ist verschlossen. Ich bin der Einzige, der Euch zu dem Verurteilten bringen kann, und nichts für ungut, Abbé, aber ich muss dringend einen Happen essen. Den anderen Handwerkern ist es verboten, nach dem Abendläuten noch zu arbeiten. Aber für mich gibt es weder Tag noch Nacht. Wenn es den Vertretern der hohen Gerichtsbarkeit einfällt, einen Verurteilten zum Geständnis zu zwingen, würden sie vor lauter Wut am liebsten noch zum Schlafen dort bleiben! Heute ist alles drangekommen: das Wasser, die Spanischen Stiefel, die Streckbank.«

Der Priester schlug die Hände zusammen.

»Der Unglückliche! Allein in einem finsteren Verlies mit seinem Schmerz und der Furcht vor dem nahen Tod! Mein Gott, steh ihm bei!«

Der Henker bedachte ihn mit einem argwöhnischen Blick.

»Ihr werdet mir doch hoffentlich keinen Ärger machen? Es genügt schon, dass mir dieser Bécher ständig am Rockzipfel hängt und immer meint, ich täte nicht genug. Beim heiligen Cosmas und dem heiligen Eligius, wenn Ihr mich fragt, ist er hier eher derjenige, der vom Teufel besessen ist!«

Während er sprach, leerte Maître Aubin seine großen Jackentaschen aus. Er warf ein paar Gegenstände auf den Tisch, und mit einem Mal schrien die kleinen Mädchen vor Bewunderung auf. Ein entsetzter Schrei antwortete ihnen.

Mit weit aufgerissenen Augen erkannte Angélique zwischen ein paar Goldstücken das kleine perlenbesetzte Etui, in dem Joffrey früher die Tabakstäbchen aufbewahrte, die er zu rauchen pflegte. Sie griff danach und presste es an ihre Brust.

Ohne böse zu werden, nahm ihr der Scharfrichter das Etui wieder ab.

»Immer mit der Ruhe, mein Kind. Was ich in den Taschen eines Gefolterten finde, darf ich behalten.«

»Ihr seid ein Dieb!«, versetzte sie keuchend. »Ein abscheulicher Aasgeier, ein Leichenfledderer!«

Seelenruhig holte der Mann eine Schatulle aus ziseliertem Silber vom Rand des Kaminrauchfangs und legte seine Beute wortlos hinein. Seine Frau spann nickend weiter.

»Sie sagen alle dasselbe, wisst Ihr«, murmelte sie in entschuldigendem Ton, an den Priester gewandt. »Man darf es ihnen nicht übel nehmen. Aber die da sollte nicht vergessen, dass wir mit einem Verbrannten auch nicht gerade viel anfangen können. Ich kann nicht einmal die Leiche abnehmen, um das Fett an die Apotheker zu verkaufen und die Knochen …«

»Erbarmen, meine Tochter«, fiel ihr der Priester ins Wort und hielt sich die Ohren zu.

Er schaute Angélique aus großen, mitfühlenden Augen an. Doch sie sah ihn gar nicht. Sie zitterte und biss sich auf die Lippen. Sie hatte den Henker beschimpft! Jetzt würde er den schaurigen Gefallen ablehnen, um den sie ihn bitten wollte.

Mit seinem schweren, wiegenden Gang kam Maître Aubin um den Tisch herum auf sie zu. Er hatte die Daumen in seinem breiten Ledergürtel verhakt und musterte sie ruhig.

»Abgesehen davon, was kann ich für Euch tun?«

Zitternd und unfähig, auch nur ein Wort zu sagen, hielt sie ihm die Börse hin. Er nahm sie, wog sie in der Hand und richtete seinen ausdruckslosen Blick erneut auf Angélique.

»Ihr wollt, dass ich ihn erdrossele ...?«

Sie nickte.

Der Mann öffnete die Börse und ließ ein paar Ecus in seine breite Hand gleiten.

»Gut«, sagte er, »das wird erledigt.«

Als er die entsetzte Miene des jungen Priesters sah, der seine Worte gehört hatte, runzelte er die Stirn.

»Ihr haltet doch den Mund, Pfarrer, nicht wahr? Ich gehe damit ein großes Risiko ein, versteht Ihr. Wenn das herauskäme, würde ich eine Menge Ärger bekommen. Ich kann es erst im allerletzten Moment machen, wenn die Zuschauer den Pfahl vor lauter Rauch schon nicht mehr richtig sehen. Damit tue ich den Leuten nur einen Gefallen, versteht Ihr?«

»Ja ... Ich werde nichts sagen«, presste der Abbé hervor. »Ich ... Ihr könnt Euch auf mich verlassen.«

»Ich mache Euch Angst, was?«, fragte der Scharfrichter. »Ist es das erste Mal, dass Ihr einem Verurteilten beisteht?«

»Im Krieg habe ich oft den von Monsieur Vincent geforderten

Beistand geleistet und die Unglücklichen, die aufhängt werden sollten, zum Baum geleitet. Aber das war Krieg … die Schrecken und Wirren des Krieges … Während hier …«

Mit schmerzlicher Geste deutete er auf die kleinen blonden Mädchen, die vor ihren Näpfen saßen.

»Hier ist es die Justiz«, entgegnete der Scharfrichter würdevoll.

Ungezwungen lehnte er sich an den Tisch, und seine Haltung verriet, dass er in der Stimmung war, ein wenig zu plaudern.

»Ihr seid mir sympathisch, Pfarrer. Ihr erinnert mich an einen Gefängniskaplan, mit dem ich lange zusammengearbeitet habe. Und ich kann mit Gewissheit sagen, dass alle Verurteilten, die wir zusammen auf ihrem letzten Weg begleitet haben, vor ihrem Tod das Kruzifix geküsst haben. Wenn alles vorbei war, weinte er immer, als hätte er sein eigenes Kind verloren, und er war so bleich, dass ich ihm oft genug einen Becher Wein einflößen musste, damit er sich wieder erholte. Ich nehme immer einen Krug guten Wein mit. Man weiß nie, was passiert, vor allem bei den Lehrlingen. Mein Vater war Henkersknecht, als der Königsmörder Ravaillac auf der Place de Grève gevierteilt wurde. Er hat mir erzählt … Ach was, die Geschichten werden Euch bestimmt nicht gefallen. Ich werde sie Euch später einmal erzählen, wenn Ihr Euch an das Ganze gewöhnt habt. Kurzum, manchmal habe ich den Kaplan gefragt: ›Pfarrer, glaubst du, dass ich verdammt werde?‹

›Wenn du verdammt wirst, Henker‹, antwortete er dann immer, ›dann werde ich Gott bitten, dass er mich mit dir verdammt.‹

Schaut her, Abbé, ich will Euch etwas zeigen, das Euch ein wenig beruhigen wird.«

Nachdem er erneut in seinen zahlreichen Taschen gewühlt hatte, hielt er ihm ein kleines Fläschchen hin.

»Das ist eine Rezeptur, die mir mein Vater hinterlassen hat. Und der wiederum hatte sie von seinem Onkel, der Scharfrichter unter Heinrich IV. war. Ich lasse sie heimlich von einem befreundeten Apotheker herstellen, dem ich im Gegenzug menschliche Schädel liefere, aus denen er sein ›Magisterium‹[12] herstellt. Er behauptet, dieses Magisterium sei das beste Heilmittel gegen Harngrieß und Schlagfluss, aber dafür braucht er den Schädel eines jungen Mannes, der eines gewaltsamen Todes gestorben ist. Wie auch immer… das ist seine Sache. Ich bringe ihm ein, zwei Schädel, und er mischt mir meinen Trank zusammen, ohne jemandem ein Sterbenswörtchen davon zu verraten. Wenn ich einem Gemarterten ein paar Tropfen davon gebe, versetzt ihn das in fröhliche Stimmung, und er spürt die Schmerzen nicht mehr so stark. Das bekommen natürlich nur diejenigen, deren Familien dafür bezahlen. Aber es ist doch trotzdem eine Gefälligkeit, nicht wahr, Abbé?«

Angélique hörte mit offenem Mund zu. Der Scharfrichter drehte sich zu ihr um.

»Wollt Ihr, dass ich ihm morgen früh etwas davon gebe?«

»Ich… ich habe kein Geld mehr«, brachte sie mit weißen Lippen heraus.

»Das ist im Preis inbegriffen«, antwortete Maître Aubin und ließ die Börse in seiner Hand hüpfen.

Wieder zog er das silberne Kästchen heran und schloss die Börse darin ein.

Mit einem gemurmelten Gruß wandte sich Angélique zur Tür und ging hinaus.

Am liebsten hätte sie sich übergeben. Ihr Rücken schmerzte, und ihr ganzer Körper fühlte sich an wie zerschlagen. Doch das lebhafte Treiben auf dem Platz, das Lachen und die Rufe, quälte sie weniger als die düstere Atmosphäre im Haus des Scharfrichters.

Trotz der Kälte standen die Türen der Läden immer noch offen. Jetzt war Zeit für ein paar Plaudereien unter Nachbarn. Die Stadtwachen brachten den vom Rad abgenommenen Dieb zurück ins Gefängnis des Châtelet; Gassenjungen verfolgten die Gruppe und bewarfen sie mit Schneebällen.

Plötzlich hörte Angélique hinter sich hastige Schritte. Keuchend holte der junge Abbé sie ein.

»Meine Schwester … meine arme Schwester«, stammelte er. »Ich konnte Euch nicht einfach so fortgehen lassen!«

Jäh wich sie vor ihm zurück. Im schwachen Licht der Laterne, die über einer Ladentür hing, sah der erschreckte Geistliche ein wachsbleiches Gesicht, in dem zwei grüne Augen beinahe phosphoreszierend leuchteten.

»Lasst mich«, sagte Angélique mit metallischer Stimme. »Ihr könnt nichts für mich tun.«

»Meine Schwester, betet zu Gott …«

»Im Namen Gottes wird morgen mein unschuldiger Mann verbrannt.«

»Meine Schwester, vergrößert Euer Leid nicht noch dadurch, dass Ihr Euch gegen den Himmel auflehnt. Vergesst nicht, dass unser Heiland im Namen Gottes gekreuzigt wurde.«

»Euer Geschwätz macht mich noch wahnsinnig!«, schrie Angélique mit schriller Stimme, die aus weiter Ferne zu kommen schien. »Ich werde nicht eher ruhen, bis ich selbst einen der Euren niedergestreckt habe, bis ich ihn unter den gleichen Qualen habe sterben sehen …«

Sie lehnte sich gegen die Mauer und schlug die Hände vors Gesicht. Ein trockenes Schluchzen schüttelte ihren Körper.

»Wenn Ihr ihn seht … sagt ihm, dass ich ihn liebe, dass ich ihn liebe … Sagt ihm … dass er mich glücklich gemacht hat. Und dann … fragt ihn, welchen Namen ich dem Kind geben soll, das bald zur Welt kommen wird.«

»Das werde ich tun, meine Schwester.«

Er wollte ihre Hand nehmen, aber sie entzog sie ihm und ging ihres Weges.

Der Priester verzichtete darauf, ihr zu folgen. Gebeugt von der Last des menschlichen Leids, ging er durch die schmalen Straßen davon, in denen immer noch der Schatten von Monsieur Vincent umging.

Angélique eilte zurück zum Temple. Ihre Ohren schienen zu dröhnen, denn plötzlich glaubte sie, ringsum Rufe zu hören: »Peyrac! Peyrac!«

Schließlich blieb sie stehen. Diesmal träumte sie nicht.

»*… Und der dritte hieß Peyrac. Drei Herren also nach Satans Geschmack.*«

Auf einem der Prellsteine, von denen aus die Reiter wieder in den Stattel stiegen, stand ein magerer Bengel und grölte mit heiserer Stimme die letzten Strophen eines gedruckten Liedes, von dem er ein ganzes Bündel unter dem Arm trug.

Die junge Frau machte kehrt und verlangte ein Blatt. Das grobe Papier roch nach frischer Druckerschwärze. Angélique konnte das Lied in der dunklen Gasse nicht lesen. Sie faltete das Blatt zusammen und ging weiter. Je näher sie dem Temple kam, desto mehr verdrängte der Gedanke an Florimond alles andere. Seit Madame Scarron ausgezogen war, machte sie sich stets Sorgen, wenn sie ihn allein lassen musste, vor allem, da er jetzt immer lebhafter wurde. Sie musste ihn fast schon in seiner Wiege verschnüren, und das gefiel dem Kleinen ganz und gar nicht. Meistens weinte er die ganze Zeit, während seine Mutter fort war, und diese fand ihn bei ihrer Rückkehr hustend und fiebernd vor.

Schon auf der Treppe hörte Angélique das Schluchzen des Kindes und beeilte sich.

»Da bin ich ja wieder, mein Schatz, mein kleiner Prinz. Warum bist du denn kein großer Junge?«

Rasch warf sie ein Reisigbündel ins Feuer und stellte den Topf mit Brei auf die Feuerböcke. Florimond brüllte noch immer und streckte die Ärmchen nach ihr aus. Endlich befreite sie ihn aus seinem Gefängnis, woraufhin er wie durch ein Wunder verstummte und ihr sogar ein entzückendes Lächeln gewährte.

»Du bist ein kleiner Räuber«, sagte Angélique, während sie sein tränennasses Gesicht trocknete.

Mit einem Mal schmolz ihr Herz dahin. Sie nahm Florimond auf den Arm und betrachtete ihn im Licht der Flammen, die ein rotes Funkeln in seine schwarzen Augen zauberten.

»Mein kleiner König! Du süßer kleiner Gott! Du wenigstens bleibst mir. Wie schön du doch bist!«

Florimond schien zu verstehen, was sie sagte. Er straffte seinen kleinen Körper und lächelte in einer Art unschuldigem, selbstsicherem Stolz. Durch seine Haltung gab er deutlich zu verstehen, dass er genau wusste, dass er der Mittelpunkt der Welt war. Sie streichelte ihn und spielte mit ihm. Er schwatzte wie ein junges Vögelchen. Madame Cordeau sagte oft, dass der Kleine seinem Alter weit voraus sei, was das Sprechen anging. Der Satzbau war nicht perfekt, aber er konnte sich bereits sehr gut verständlich machen. Nachdem seine Mutter ihn gebadet und wieder hingelegt hatte, verlangte er, dass sie ihm ein Wiegenlied sang, und zwar das von der *Grünen Mühle*.

Angéliques Stimme drohte jeden Augenblick zu brechen. Im Gesang drückt der Mensch seine Freude aus. Man kann zwar reden, wenn einem das Herz schwer ist, aber zu singen verlangt geradezu übermenschliche Kräfte.

»Mehr! Mehr!«, verlangte Florimond.

Dann begann er mit einem seligen Lächeln an seinem Daumen zu lutschen. Sie war ihm nicht böse wegen seines tyrannischen, ahnungslosen Verhaltens. Sie fürchtete den Moment, wenn sie allein sein würde und ihr nichts anderes zu tun blieb, als auf das Ende der Nacht zu warten. Als Florimond eingeschlafen war, betrachtete sie ihn lange, dann stand sie auf und streckte ihre schmerzenden Glieder. Spürte sie etwa ein Echo der Folter, mit der man Joffrey gequält hatte? Schmerzhaft kamen ihr die Worte des Scharfrichters wieder in den Sinn: Heute ist alles drangekommen. Sie wusste nicht genau, welche Schrecken sich hinter diesen Worten verbargen, aber sie wusste, dass man dem Mann, den sie liebte, entsetzliche Qualen bereitet hatte. Oh, wenn doch nur schon alles vorbei wäre!

»Morgen werdet Ihr Frieden finden, Liebster«, sagte sie laut. »Dann seid Ihr endlich von den ungebildeten Menschen erlöst …«

Auf dem Tisch hatte sich das Blatt aufgefaltet, das sie vorhin gekauft hatte. Sie hielt die Kerze daneben und las:

In seinem schwarzen Höllenschlund
Der Satan vor dem Spiegel stund
Und fand sich gar nicht so übel geraten
Wie die Menschen auf Erden doch immer taten.

Im Folgenden beschrieb das Gedicht in manchmal komischen, meist jedoch derben Worten die Ratlosigkeit des Teufels, der sich fragte, ob sein von den Steinmetzen an den Kathedralen so verunglimpftes Gesicht nicht doch einem Vergleich mit den Menschen standhalten könnte. Die Höllengeister schlugen ihm vor, einen Schönheitswettbewerb mit den nächsten Sündern zu veranstalten, die von der Erde herunterkamen.

Gerade warf man dort oben ins Feuer,
Drei Hexenmeister, wahre Ungeheuer
Die geradewegs in die Hölle gerieten
Wo schon zahllose andere brieten.
Der Erste war ganz blau im Gesicht
Der Zweite war ein schwarzer Wicht,

Und der Dritte hieß Peyrac.
Drei Herren also nach Satans Geschmack.
Doch kaum hatten die Höllengeister sie entdeckt
Da war'n sie so höllisch, teuflisch erschreckt
Von den drei Vertretern dieser Welt dort droben
Dass flatternd sie von dannen stoben.
Nur der Teufel, der lachte versonnen,
Denn er hatte den Wettbewerb gewonnen.

Angéliques Blick suchte nach der Unterschrift: »Claude Le Petit, Schmutzpoet.«

Ein bitterer Geschmack erfüllte ihren Mund.

Und den werde ich auch töten, dachte sie bei sich.

Vierter Teil

Die Totenglocke von Notre-Dame

Kapitel 19

Die Frau muss ihrem Mann folgen, dachte Angélique, als der Morgen heraufdämmerte und sich ein Himmel von schillernder Klarheit über die Glockentürme breitete.

Also würde sie gehen. Sie würde ihm auf diesem letzten Weg folgen. Sie würde darauf achten müssen, sich nicht zu verraten, denn sie lief immer noch Gefahr, verhaftet zu werden. Aber vielleicht würde er sie ja sehen, vielleicht würde er sie erkennen …?

Mit dem schlafenden Florimond auf dem Arm ging sie die Treppe hinunter und klopfte an die Tür der Witwe Cordeau, die bereits ihr Feuer anzündete.

»Kann ich ihn ein paar Stunden bei Euch lassen, Madame Cordeau?«

Die Alte wandte ihr ihr trauriges Hexengesicht zu.

»Legt ihn in mein Bett, ich werde schon auf ihn aufpassen. Das ist nur gerecht, mein armes Lämmchen! Der Henker kümmert sich um den Vater. Die Henkersfrau um den Sohn. Geht, mein Kind, und betet zu Unserer Lieben Frau von den Sieben Schmerzen, dass sie Euch in Eurem Leid beisteht.«

Von der Türschwelle aus rief sie ihr nach: »Und macht Euch keine Sorgen wegen des Markts. Ihr könnt nachher bei mir Suppe essen, wenn Ihr zurückkommt.«

Angélique antwortete mühsam, das sei nicht nötig, sie habe keinen Hunger. Die Alte nickte mit ihrem struppigen Schopf und ging, vor sich hin murmelnd, wieder hinein.

Wie eine Schlafwandlerin passierte die junge Frau das Tor des Temple und machte sich auf den Weg zur Place de Grève.

Der Nebel über der Seine begann sich gerade erst aufzulösen, und allmählich traten die schönen Gebäude des Rathauses am Rand des weitläufigen Platzes daraus hervor. Es war eisig kalt, aber der blaue Himmel verhieß schon jetzt einen sonnigen Tag.

Auf dem vorderen Teil des Platzes erhob sich ein hohes Kreuz auf einem steinernen Sockel, dicht beim Galgen, an dem der Leichnam eines Gehenkten sanft hin und her schaukelte.

Die ersten Zuschauer strömten herbei und drängten sich um den Galgen.

»Das ist der Mohr«, hieß es.

»Nein, nein, das ist der andere. Sie haben ihn aufgehängt, als es noch dunkel war. So kann der Hexenmeister ihn sehen, wenn er auf seinem Karren ankommt.«

»Aber sein Gesicht ist ganz schwarz.«

»Das kommt vom Hängen. Sein Gesicht war vorher noch blau. Kennst du nicht das Lied …?«

Und jemand begann leise zu singen:

»Der Erste war ganz blau im Gesicht,
Der Zweite war ein schwarzer Wicht,
Und der Dritte hieß Peyrac.
Drei Herren also nach Satans Geschmack …«

Angélique presste die Hand auf den Mund, um ihren Aufschrei zu ersticken. In dem unförmigen, schaukelnden Leichnam mit dem verquollenen Gesicht und der angeschwollenen Zunge hatte sie den Sachsen Fritz Hauer erkannt. Ein zerlumpter Bengel sah sie an und sagte lachend: »Da kippt schon die Erste um! Was die wohl sagen wird, wenn sie erst den Hexenmeister braten?«

»Anscheinend klebten die Frauen an ihm wie die Fliegen am Honig.«

»Kein Wunder, der war ja auch reicher als der König!«

»Und sein ganzes Gold hat er durch Teufelswerk selbst gemacht.«

Angélique erschauerte und zog ihren Umhang fester um sich.

»Ihr solltet nicht hierbleiben, Kind«, sagte ein dicker Metzger von der Schwelle seines Ladens aus gutmütig. »Was hier passiert, ist kein Anblick für eine Frau, die bald Mutter wird.«

Angélique schüttelte eigensinnig den Kopf.

Nach einem Blick auf ihr bleiches Gesicht und ihre großen, verstörten Augen zuckte der Metzger mit den Schultern. Als Anwohner des Platzes kannte er die traurigen Gestalten, die in der Nähe der Galgen und Schafotte herumstrichen.

»Hier findet doch gleich die Hinrichtung statt?«, fragte sie mit tonloser Stimme.

»Das kommt darauf an, zu welcher Ihr wollt. Ich weiß, dass heute Morgen ein Pamphletist am Châtelet aufgehängt werden soll. Aber wenn Ihr den Hexenmeister meint, dann seid Ihr hier richtig. Seht Ihr, da hinten ist der Scheiterhaufen.«

Der Scheiterhaufen war ein ganzes Stück weiter entfernt errichtet worden, fast schon am Flussufer. Es war ein riesiger Stapel aus übereinandergeschichteten Reisigbündeln, auf dessen Spitze sie einen Pfahl erkennen konnte. Man brauchte eine kleine Leiter, um hinaufzusteigen.

Ein paar Meter davon entfernt stand das Schafott, auf dem sonst die Enthauptungen durchgeführt wurden. An diesem Tag war die gesamte Plattform mit Schemeln vollgestellt, auf denen sich bereits die ersten Zuschauer niederließen, die dort Plätze reserviert hatten.

Hin und wieder erhob sich eine Windböe und blies feinen Schneestaub in die geröteten Gesichter. Eine kleine Alte suchte Schutz unter dem Vordach des Metzgers.

»Frisch heute Morgen«, sagte sie. »Am liebsten wäre ich ja bei meinen Fischen und dem Kohlenbecken in der Markthalle geblieben, da ist's gemütlicher. Aber ich habe meiner Schwester versprochen, ihr für ihr Rheuma ein Stück Knochen von dem Hexer mitzubringen.«

»Das soll ja Wunder wirken.«

»Ja. Der Barbier aus der Rue de la Savonnerie hat mir versprochen, ihn zusammen mit Mohnsamenöl zu zerstampfen. Angeblich ist es das beste Mittel gegen Schmerzen.«

»Es wird bestimmt nicht leicht, ein Stück davon abzubekommen. Maître Aubin, der Scharfrichter, hat die Zahl der Wachen verdoppeln lassen.«

»Natürlich, der will die guten Stücke ja auch für sich behalten, dieser raffgierige Verbrecher, dieser elende Höllenhenker! Aber Scharfrichter oder nicht, jeder wird am Ende seins bekommen«, entgegnete die Alte und verzog die Lippen zu einem bösen Lächeln, sodass ihre verfaulten Zähne sichtbar wurden.

»Vor Notre-Dame habt Ihr vielleicht eher die Möglichkeit, einen Fetzen von seinem Hemd abzubekommen.«

Angélique spürte, wie kalter Schweiß ihren Rücken überzog. Sie hatte den ersten Teil des grausigen Ablaufs vergessen: den Bußgang nach Notre-Dame.

Hastig rannte sie auf die Rue de la Coutellerie zu, aber die ununterbrochene Flut der Menschen, die wie ein wimmelnder Ameisenhaufen aus dieser Richtung auf den Platz strömten, versperrte ihr den Weg und drängte sie wieder zurück. Niemals, niemals würde sie rechtzeitig nach Notre-Dame kommen!

Der dicke Metzger verließ seine Türschwelle und kam ihr nach.

»Wollt Ihr nach Notre-Dame?«, fragte er leise in mitfühlendem Ton.

»Ja«, stammelte sie, »ich wusste nicht mehr … ich …«

»Hört zu, ich sage Euch, wie Ihr es am besten macht. Geht quer über den Platz hinunter zum Weinhafen. Dort bittet Ihr einen der Schiffer, Euch nach Saint-Landry überzusetzen. Dann kommt Ihr von hinten nach Notre-Dame und seid in fünf Minuten da.«

Sie dankte ihm und rannte erneut los. Der Metzger hatte sie gut beraten. Für ein paar Sols nahm ein Schiffer sie in sein Boot und brachte sie mit drei Ruderschlägen hinüber zum Hafen von Saint-Landry. Als Angélique die hohen Holzhäuser sah, an deren Stützpfeilern sich die verfaulten Obstreste sammelten, erinnerte sie sich flüchtig an den klaren Morgen, als Barbe zu ihr gesagt hatte: »Da hinten, vor dem Rathaus, das ist die Place de Grève. Ich habe gesehen, wie ein Hexenmeister verbrannt wurde ...«

Angélique rannte. Die Straße führte an den Chorherrenhäusern hinter der Apsis von Notre-Dame vorbei. Sie war beinahe menschenleer. Doch von weitem hörte sie das dumpfe Rumoren der Menge, in das sich die tiefen, dumpfen Schläge der Armsünderglocke mischten. Angélique rannte. Sie wusste nicht, woher sie die schier übermenschliche Kraft nahm, sich durch die dichten Reihen der Gaffer zu zwängen, und durch welches Wunder sie in die erste Zuschauerreihe direkt vor dem Vorplatz der Kathedrale gelangte.

Kaum war sie dort angekommen, als lang anhaltendes Geschrei auch schon die Ankunft des Verurteilten verkündete. Die Menge stand so dicht gedrängt, dass der Zug kaum vorwärtskam. Die Henkersknechte versuchten die Menschen mit weit ausholenden Peitschenhieben auseinanderzutreiben.

Endlich kam ein kleiner hölzerner Kippkarren in Sicht. Es war eines jener grob gezimmerten, zweirädrigen Fuhrwerke, mit denen die Abfälle der Stadt eingesammelt wurden. An seinen Seiten klebten immer noch Reste von Schlamm und Stroh.

Auf diesem schändlichen Wagen stand Maître Aubin, die Fäuste in die Seiten gestemmt, in scharlachrotem Wams und Kniehose. Auf seiner Brust prangte das Wappen der Stadt. Schwer ließ er seinen Blick über den johlenden Pöbel gleiten. Der Priester saß auf dem Rand des Karrens. Laute Rufe verlangten nach dem Hexenmeister, der nirgends zu sehen war.

»Er liegt sicher auf dem Boden«, sagte eine Frau neben Angélique. »Er soll ja schon halb tot sein.«

»Oh, hoffentlich nicht«, entfuhr es darauf ihrer Nachbarin, einem hübschen Mädchen mit frischen, rosigen Wangen.

Unterdessen hatte der Karren vor der riesigen Statue des Großen Fasters angehalten. Berittene Stadtbüttel hielten ihre Hellebarden quer in den Händen und drängten damit die Menge zurück. Umringt von zahlreichen Mönchen aus den verschiedenen Orden, traten einige Häscher auf den Vorplatz.

Die Menge geriet in Bewegung, und Angélique wurde nach hinten geworfen. Sie schrie wie eine Furie und machte von ihren Fingernägeln Gebrauch, um sich auf ihren früheren Platz zurückzukämpfen.

Immer noch hallten die Schläge der Armsünderglocke über die Köpfe der Menschen, die mit einem Mal verstummten. Eine gespenstische Erscheinung richtete sich auf und erklomm die Stufen zum Vorplatz. Alles verschwamm vor Angéliques Augen. Sie sah nur noch diese strahlend weiße Gestalt. Dann erkannte sie plötzlich, dass der Verurteilte einen Arm um die Schultern des Scharfrichters und den anderen um die des Priesters gelegt hatte und er in Wahrheit geschleift wurde. Der Kopf mit dem langen Haar fiel ihm nach vorn auf die Brust.

Vor ihm schritt ein Mönch, der sich hin und wieder umdrehte und rückwärtsging. Er trug eine gewaltige Wachskerze in den Händen, deren Flamme sich im Wind bog. Angélique erkannte Conan Bécher, dessen Gesicht vor Ekstase und hämischer Freude verzerrt war. Um den Hals trug er ein schweres weißes Kruzifix, das bis zu seinen Knien herabhing, sodass er zuweilen darüber stolperte. Und so hatte es den Anschein, als führte er vor dem Verurteilten einen grotesken Totentanz auf.

Die Prozession bewegte sich mit albtraumhafter Langsamkeit. Endlich oben auf dem Vorplatz angekommen, blieb die Gruppe vor dem Portal des Jüngsten Gerichts stehen.

Ein Strick hing um den Hals des Verurteilten. Unter seinem weißen Hemd schaute ein nackter Fuß hervor, der auf dem eisigen Steinboden stand.

Das ist nicht Joffrey, sagte sich Angélique.

Das war nicht der Mann, den sie gekannt hatte, dieser kultivierte Mensch, der alle Freuden des Lebens genossen hatte. Es war ein Unglücklicher wie all die anderen Unglücklichen, die vor ihm an diesen Ort gekommen waren, »barfuß, im Büßerhemd, den Strick um den Hals …«

Da hob Joffrey de Peyrac den Kopf. In seinem eingefallenen, wachsbleichen, entstellten Gesicht leuchteten nur die riesigen Augen mit dunklem Feuer.

Eine Frau stieß einen gellenden Schrei aus: »Er sieht mich an. Er wird mich behexen!«

Aber der Graf de Peyrac schaute nicht in die Menge. Er blickte geradeaus und betrachtete die alten steinernen Heiligen an der grauen Fassade von Notre-Dame.

Welches Gebet richtete er an sie? Welches Versprechen empfing er? Sah er sie überhaupt?

Ein Gerichtsschreiber hatte sich links neben ihn gestellt und verlas mit näselnder Stimme das Urteil. Die Armsünderglocke war verstummt. Trotzdem hörte man nur einzelne Worte.

»… schuldig der Verbrechen der Entführung, Betörung, Gottlosigkeit … Magie … dem Scharfrichter übergeben … barhäuptig, barfuß … Abbitte leisten … brennende Kerze in der Hand … kniend …«

Daran, dass der Schreiber das Pergament wieder aufrollte, erkannte man, dass die Verlesung beendet war.

Anschließend verkündete Conan Bécher den Wortlaut des Reuebekenntnisses.

»Ich bekenne mich der Verbrechen, deren man mich anklagt, für schuldig. Ich bitte Gott um Verzeihung und akzeptiere meine Strafe als Sühne für meine Fehler.«

Der Kaplan hatte die Wachskerze genommen, die der Verurteilte nicht halten konnte.

Alle warteten darauf, dass sich die Stimme des Sünders erhob. Allmählich wurde die Menge ungeduldig.

»Wirst du wohl sprechen, du Satansjünger!«

»Du willst also bei deinem Herrn, dem Satan, in der Hölle braten?«

Plötzlich hatte Angélique den Eindruck, als sammelte ihr Gemahl seine letzten Kräfte. Leben kehrte in sein fahles Gesicht zurück. Er stützte sich auf die Schultern des Henkers und des Priesters und schien zu wachsen, bis er sogar Maître Aubin überragte. Eine Sekunde, bevor er den Mund öffnete, wusste Angélique, was er tun würde. Ihre Liebe zu ihm hatte es ihr verraten.

Und unvermittelt war in der eisigen Luft eine tiefe, vibrierende, außergewöhnliche Stimme zu hören.

Ein letztes Mal erklang die Goldene Stimme des Königreichs.

Auf Okzitanisch sang sie ein Lied aus dem Béarn:

Les genols flexez am lo cap encli
A vos reclam la regina plazent
Flor de las flors, nou Jhésus prés nayssença
Vulhatz guarda la cientat de Tholoroza …

Angélique war die Einzige, die die Worte verstand:

Mit gebeugtem Knie und gesenktem Haupt
Lege ich mein Schicksal in deine Hände,
liebreizende Königin.
Blume der Blumen, die Jesus gebar,
Schütze die Stadt Toulouse …
Süßeste Blume, von der wir Schutz erflehen,
Süßeste Blume, wo alles gedeiht,
Lass blühen Toulouse für alle Zeit …

Angélique durchfuhr ein Schmerz, als hätte sie ein Dolchstoß getroffen, und sie schrie auf.

Ihr Schrei hallte allein durch die abrupte, entsetzliche Stille. Denn die Stimme des Sängers war verstummt. Bécher hatte sein elfenbeinernes Kruzifix erhoben und dem Verurteilten damit auf den Mund geschlagen, woraufhin sein Kopf nach vorn fiel und ein roter Speichelfaden von seinen Lippen auf den Boden tropfte. Doch fast im gleichen Augenblick richtete Joffrey de Peyrac sich wieder auf.

»Conan Bécher«, rief er mit lauter, fester Stimme, »in zehn Tagen wirst du neben mir vor dem Richterstuhl Gottes stehen!«

Ein Schauer des Entsetzens schien durch die Menge zu laufen, und rasendes Gebrüll übertönte die Stimme des Grafen de Peyrac. Eine Woge des Zorns ergriff das Publikum, und in ihrer Wut waren die Menschen wie von Sinnen. Doch ihr Ausbruch richtete sich nicht gegen die Geste des Mönchs, sondern gegen den Hochmut des Verurteilten. Noch nie hatte es auf dem Vorplatz von Notre-Dame einen solchen Skandal gegeben! Zu singen …! Er hatte es tatsächlich gewagt, zu singen! Wenn es wenigstens ein Kirchenlied gewesen wäre! Aber der Verurteilte hatte in einer fremden, teuflischen Sprache gesungen … Und statt Reue zu zeigen, erteilte er seinen Peinigern auch noch Befehle.

Der Ansturm der Menge riss Angélique wie eine gewaltige Welle mit. Getragen, gequetscht, getreten, fand sie sich schließlich in einem Portalwinkel wieder. Ihre Hand berührte eine Tür, die sie öffnete. Das Dunkel der verlassenen Kathedrale umfing die keuchende junge Frau.

Sie versuchte, sich zu beruhigen, den Schmerz zu beherrschen, der in ihr brannte. Das Kind bewegte sich in ihrem Leib. Als Joffrey gesungen hatte, hatte es einen wahren Satz gemacht, sodass sie vor Schmerz beinahe aufgeschrien hätte.

Das Geschrei der Menge drang gedämpft zu ihr herein. Ein paar Minuten noch hielt sich der Tumult, dann ebbte er allmählich ab.

Ich muss gehen, ich muss zur Place de Grève, sagte sich Angélique. Und sie verließ das friedliche Heiligtum.

An der Stelle, wo Bécher den Grafen de Peyrac geschlagen hatte, prügelten sich auf dem Vorplatz eine Gruppe von Männern und Frauen.

»Ich habe ihn, ich habe den Zahn des Hexers«, schrie einer von ihnen.

Er lief davon, während die anderen sich an seine Verfolgung machten. Eine Frau schwenkte einen weißen Stofffetzen.

»Ich konnte ein Stück von seinem Hemd abschneiden. Wer will ein Stück davon? Das bringt Glück.«

Angélique rannte. Auf der anderen Seite des Pont Notre-Dame holte sie die Menge ein, die dem Karren folgte. Aber in der Rue de la Vannerie und der Rue de la Coutellerie geriet der Zug ins Stocken, und es wurde beinahe unmöglich, vorwärtszukommen. Angélique flehte, man solle sie durchlassen. Niemand hörte auf sie. Die Menschen wirkten wie in Trance. Unter den wärmenden Sonnenstrahlen rutschte der Schnee von den Dächern und fiel auf Köpfe und Schultern. Aber niemand achtete darauf.

Endlich erreichte Angélique den Platz. Gleichzeitig sah sie, wie auf dem Scheiterhaufen eine riesige Flamme aufloderte. Sie riss die Arme hoch und hörte sich wie von Sinnen schreien: »Er brennt! Er brennt…!«

In wilder Hast bahnte sie sich einen Weg zur Hinrichtungsstätte. Die Hitze des Feuers schlug ihr ins Gesicht. Der Wind fachte die grollenden Flammen zusätzlich an.

Ein Knistern wie von einem Gewitter oder Hagelschauer erhob sich. Wer waren diese menschlichen Gestalten, die sich im gelben, mit dem Sonnenlicht verschmelzenden Feuerschein bewegten? Wer war der rot gekleidete Mann, der um den Scheiterhaufen herumging und seine brennende Fackel tief in die untersten Reisigbündel stieß?

Wer war der Mann in der schwarzen Soutane, der sich mit angesengten Augenbrauen an die Leiter klammerte, ein Kruzifix in der ausgestreckten Hand hielt und unentwegt »Hoffnung! Hoffnung!« schrie?

Wer war der Mann inmitten der lodernden Flammen? O Gott! Konnte es in diesen lodernden Flammen überhaupt einen lebenden Menschen geben? Nein, dieser Mann lebte nicht mehr, der Henker hatte ihn erdrosselt!

»Hört ihr, wie er schreit?«, fragten die Menschen ringsum.

»Aber nein, er schreit nicht, er ist tot«, antwortete Angélique verstört.

Trotzdem hielt sie sich die Ohren zu, denn aus dem feurigen Vorhang heraus vermeinte sie gellende Schreie zu hören.

»Wie er schreit! Wie er schreit!«, riefen die Umstehenden.

»Warum hat man ihm eine Kapuze übergezogen?«, beschwerten sich andere. »Wir wollen sehen, wie er Grimassen schneidet!«

Ein wirbelnder Windstoß riss einen Schwarm weißer Blätter aus den Flammen, und ihre Asche verteilte sich über die Köpfe.

»Das sind seine teuflischen Bücher, die mit ihm verbrannt werden …«

Plötzlich drückte der Wind die Flammen nieder. Für einen kurzen Moment sah Angélique die aufgehäuften Bücher aus der Bibliothek vom Palast der Fröhlichen Wissenschaft, dann den Pfahl, an den eine schwarze, reglose Gestalt gebunden war, deren Kopf unter einer dunklen Kapuze steckte.

Sie verlor die Besinnung.

Kapitel 20

Als Angélique wieder zu sich kam, befand sie sich im Laden des Metzgers an der Place de Grève.

Oh, das tut so weh, dachte sie, als sie sich aufrichtete.

War sie etwa blind geworden? Warum war es so dunkel?

Eine Frau beugte sich mit einem Leuchter in der Hand über sie.

»Endlich geht es Euch wieder besser, Kleines! Ich hatte schon Sorge, Ihr wärt vielleicht gestorben. Ein Arzt war hier und hat Euch zur Ader gelassen. Aber wenn Ihr meine Meinung hören wollt, ich glaube eher, Ihr seid in Kindsnöten.«

»Oh, nein«, entgegnete Angélique und legte eine Hand auf ihren Bauch. »Mein Kind soll erst in drei Wochen kommen. Warum ist es hier so dunkel?«

»Na, weil es schon spät ist. Gerade wurde zum Angelus geläutet.«

»Und der Scheiterhaufen?«

»Es ist vorbei«, sagte die Metzgersfrau mit gedämpfter Stimme. »Aber es hat lange gedauert. Was für ein Tag, meine Liebe! Der Leichnam war erst gegen zwei Uhr nachmittags vollständig verbrannt. Und als die Asche verstreut wurde, kam es zu einer regelrechten Schlacht. Jeder wollte etwas davon abbekommen. Um ein Haar hätten sie den Henker massakriert.«

Nach kurzem Schweigen fügte sie hinzu: »Kanntet Ihr den Hexenmeister?«

»Nein«, antwortete Angélique. »Ich weiß auch nicht, was mit mir los war! Ich habe so etwas vorher noch nie gesehen.«

»Ja, es kann einen ziemlich mitnehmen. Aber wir Kaufleute an der Place de Grève sehen so viel, dass es uns schon gar nichts mehr ausmacht. Wir haben sogar das Gefühl, dass etwas fehlt, wenn mal keiner am Galgen hängt.«

Angélique hätte den guten Leuten zum Dank gern etwas Geld gegeben. Aber sie hatte nur ein paar wertlose Münzen bei sich. Sie versprach ihnen, zurückzukommen und ihnen die Kosten für den Besuch des Arztes zu erstatten.

In der blauen Dämmerung läutete die Glocke im Rathausturm zum Feierabend. Mit dem Einbruch der Nacht wurde es bitterkalt.

Am anderen Ende des Platzes fachte der Wind eine riesige rote Blume aus glühender Kohle an: Das waren die letzten Reste des Scheiterhaufens. Als Angélique näher kam, hörte sie die Stimme von Maître Aubin, der zusammen mit seinen Gehilfen aufräumte. Zögernd ging sie auf ihn zu, ohne genau zu wissen, was sie ihn fragen wollte.

Der Scharfrichter erkannte sie sofort.

»Ah, da seid Ihr ja!«, sagte er. »Ich habe schon auf Euch gewartet. Hier sind Eure dreißig Ecus.«

Angélique starrte auf die Börse, die er ihr hinhielt.

»Es war nicht meine Schuld«, fuhr der Mann aufrichtig bekümmert fort. »Ich konnte ihn nicht erdrosseln.«

Er beugte sich zu ihr vor und flüsterte: »Jemand hatte einen Knoten in den Strick gemacht.«

»Einen Knoten?«

»Ja, jemand muss etwas geahnt haben, und um mich daran zu hindern, ihn zu erdrosseln, hat er einen Knoten in den Strick gemacht. Darum konnte ich die Schlinge nicht zuziehen, versteht Ihr? Und für mich wurde es höchste Zeit, endlich runterzuklettern.«

Vorsichtig richtete er sich wieder auf und fügte hinzu: »Ich glaube, es war dieser Mönch mit dem hinterhältigen Blick.«

Er schien zu zögern, während er das bleiche, zu ihm gewandte Gesicht der Frau betrachtete, als fragte er sich, ob er noch mehr sagen solle. Worte waren nicht seine Stärke. Er fürchtete sie. Dennoch rang er sich dazu durch, als drängte ihn etwas, das stärker war als sein Widerwille. Erneut beugte er sich vor.

»Ich glaube, der Hexenmeister wusste, was passieren sollte, denn als er gesehen hat, wie ich mit dem Strick herumhantierte, da hat er gesagt: ›Es ist zu spät! Bring dich schnell in Sicherheit, Henker!‹«

Angélique glaubte, wieder ohnmächtig zu werden. Die Worte des Henkers hatten den entsetzlichen Schmerz in ihrem Inneren, wo ihre Liebe zu Joffrey und ihr unauslöschlicher Hass auf Conan Bécher um die Vorherrschaft stritten, noch vergrößert. Dort brannte eine Wunde, die niemals heilen würde.

»Behaltet das Geld«, sagte sie mit tonloser Stimme.

Da löste sich die bescheidene Gestalt des Kaplans aus dem Schatten des Schafotts.

Als er auf sie zukam, wich sie entsetzt zurück, denn in den Falten seiner Soutane hing der abstoßende Geruch von verbranntem Holz und gebratenem Fleisch.

»Ich wusste, dass Ihr kommen würdet, meine Schwester«, sagte er. »Ich habe auf Euch gewartet. Ich wollte Euch sagen, dass Euer Gemahl, zu dem ich heute Morgen gebracht wurde, als Christ gestorben ist. Er war bereit und hat sich nicht gegen sein Schicksal aufgelehnt. Er bedauerte, Abschied vom Leben nehmen zu müssen, aber er fürchtete sich nicht vor dem Tod. Mehrmals hat er zu mir gesagt, dass er sich freue, vor den Schöpfer aller Dinge zu treten. Ich glaube, er fand großen Trost in der Gewissheit, dass er bald erfahren würde …«

Der Abbé zögerte, und aus seiner Stimme sprach leise Verwunderung, als er fortfuhr: »Dass er bald erfahren würde, ob die Erde sich dreht oder nicht.«

»Oh!«, rief Angélique, der der Zorn mit einem Mal neue Kraft verlieh. »Das sieht ihm ähnlich! Ihr Männer seid doch alle gleich. Es war ihm völlig egal, dass ich in Elend und Verzweiflung auf dieser Erde zurückbleiben würde, ob sie sich nun dreht oder nicht!«

»Nein, meine Schwester! Er hat mich immer wieder angewiesen: ›Sagt Ihr, dass ich sie liebe. Sie hat mich zum glücklichsten Mann der Welt gemacht. Leider werde ich nur eine Etappe in ihrem Leben sein, aber ich zweifle nicht daran, dass sie ihren Weg gehen wird…‹ Und dann hat er noch gesagt, dass Ihr das Kind, das bald zur Welt kommt, Cantor nennen sollt, wenn es ein Junge wird, und Clémence, wenn es ein Mädchen ist.«

Cantor de Marmont, ein Troubadour aus dem Languedoc, Clémence Isaure, die Muse der Blumenspiele von Toulouse…

Wie fern das alles war! Wie unwirklich angesichts der entsetzlichen, dunklen Stunden, die Angélique durchlebte. Sie machte sich auf den Weg zurück in den Temple, doch sie konnte kaum gehen. Eine Weile konzentrierte sie sich noch auf ihren Groll gegen Joffrey. Er hielt sie aufrecht. Natürlich war es Joffrey egal gewesen, dass sie vor Schmerz und Tränen verging. Was für einen Wert hatten denn schon die Gedanken einer Frau, wenn er auf der anderen Seite des Lebens endlich die Antwort auf all die Fragen finden würde, die seinem gelehrten Geist keine Ruhe gelassen hatten…?

Doch unvermittelt strömten Tränen über Angéliques Gesicht, und sie musste sich gegen eine Mauer lehnen, um nicht zu fallen.

»O Joffrey, mein Geliebter!«, flüsterte sie. »Jetzt weißt du endlich, ob sich die Erde dreht oder nicht…! Werde glücklich in der Ewigkeit!«

Der stechende körperliche Schmerz wurde unerträglich. Sie spürte, wie in ihrem Inneren etwas zerriss. Da begriff sie, was mit ihr geschah. Ihre Fruchtblase war geplatzt. Das Kind kam.

Sie war noch weit vom Temple entfernt. Bei ihrer gedankenverlorenen Wanderung war sie vom Weg abgekommen. Sie sah, dass sie vor dem Pont Notre-Dame stand.

Ein zweirädriger Karren fuhr gerade auf die Brücke.

»Ich bin krank«, rief Angélique dem Fahrer zu. »Könnt Ihr mich zum Hôtel-Dieu bringen?«

»Ich bin sowieso auf dem Weg dorthin. Ich muss da eine Fuhre für den Friedhof abholen. Ich fahre die Leichen. Steigt ruhig auf, meine Schöne.«

Kapitel 21

»Welchen Namen wollt Ihr ihm geben, meine Tochter?«

»Cantor.«

»Cantor! Das ist doch kein christlicher Name.«

»Das ist mir egal«, erwiderte Angélique. »Gebt mir mein Kind.«

Aus den Armen der Hebamme nahm sie das kleine, rote, noch feuchte Wesen entgegen. Das Mannweib, das es auf Erden in Empfang genommen hatte, hatte es in einen schmutzigen Lumpen gewickelt.

Der Tag war noch nicht vorüber, die mit Lilien verzierte Uhr am Justizpalast hatte noch nicht Mitternacht geschlagen, und das Kind des Gemarterten war geboren.

Angéliques Herz war zerbrochen. Ihr Körper schmerzte fürchterlich, ihr waren sämtliche Eingeweide herausgerissen worden. Überall war ihr Blut geflossen, sowohl in ihrem Herzen als auch aus ihrem Leib. Angélique war mit Joffrey gestorben. Und zusammen mit dem kleinen Cantor war auch eine neue Angélique geboren, eine andere Frau, in der nur noch mit Mühe einige Reste der eigenartigen Sanftmut und Arglosigkeit der früheren Angélique überlebten.

Die Wildheit und Härte, die in dem undisziplinierten kleinen Mädchen von Monteloup gepocht hatten, nahmen in ihr neue Gestalt an. Wie ein schwarzer Fluss strömten sie durch die offene Bresche ihrer Verzweiflung und ihres Grauens.

Mit einer Hand stieß sie ihre Nachbarin von sich, ein zartes, glühendes Geschöpf, das in einem milden Delirium vor sich hin fantasierte. Die dritte Frau in ihrem Bett, die dabei an den Rand geschoben wurde, protestierte. Sie litt an einer langsamen Blutung, die seit dem Morgen andauerte. Der schale Geruch ihres Blutes, mit dem sich das Strohlager nach und nach vollgesogen hatte, war ekelerregend.

Angélique zog eine zweite Decke zu sich her. Wieder protestierte die dritte Patientin schwach.

Die beiden werden sowieso sterben, dachte die junge Mutter. Da ist es doch besser, dass mein Kind und ich versuchen, uns ein wenig warm zu halten und lebend hier herauszukommen.

Sie hatte die Augen geöffnet und schaute sich mit verstörtem Blick um. Durch die zerrissenen Vorhänge des ärmlichen Bettes sah sie in der von fauligen Dünsten erfüllten Dunkelheit das helle Gelb der Talglichter.

Wie seltsam, dachte sie bei sich. Denn Joffrey war gestorben, aber Angélique war in der Hölle.

Dieser widerliche Saal, in dem der Geruch von Exkrementen und Blut dicht wie Nebel in der Luft hing, war erfüllt von Weinen, Stöhnen und Klagen, ganz wie in einem Albtraum. Das schrille Weinen der Säuglinge hörte nie auf. Es war wie eine endlose, eintönige Psalmodie, die manchmal anschwoll, dann verstummte und am anderen Ende des Raums wieder aufgenommen wurde.

Trotz der rollenden Kohlenpfannen, die an den Kreuzungen der Gänge standen, war es eiskalt, denn ihre Wärme wurde vom Luftzug zerstreut.

Angélique erfuhr am eigenen Leib, woher die tief verwurzelte Angst der Armen vor dem Hospital rührte.

War das nicht das Vorzimmer des Todes?

Wie sollte man in dieser Ansammlung von Krankheiten und

Unrat überleben, wo die Genesenden gleich neben den Ansteckenden lagen, wo die Chirurgen auf schmutzigen Tischen operierten, und das mit den gleichen Rasiermessern, mit denen sie ein paar Stunden zuvor in ihren Läden den Kunden aus ihrem Viertel den Bart gestutzt hatten?

Der Morgen dämmerte. Die Glocken riefen zur Messe. Angélique erinnerte sich an die Toten aus dem Hôtel-Dieu, die die Nonnen um diese Zeit vor dem Portal ablegten, damit sie von einem Kippkarren abgeholt werden konnten, der sie zum Friedhof der Unschuldigen Kinder bringen sollte. Vielleicht würden die wärmenden Strahlen der Wintersonne auf die gotische Fassade des alten Hospitals fallen, aber die Glieder der armen, in ihr Leichentuch eingenähten Toten würden davon nicht wieder lebendig werden.

Am Ufer der Seine, jener breiten Wasserstraße, die Paris versorgte und ihr gleichzeitig als Abfluss diente, erwartete das in Flussnebel gehüllte Hôtel-Dieu den Tag wie ein mit verfluchter Fracht beladenes Schiff.

Eine Hand zog die Vorhänge zurück. Zwei in fleckige grobe Kittel gekleidete Krankenpfleger warfen einen Blick auf die drei Patientinnen in dem Bett, packten die Frau mit der Blutung und legten sie auf eine Trage. Angélique sah, dass die Ärmste gestorben war. Auf der Trage lag auch die Leiche eines Kindes.

Angélique richtete den Blick auf ihr eigenes Kind, das sie an sich drückte. Warum schrie es nicht? War es auch tot? Nein, es schlief nur, die Fäuste fest geschlossen, mit jenem lustigen, friedlichen Gesichtsausdruck der Neugeborenen. Es schien nicht die leiseste Ahnung zu haben, dass es ein Kind des Leids und des Niederganges war. Sein Gesicht glich einer Rosenknospe, und sein Kopf war von blondem Flaum bedeckt. Aber Angélique schüttelte es unentwegt vor Angst, es könne tot sein oder im Sterben liegen. Dann öffnete es kurz die blauen Augen und schlief gleich wieder ein.

Die Nonnen beugten sich über die Betten der anderen Wöchnerinnen. Sie waren sicher sehr aufopferungsvoll und bewiesen einen Mut, der seinen Ursprung nur bei Gott haben konnte. Aber die mangelnde Hygiene stellte sie vor unlösbare Probleme.

Von glühendem Lebenswillen erfüllt, zwang sich Angélique, den Inhalt einer Schale zu trinken, die man ihr reichte.

Dann versuchte sie, ihre fiebernde Nachbarin und das mit Blut vollgesogene Strohlager zu vergessen und im Schlaf ein wenig Kraft zu finden. Undeutliche Visionen zogen vor ihren geschlossenen Augen vorbei. Sie dachte an Gontran. Er wanderte irgendwo in Frankreich auf einer Straße dahin; er blieb an einer Brücke stehen, um den Brückenzoll zu zahlen, und um seine Börse zu schonen, zeichnete er ein Porträt des Zöllners …

Warum kam ihr Gontran in den Sinn, der zu einem armen Wandergesellen geworden war, aber zumindest unter dem klaren Himmel dahinschritt? Gontran glich den Chirurgen, die sich in einem der anderen Säle über einen schmerzenden Körper beugten, von dem leidenschaftlichen Drang erfüllt, in ihm einen Blick auf das Geheimnis von Leben und Tod zu erhaschen. In ihrem von allen irdischen Dingen losgelösten Wachtraum erkannte Angélique, dass Gontran zu den wertvollsten Menschen der Welt gehörte … genau wie diese Chirurgen … In ihrem Kopf verschwamm alles. Warum waren die Chirurgen bloß arme Barbiere, nicht sonderlich hoch geachtete Ladenbesitzer, wo sie doch eine so wichtige Rolle spielten? Warum war Gontran, der eine ganze Welt in sich trug und die Begeisterung von Königen zu wecken vermochte, nur ein armer, hart arbeitender Handwerker ohne jedes gesellschaftliche Ansehen? Warum kamen ihr so viele unnütze Dinge in den Sinn, während sie alle Kräfte aufbieten musste, um der Hölle zu entrinnen?

Angélique blieb nur vier Tage im Hôtel-Dieu.

Unerbittlich verlangte sie für sich die besten Decken und verbot der Hebamme mit den schmutzigen Fingern, sie oder ihr Kind zu berühren. Statt einer nahm sie jedes Mal zwei Schalen mit Essen von den Tabletts. Eines Morgens riss sie einer Nonne die saubere Schürze herunter, die diese vor ihr Kleid gebunden hatte, und während die arme Novizin davonrannte, um die Oberin zu holen, riss sie den Stoff in Fetzen und machte daraus Binden, um ihr Kind zu wickeln und sich selbst zu verbinden.

Auf die Vorwürfe reagierte sie mit grimmigem Schweigen und bedachte die beiden Nonnen mit einem hochmütigen, erbarmungslosen Blick aus ihren grünen Augen, der sie verstummen ließ.

»Ich glaube, das Mädchen mit den grünen Augen ist eine Wahrsagerin!«, sagte eine Zigeunerin, die im gleichen Saal lag, zu ihren Nachbarinnen.

Sie sprach nur ein einziges Mal, und zwar als einer der Verwalter des Hôtel-Dieu, ein parfümiertes Taschentuch vor der Nase, persönlich an ihr Bett kam, um ihr Vorwürfe zu machen.

»Mein Kind, wie ich höre, weigert Ihr Euch, das Bett, das die öffentliche Wohltätigkeit Euch gewährt, mit einer weiteren Kranken zu teilen. Ihr sollt bereits zwei, die zu schwach waren, sich zu wehren, auf den Boden geworfen haben. Tut Euch dieses Verhalten denn nicht leid? Das Hôtel-Dieu muss alle Kranken aufnehmen, die hierher gebracht werden, und es gibt nicht genügend Betten.«

»Dann solltet Ihr die Kranken, die man Euch schickt, lieber gleich in ihre Leichentücher einnähen!«, versetzte Angélique unwirsch. »In den von Monsieur Vincent gegründeten Spitälern hat jeder Kranke sein eigenes Bett! Aber Ihr wolltet ja nicht, dass man die unwürdigen Praktiken hier verbessert, weil Ihr dann Rechenschaft über Eure Verwaltung ablegen müsstet. Wohin fließen denn all die Gaben der wohltätigen Bürger, von denen Ihr gesprochen habt? Was ist mit den Zuschüssen des Staates? Man könnte meinen, die Bürger seien nicht sehr großzügig und der Staat recht arm, wenn Ihr von dem Geld nicht einmal genügend Stroh kaufen könnt, um die Unglücklichen frisch zu betten, die sich beschmutzen und die Ihr auf ihrem Misthaufen verfaulen lasst! Oh, ich bin mir sicher, wenn der Schatten von Monsieur Vincent eines Tages ins Hôtel-Dieu zurückkehrt, wird er vor Kummer weinen!«

Hinter seinem Taschentuch riss der Verwalter verwundert die Augen auf. In den fünfzehn Jahren, in denen er schon verschiedene Abteilungen des Hôtel-Dieu leitete, waren ihm sicher einige aufmüpfige Patienten untergekommen, Fischweiber mit ihrem großen Mundwerk etwa oder unflätige Prostituierte. Aber noch nie hatte er von diesen ärmlichen Lagern eine so klar formulierte Antwort, eine so gepflegte Sprache gehört.

»Frau«, sagte er und richtete sich mit der ganzen Würde seines Amtes auf, »ich entnehme Euren Worten, dass Ihr kräftig genug seid, um nach Hause zurückzukehren. Verlasst also diese Zuflucht, deren Wohltaten Ihr nicht anerkennen wollt.«

»Das werde ich mit Freuden tun«, entgegnete Angélique scharf. »Aber vorher verlange ich, dass meine Kleider, die man mir ausgezogen hat, als ich hier angekommen bin, und die zusammen mit den Lumpen von Pockenkranken, Syphilitikern und Pestkranken auf einen Haufen geworfen wurden, vor meinen Augen in sauberem Wasser gewaschen werden. Sonst werde ich dieses Hospital im Hemd verlassen und auf dem Vorplatz von Notre-Dame kundtun, dass die milden Gaben der Großen und die Zuschüsse des Staates geradewegs in die Taschen der Verwalter des Hôtel-Dieu wandern. Ich werde Monsieur Vincent anrufen, das Gewissen des Königreichs. Ich werde so laut schreien, dass der König persönlich verlangen wird, die Abrechnungen dieses Spitals zu überprüfen.«

»Wenn Ihr das tut«, sagte er und beugte sich mit grausamer Miene über sie, »dann lasse ich Euch festnehmen und zusammen mit den Verrückten einsperren.«

Sie zitterte, wandte den Blick jedoch nicht ab. Sie erinnerte sich daran, was die Zigeunerin über sie gesagt hatte...

»Wenn Ihr auch noch dieses schändliche Verbrechen begeht, dann garantiere ich Euch, dass Eure ganze Familie vor Ablauf eines Jahres sterben wird.«

Es schadet ja nichts, so etwas zu behaupten, dachte sie, während sie sich wieder auf ihr schmutziges Lager sinken ließ. Die Menschen sind doch so dumm...!

Die Luft in den Straßen von Paris, deren Geruch sie einst als so unangenehm empfunden hatte, erschien ihr mit einem Mal sauber und köstlich, als sie sich endlich frei, lebendig und in sauberen Kleidern vor den Toren der abscheulichen Einrichtung wiederfand.

Mit ihrem Kind auf dem Arm schritt sie beinahe fröhlich aus. Nur eines machte ihr Sorgen: Sie hatte sehr wenig Milch, und Cantor, der bis dahin geradezu vorbildlich brav gewesen war, begann sich zu beschweren. Er hatte die ganze Nacht hindurch geweint und gierig an ihrer leeren Brust gesogen.

Im Temple gibt es Ziegenherden, dachte sie. Dann werde ich mein Kind eben mit Ziegenmilch aufziehen. Und wenn er dadurch den Verstand eines kleinen Zickleins bekommt, kann ich es auch nicht ändern...

Aber was war aus Florimond geworden? Bestimmt hatte die Witwe Cordeau sich um ihn gekümmert. Sie war eine gute Frau. Trotzdem hatte Angélique das Gefühl, als seien Jahre vergangen, seit sie ihren Erstgeborenen verlassen hatte!

Die Leute, die an ihr vorbeigingen, hielten Wachskerzen in der Hand. Der Geruch von warmen Pfannkuchen drang aus den

Häusern. Sie schloss daraus, dass es der zweite Februar sein musste. Die Leute feierten die Darstellung Jesu im Tempel und Mariä Reinigung, indem sie einander Kerzen schenkten, ein Brauch, der dazu geführt hatte, dass dieser Tag auch als Lichtmess bezeichnet wurde.

Du armes kleines Jesuskind, dachte Angélique und küsste Cantor auf die Stirn, als sie das Tor des Temple durchschritt.

Als sie sich dem Haus der Witwe Cordeau näherte, hörte sie das Weinen eines Kindes. Ihr Herz machte einen Satz, denn sie ahnte, dass es Florimond war.

Eine kleine Gestalt, die von mehreren Straßenjungen mit Schneebällen verfolgt wurde, stolperte durch den Schnee auf sie zu.

»Hexenmeister! He, kleiner Hexenmeister! Zeig uns doch mal deine Hörner!«

Mit einem Aufschrei stürzte Angélique vor, packte das Kind mit einem Arm, drückte es an sich und stürmte mit ihm in die Küche, wo die alte Frau am Feuer saß und Zwiebeln schälte.

»Wie könnt Ihr zulassen, dass diese nichtsnutzigen Bengel ihn so quälen?«

Madame Cordeau strich sich mit dem Handrücken über die Augen, die vom Zwiebelsaft tränten.

»Sachte, sachte, mein Kind, schreit nicht so! Ich habe mich gut um Euren Kleinen gekümmert, während Ihr fort wart. Dabei wusste ich nicht einmal, ob ich Euch jemals wiedersehen würde. Aber ich kann ihn nun wirklich nicht den ganzen Tag mit mir herumschleppen. Ich habe ihn nach draußen geschickt, damit er ein wenig an die frische Luft kommt. Was soll ich denn machen, wenn die Bengel ihn ›Hexenmeister‹ nennen? Es stimmt doch, dass sein Vater auf der Place de Grève verbrannt worden ist, oder etwa nicht? Daran wird er sich gewöhnen müssen. Mein Junge war nicht viel älter als er, als sie angefangen haben, mit Steinen nach ihm zu werfen und ihn Cordaucou zu nennen… Nein, was für ein hübsches kleines Kerlchen!«, rief die Alte plötzlich, ließ ihr Messer fallen und kam mit verzückter Miene näher, um Cantor zu bewundern.

Ein Gefühl des Wohlbehagens durchströmte Angélique, als sie endlich wieder in ihrem ärmlichen Zimmer war. Sie legte ihre beiden Kinder auf das Bett und zündete eilig ein Feuer an.

»Ich bin froh«, sagte Florimond immer wieder und sah sie mit seinen funkelnden schwarzen Augen an.

Er klammerte sich an sie.

»Gehst du jetzt nicht mehr weg, Maman?«

»Nein, mein Schatz. Sieh nur das hübsche Kind, das ich dir mitgebracht habe.«

»Ich mag es nicht«, erklärte Florimond sofort und schmiegte sich eifersüchtig an sie.

Angélique befreite Cantor von seinen Windeln und brachte ihn näher ans Feuer. Er streckte seine kleinen Glieder und gähnte.

Herr im Himmel! Wie hatte sie bei all den Qualen, die sie in der letzten Zeit durchlitten hatte, bloß so ein kräftiges Kind zur Welt bringen können?

Noch ein paar Tage lebte Angélique friedlich im alten Templerbezirk. Sie hatte ein wenig Geld und hoffte, Raymond werde bald zurückkehren.

Doch eines Nachmittags ließ sie der Amtmann des Temple zu sich rufen, dem die Aufrechterhaltung der Ordnung in diesem privilegierten Bezirk unterstand.

»Mein Kind«, erklärte er ohne Umschweife, »ich muss Euch im Auftrag des Großpriors mitteilen, dass Ihr nicht länger im Temple bleiben könnt. Ihr wisst, dass er nur denjenigen seinen Schutz gewährt, deren Ruf dem hohen Ansehen seines kleinen Fürstentums nicht schadet. Deshalb müsst Ihr gehen.«

Angélique öffnete schon den Mund, um ihn zu fragen, was man ihr denn vorwarf. Dann kam ihr der Gedanke, sich dem Großprior zu Füßen zu werfen. Doch schließlich fielen ihr die Worte des Königs wieder ein: »Ich will nie wieder etwas von Euch hören!«

Man wusste also, wer sie war! Vielleicht fürchtete man sie immer noch … Sie verstand, dass es sinnlos wäre, die Jesuiten um Hilfe zu bitten. Sie hatten ihr treu zur Seite gestanden, als es noch etwas zu verteidigen gab. Aber jetzt waren die Würfel gefallen. Man würde diejenigen, die sich, wie Raymond, in dieser misslichen Angelegenheit kompromittiert hatten, eine Weile von allem fernhalten.

»Gut«, sagte sie mit zusammengebissenen Zähnen. »Ich werde den Bezirk noch heute Abend verlassen.«

»Ich weiß, dass Ihr Eure Miete bezahlt habt«, entgegnete der Amtmann, der sich an das Geld erinnerte, das sie ihm zugesteckt hatte, als Kouassi-Bas Besuch für so viel Aufregung gesorgt hatte. »Man wird Euch die ›Auszugssteuer‹ erlassen.«

Zurück in ihrem Zimmer, packte sie die wenigen Sachen, die ihr noch geblieben waren, in eine kleine lederne Tasche, wickelte die beiden Kinder warm ein und lud alles auf den kleinen Handkarren, der ihr bereits bei ihrem ersten Umzug gute Dienste geleistet hatte.

Die Witwe Cordeau war zur Markthalle gegangen. Angélique ließ eine kleine Geldbörse für sie auf dem Tisch zurück.

Sie nahm sich vor, zurückzukommen und sich großzügiger zu erweisen, wenn sie wieder etwas mehr Geld zur Verfügung hätte.

»Gehen wir spazieren, Maman?«, fragte Florimond.

»Wir gehen zurück zu Tante Hortense.«

»Ist Baba auch da?«

So hatte er früher Barbe genannt.

»Ja.«

Er klatschte vor Freude in die Hände und schaute sich begeistert nach allen Seiten um.

Während Angélique ihren Karren durch die Straßen schob, wo sich der Schmutz mit dem geschmolzenen Schnee vermischte, betrachtete sie die kleinen Gesichter ihrer beiden Kinder, die unter der Decke eng aneinandergeschmiegt dalagen, und das Schicksal dieser zarten Geschöpfe lastete bleischwer auf ihren Schultern.

Der Himmel über den Dächern war wolkenlos. Trotzdem würde es in dieser Nacht nicht frieren, denn seit ein paar Tagen war es wieder milder, und die Armen schöpften an ihren feuerlosen Herden neue Hoffnung.

In der Rue de l'Enfer stieß Barbe einen freudigen Schrei aus, als sie Florimond erkannte. Das Kind streckte die Arme nach ihr aus und küsste sie stürmisch.

»Mein Gott, mein Engelchen«, stammelte die Magd.

Ihre Lippen zitterten, und ihre weit aufgerissenen Augen füllten sich mit Tränen. Sie starrte Angélique an wie ein aus dem Grab auferstandenes Gespenst. Verglich sie die Frau mit dem eingefallenen, harten Gesicht, die ärmlicher gekleidet war als sie selbst, mit der Dame, die ein paar Monate zuvor an der Tür geläutet hatte?

Angélique fragte sich, ob Barbe von ihrem Dachfenster aus das Feuer auf der Place de Grève gesehen hatte…

Von der Treppe her kam ein erstickter Ausruf, und sie drehte sich um.

Hortense stand da, einen Leuchter in der Hand. Sie wirkte vor Entsetzen wie erstarrt. Hinter ihr erschien Fallot de Sancé auf dem Absatz. Er hatte keine Perücke auf und trug einen Schlafrock und eine bestickte Mütze, denn an diesem Tag hatte er Medizin einnehmen müssen. Sein Mund öffnete sich vor Schreck, als er seine Schwägerin erblickte.

Nach einer schier endlosen Stille gelang es Hortense, einen starren, zitternden Arm zu heben.

»Geh weg!«, sagte sie mit tonloser Stimme. »Deine verfluchte Familie hat schon zu lange unter meinem Dach gelebt.«

»Sei doch still, du Närrin«, erwiderte Angélique schulterzuckend.

Sie ging auf die Treppe zu und schaute zu ihrer Schwester auf.

»Ich werde gehen«, sagte sie. »Aber ich bitte dich, diese beiden unschuldigen Kinder aufzunehmen. Sie können dir bestimmt nicht schaden.«

»Geh weg!«, wiederholte Hortense.

Angélique wandte sich an Barbe, die Florimond und Cantor an sich drückte.

»Ich gebe sie in deine Obhut, Barbe, mein Kind. Hier hast du alles Geld, das mir noch geblieben ist. Damit kannst du Milch für sie kaufen. Cantor braucht keine Amme. Er mag Ziegenmilch …«

»Geh endlich. Geh. Geh!«, kreischte Hortense in einem schrillen Crescendo.

Vor Zorn begann sie mit den Füßen zu stampfen.

Angélique ging zur Tür. Ihr letzter Blick galt nicht ihren Kindern, sondern ihrer Schwester.

Das Licht in Hortenses Hand zuckte und warf schreckliche Schatten auf ihr verzerrtes Gesicht.

Dabei haben wir die kleine Dame von Monteloup doch damals gemeinsam gesehen, dachte Angélique, das Gespenst mit den ausgestreckten Armen, das durch unsere Zimmer wanderte … Und vor Angst drängten wir uns in unserem großen Bett ganz dicht aneinander …

Sie ging hinaus und schloss die Tür hinter sich. Einen Moment lang blieb sie stehen und betrachtete einen der Schreiber, der auf einem Schemel stand und die große Laterne vor der Kanzlei von Maître Fallot de Sancé anzündete.

Dann wandte sie sich ab und tauchte ein in die Straßen von Paris.

Fünfter Teil

Paris bei Nacht

Kapitel 22

Paris wispert in dieser Nacht im Tauwetter. Von den Dächern und Wasserspeiern tropft der geschmolzene Schnee. Der gelbe, feuchte Mond trocknet sich an den vorbeiziehenden Wolken.

Auf der Place de Grève schwankt ein neuer Gehenkter sacht im milchigen Licht des Mondes. Das Glockenspiel des Rathauses schlägt die Stunden, und in seinem Laden verrichtet der Metzger von der Place de Grève mit seiner Frau vor einer zwischen zwei Schinken aufgestellten kleinen Statue der Jungfrau Maria sein Nachtgebet.

»Lass uns beten«, sagt er zu seiner Frau, »denn heute sind seltsame Dinge geschehen, meine Gute. Möge Gott sich all dieser Verurteilten erbarmen.«

Die Ratten knabbern in den Mauern oder huschen eilig über die schlammigen Straßen, zwischen den Beinen der verspäteten Passanten hindurch, die vor Schreck aufschreien und ihre Schwerter ziehen.

Gerade hat Forfan-la-Tulipe dem Bürgerpaar, das aus dem Theater im Hôtel de Bourgogne tritt und sich vor der Dunkelheit ängstigt, seine Laterne angeboten. Er wird sie zur Place Royale[13] begleiten und sich so ein paar Sols verdienen. Es sei denn, er trifft unterwegs auf einen Gauner aus seiner Bande. Zu zweit werden sie die guten Bürgersleute mühelos um ihre Börsen und Mäntel erleichtern, ehe sie sich Arm in Arm auf den Weg zum Friedhof der Unschuldigen Kinder machen, wohin der

Große Coesre, der König der Diebe und Bettler, seine Untertanen gerufen hat.

In seinem Unterschlupf im Faubourg Saint-Martin trifft der Große Coesre alle Vorbereitungen, um vor seine Vasallen zu treten. Sein Schwachkopf Bavottant hat den Karren, in dem er ihn gleich ziehen wird, mit den dicken Umhängen von Adligen ausgepolstert, die die Mantelräuber von ihren Streifzügen mitgebracht haben. Sein Ratgeber, der Kamesierer Rôt-le-Barbon, unterrichtet ihn von einem heiklen Streit, den es zwischen zwei Bandenführern der Bettlerzunft zu schlichten gilt: Calembredaine, der im alten Gemäuer der Tour de Nesle haust, und Rodogone dem Ägypter, dessen Revier der Faubourg Saint-Denis ist. Calembredaine ist der Mächtigere von beiden, denn er kontrolliert alle Brücken von Paris, die Tore des Universitätsviertels und die Seineufer, aber Rodogone ist gefährlich, weil er die Zigeuner und die braunen Hexen auf seiner Seite hat.

Der grausige Jean-Pourri hält einen Säugling an die Brust gedrückt, während er durch die Straßen zurückkommt. Er hat einer Amme der »Couche«, dem städtischen Haus für Findelkinder gleich hinter Notre-Dame, zwanzig Sols dafür bezahlt. Das Kind ist erst sechs oder sieben Monate alt, es wird ein Leichtes sein, seine Beine zu verkrüppeln, um es mit einer der »Marquisen« zum Betteln zu schicken. Oder er verkauft es an den Magier Lesage und seine Komplizin La Voisin. Die beiden brauchen ständig neue Kinder, denen sie bei ihren schwarzen Messen die Kehle durchschneiden. Man wird sehen … Seit einiger Zeit laufen die Geschäfte wieder besser. Ja, seit dieser verfluchte Pater Vincent die Kinder nicht mehr an den Kirchentüren aufsammelt und sie wer weiß wohin bringt. Jean-Pourri beeilt sich. Heute Nacht findet ein großes Treffen der Gaunerzunft auf dem Friedhof der Unschuldigen Kinder statt. Sie würden wieder »ins

Becken spucken« müssen. Als wären die Zeiten nicht schon hart genug. Aber Rolin-le-Trapu ist ein großer Fürst, und es ist nur recht und billig, ihm Tribut zu zahlen.

Auf der Place Royale duelliert man sich unter einem Balkon, während unter einem anderen ein Ständchen gesungen wird.

Artémise, Roxane, Glycérie und Crisolie, die schönen Preziösen aus dem Marais-Viertel, lehnen sich verzückt aus dem Fenster.

Im Hôtel de Beauvais in der Rue du Faubourg Saint-Antoine öffnet die einäugige Cateau ihr Lager einem muskulösen Jüngling. Er ist glatt wie Elfenbein und sein Kinn gerade erst von blondem Flaum bedeckt. Das ist perfekt. Aus diesem unbeholfen herumtollenden Welpen wird sie einen weiteren großen Liebhaber machen. Außerdem ist er noch nicht zu ehrgeizig. Wehmütig denkt Madame de Beauvais an Guise, der sie so viel gutes Geld gekostet hat, und an den Marquis d'Olonne, der vergangenen Monat geheiratet hat.

Das erinnert sie an die grausame Parodie der *Carte du Tendre*, die dieser abscheuliche Bussy-Rabutin, den alle für so geistreich halten, über sie verfasst hat:

»*Zwischen Olonne und Guise liegt Beauvais-la-Charogne*[14], *eine kleine, in einer Senke gelegene Stadt, wo man das Tageslicht nur zur Hälfte sieht. Die Bauwerke dieser Stadt sind äußerst unansehnlich. Dennoch wird man sich nicht verwundern, zu hören, dass trotzdem zahlreiche hochgeborene, verdienstvolle Menschen dort Station gemacht haben, wenn man weiß, dass dieser Ort an der wichtigsten Straße nach Doña Anna lag, wo während der Bauzeit von Fort-Louis sämtlicher Handel betrieben wurde.*

Aber seit dieses Fort fertiggestellt wurde, wird Beauvais nicht mehr von angesehenen Persönlichkeiten regiert, sondern von Leuten minderer Qualität, die die Stadt dort aushält, obwohl sie selbst der Mühe nicht mehr wert ist. Dennoch achten diese Leute sorgfältig darauf, die Artillerie in Schuss zu halten ...«

Madame de Beauvais hat darüber aus ihrem einen Auge bittere Tränen vergossen, und Ludwig XIV. hat den Verfasser des boshaften Pamphlets zum dritten Mal in die Bastille geschickt.

Nicht weit von ihr entfernt schläft das massige Gefängnis und sieht dabei aus wie ein riesiger Walfisch auf dem Grund des dunklen Meeres.

Die Soldaten oben auf den Mauern schniefen, denn es ist kalt, und der Mond spiegelt sich in den kleinen bronzenen Kanonen. In den unterirdischen Verliesen besuchen rotäugige Ratten die vergessenen Gefangenen. Weiter oben, in der mit Teppichen und Wandbehängen ausgestatteten Zelle, in der er aufgrund eines persönlichen Verhaftungsbefehls des Königs gelandet ist, verfasst Bussy-Rabutin einen in Alexandrinern gehaltenen Brief an den Herrscher, in dem er ihn um Gnade bittet, während seine Cousine, Madame de Sévigné, in ihrem prächtigen Haus im Temple an ihn schreibt:

»Nun seid Ihr also im Gefängnis, mein armer Lieber. Ich habe heute Eure Tochter gesehen. Sie ist so geistreich, als sähe sie Euch jeden Tag, und so weise, als sähe sie Euch nie ...«

In der Rue des Tournelles schreibt Ninon de Lenclos an Madame de Sévigné, um ihr Madame Scarron zu empfehlen:

»... Sie ist eine bescheidene Frau, die Ihr in Eurem Haushalt nutzen könnt, um Anweisungen an die Kammermädchen und Knechte zu überbringen. Unglücklicherweise ist sie schön wie ein Engel und so geistreich, dass es einem die Sprache verschlägt. Daher will keine Frau sie haben, aus Furcht, alle Männer könnten sie haben wollen …«

Nachdem sie den Brief mit rotem Wachs versiegelt hat, streckt sich die Kurtisane und gähnt. Kann es tatsächlich sein, dass dieser fürchterliche Marquis de Saucourt, der mit seinem fröhlichen Gesicht und seinem stürmischen Verlangen die Gunst aller Frauen gewonnen hat, die schöne Ninon de Lenclos verschmäht? Es ist schon spät, und er ist noch nicht da. Dabei hätte sie so gern diese wilde Frucht gekostet. Saucourt ist erst vor kurzem in Paris eingetroffen, aber er hat sich rasch einen Ruf als leidenschaftlicher Faun erworben. Zwar stottert er, aber im Alkoven ist er von so unbeherrschter Kühnheit, dass es den Frauen beinahe Angst macht. Ninon erschauert vor Furcht und Begehren.

Sie geht in ihr Badekabinett, wo ein Zuber auf sie wartet. Das Wasser ist mit Orangenblüten parfümiert. Auf dem marmornen Tisch hat ihre Dienerin Zyperpulver, Salben aus Florenz und Rom, spanisches Wachs, Essenzen aus Nizza und Genua, Jungfernmilch, Tausendblumenwasser und Räucherschälchen aufgestellt.

Aber halt! Unten kratzt jemand an der kleinen Gartentür. Das ist er …

Madame Scarron schlummert in ihrem schmalen Bett. Sie dreht sich um und stöhnt leise. Plötzlich schreckt sie hoch, weil sie im Dunkeln das hämische Lachen des Krüppels gehört hat. Als er noch lebte, hat sie sich nie gefürchtet und nie gelangweilt.

Von jetzt an wird sie selbst bestimmen, wie viel Hilfe sie annimmt.

Es war klug, in die kleine Wohnung im Ursulinenkloster zu ziehen, die ihre Cousine, die Marschallin d'Aumont, bewohnt, wenn sie sich für eine Weile ins Kloster zurückzieht, und die sie ihr vorübergehend zur Verfügung gestellt hat. Aber die Karrenladung Brennholz, die die liebenswürdige Person für sie im Klosterhof hat abladen lassen, hat sie unverzüglich wieder zurückgeschickt.

Zum ersten Mal in ihrem Leben verspürt sie ein Gefühl von Freiheit.

Jene Freiheit, die einem die Gewissheit eines gesicherten Morgen verschafft.

Von jetzt an ist sie in der Lage, alle notwendigen Ausgaben zu bestreiten. Sie hat genug Geld, um der erniedrigenden Armut entronnen zu sein.

Und das nennt sie ihre neu gewonnene Freiheit.

Jetzt wird sie ihr Leben Stück für Stück nach ihrem eigenen Geschmack und ihren eigenen Träumen gestalten können. Sie kann wieder mit ihren Freunden verkehren, die sie allein wegen ihres Geschicks schätzen. Sie wird sich ihren Platz fernab der Demütigungen und des falschen Mitleids zurückerobern, fernab der Neider, die begierig auf den unausweichlichen Sturz gelauert haben, solange sie sich in dieser kläglichen Lage befand.

Ihr liegt nichts an den Freuden der Liebe, die sie noch nie gekostet hat und die sie in den Augen der Welt auch nicht kosten darf. Sie muss über jeden Verdacht erhaben sein. Denn diese Welt mit ihren zahlreichen Verbindungen ist ihr Weg aus dem Elend. Sie weiß, wie sie für sich einnimmt. Dazu bedarf es viel Ehrlichkeit, Geduld und Beharrlichkeit. Niemals darf sie den Verleumdungen Nahrung geben – in der Armut ist die Tugend ihr einziger Besitz. Sie muss sich dort zeigen, wo man sich an sie erinnert und wo sie das Recht hat, an der Seite der Allerhöchsten zu erscheinen. Wenn man arm ist, bedeutet ein guter Name, den man bei der Geburt erhalten hat, ein nicht zu unterschätzendes, kostbares Gut. Aber leider kann sie sich nicht allzu sehr auf ihren Großvater berufen, den schrecklichen und begabten

Dichter Agrippa d'Aubigné, der sich gegen den konvertierten König auflehnte und sogar die Engländer zu Hilfe rief, um Heinrich IV. dafür zu bestrafen, dass er die reformierte Religion seiner Geburt verraten hatte.

Es ist besser, ihn in Vergessenheit geraten zu lassen und sich hinter dem Namen Scarron zu verbergen.

Sie verdankt diesem Mann, der sich ihrer unglücklichen Jugend erbarmte, so viel. Bei ihm versammelten sich die geistreichsten Menschen der Stadt, und er hat ihr beigebracht, die Königin eines angesehenen Salons zu sein.

Aber wie soll sie in den Augen der Welt Erinnerungen auslöschen, die niemand kennt?

Morgen wird sie bei Tagesanbruch die Messe besuchen, dann wird sie in den Louvre gehen und der Königinmutter ein Bittschreiben überreichen, um von ihr vielleicht ein Amt, einen Titel oder eine bescheidene Pension zu erhalten, die ihren Lebensunterhalt sichern und ihr ein standesgemäßes Dasein ermöglichen werden.

König Ludwig XIV. hingegen schläft und träumt nicht. Er eilt über die Dächer des Louvre.

Warum? Nun, Seine Majestät möchte dem Marquis de Saucourt um keinen Preis in seinen amourösen Heldentaten nachstehen. Es genügt ihm nicht mehr, dass seine Gemahlin, die Infantin, aus blauen Augen verliebt zu ihm aufschaut, dass Madame de Soissons ihm glutvolle Blicke zuwirft und dass Madame d'Orléans, die geistreiche Henriette, ihn kühn anlächelt. Der König hat ein Auge auf Mademoiselle de La Motte-Houdancourt geworfen, eines der Ehrenfräulein der Königin. Doch als Ludwig XIV. die Schöne an diesem Abend in den Gemächern der Ehrenfräulein besuchen wollte, hat ihm Madame de Navailles, die über den Schwarm junger Schönheiten wacht, eilends den Zugang verwehrt.

Seiner Majestät blieb nichts anderes übrig, als kläglich den Rückzug anzutreten, doch gleich nach seiner Rückkehr hat er in seinem Kabinett den Großen Galanten Rat zusammengerufen, der sich aus Péguilin, dem Marquis de Guiche, dem Marquis de Vardes und seinem Kammerdiener Bontemps zusammensetzt.

Péguilin kennt die Örtlichkeiten gut. Er erklärt, der einzige Zugang zu den Gemächern der Schönen führe zuerst über die Dachrinne und dann durch den Kamin eines ungenutzten Kabinetts, in dem nie ein Feuer angezündet wird.

»Ich sehe mich schlecht auf dieser galanten Bühne«, seufzt der König verlegen.

Doch Péguilin macht ihm Mut.

Und schließlich klettert der Große Rat durch ein Lukarnenfenster aufs Dach. Der Weg ist weder breit noch sicher, aber heute hat die Sonne den Schnee von allen Dächern geschmolzen.

»Gebt acht, dass Ihr nicht stolpert, Sire.«

»Es geht, es geht«, antwortet der Herrscher. »Ich nehme meine Schuhe in die Hand, das ist sicherer.«

»Eure Majestät wird sich in der feuchten Dachrinne einen Schnupfen holen«, klagt Bontemps mit einem Seufzen.

»Wenn wir nachher wieder in meinem Kabinett sind, essen wir eine geröstete Brotscheibe mit Wein.«

»Jetzt geht es über das Schieferdach weiter bis an den Kamin«, erklärt Guiche, der die Vorhut bildet.

»Teufel noch eins«, knurrt der König und klammert sich fest.

»Und das ist noch nicht einmal das Schlimmste«, spottet Vardes, während er bereits vorsichtig eine Strickleiter in den Kamin hinablässt.

»Nur Mut, Sire«, fordert ihn der quirlige Péguilin auf. »Der Moment für den Sturmangriff ist gekommen. Ich werde als Erster in die Festung eindringen.«

»Meinetwegen, aber richtet Euch dort ja nicht als Sieger ein.«

»Keine Sorge, Sire, ich werde warten, bis Ihr Euer Quartier bezogen habt.«

»Ich bleibe hier oben auf den Mauern«, sagt der Marquis de Vardes. »Es kann nicht schaden, wenn außer Bontemps noch jemand die Leiter hält.«

Péguilin de Lauzun, der schon fast ganz im Kamin verschwunden ist, streckt seine gascognische Nase wieder heraus.

»Ach ja, seit Vardes Soissons erobert hat, begnügt er sich mit dieser einen Festung.«

»Und das, obwohl sie jedem Reisenden Tür und Tor öffnet«, ergänzt der König.

Der Marquis wartet, bis sein erhabener Herr verschwunden ist, ehe er mit den Schultern zuckt. Zusammen mit Bontemps hält er die ruckende Strickleiter. Der Mond verschwindet hinter einer Wolke, es ist stockfinster. Vardes fletscht die Zähne wie ein Hund kurz vorm Zubeißen.

»Ach, die Soissons, diese Hure …!«, knurrt er vor sich hin.

Warum kann er bloß die andere nicht vergessen, die Frau mit den grünen Augen … Eine göttliche Haut! Das hat er bei der viel zu kurzen Umarmung gespürt, die er ihr aufgezwungen hat. Die warme Furche ihrer Wirbelsäule, die Krümmung ihrer Lenden, über die ein seidiger Schauer lief!

Die Erinnerung an diesen flüchtigen Moment lässt ihm keine Ruhe, und sie ist auch der Grund dafür, dass ihn dieser alberne Ausflug heute nicht lockt.

In Wahrheit erwartet Mademoiselle de La Motte Seine Majestät gar nicht; und noch weniger erwartet das andere Ehrenfräulein, das mit ihr die Gemächer teilt, Péguilin, der nicht einmal ihren Namen kennt.

Aber es gibt nichts Süßeres und Gefügigeres als die Ehrenfräulein. Nur kurz presst Mademoiselle de La Motte eine Hand auf den Mund, um einen Aufschrei zu ersticken, als sie ihren königlichen Geliebten, schwarz wie ein Kaminkehrer, plötzlich vor sich stehen sieht.

Kein Geschrei, nicht einmal der kleinste Ausruf ist zu hören. Vergessen wir nicht, dass man hinter der Tür auf der linken Seite Madame de Navailles schnarchen hört, und hinter der letzten Tür rechts liegt das Zimmer der Königin.

Die Königin liegt allein in ihrem großen Bett. Sie wartet auf den König und versucht, den Schlaf zu verscheuchen, der sie zu überwältigen droht. Der König arbeitet immer bis spät in die Nacht.

Die Infantin Maria Theresia hat das Gefühl, als verbringe sie ihre gesamte Zeit damit, auf ihn zu warten. Dabei ist er ein sehr aufmerksamer Ehemann, und der schönste, den man sich nur wünschen kann.

Maria Theresia richtet sich auf einem Ellbogen auf. Im Halbdunkel des Zimmers rühren sich zwei untersetzte Gestalten und kommen heran. Ihr Zwerg und ihre Zwergin. Sie sind immer da, treu und schwerfällig, traurig und drollig liegen sie mit dem Hund in den dunklen Winkeln der Tapisserien.

Die Königin bittet die Zwergin, ihr eine dickflüssige Schokolade mit geschlagenem Ei und Zimt zuzubereiten. Sie wird sie in ganz kleinen Schlucken trinken und dabei an Spanien denken…

Der König liegt in den Armen von Mademoiselle de La Motte-Houdancourt und schwärzt beim Küssen ihr frisches Gesicht mit dunklem Ruß.

Péguilin hingegen ist ein wenig besorgt. Die ängstlich aufgerissenen hellen Augen seiner Eroberung und der schwierige

Sturm auf die Festung lassen ihn stutzig werden. Ist er etwa der Erste, der dieses entzückende kleine Porzellanpüppchen mit den grazilen Gliedern, das sich ihm immer wieder entzieht, die Geheimnisse der Liebe lehrt?

»Sagt, mein Herz«, flüstert er, »seid Ihr noch Jungfrau?«

Da lacht ihm die Unschuldige ins Gesicht. Sie werden sich sicher gut verstehen. Sie macht sich über ihn lustig, das ist alles. Ohne zu ahnen, dass Vardes und Bontemps da oben stehen und gähnend und frierend die Strickleiter halten. Ohne zu ahnen, dass die Zeit kostbar ist. Man muss sie nutzen, zum Teufel! Ah, das ist schon besser! Wirklich entzückend, die süße Kleine. Merkwürdig, dass sie ihm bisher noch nie aufgefallen ist. Dabei hat er das Gefühl, sie bereits gut zu kennen. Ihr Lachen hat etwas Vertrautes.

»Sagt mir Euren Namen, meine Liebste«, fleht er beim Abschied.

Schelmisch verzieht sie das Gesicht.

»Sagt mir erst den Euren.«

»Meine Güte, ich bin Péguilin. Habt Ihr mich denn nicht erkannt?«

Erneut lacht sie.

»Péguilin, der Kaminkehrer.«

Dann lässt sie sich erweichen und verrät ihm mit kindlichem Ernst, was er wissen will: »Ich heiße Marie Agnès de Sancé.«

In seinen Gemächern im Louvre spürt Monsieur de Mazarin den nahen Tod. Heute hat er sich in den Palast in der Rue Neuve des Petits Champs bringen lassen und dort die herrliche Bibliothek besucht, in der Gabriel Nausé fünfunddreißigtausend Bände versammelt hat. Unter hohen Kosten sind sie aus Holland, Flandern, England oder Italien hergebracht worden. Anschließend hat man ihn in seinen riesigen Stall gebracht, den fremde Besucher wie das achte Weltwunder bestaunen. Und er hat gelächelt, als er die herrlich bestickten Decken seiner Maultiere gesehen hat, um die ihn die Theatiner immer wieder bitten, weil sie ihre Kirche damit ausschmücken wollen.

Doch nach der Rückkehr von diesem Ausflug ist der Kardinal ohnmächtig geworden. Der Tod ist nicht mehr fern, und er weiß es. Er muss all die erlesenen Dinge verlassen, die er um den Preis so vieler Mühen und Demütigungen erworben hat.

An einem kleinen Tisch neben dem Kamin sitzt Colbert, sein erster Sekretär, und sein Gänsekiel kratzt beim Schreiben über das Papier.

Nachdem die Kerzen heruntergebrannt sind, haben auch die letzten Herren, die noch bei Madame de Soissons zu Gast waren, die Tuilerien verlassen. Betrunken ziehen sie grölend die Rue du Faubourg Saint-Honoré hinab, schlagen gegen die Vordächer der Läden und löschen die Laternen.

Den Geist von sanften Weindünsten benebelt, zieht sich Madame de Soissons in ihr Schlafzimmer zurück. Dank ihr haben in diesem düsteren Louvre endlich Luxus und Fröhlichkeit Einzug gehalten. Tagsüber Tänze und Feste, nachts … die Freuden der Liebe. Das Lager von Olympia Mancini, der Gräfin de Soissons, ist niemals leer. Und doch beschleicht die schöne Italienerin hin und wieder leise Unruhe. Verliert Vardes etwa allmählich das Interesse …? Nachdem sie den König den Reizen ihrer unerträglichen Schwester Maria hatte überlassen müssen, war Olympia so stolz darauf gewesen, Vardes, das Raubtier mit dem grausamen Lächeln, erobert und gezähmt zu haben … Aber seit einiger Zeit wirkt er zerstreut, abwesend. Er gewinnt neue Kräfte. Ihre spitzen Bemerkungen und ihre Geringschätzigkeit treffen ihn nicht mehr so wie früher.

Sie muss unbedingt die berühmte Wahrsagerin La Voisin aufsuchen. Sie wird ihr den Namen ihrer Rivalin verraten. Denn wenn es eine Rivalin gibt, wird sie sterben ... Aber lohnt Vardes überhaupt all die Mühe? Den König müsste sie zurückgewinnen. Er hat bestimmt längst genug von seiner reizlosen Gemahlin, dieser Infantin, die noch kein einziges Wort Französisch kann und blind den strengen Anweisungen ihres jesuitischen Beichtvaters folgt. Sie wird am Hof niemals eine Rolle spielen. Am Hof von Ludwig XIV. wird seine Favoritin herrschen. Aber wer wird diese Favoritin sein?

Die Gräfin de Soissons liegt auf dem wappenverzierten Laken ihres Bettes und streckt ihren hellen, golden schimmernden Körper. Ja, sie wird die Voisin aufsuchen. Sie kennt alle möglichen Mittel und wird ihr sicher geben können, was sie braucht, um die Unannehmlichkeiten des »ausbleibenden Flusses« zu beheben, den sie vor zwei Monaten erstmals bemerkt hat. Ein solches Mittel einzunehmen ist zwar ärgerlich, aber noch viel ärgerlicher ist es, neun Monate lang ein Kind auszutragen, vor allem, wenn man einen eifersüchtigen Ehemann hat und von dem unstillbaren Drang getrieben wird, sich zu amüsieren.

Wozu soll das Leben denn gut sein, wenn nicht, um mit den Männern zu spielen ...? Auch wenn sie einander im Grunde alle ähneln und auf Dauer etwas langweilig werden.

Bisher hat nur einer ihr völlig neue Empfindungen zu bescheren vermocht. Ein dunkles, stummes Wesen, wild wie ein Stier, sanft wie der Wind, blind und arglos wie ein Element der Natur, dessen Umarmung eine unbestimmte, gleichermaßen Furcht einflößende wie erregende versunkene mythische Erinnerung weckte.

Die Gräfin erschauert. Ihr Mund ist plötzlich trocken, sie richtet sich auf und horcht. Nein, ihr schwarzer Sklave wird nicht mehr kommen. Er ist auf den Galeeren. Er wurde in diesem albernen Hexenprozess verurteilt, und sie hat nicht gewagt, ihn zurückzufordern, weil er zu ihrem Haushalt gehöre und sie teuer für ihn bezahlt habe.

Nie wieder wird der schweigende Mohr durch die finsteren Gänge des Louvre schreiten, geräuschlos die Tür öffnen und sich, fordernd und verächtlich zugleich, der ihm dargebotenen weißen Göttin nähern.

Gefolgt von Péguilin, entsteigt der König dem Kamin. Beide sind höchst zufrieden. Der Marquis de Vardes und der Kammerdiener niesen und sind es weniger.

Über die Dächer des Louvre eilt Ludwig XIV. zurück in seine Gemächer.

Der Große Coesre, der König der Diebe und Bettler, macht sich auf den Weg zum Friedhof der Unschuldigen Kinder, um dort Recht zu sprechen.

Für die Fürsten ist die Nacht die Zeit des Vergnügens, aber für die Bettler und Räuber beginnt nun die Arbeit.

Die ehemaligen Soldaten mit ihren Rapieren, die Bettler mit den künstlichen Geschwüren und die Lahmen auf ihren Krücken, die Konvertierten mit ihren großen Rosenkränzen aus Buchsbaumholz, die Halbnackten, die ihre wenigen Lumpen enger um die blau gefrorene Haut ziehen, die falschen Kranken, die Krätzigen, die Winterbettler, die nur in den kalten Monaten um Almosen bitten, und die Schenkenbettler kriechen aus ihren verwanzten Löchern, dazu die Abgebrannten und die Sackbettler, die in ganzen Familien auf dem Land um Almosen bitten und abends in die Städte zurückkehren, wobei sie einen großen Bogen um die Stadtwachen schlagen.

Aber die Stadtwachen und Gerichtsbüttel haben anderes zu tun, als ihre Haut beim Friedhof der Unschuldigen Kinder zu riskieren. Sie sitzen Pfeife rauchend im Gardesaal des Châtelet.

Die Flussschiffer, die am Seineufer an ihrem Feuer zusammensitzen, sehen die flüchtigen Schatten vorbeihuschen. Hin und wieder schlüpft eine Gestalt zwischen den Kähnen davon. Die Bettler, die in der Wärme der Heuboote Zuflucht gesucht haben, erwachen, als die mit Lilien geschmückte Uhr am Justizpalast und die Rathausuhr Mitternacht schlagen.

Denn selbst im Winter lagern Berge von gutem Heu an den Ufern der Seine. Man braucht viel Heu für all die Pferde. In dieser Stadt gibt es mehr Pferde als Menschen, und von überallher dringen Schnauben und der warme Hauch der Ställe ins Freie.

Zwischen den Hufen eines Pferdes hat sich auch der Schmutzpoet zum Schlafen hingelegt. Genauer gesagt, zwischen den Hufen des bronzenen Pferds von Heinrich IV. auf dem Pont-Neuf. Es ist dort zwar nicht warm, aber wenn es regnet, bietet ihm der Bauch des königlichen Reittiers ausreichend Schutz. Von diesem Ausguck herab betrachtet Claude Le Petit die vorbeieilenden Räuber vom Pont-Neuf, die ihn kennen und in Frieden lassen.

Kommt her auf den Pont-Neuf, ihr Leut'
die reinste Bühne ist es heut'.
Hier sind die Quacksalber mit ihren Verbänden
die Zähne euch ziehen mit ihr'n flinken Händen.
Zu kaufen gibt's Bücher, auch Spielzeug und Mieder,
die Sänger euch singen die neuesten Lieder.

Aber jetzt ist es Nacht, und die Sänger haben den Ort dem Bettelvolk überlassen. Claude Le Petit sieht Calembredaine vorbeikommen, zerlumpt und schrecklich anzusehen in seiner fürchterlichen Verkleidung, mit dem verfilzten Haar und der violetten Geschwulst, die er sich immer auf die Wange klebt. Ihm folgen seine Leutnants und Kamesierer, seine »Marquisen« und seine Dirnen: Wehe den Bürgern, die sich heute Nacht in den Pariser Straßen verspäten!

O Paris bei Nacht, Stadt der Freuden für die Diebe, die Mäntel rauben, Börsen abschneiden, Spaziergänger verprügeln und ermorden, Stadt der Freuden für die liederlichen Kerle, die Arm in Arm singend aus den Schenken und Bordellen torkeln.

Paris bei Nacht, wenn die Räuber freudig und frei zu den Fenstern hinaufsteigen, mit ihren Haken die Schlösser öffnen und alles mitnehmen, was ihnen in die Hände fällt.

Ganz in der Nähe fallen Messerstecher über einen entwaffneten Mann her. Ein anderer verteidigt sich mit dem Schwert, allein gegen vier gedungene Mörder.

Der Poet vom Pont-Neuf hört und erkennt die geliebten Geräusche seiner nächtlichen Stadt: den Pfiff der Diebe, das Klirren der Schwerter, das Krakeelen der Betrunkenen, die Klagen der Unglücklichen, die gerade ermordet werden, die Hilfeschreie... und er lächelt angesichts der finsteren Mischung, aus der hin und wieder die schrille Stimme eines Oblaten- oder Tabakverkäufers hervorsticht, dem ungerührten Zeugen oder vielleicht auch Komplizen dieser Verbrechen.

Aber es ist wirklich nicht warm. Ein scharfer Wind weht von der Seine herauf. Claude Le Petit gleitet von seinem sicheren Ausguck herunter. Er wird ein wenig um die Wirtshäuser herumstreichen und die köstlichen Düfte der Bratküchen genießen.

Die Bratküchen liegen in der Rue de la Vallée-de-Misère. Auch zu dieser späten Stunde brennen hier noch alle Lichter, und die mit brutzelndem Geflügel gespickten Spieße drehen sich im Hintergrund der Schenken.

Nur die letzte, der »Kecke Hahn«, ist dunkel und leer. Madame Bourgus, die Herrin des Hauses, ist an diesem Abend an den Blattern gestorben, und Maître Bourgus weint an ihrem Bett, oben im großen Zimmer. Sein Neffe David Chaillou, ein Bäckergeselle, der gerade erst aus Toulouse gekommen ist, betrachtet ihn ratlos von der anderen Seite des Tischs, auf dem zwei Kerzenleuchter stehen und ein Teller voll Weihwasser mit einem Buchsbaumzweig darin.

Lasst uns weitergehen, dorthin, wo es warm und fröhlich ist.

Die Wirtshäuser und Bratküchen sind die nächtlichen Sterne von Paris, duftende, warme Höhlen. Da gibt es den »Tannenzapfen« in der Rue de la Licorne und die »Löwengrube« in der Rue de la Coiffure, die »Guten Kinder« in der Rue des Bons Enfants und den »Reichen Landmann« in der Rue des Mauvais Garçons. Dazu die »Drei Hämmer«, die »Schwarze Trüffel« und das »Grüne Gitter« in der Rue Hyacinthe, wo sich die religiösen Orden, die Kapuziner, die Cölestiner, die Dominikaner, versammeln. Gerade ist mit verstörter Miene der Mönch Bécher zur Tür hereingekommen, um zu versuchen, beim Wein die Flammen eines Scheiterhaufens zu vergessen.

Sechster Teil

Der Friedhof der Unschuldigen Kinder

Kapitel 23

Durch das Fenster betrachtete Angélique Bêchers Gesicht. Ohne auf den geschmolzenen Schnee zu achten, der vom Dach auf ihre Schultern tropfte, stand sie dort in der Dunkelheit vor dem Wirtshaus Zum Grünen Gitter. Der Mönch saß vor einem Zinnkrug und trank mit starrem Blick.

Angélique konnte ihn trotz des dicken Fensterglases deutlich sehen. Der Schankraum war nicht sehr verräuchert. Die Mönche und Geistlichen, die den Hauptteil der Gäste bildeten, machten sich nichts aus dem Pfeiferauchen. Sie kamen her, um zu trinken, Dame zu spielen und zu würfeln.

Lange war Angélique ziellos durch das verschneite Paris geirrt, bis die Nacht anbrach, die Räubern Deckung bot und die Bühne für Hinterhalte und Verbrechen bereitete. Der Zufall hatte sie vor das Wirtshaus Zum Grünen Gitter geführt, als Bécher gerade hineinging.

Da waren mit einem Schlag ihre Lebensgeister wieder erwacht. Nein, sie war noch nicht vollständig besiegt. Denn eines blieb ihr noch zu tun. Bécher musste sterben! Nur sie wusste, warum. Er war das Symbol für alles, was Joffrey de Peyrac in seinem Leben verabscheut hatte: menschliche Dummheit, Intoleranz und das Fortdauern der mittelalterlichen Sophistik, gegen die ihr Gemahl die neuen Wissenschaften vergeblich zu verteidigen versucht hatte. Und dieser bornierte, in einer düsteren, alten Dialektik verirrte Geist hatte zuletzt triumphiert. Joffrey de Peyrac war tot.

Aber vor seinem Tod hatte er Conan Bécher auf dem Vorplatz von Notre-Dame zugerufen: »In zehn Tagen wirst du neben mir vor dem Richterstuhl Gottes stehen!«

»Du solltest dir hier nicht die Beine in den Bauch stehen, Mädel. Hast du nicht eine Münze für mich, ich muss gleich ins Becken spucken?«

Angélique drehte sich um und versuchte zu erkennen, wer sie angesprochen hatte, aber sie sah niemanden. Erst als der Mond für einen Moment zwischen zwei Wolken hervorkam, entdeckte sie zu ihren Füßen die gedrungene Gestalt eines Zwerges. Dieser hob zwei seltsam gekreuzte Finger. Die junge Frau erinnerte sich an die Geste, die Kouassi-Ba ihr einmal gezeigt hatte. Dabei hatte er gesagt: »Du machst so, und dann sagen meine Freunde: ›In Ordnung, du gehörst zu uns‹!«

Ohne nachzudenken, machte sie Kouassi-Bas Zeichen. Ein breites Lächeln erschien auf dem Gesicht des Zwergs.

»Hab ich's mir doch gedacht, du bist eine von uns! Aber ich kenne dich nicht. Wem gehörst du, Rodogone dem Ägypter, dem Fechter Jean-sans-Dents, Mathurin-Bleu oder dem Raben?«

Angélique antwortete nicht. Sie wandte sich wieder dem Fenster zu und beobachtete weiter den Mönch Bécher. Mit einem Satz sprang der Zwerg auf die Fensterbank. Das Licht aus der Schenke fiel auf ein dickes Gesicht unter einem verdreckten Hut. Er hatte runde, fleischige Hände und winzige Füße, die in Leinenschuhen steckten, wie sie Kinder trugen.

»Wo ist denn der Gast, den du nicht aus den Augen lässt?«

»Er sitzt da hinten in der Ecke.«

»Glaubst du, der alte, schielende Knochensack wird dir für die Mühe was Anständiges bezahlen?«

Angélique atmete tief ein. Mit einem Mal pochte in ihr wieder das Leben; sie wusste, was sie zu tun hatte.

»Ich muss diesen Mann töten.«

Flink glitt die Hand des Zwergs um ihre Taille.

»Wie willst du das anstellen? Du hast ja nicht mal dein Messer dabei.«

Zum ersten Mal betrachtete Angélique diesen seltsamen Kerl genauer, der zwischen den Pflastersteinen hervorgekommen war wie eine Ratte, jene abscheulichen Nachttiere, die Paris überschwemmten, wenn es finster wurde.

Stundenlang war sie verstört durch die Dunkelheit getaumelt, ohne zu wissen, wo sie war. Welcher Hass, welcher Jagdinstinkt hatte sie hierher zum Grünen Gitter geführt?

»Komm mit, Marquise«, sagte der Zwerg unvermittelt und sprang wieder zurück auf den Boden. »Wir gehen zu den Unschuldigen Kindern. Da wirst du schon jemanden finden, der deinen Pfaffen absticht.«

Sie folgte ihm ohne das geringste Zögern. Schwankend ging er vor ihr her.

»Ich heiße Barcarole«, sagte er nach einer Weile. »Ist das nicht ein hübscher Name? Genauso hübsch wie ich. Schuhu!«

Er stieß einen fröhlichen Ruf aus, der an eine Eule erinnerte, machte einen Luftsprung und formte dann einen Schneeball, den er gegen das Fenster eines Hauses schleuderte.

»Mach schnell, meine Schöne«, drängte er, »sonst schütten uns die braven Bürger den Inhalt ihres Nachttopfs auf den Kopf, weil wir sie nicht in Ruhe schnarchen lassen.«

Kaum hatte er ausgesprochen, als auch schon ein Fensterladen gegen die Wand knallte, und Angélique musste zur Seite springen, um der angekündigten Dusche auszuweichen.

Der Zwerg war verschwunden. Angélique ging weiter. Ihre Füße versanken im Schlamm, und ihre Kleider waren feucht. Abe sie spürte die Kälte nicht.

Ein leiser Pfiff lenkte ihre Aufmerksamkeit auf die Öffnung einer Kloake. Kurz darauf tauchte der Zwerg Barcarole daraus auf.

»Vergebt mir, dass ich Euch allein ließ, Marquise, ich habe nur kurz meinen Freund Janin-Cul-de-Bois geholt.«

Hinter ihm kroch eine zweite kleine Gestalt aus der Kloake. Es war kein Zwerg, sondern ein beinloser Krüppel, dessen Rumpf in einer riesigen Holzschale saß. In den knotigen Händen hielt er hölzerne Griffe, mit denen er sich von Pflasterstein zu Pflasterstein vorwärtsstieß.

Das Monstrum schaute mit forschendem Blick zu Angélique auf. Der Mann hatte ein grausiges, mit Pusteln übersätes Gesicht. Seine spärlichen Haare waren sorgfältig über den glänzenden Schädel gelegt. Sein einziges Kleidungsstück war eine Art blauer, an Knopflöchern und Aufschlägen mit goldenen Tressen besetzter Rock, der früher einem Offizier gehört haben musste. Zusammen mit einem blütenweißen Jabot ergab das einen höchst ungewöhnlichen Anblick. Nachdem er die junge Frau ausgiebig gemustert hatte, räusperte er sich und spuckte sie an. Angélique schaute ihn überrascht an und wischte sich anschließend mit einer Handvoll Schnee sauber.

»Gut«, sagte der Beinlose zufrieden. »Sie weiß, mit wem sie spricht.«

»Sprechen nennst du das? Tolle Art zu sprechen!«, rief Barcarole.

Wieder brach er in sein eulenhaftes Lachen aus.

»Schuhu! Was bin ich doch wieder geistreich!«

»Gib mir meinen Hut«, wies ihn der Beinlose an.

Er setzte einen Hut auf, um den als Schmuck eine schöne Feder gewunden war. Dann packte er seine Holzgriffe und machte sich auf den Weg.

»Was will sie?«, fragte er nach einer Weile.

»Wir sollen ihr helfen, einen Kuttenknaben um die Ecke zu bringen.«

»Warum nicht? Wem gehört sie?«

»Keine Ahnung…«

Je länger sie durch die Straßen gingen, desto mehr Gestalten schlossen sich ihnen an. Erst hörte man Pfiffe aus dunklen Winkeln, von den Uferböschungen oder aus Höfen. Dann tauchten die Bettler mit ihren langen Bärten, ihren nackten Füßen und ihren weiten zerlumpten Umhängen auf, alte Weiber, die kaum mehr waren als von Schnüren und dicken Rosenkränzen zusammengehaltene Lumpenbündel, Blinde und Lahme, die ihre Krücken über die Schulter legten, um schneller voranzukommen, Bucklige, die noch keine Zeit gehabt hatten, ihren Höcker abzunehmen. Ein paar echte Arme und Kranke mischten sich unter die falschen Bettler.

Angélique hatte Mühe, ihre Sprache zu verstehen, die mit seltsamen Wörtern gespickt war. An einer Kreuzung stießen sie auf einen Trupp Bewaffneter mit verwegenen Schnurrbärten. Erst glaubte sie, es seien Soldaten, vielleicht sogar Stadtwachen, aber rasch erkannte sie, dass es sich um verkleidete Räuber handelte.

Die wölfischen Augen der Neuankömmlinge ließen sie zurückschrecken. Sie blickte sich hastig um und sah, dass sie von den abscheulichen Gestalten umzingelt war.

»Hast du Angst, meine Schöne?«, fragte einer der Räuber und legte ihr einen Arm um die Taille.

»Nein!«, erwiderte sie und schlug den aufdringlichen Arm herunter. Als der Mann nicht lockerließ, versetzte sie ihm eine Ohrfeige.

Daraufhin geriet die Menge in Aufruhr, und Angélique fragte sich schon, was wohl mit ihr geschehen würde. Aber sie hatte keine Angst. Der Hass und die Auflehnung, die schon viel zu lange in ihrer Seele schwelten, verdichteten sich zu einem rasenden Drang, zu beißen, zu kratzen und jemandem die Augen auszustechen. Auf dem Boden des Abgrunds angelangt, erkannte sie, dass es ihr nicht schwerfiel, sich an die Raubtiere anzupassen, die sie umgaben.

Es war der seltsame Cul-de-Bois, der mit seiner Autorität und seinem wütenden Gebrüll die Ordnung wiederherstellte. Der Rumpfmann hatte eine tiefe Stimme, die, wenn er sie einsetzte, seine Umgebung erschauern ließ und alles andere übertönte. Seine scharfen Worte beendeten den Streit. Jetzt erst sah Angélique, dass das Gesicht des Räubers, der sie provoziert hatte, von blutigen Striemen überzogen war und er eine Hand vor die Augen hielt. Aber die anderen lachten.

»Alle Achtung, die Kleine hat dich ja ganz schön zugerichtet!«

Angélique hörte sich ebenfalls lachen, ein herausforderndes Lachen, das sie selbst überraschte. So einfach war es also, sich auf dem Grund der Hölle zu bewegen? Und die Angst... Meine Güte, was war schon Angst? Ein Gefühl, das nicht existierte, höchstens etwas für die braven Pariser Bürger, die vor Furcht zitterten, wenn sie unter ihren Fenstern die Bettler auf dem Weg zum Friedhof der Unschuldigen Kinder vorbeiziehen hörten, wo sie ihrem Fürsten, dem Großen Coesre, huldigen würden.

»Wem gehört sie?«, fragte wieder einer.

»Uns«, brüllte Cul-de-Bois, »damit das klar ist.«

Die Bettler ließen ihn vornweg rollen. Keiner von ihnen, und hätte er auch die flinkesten Beine, hätte es sich einfallen lassen, den Rumpfmann zu überholen. In einer ansteigenden Gasse stürzten zwei der einstigen Soldaten, die »Fechter« oder »Gartbrüder« genannt wurden, vor, um die Schale des Beinlosen hochzuheben und ihn ein Stück zu tragen.

Der Gestank in den Straßen des Viertels wurde immer übler:

In den Abflussrinnen verfaulten Fleisch, Käse und Gemüse, und über allem hing ein durchdringender Verwesungsgeruch. Es war das Viertel der Markthallen, das am entsetzlichen Fleischfresser[15], dem Friedhof der Unschuldigen Kinder, endete.

Angélique war noch nie auf diesem Friedhof gewesen, obwohl der makabre Ort als einer der beliebtesten Treffpunkte von ganz Paris galt. Man begegnete dort sogar vornehmen Damen, die an den Buchständen oder bei den Wäschehändlern einkauften, die ihre Auslagen unter den Beinhäusern eingerichtet hatten.

Elegante Herren, die mit ihren Mätressen von Arkade zu Arkade schlenderten, waren tagsüber ein vertrauter Anblick. Beiläufig schoben sie mit der Spitze ihrer Gehstöcke Totenschädel oder verstreute Knochen beiseite, während Beerdigungszüge psalmodierend ihren Weg kreuzten.

Nachts jedoch diente dieser privilegierte Ort, an dem von alters her niemand verhaftet werden durfte, Schurken und Räubern als Zuflucht, und die lüsternen Männer suchten hier unter den Dirnen nach Gefährtinnen für ihre Ausschweifungen.

Als sie den Friedhof erreichten, dessen halb eingestürzte Mauer an vielen Stellen Zugang gewährte, kam gerade ein Totenausrufer in seinem schwarzen, mit Totenschädeln, gekreuzten Schienbeinknochen und silbernen Tränen bestickten Überrock durch das Haupttor heraus.

»In der Rue de la Ferronnerie ist heute jemand gestorben«, erklärte er ungerührt, als er die Gruppe bemerkte, »und man verlangt nach Armen für den Leichenzug morgen. Jeder soll zehn Sols und einen schwarzen Rock oder Mantel bekommen.«

»Wir gehen, wir gehen!«, riefen ein paar zahnlose alte Weiber.

Beinahe wären sie gleich zum Haus in der Rue de la Ferronnerie gestürmt und hätten sich dort niedergelassen, doch die anderen hielten sie schimpfend davon ab. Cul-de-Bois erhob erneut seine Stimme und überschüttete sie mit Flüchen: »Teufelsdreck noch eins! Ihr wollt euch um eure Arbeit und eure kleinen Geschäfte kümmern, während der Große Coesre auf uns wartet? Womit hab ich bloß diese alten Vetteln verdient? Auf mein Wort, mit den guten Sitten geht's bergab …!«

Verwirrt senkten die alten Frauen den Kopf, und ihr Kinn begann zu zittern. Dann schlüpften alle, die einen hier, die anderen dort, durch die Löcher in der Mauer auf den Friedhof.

Der Totenrufer entfernte sich mit klingelndem Glöckchen. An den Kreuzungen blieb er stehen, hob das Gesicht zum Mond und rief mit monotoner Stimme:

»Betet, ihr Schläfer, nach dem langen Tag,
dass Gott die Toten bei sich aufnehmen mag.«

Angélique ging über die weitläufige, mit Leichen durchsetzte Fläche. Hier und dort klafften weit offene Leichengruben, die bereits zur Hälfte mit in Leichentücher eingenähten Toten gefüllt waren und auf die nächste Fuhre warteten, ehe sie geschlossen wurden.

Ein paar Grabstelen oder steinerne Platten auf dem Boden kennzeichneten die Gräber von wohlhabenderen Familien. Aber das hier war seit Jahrhunderten der Friedhof der Armen. Die Reichen ließen sich bei Saint-Paul begraben.

Das Licht des Mondes, der nun endlich an einem wolkenlosen Himmel strahlte, beleuchtete die dünne Schneeschicht auf den Dächern der Kirche und der umliegenden Gebäude.

Das Kreuz auf dem Grab der Familie Bureau, ein hohes metallenes Kreuz, das neben dem gemauerten Predigerhäuschen in der Mitte des Geländes aufragte, schimmerte matt.

Die Kälte minderte ein wenig den ekelerregenden Gestank. Ohnehin schien sich niemand darum zu kümmern, und auch Angélique atmete achtlos die mit Miasmen geschwängerte Luft.

Was jedoch ihren Blick unwiderstehlich anzog und sie so verblüffte, dass sie glaubte, mitten in einen Albtraum geraten zu sein, waren die vier Galerien, die, von der Kirche ausgehend, den Friedhof umschlossen.

Diese aus dem Mittelalter stammenden Gebäude hatten im unteren Teil einen Kreuzgang mit spitzbogigen Arkaden, wo die Händler tagsüber ihre Waren ausbreiteten.

Aber zwischen diesem Kreuzgang und den darüberliegenden, zur Friedhofsseite hin auf Holzstützen ruhenden Ziegeldächern gab es eine offene Galerie, deren Kammern vollständig mit Knochen ausgefüllt waren. Tausende und Abertausende von Totenschädeln und die Überreste ebenso vieler Skelette waren dort gestapelt. Diese bis unters Dach mit einer makabren Ernte gefüllten Speicher des Todes präsentierten den Blicken und Gedanken der Lebenden eine unvorstellbare Sammlung von Schädeln, die im Luftzug austrockneten, bis sie irgendwann zerfielen. Doch unentwegt wurden sie durch frischen Nachschub aus dem Boden des Friedhofs ersetzt.

Denn überall sah man neben den Gräbern säuberlich aufgeschichtete Knochenstapel und die unheimlichen weißen Totenschädel, die die Totengräber zusammengetragen hatten, damit sie morgen in die Speicher über dem Kreuzgang gebracht werden konnten.

»Was… was ist das?«, stammelte Angélique, für die ein solcher Anblick nicht in die Wirklichkeit gehören konnte und die daher fürchtete, verrückt geworden zu sein.

Der Zwerg Barcarole hockte auf einem Grab und musterte sie neugierig.

»Die Beinhäuser!«, antwortete er. »Das sind die Beinhäuser der Unschuldigen Kinder! Die schönsten Beinhäuser von ganz Paris!«

Nach einer kurzen Pause fügte er hinzu: »Wo kommst du denn her? Kennst du denn überhaupt nichts?«

Sie setzte sich neben ihn.

Seit sie dem Fechter, ohne es zu merken, das Gesicht zerkratzt hatte, ließ man sie in Ruhe, und niemand sprach sie mehr an.

Wenn sich neugierige oder lüsterne Blicke auf sie richteten, erhob sich gleich eine warnende Stimme: »Cul-de-Bois hat gesagt, sie gehört uns. Also Vorsicht, Männer!«

Angélique bemerkte nicht, dass sich der Friedhof, der noch kurz zuvor halb verlassen dagelegen hatte, allmählich mit einer Vielzahl zerlumpter, bedrohlicher Gestalten füllte.

Sie war wie gebannt vom Anblick der Beinhäuser. Sie wusste nicht, dass diese grausige Neigung, die Knochen der Toten aufzuschichten, eine besondere Eigenheit der Pariser war. Alle großen Kirchen der Hauptstadt versuchten es dem Friedhof der Unschuldigen Kinder gleichzutun. Angélique fand diesen Brauch entsetzlich. Für den Zwerg Barcarole hingegen war es ein wunderschöner Anblick. Leise murmelte er vor sich hin:

»*Und endlich kommt der unselige Tag …*
Wie traurig, dem Tod in die Augen zu sehen
und nicht zu wissen, wohin man wird gehen!«

Langsam drehte sich Angélique zu ihm um.

»Bist du ein Dichter?«

»Die Verse sind nicht von mir, sondern vom Schmutzpoeten.«

»Kennst du ihn?«

»Das will ich wohl meinen! Er ist der Dichter vom Pont-Neuf!«

»Den will ich auch töten.«

Der Zwerg zuckte zusammen wie eine Kröte.

»Was? Mach keine Witze. Das ist mein Freund.«

Er sah sich um, tippte sich mit dem Finger an die Schläfe und rief den anderen zu: »Die spinnt, die Kleine! Sie will alle Welt abmurksen.«

Mit einem Mal erklang Geschrei, und die Menge teilte sich, um eine seltsame Prozession durchzulassen.

Vorneweg ging eine sehr große, magere Gestalt, die auf nackten Füßen durch den schlammigen Schnee trippelte. Volles weißes Haar fiel dem Mann auf die Schultern, aber sein Gesicht war bartlos. Man hätte ihn für eine Frau halten können, und vielleicht war er ja auch gar kein Mann, trotz der Hosen und der zerlumpten Jacke. Mit seinen hervorstehenden Wangenknochen und seinen schwermütigen, trüben Augen wirkte er ebenso geschlechtslos wie ein Skelett und passte in den düsteren Rahmen. Er trug eine lange Pike, auf deren Spitze ein toter Hund aufgespießt war.

Neben ihm schwang ein kleiner feister, bartloser Mann einen Besen.

Hinter diesen beiden merkwürdigen Fahnenträgern folgte ein Drehleierspieler, der die Kurbel seines Instruments kreisen ließ. Das Ungewöhnliche an diesem Musikanten war sein riesiger Strohhut, dessen Krempe ihm bis auf die Schultern herabhing, sodass sein Kopf fast vollständig darin verschwand. Aber in die vordere Seite hatte er ein Loch gebohrt, durch das man seine spöttischen Augen blitzen sah. Hinter ihm kam ein Kind, das aus Leibeskräften auf den Boden eines Kupferbeckens trommelte.

»Soll ich dir verraten, wer diese drei berühmten Herren sind?«, fragte der Zwerg Angélique.

»Du kennst zwar das Zeichen«, fügte er mit einem Zwinkern hinzu, »aber ich sehe ja, dass du nicht zu uns gehörst. Die beiden da vorn sind der Große Eunuch und der Kleine Eunuch. Es sieht schon seit Jahren so aus, als würde der Große Eunuch bald sterben, aber er stirbt nicht. Der Kleine Eunuch ist der Hüter der Frauen des Großen Coesre. Er trägt das Zeichen des Königs von Tunis.«

»Ein Besen?«

»Psst! Mach dich nicht darüber lustig. Dieser Besen versteht sich darauf, Ordnung zu schaffen. Hinter ihnen kommt Thibault der Leiermann und sein Page Linot. Und das da sind die Weiber des Königs von Tunis.«

Unter den schmutzigen Hauben der Frauen, auf die er deutete, erkannte sie die geschwollenen Gesichter und dunkel geränderten Augen von Prostituierten. Manche von ihnen waren noch schön, und alle warfen herausfordernde Blicke in die Runde. Aber nur die erste, ein Mädchen, fast noch ein Kind, hatte ein wenig Frische. Trotz der Kälte war ihr Oberkörper nackt, und stolz präsentierte sie ihre jungen, voll erblühten Brüste.

Dahinter folgten Fackelträger, Musketiere mit dem Schwert an der Seite, Bettler und falsche Jakobspilger. Schließlich kam ein schwerer Karren mit quietschenden Achsen in Sicht, den ein Riese mit leerem Blick und wulstigen Lippen vor sich her schob.

»Das ist Bavottant, der Schwachkopf des Großen Coesre«, verkündete der Zwerg.

Hinter dem Schwachkopf bildete ein weißbärtiger Mann den Abschluss. Er trug einen schwarzen Überrock, dessen Taschen mit Pergamentrollen vollgestopft waren. An seinem Gürtel hingen drei Ruten, ein Tintenhorn und mehrere Gänsekiele.

»Das ist Rôt-le-Barbon, der Kamesierer des Großen Coesre, er macht die Gesetze im Königreich Tunis.«

»Und wo ist dieser Große Coesre?«

»Na, auf dem Karren.«

»Auf dem Karren?«, wiederholte Angélique verblüfft.

Sie richtete sich ein wenig auf, um besser sehen zu können.

Der Karren war vor dem Predigerhäuschen stehen geblieben. Dieses befand sich, um ein paar Stufen erhöht und von einem pyramidenförmigen Dach geschützt, in der Mitte des Friedhofs.

Der Schwachkopf Bavottant beugte sich vor und hob etwas aus dem Karren, dann setzte er sich auf die oberste Stufe und legte den Gegenstand auf seine Knie.

»Mein Gott!«, stöhnte Angélique.

Sie sah den Großen Coesre. Es war eine Kreatur mit monströsem Oberkörper, an dem die schwächlichen weißen Beine eines zweijährigen Kindes hingen. Sein mächtiger Kopf war mit struppigem, schwarzem Haar bedeckt, um das ein schmutziges Tuch gewickelt war, das den eitrigen Schorf versteckte. Die tief liegenden Augen unter seinen buschigen Brauen funkelten böse. Er hatte einen dichten schwarzen Schnurrbart, dessen Enden wie Haken hochgezwirbelt waren.

»Hä, hä!«, lachte Barcarole hämisch und weidete sich an Angéliques Überraschung. »Das wirst du schon noch lernen, Herzchen, bei uns herrschen die Kleinen über die Großen. Und weißt du, wer vielleicht der nächste Große Coesre wird, wenn Rolin-le-Trapu irgendwann abkratzt?«

Er beugte sich zu ihr vor und flüsterte: »Cul-de-Bois.«

Dann nickte er mit seinem dicken Kopf.

»Das ist ein Naturgesetz. Man braucht Köpfchen, um über die Bettlerzunft zu herrschen. Und daran hapert's, wenn man zu viel Bein hat. Was meinst du dazu, Pied-Léger?«

Der Angesprochene lächelte. Er hatte sich auf den Rand des Grabs gesetzt und legte eine Hand auf die Brust, als hätte er Schmerzen. Es war ein sehr junger Mann, der einen sanften, schlichten Eindruck machte.

»Ganz recht, Barcarole«, sagte er kurzatmig. »Ein Kopf ist immer besser als Beine, denn wenn einen die Beine im Stich lassen, bleibt einem gar nichts mehr.«

Angélique betrachtete verwundert die langen, muskulösen Beine des jungen Mannes.

Er lächelte wehmütig.

»Oh, sie sind noch da. Aber ich kann sie kaum noch bewegen. Ich war Läufer bei Monsieur de La Sablière, aber nachdem ich eines Tages fast zwanzig Meilen gerannt war, hat mein Herz schlappgemacht. Und seitdem kann ich nicht mehr gehen.«

»Du kannst nicht mehr gehen, weil du zu viel gelaufen bist«, rief der Zwerg mit einem erneuten Luftsprung. »Schuhuhu, ist das komisch!«

»Halt's Maul, Barco!«, grollte eine Stimme. »Du nervst!«

Eine kräftige Faust packte Barcarole an der Jacke und schleuderte ihn mitten in einen Knochenstapel.

»Der Gnom geht uns auf den Geist, nicht wahr, meine Schöne?«

Der Mann beugte sich zu Angélique hinunter. Nach all den Missbildungen und der Hässlichkeit um sie herum bedeutete das attraktive Äußere des Neuankömmlings für die junge Frau eine gewisse Erleichterung. Sein Gesicht konnte sie nicht genau erkennen, da es im Schatten eines großen, mit einer dürren Feder geschmückten Huts verborgen lag. Trotzdem erahnte sie regelmäßige Züge, große Augen und einen wohlgeformten Mund. Der Mann war jung und voller Kraft. Seine tiefdunkle Hand ruhte auf der Parierstange eines langen Dolchs, der an seinem breiten Gürtel hing.

»Wem gehörst du, meine Schöne?«, fragte er mit schmeichelnder Stimme, in der ein leichter fremdländischer Akzent mitklang.

Sie antwortete nicht und schaute verächtlich in die Ferne.

Da hinten, auf den Stufen des Predigerhäuschens, hatte man vor dem Großen Coesre und seinem hünenhaften Schwachkopf das Kupferbecken auf den Boden gestellt, auf dem das Kind zuvor herumgetrommelt hatte.

Und einer nach dem anderen traten die Bettler vor, um die vom Herrscher verlangte Steuer in das Becken zu werfen.

Jeder zahlte entsprechend seiner Spezialität. Der Zwerg, der wieder zu Angélique zurückgekommen war, erläuterte ihr mit gedämpfter Stimme die Titel dieses ganzen Bettelvolks, das seit der Gründung von Paris die Ausbeutung der öffentlichen Wohltätigkeit nach strengen Regeln organisierte.

Er zeigte ihr die »Abgebrannten«, die ordentlich gekleidet und mit schamvoller Miene die Hand ausstreckten und den Passanten erzählten, sie seien einst ehrbare Leute gewesen. Dann aber seien im Krieg ihre Häuser niedergebrannt und ihr gesamtes Hab und Gut geraubt worden. Die »Krämer« gaben sich als ehemalige Kaufleute aus, die angeblich von Wegelagerern ausgeraubt worden waren, und die »Konvertierten« behaupteten, sie seien von der Gnade Gottes erleuchtete Protestanten und wollten sich zum Katholizismus bekehren. Nachdem sie die Belohnung dafür eingestrichen hatten, zogen sie weiter, um sich im nächsten Sprengel erneut zu bekehren.

Die »Fechter« und »Garter«, ehemalige Soldaten, verliehen ihren Bitten um milde Gaben mit ihren Schwertspitzen Nachdruck und bedrohten und erschreckten die braven Bürger, während die »Waisen«, kleine Kinder, die einander bei der Hand hielten und vor Hunger weinten, ihre Herzen zu erweichen suchten.

Die gesamte Bettlerzunft respektierte den Großen Coesre, weil er für Ruhe zwischen den rivalisierenden Banden sorgte.

Sols, Ecus und sogar Goldstücke fielen in das Becken.

Der Mann, dessen Haut die Farbe von geröstetem Brot hatte, ließ Angélique nicht aus den Augen. Er trat näher an sie heran und strich mit einer Hand über ihre Schulter. Als sie unwillkürlich zurückwich, sagte er hastig: »Ich bin Rodogone der Ägypter. Mir gehorchen viertausend Leute in Paris. Alle Zigeuner, die in die Stadt kommen, zahlen mir Steuern, und auch die dunklen Frauen, die den Leuten aus der Hand lesen. Willst du eins meiner Weiber werden?«

Sie antwortete nicht. Über dem Kirchturm und den Beinhäusern zog der Mond seine Bahn. Vor dem Predigerhäuschen kam jetzt die Prozession der echten und falschen Krüppel vorbei, derjenigen, die sich absichtlich verstümmelten, um Mitleid zu erregen, und der anderen, die abends Krücken und Verbände von sich warfen. Deswegen hatte man ihrem Unterschlupf auch den Namen »Hof der Wunder« gegeben.

Aus der Rue de la Truanderie, den Faubourgs Saint-Denis, Saint-Martin und Saint-Marcel, aus der Rue de la Jussienne und der Rue de Sainte-Marie-l'Égyptienne waren die Krätzigen, die falschen Kranken und Krüppel, die Grantner, die Langfinger und die Sefer zusammengeströmt, die zwanzig Mal am Tag sterbend neben einem Prellstein zusammenbrachen, nachdem sie sich eine Schnur um den Arm gebunden hatten, um den Pulsschlag zu unterdrücken. Nacheinander warfen sie ihren Obolus vor das abscheuliche kleine Götzenbild, dessen Autorität sie alle anerkannten.

Rodogone der Ägypter legte erneut eine Hand auf Angéliques Schulter. Diesmal schüttelte sie sie nicht ab. Die Hand war warm und lebendig, und ihr war doch so kalt! Der Mann war stark, und sie war schwach. Sie sah zu ihm auf und versuchte im Schatten des Huts das Gesicht zu erkennen, das ihr keinen Abscheu einflößte. Das Weiße in den lang gezogenen Augen des Zigeuners leuchtete. Er stieß einen Fluch zwischen den Zähnen hervor und stützte sich schwer auf sie.

»Willst du meine ›Marquise‹ sein? Ja, ich glaube, ich würde so weit gehen.«

»Würdest du mir helfen, jemanden umzubringen?«, fragte sie.

Der Bandit warf mit einem grausigen, lautlosen Lachen den Kopf in den Nacken.

»Zehn, zwanzig Leute, wenn du willst! Du brauchst mir den

Kerl nur zu zeigen, und ich schwöre dir, bis zum Morgengrauen liegen seine Eingeweide auf dem Pflaster.«

Er spuckte in seine Hand und hielt sie ihr hin.

»Schlag ein, dann sind wir uns einig.«

Aber sie verschränkte die Hände hinter dem Rücken und schüttelte den Kopf.

»Noch nicht.«

Ihr Gegenüber fluchte erneut, dann trat er zur Seite, ohne Angélique dabei aus den Augen zu lassen.

»Du bist stur«, sagte er. »Aber ich will dich. Und ich werde dich bekommen.«

Angélique strich sich mit der Hand über die Stirn. Wer hatte diese grausamen, gierigen Worte schon einmal zu ihr gesagt …? Sie konnte sich nicht mehr daran erinnern.

Plötzlich kam es zwischen zwei Soldaten zum Streit. Nachdem die Prozession der Bettler beendet war, kamen in der Parade der Gaunerzunft nun die schlimmsten Räuber der Hauptstadt an die Reihe, nicht nur die Beutelschneider und Manteläuber, sondern auch die gedungenen Mörder, die Diebe und die Einbrecher, unter die sich liederliche Studenten, Knechte, ehemalige Galeerensträflinge und ein ganzes Heer von Fremden mischte, die die Wechselfälle der Kriege in die Stadt gespült hatten: Spanier und Iren, Deutsche, Schweizer und auch Zigeuner.

Bei dieser Vollversammlung der Gauner- und Bettlerzunft sah man sehr viel mehr Männer als Frauen, und dabei waren nicht einmal alle gekommen. So groß der Friedhof der Unschuldigen Kinder auch war, er hätte niemals all die Bedürftigen und Ausgestoßenen der Stadt aufnehmen können.

Unversehens trieben die Kamesierer des Großen Coesre die Menge mit Ruten auseinander und bahnten sich einen Weg zu dem Grab, an dem Angélique lehnte. Als die unrasierten Männer vor ihr stehen blieben, erkannte sie, dass sie zu ihr wollten. Der Greis namens Rôt-le-Barbon ging vorneweg.

»Der König von Tunis will wissen, wer die Frau ist«, sagte er und deutete dabei auf Angélique.

Rodogone legte einen Arm um ihre Taille.

»Mach keinen Mucks«, flüsterte er. »Das regeln wir schon.«

Er zog sie mit sich vor das Predigerhäuschen, wobei er sie immer noch an sich gedrückt hielt. Er warf hochmütige und gleichzeitig misstrauische Blicke in die Menge, als fürchtete er, ein Feind könne unvermittelt auftauchen und ihm seine Beute entreißen.

Seine Stiefel waren aus feinem Leder, und sein Rock wies keinen einzigen Flicken auf. Unbewusst registrierte Angélique all diese Einzelheiten. Der Mann machte ihr keine Angst. Er war an Macht und Kampf gewöhnt. Und Angélique fügte sich seinem Anspruch als besiegte Frau, die nicht ohne einen Herrn sein kann.

Als sie vor dem Großen Coesre standen, streckte der Zigeuner den Kopf vor, spuckte aus und erklärte: »Ich, der Herzog von Ägypten, nehme die da zur Marquise.«

Und mit schwungvoller Geste warf er eine Geldbörse in das Becken.

»Nein!«, entgegnete darauf eine ruhige, grausame Stimme.

Mit einem Satz schwang Rodogone herum.

»Calembredaine!«

Wenige Schritte vor ihnen stand im Mondlicht der Mann mit der violetten Geschwulst, der sich Angélique schon zweimal hämisch lachend in den Weg gestellt hatte.

Er war genauso groß wie Rodogone, aber kräftiger gebaut.

Seine zerlumpten Kleider gaben den Blick auf muskulöse Arme und eine behaarte Brust frei. Breitbeinig stand er da, die Daumen in seinen breiten Ledergürtel gehakt, und schaute den

Zigeuner herausfordernd an. Sein athletischer Körper wirkte jünger als sein abscheuliches Gesicht, das halb von seinem verfilzten grauen Haar verdeckt war. Hinter den schmutzigen Strähnen funkelte ein einzelnes Auge. Das andere war hinter einer schwarzen Binde verborgen.

Im Mondlicht war er deutlich zu sehen, und hinter ihm glitzerte der Schnee auf den Dächern der Beinhäuser.

Oh, was für ein grauenvoller Ort, dachte Angélique. Was für ein grauenvoller Ort!

Sie drängte sich enger an Rodogone. Der Herzog von Ägypten überschüttete seinen ungerührt dastehenden Widersacher mit einem Schwall Flüchen.

»Du Hund! Du Hundesohn! Lumpenkerl! Aas! Das wird ein böses Ende nehmen... Hier ist nicht genug Platz für uns beide...«

»Halt's Maul«, versetzte Calembredaine.

Dann spuckte er in Richtung des Großen Coesre, was die übliche Ehrbezeugung zu sein schien, und warf ebenfalls eine Börse in das Becken. Sie war schwerer als die von Rodogone.

Jähes Gelächter schüttelte den jämmerlichen Knirps auf dem Schoß des schwachsinnigen Riesen.

»Teufel noch eins, ich habe größte Lust, die Schöne zu versteigern!«, rief er mit rauer, knarzender Stimme. »Zieht sie aus, damit die Burschen sich die Ware genauer anschauen können. Im Moment hat Calembredaine die Nase vorn. Jetzt bist du dran, Rodogone.«

Die Bettler johlten vor Freude. Schaurige Hände griffen nach Angélique. Der Zigeuner schob sie hinter sich und zückte seinen Dolch. In dem Moment bückte sich Calembredaine und schleuderte etwas Rundes, Weißes, das seinen Gegner am Handgelenk traf.

Das Wurfgeschoss rollte über den Boden. Erschreckt sah Angélique, dass es sich um einen Totenschädel handelte.

Der Zigeuner hatte seinen Dolch fallen lassen. Calembredaine hatte sich auf ihn gestürzt und hielt ihn fest. Die beiden Räuber umklammerten einander mit solcher Kraft, dass ihre Knochen knackten, dann rollten sie zusammen über den schlammigen Boden.

Das war das Signal zu einem grauenvollen Kampf. Die Vertreter der fünf oder sechs rivalisierenden Banden von Paris fielen übereinander her. Wer ein Schwert oder einen Dolch hatte, schlug blindlings um sich, dass das Blut spritzte. Die anderen folgten Calembredaines Beispiel und warfen mit Totenschädeln.

Mit einem Satz hatte sich Angélique ins Getümmel gestürzt, um zu fliehen. Aber kräftige Fäuste hatten sie gepackt und zurück vor das Predigerhäuschen geschleift, wo sie die Kamesierer des Großen Coesre festhielten. Dieser beobachtete, umringt von seiner Leibwache, gelassen den Kampf und zwirbelte dabei seinen Schnurrbart.

Rôt-le-Barbon hatte das Becken vom Boden aufgehoben und drückte es an sich.

Der Schwachkopf Bavottant und der Große Eunuch lachten unheilvoll. Und Thibault der Leiermann drehte seine Kurbel und sang aus voller Kehle.

Die alten Bettlerinnen kreischten schrill, als sie zur Seite gestoßen und mit Füßen getreten wurden.

Angélique sah einen lahmen Greis, der mit seiner Krücke immer wieder auf den Kopf von Cul-de-Bois einhieb, als wollte er Nägel darin einschlagen. Schließlich durchbohrte jemand seinen Bauch mit einem Rapier, und er sackte auf dem beinlosen Krüppel zusammen.

Barcarole und die Weiber des Großen Coesre hatten sich auf das Dach eines Beinhauses geflüchtet, von wo aus sie mit den reichlich vorhandenen Totenschädeln das Schlachtfeld bewarfen.

Unter das gellende Geschrei, das Gebrüll und das Stöhnen mischten sich inzwischen auch die Rufe der Bewohner der Rue aux Fers und der Rue de la Lingerie, die sich über diesem Hexenkessel aus dem Fenster beugten und wahlweise die Jungfrau Maria und die Stadtwachen zu Hilfe riefen.

Langsam versank der Mond am Horizont.

Rodogone und Calembredaine kämpften immer noch wie zwei tollwütige Doggen. Schlag folgte auf Schlag. Die beiden Männer waren gleich stark. Doch plötzlich erschallte ein verblüffter Aufschrei.

Wie durch Zauberei war Rodogone verschwunden. Panik und die Furcht vor einem Wunder erfassten das gottlose Bettelvolk. Doch dann hörten sie Rodogone rufen. Ein Fausthieb von Calembredaine hatte ihn in eine der großen Leichengruben befördert. Als er zwischen den Toten wieder zu sich kam, flehte er, man solle ihn herausziehen.

Die Umstehenden brachen in schallendes Gelächter aus, mit dem sie nach und nach die anderen ansteckten.

Mit schweißnasser Stirn lauschten die Handwerker und Arbeiter aus den benachbarten Straßen dem dröhnenden Lachen, das auf das mörderische Geschrei folgte. Die Frauen an den Fenstern bekreuzigten sich.

In dem Moment begann eine Glocke silberhell das Angelus zu läuten.

Eine Salve von gotteslästerlichen, obszönen Flüchen stieg vom Friedhof auf, während die Glocken der anderen Kirchen in das Läuten einfielen.

Es wurde Zeit, sich aus dem Staub zu machen. Wie Eulen oder Dämonen, die das Tageslicht fürchten, verließen die Mitglieder der Gaunerzunft den Friedhof der Unschuldigen Kinder.

In der schmutzigen, stinkenden, wie von blassem Blut gerade erst leicht rötlich angehauchten Morgendämmerung stand Calembredaine vor Angélique und sah sie lachend an.

»Sie gehört dir«, sagte der Große Coesre.

Abermals stürzte Angélique los und rannte auf die Gitter zu. Doch die gleichen brutalen Hände wie zuvor rissen sie zurück und lähmten sie. Ein Knebel aus Lumpen raubte ihr die Luft zum Atmen. Sie wehrte sich, bis sie schließlich das Bewusstsein verlor.

Siebter Teil

Die Tour de Nesle

Kapitel 24

Hab keine Angst«, sagte Calembredaine. Er saß auf einem Schemel vor ihr, die riesigen Hände auf die Knie gestützt. Auf dem Boden kämpfte eine Kerze in einem schönen silbernen Leuchter gegen das fahle Tageslicht.

Angélique bewegte sich und sah, dass sie auf einem einfachen Bett lag, auf dem sich eine beeindruckende Zahl von Mänteln aus allen möglichen Stoffen und in allen Farben stapelten. Darunter waren prächtige Umhänge aus goldverziertem Samt, wie sie die jungen Adligen trugen, wenn sie unter den Fenstern ihrer Mätressen Gitarre spielten, aber auch Mäntel aus grobem Barchent, die bequeme Kleidung der Reisenden und Kaufleute.

»Hab keine Angst... Angélique«, wiederholte der Räuber.

Sie sah ihn aus großen Augen an. Sie zweifelte an ihrem Verstand. Denn er hatte im Dialekt des Poitou gesprochen, und sie verstand ihn!

Er hob eine Hand ans Gesicht und riss sich mit einem Ruck die Geschwulst von der Wange. Unwillkürlich schrie sie auf. Doch da nahm er auch schon seinen schmutzigen Hut ab und mit ihm die verfilzte graue Perücke. Dann löste er die schwarze Augenbinde.

Jetzt hatte Angélique einen jungen Mann mit groben Zügen vor sich, dessen kurz geschnittenes, schwarzes Haar sich über der eckigen Stirn lockte. Unter den buschigen Brauen fixierten braune Augen die junge Frau, und leise Furcht spiegelte sich in seinem Blick.

Angélique hob die Hand an die Brust. Sie bekam keine Luft mehr. Am liebsten hätte sie geschrien, aber sie brachte keinen Ton heraus. Endlich stotterte sie wie eine Taubstumme, die die Lippen bewegt und den Klang ihrer eigenen Stimme nicht kennt: »Ni … co … las.«

Die Lippen des Mannes verzogen sich zu einem Lächeln.

»Ja, ich bin es. Hast du mich erkannt?«

Sie warf einen Blick auf die widerliche Verkleidung, die in einem Haufen neben dem Schemel auf dem Boden lag: die Perücke, die schwarze Augenbinde …

»Dann … dann bist du der Mann, den sie Calembredaine nennen?«

Er richtete sich auf und schlug sich dröhnend mit der Faust auf die Brust.

»Das bin ich. Calembredaine, der illustre Haderlump vom Pont-Neuf. Ich habe es ganz schön weit gebracht, seit wir uns zum letzten Mal gesehen haben, findest du nicht?«

Sie sah ihn an. Sie lag immer noch auf dem Lager aus alten Mänteln und war unfähig, sich zu rühren.

Durch eine vergitterte Schießscharte drang, dicht wie Rauch, in langsamen Windungen der Nebel herein. Vielleicht war das der Grund, warum ihr diese zerlumpte Gestalt, dieser in Fetzen gekleidete Hüne mit seinem schwarzen Bart, der sich auf die Brust schlug und sagte: »Ich bin Nicolas … Ich bin Calembredaine«, wie ein gespenstisches Trugbild erschien.

Würde sie wieder ohnmächtig werden?

Plötzlich begann er, auf und ab zu gehen, ohne sie dabei aus den Augen zu lassen.

»Wenn es warm ist, hält man es in den Wäldern ja noch aus«, sagte er. »Ich habe mich mit Salzschmugglern zusammengetan. Danach bin ich im Wald von Mercœur auf eine Bande gestoßen: ehemalige Söldner, frühere Bauern aus dem Norden, entlaufene Galeerensträflinge. Sie waren gut organisiert, und ich habe mich ihnen angeschlossen. Wir überfielen die Reisenden auf der Straße von Paris nach Nantes. Wenn es warm ist, hält man es in den Wäldern ja noch aus. Aber im Winter muss man zurück in die Städte. Und das ist gar nicht so einfach, kann ich dir sagen … Wir waren in Tours, Châteaudun. Und irgendwann sind wir dann vor den Toren von Paris gelandet. Wir hatten einen Heidenärger mit den ganzen Häschern und Bütteln, die uns auf den Fersen waren! Wer sich an den Toren erwischen ließ, dem wurden die Augenbrauen und der halbe Bart abrasiert, und dann, ab mein Freund, wieder zurück zu deinem niedergebrannten Bauernhof, zu deinen geplünderten Äckern und zu deinem Schlachtfeld. Vielleicht sperren sie dich auch ins Hôpital Général oder ins Châtelet, wenn sie in deiner Tasche ein Stück Brot finden, das die Bäckersfrau dir gegeben hat, weil ihr nichts anderes übrig blieb. Aber ich habe die richtigen Stellen gefunden, wo man durchschlüpfen konnte: Keller, die von einem Haus zum anderen führen, Abflüsse, die in die Stadtgräben münden, und, weil es Winter war, auch die Boote, die auf der ganzen Länge der Seine von Saint-Cloud bis Paris im Eis feststeckten. Von einem Boot aufs nächste, und los. Eines Nachts sind wir alle wie die Ratten nach Paris eingedrungen …«

»Wie konntest du nur so tief sinken?«, fragte Angélique gedankenverloren.

Er zuckte zusammen und beugte sich mit zornverzerrter Miene zu ihr hinab.

»Und was ist mit dir?«

Angélique betrachtete ihr zerrissenes Kleid. Ihr offenes, ungekämmtes Haar stahl sich unter der Leinenhaube hervor, die sie mittlerweile trug wie die Frauen aus dem einfachen Volk.

»Das ist nicht das Gleiche«, sagte sie.

Nicolas' Zähne knirschten, und er knurrte wie eine wütende Dogge.

»O doch! Jetzt ... jetzt ist es fast das Gleiche. Hörst du mich ... du Dirne!«

Angélique schaute ihn mit einem abwesenden Lächeln an ... Er war es wirklich. Sie sah ihn wieder in der Sonne stehen, die große Hand voller Walderdbeeren. Und auf seinem Gesicht lag der gleiche zornige, rachsüchtige Ausdruck ... Ja, nach und nach erinnerte sie sich wieder. Genauso hatte er sich vorgebeugt ... Er war linkischer gewesen, bäuerlicher, aber schon damals strahlte er in der Süße des Frühlingswäldchens etwas Besonderes aus. Leidenschaftlich wie ein heißblütiges Tier, und trotzdem hatte er die Arme hinter dem Rücken verschränkt, um nicht in Versuchung zu geraten, sie zu packen und ihr Gewalt anzutun.

»Eines muss ich dir noch sagen ... In meinem Leben hat es immer nur dich gegeben ... Ich bin wie etwas, das nicht an seinem Platz ist und immer ziellos umherwandern wird, ohne ihn zu finden ... Mein einziger Platz warst du ...«

Keine schlechte Liebeserklärung für einen Bauern. Aber in Wahrheit war sein Platz genau der, an dem er jetzt stand, furchterregend und unverschämt: ein Räuberhauptmann in der Hauptstadt Paris ...! Der Platz der Taugenichtse, die lieber anderen etwas wegnehmen, als sich selbst für ihren Lebensunterhalt abzurackern. Man hätte es bereits ahnen können, als er damals seine Rinderherde im Stich ließ, um den anderen kleinen Hirten ihr mitgebrachtes Essen zu stibitzen. Und Angélique war seine Komplizin!

Mit einem Ruck richtete sie sich auf und fixierte ihn mit ihrem blaugrünen Blick.

»Ich verbiete dir, mich zu beleidigen. Für dich bin ich nie eine Dirne gewesen. Und jetzt gib mir etwas zu essen. Ich habe Hunger.«

Plötzlich hatte sie einen Bärenhunger, und ihr Magen krampfte sich so stark zusammen, dass ihr beinahe übel wurde.

Dieser Angriff schien Nicolas Calembredaine aus der Fassung gebracht zu haben.

»Rühr dich nicht vom Fleck«, sagte er. »Das haben wir gleich.«

Er griff nach einem Metallstab und schlug damit gegen einen kupfernen Gong, der an der Wand funkelte wie eine Sonne. Gleich darauf hörte man das eilige Klappern von Holzschuhen auf der Treppe, und im Türspalt erschien ein verdutzt dreinschauender Mann. Nicolas deutete auf ihn.

»Angélique, das ist Jactance, einer meiner Beutelschneider. Aber vor allem ein grunddämlicher Trottel, der es geschafft hat, sich letzten Monat an den Pranger stellen zu lassen. Also behalte ich ihn erst mal hier und lasse ihn kochen, bis die Kundinnen in den Markthallen sein blödes Gesicht vergessen haben. Dann verpassen wir ihm eine Perücke und ab mit der Schere! Leute, passt auf eure Börsen auf! Was hast du in deinem Kessel, du Faulpelz?«

Jactance schniefte und fuhr sich mit dem Ärmel über die feuchte Nase.

»Schweinsfüße mit Kohl, Hauptmann.«

»Du bist doch selbst ein Schwein!«, brüllte Nicolas. »Glaubst du etwa, das ist das passende Essen für eine Dame?«

»Weiß nicht, Hauptmann ...«

»Das geht schon«, mischte sich Angélique ungeduldig ein.

Der Essensgeruch raubte ihr beinahe die Besinnung. Dieser Hunger, den sie jedes Mal in den entscheidendsten und dramatischsten Momenten ihres Lebens verspürte, war wirklich furchtbar demütigend. Und je dramatischer die Ereignisse, desto größer war auch ihr Hunger!

Als Jactance mit einem Napf voller Kohl und glibberigen Schweinsfüßen zurückkam, betrat vor ihm Barcarole den Raum. Er machte einen Luftsprung und deutete dann in Angéliques Richtung eine höfische Verbeugung an, die durch seine kurzen stämmigen Beine und seinen großen Hut ziemlich grotesk wirkte. Seinem Kopf jedoch mangelte es nicht an Intelligenz, und auf eine gewisse Weise war sein Gesicht sogar schön. Vielleicht war das der Grund, warum er Angélique trotz seiner Missgestalt von Anfang an sympathisch gewesen war.

»Ich habe den Eindruck, du bist nicht unzufrieden mit deiner neuen Eroberung, Calembredaine«, sagte er und zwinkerte Nicolas dabei zu. »Aber was wird die Marquise der Polacken wohl dazu sagen?«

»Halt's Maul!«, knurrte der Hauptmann. »Was fällt dir überhaupt ein, einfach hier raufzukommen?«

»Das ist das Recht des treuen Dieners, der eine Belohnung verdient. Vergiss nicht, dass ich das hübsche Mädchen zu dir gebracht habe, nachdem du ihr schon so lange in ganz Paris nachgestellt hast.«

»Und dann bringst du sie zu den Unschuldigen Kindern! Wirklich schlau von dir! Um ein Haar hätte der Große Coesre sie für sich behalten oder Rodogone der Ägypter hätte sie mir vor der Nase weggeschnappt.«

»War doch klar, dass du sie dir erst verdienen musst«, entgegnete der winzige Barcarole, der den Kopf in den Nacken legen musste, um Nicolas ins Gesicht sehen zu können. »Was ist denn das für ein Hauptmann, der nicht um seine Marquise kämpfen will? Und vergiss nicht, dass die Mitgift noch aussteht. Nicht wahr, meine Schöne?«

Angélique hatte nicht zugehört, gierig schlang sie das Essen in sich hinein. Der Zwerg musterte sie gerührt.

»Das Beste an Schweinsfüßen sind die kleinen Knochen«, sagte er freundlich. »Du musst sie aussaugen. Sie sind nicht nur lecker, es macht auch noch Spaß, sie nachher auszuspucken. Ich finde ja, abgesehen von den kleinen Knochen, sollte man den ganzen Rest liegen lassen.«

»Wie kommst du darauf, dass die Mitgift noch aussteht?«, wollte Calembredaine mit gerunzelter Stirn wissen.

»Na, was ist mit dem Kerl, den wir für sie abmurksen sollen? Dem schielenden Mönch ...!«

Der Hauptmann drehte sich zu Angélique um.

»Stimmt das? Bist du einverstanden?«

Sie hatte zu schnell gegessen. Zwar war sie jetzt satt, aber sie fühlte sich ein wenig benommen und hatte sich wieder auf das Mantellager gelegt.

»Ja, das muss sein«, antwortete sie auf Nicolas' Frage mit geschlossenen Augen.

»Und das ist auch recht so!«, kreischte der Zwerg. »Die Hochzeit der Bettler muss mit Blut begossen werden. Schuhu! Mit Mönchsblut ...«

Er fluchte gotteslästerlich und floh dann vor einer drohenden Geste seines Hauptmanns zurück auf die Treppe.

»Er hat recht. Ich will, dass du mir hilfst, jemanden zu töten.«

Nicolas stieß ein furchterregendes Lachen aus.

»Töten! So viele du willst! Ich habe schon genügend andere um die Ecke gebracht.«

Angélique spürte, dass sie ihn für diese schrecklichen Worte hasste, aber gleichzeitig durchströmte sie eine ungeheure Erleichterung.

Er würde es tun! Nicolas würde das für sie tun. Endlich würde sich die Anspannung lösen, die sie gefangen hielt. Diese Ungeduld, die ihre Nerven verkrampfte, diese Obsession, die sie ganz und gar ausfüllte und die jeden klaren Gedanken, jede Angst und jeden Wunsch auslöschte, bis sie nicht diese eine Aufgabe erfüllt hatte, das Letzte, was sie noch für *ihn* tun konnte.

»Versprichst du es mir?«

»Ich verspreche es.«

Für Joffrey, dachte sie, für seine Ehre. Für seinen Ruf. Damit er nicht noch über den Tod hinaus verhöhnt wird.

Sie musste es tun! Ununterbrochen quälte sie der Gedanke an dieses Ziel.

Denn das war das Einzige, was sie noch für ihn tun konnte, für den armen Gemarterten von Notre-Dame, der von allen, und fast auch von ihr, im Stich gelassen worden war.

Erst dann würde sie wieder ein wenig Lebensmut finden. Alles andere war ihr egal.

Mit der Ferse schlug Calembredaine die wacklige Tür wieder zu.

Die Fäuste in die Hüften gestemmt, stand er am Fußende des seltsamen Bettes, auf dem Angélique lag, und betrachtete sie. Endlich öffnete sie die Augen.

»Stimmt es, dass du mir schon seit Langem in Paris nachstellst?«, wollte sie wissen.

»Ich wusste von Anfang an, dass du in der Stadt bist. Das ist ja auch kein Wunder. Mit all meinen Leuten weiß ich sofort, wer alles nach Paris kommt, und ich weiß besser als die hohen Herren selbst, wie viel Schmuck sie besitzen oder wie man in ihr Haus kommt, wenn die Turmuhr auf der Place de Grève Mitternacht schlägt. Aber du hast mich am Fenster der Drei Hämmer gesehen …«

»Du warst abscheulich!«, murmelte sie erschauernd. »Warum hast du so gelacht, als du mich angesehen hast …?«

»Weil mir da klar wurde, dass du bald mir gehören würdest.«

Sie sah ihn kühl an, dann zuckte sie mit den Schultern und gähnte. Vor Calembredaine hatte sie sich gefürchtet, vor Nicolas nicht. Sie war schon immer stärker gewesen als Nicolas. Um Angst vor einem Mann zu haben, darf man ihn nicht als Kind gekannt haben. Die Müdigkeit überwältigte sie.

»Warum ...«, fragte sie, schon im Halbschlaf, »warum bist du überhaupt aus Monteloup weggegangen?«

»Das ist ja wohl die Höhe!«, rief er und verschränkte die Arme vor der Brust. »Warum wohl? Glaubst du denn, ich hätte Lust gehabt, dass mich der alte Guillaume mit seiner Pike aufspießt ... nach dem, was zwischen uns beiden vorgefallen war? Ich habe Monteloup an deinem Hochzeitsabend verlassen ... Hattest du das auch vergessen?«

Ja, das hatte sie auch vergessen. Doch jetzt sah sie Nicolas wieder vor sich, im Halbdunkel der Scheune in Monteloup, wo er Krüge und Karaffen am Zapfhahn eines Weinfasses füllte, das für die Hochzeitsgäste angestochen worden war. Sie war empfänglich gewesen für seine teilnahmslose Unterwürfigkeit, und er hatte ihr gefallen in der Livree, die er auf Weisung des Haushofmeisters Clément Tonnel angezogen hatte. Sie hatte den ersten Schritt getan, hatte ihn angefleht: »Halt mich! Halt mich ganz fest! Das ist alles, worum ich dich bitte.«[16] Denn sie war getrieben von dem wilden Verlangen, nicht ihrem schrecklichen, Angst einflößenden Ehemann ausgeliefert zu werden, ohne zuvor wenigstens ein Mal von einem jungen, schönen Mann geliebt zu werden. Rasend vor Begehren, hatte er nachgegeben. Ja, das hatte sie auch vergessen ...

Hinter ihren geschlossenen Lidern kam die Erinnerung wieder hoch. Der Geruch nach Stroh und Wein, Nicolas' kräftiger Körper, der sich schwer auf sie legte, und jenes quälende Gefühl von Hast und Unvollendetem, weil ihre Tante Marthe plötzlich aufgetaucht war und sie unterbrochen hatte. Noch einmal durchlebte sie ihre Niederlage, ihre Scham … Und doch hatte sie alles vergessen.

»Ja«, sagte er bitter, als hätte er ihre Gedanken gelesen, »sieht ganz so aus, als hätte ich keinen besonders wichtigen Platz in deinem Leben gehabt. Natürlich hast du in all den Jahren nicht ein Mal an mich gedacht.«

»Natürlich nicht«, wiederholte sie leichthin, während sie nach einer noch härteren Erwiderung suchte, mit der sie ihre Überlegenheit festigen konnte. »Ich hatte ja schließlich anderes zu tun, als an einen Stallknecht zu denken.«

»Du Dirne!«, brüllte er, außer sich vor Wut. »Pass auf, was du sagst. Der Stallknecht ist jetzt dein Herr. Du gehörst mir …«

Noch während er schrie, schlief sie ein. Seine Stimme machte ihr keine Angst, im Gegenteil, sie umhüllte sie mit einer brutalen, aber wohltuenden Geborgenheit. Er verstummte.

»Ja, so war es schon immer …«, fuhr er leise fort. »Du bist schon früher immer auf dem Moos eingeschlafen, wenn wir uns gestritten haben. Dann schlaf eben, Liebes. Du gehörst trotzdem mir. Ist dir kalt? Soll ich dich zudecken?«

Ihre Wimpern zuckten kaum merklich. Da holte er einen prächtigen Mantel aus schönem Tuch und breitete ihn über sie. Dann strich er mit einer zärtlichen, beinahe ängstlichen Bewegung flüchtig über ihre Stirn.

Als Angélique aufwachte, erkannte sie, dass dieses Zimmer tatsächlich ein sehr merkwürdiger Ort war. Es war rund, und die Mauern bestanden aus riesigen Steinen wie in einem alten Burgturm. Nur durch eine vergitterte Schießscharte fiel ein wenig Licht herein. Der ganze Raum war angefüllt mit einem Sammelsurium unterschiedlichster Dinge, von zarten, in Ebenholz und

Elfenbein gefassten Spiegeln bis hin zu altem Eisenschrott, Hämmern, Hacken und Waffen …

Angélique streckte sich und sah sich verwundert um. Dann stand sie auf und griff nach einem der Spiegel, der ihr das fremde Gesicht eines blassen Mädchens mit wilden, starren Augen zeigte. Ihr Blick glich dem einer bösartigen Katze, die ihre Beute belauert. Das Abendlicht überzog ihr wirres Haar mit einem schwefligen Ton. Ängstlich warf sie den Spiegel von sich. Diese Frau mit dem gehetzten, verfallenen Gesicht, das konnte doch unmöglich sie sein …! Was ging hier bloß vor? Warum gab es in diesem runden Zimmer so viele Dinge? Schwerter, große Kessel, Schatullen voller Accessoires, Schals, Fächer, Handschuhe, Schmuck, Gehstöcke, Musikinstrumente, ein Bettwärmer, ganze Stapel von Hüten und vor allem Mäntel, die, alle übereinandergelegt, das Bett bildeten, auf dem sie geschlafen hatte.

Es gab nur ein einziges Möbelstück, ein zartes Nähtischchen mit Einlegearbeiten aus Tropenholz, das überrascht zu sein schien, sich in diesen feuchten Mauern wiederzufinden.

Als Angélique die Hand in ihren Gürtel steckte, trafen ihre Finger auf etwas Hartes. Sie packte einen ledernen Griff und zog einen langen, schlanken Dolch hervor. Wo hatte sie diesen Dolch schon einmal gesehen? Es war in einem drückenden, schmerzlichen Albtraum gewesen, in dem der Mond mit Totenschädeln jongliert hatte.

Der dunkelhäutige Mann hielt ihn in der Hand. Dann war der Dolch auf den Boden gefallen, und Angélique hatte ihn aus dem Schlamm aufgehoben, während zwei Männer einander umklammerten und über den Boden rollten. So war es gekommen, dass sie nun den Dolch von Rodogone dem Ägypter in Händen hielt. Sie schob ihn zurück in ihr Mieder. Ihr Geist versuchte, wirre Bilder zusammenzubringen.

Nicolas … Wo war Nicolas?

Sie lief ans Fenster. Zwischen den Gitterstäben hindurch sah sie die langsam fließende Seine, absinthfarben unter dem bewölkten Himmel, mit ihrem unaufhörlichen Hin und Her von Booten und Kähnen. Am anderen Ufer erblickte sie in der anbrechenden Dämmerung die Tuilerien und den Louvre.

Dieses Bild aus ihrem früheren Leben versetzte ihr einen Schock und überzeugte sie vollends davon, dass sie den Verstand verloren hatte. Nicolas! Wo war Nicolas?

Sie stürzte zur Tür. Als sie erkannte, dass sie verschlossen und verriegelt war, begann sie mit den Fäusten dagegenzuschlagen und rief laut nach Nicolas. Dabei riss sie sich an dem verrotteten Holz die Fingernägel auf.

Ein Schlüssel knirschte im Schloss, dann tauchte der Mann mit der roten Nase auf.

»Was brüllst du hier so rum, Marquise?«, wollte Jactance wissen.

»Warum ist die Tür abgeschlossen?«

»Weiß nicht.«

»Wo ist Nicolas?«

»Weiß nicht.«

Er musterte sie und entschied dann: »Komm mit nach unten zu den anderen, das lenkt dich ab.«

Sie folgte ihm eine steinerne, feuchte und dunkle Wendeltreppe hinab.

Je tiefer sie kamen, desto lauter wurde der Lärm. Sie hörte Gebrüll, derbes Gelächter und kreischende Kinder.

Die Treppe endete in einem gewölbten Saal, in dem eine Vielzahl wunderlicher Gestalten zusammensaßen. Als Erstes sah sie Cul-de-Bois, der in seiner Schale auf dem großen Tisch thronte wie ein Stück Rindfleisch. Am Ende des Saals brannte ein Feuer, Pied-Léger saß auf der Kamineinfassung und überwachte den

Kessel. Eine dicke Frau rupfte eine Ente. Eine Jüngere widmete sich der wenig appetitlichen Aufgabe, ein halbnacktes Kind zu entlausen, das sie zwischen den Knien hielt. Im ganzen Raum lagen zerlumpte alte Männer und Frauen auf dem mit Stroh bedeckten Boden, und dreckige, in Fetzen gekleidete Kinder balgten sich mit den Hunden um die Abfälle.

Ein paar Männer saßen auf alten Fässern, die ihnen als Stühle dienten, am Tisch und spielten Karten oder tranken und rauchten.

Bei Angéliques Eintritt richteten sich alle Blicke auf sie, und eine nur von wenigen Geräuschen durchbrochene Stille senkte sich auf die jämmerliche Gesellschaft herab.

»Komm näher, Kind«, sagte Cul-de-Bois mit feierlicher Geste. »Du bist die Frau von unserem Hauptmann Calembredaine. Darum schulden wir dir Respekt. Also macht, dass ihr da wegkommt, und gebt der Marquise einen Platz!«

Einer der Pfeifenraucher versetzte seinem Nachbarn einen Stoß mit dem Ellbogen.

»Verdammt hübsch, die Kleine! Diesmal hat Calembredaine fast so gut ausgesucht wie du.«

Der Angesprochene trat auf Angélique zu und fasste ihr ebenso freundlich wie bestimmt unters Kinn.

»Ich bin Beau-Garçon[17]«, sagte er.

Zornig schlug sie die Hand herunter.

»Das ist Geschmackssache.«

Lautes Gelächter schüttelte das Publikum, das diesen Scherz unglaublich komisch fand.

»Ist es nicht«, antwortete Cul-de-Bois hicksend, »er heißt Beau-Garçon, so nennen wir ihn hier. Los, Jactance, bring dem Mädel was zu trinken. Mir gefällt sie.«

Man stellte ein großes Stielglas vor sie hin, das mit dem Wappen eines Marquis verziert war, dessen Stadthaus Calembredaines Bande in einer mondlosen Nacht besucht haben musste. Jactance schenkte es bis zum Rand voll mit rotem Wein und füllte anschließend die übrigen Becher.

»Auf dein Wohl, Marquise der Engel! So hat Calembredaine dich doch genannt ... Wie heißt du?«

»Angélique.«

Erneut hallte das anzügliche, derbe Lachen der Räuber unter dem Gewölbe wider.

»Das ist ja gut! Angélique ...! Hahaha! Ein leibhaftiger Engel! So was hatten wir hier ja noch nie ... Aber warum nicht? Warum sollten wir nicht auch Engel sein! Wo sie doch unsere Marquise ist ... Auf dein Wohl, Marquise der Engel ...!«

Sie lachten und schlugen sich auf die Schenkel, und alles zusammen klang wie ein unheilvolles, ohrenbetäubendes Grollen.

»Auf dein Wohl, Marquise! Los, trink ... Trink schon!«

Aber sie rührte sich nicht und starrte die versoffenen, bärtigen oder schlecht rasierten Gesichter an, die sie umringten und sich über sie beugten.

»Trink schon!«, brüllte Cul-de-Bois mit seiner furchterregenden Stimme.

Wortlos bot sie dem missgestalteten Ungetüm die Stirn. Es folgte eine bedrohliche Stille, dann seufzte Cul-de-Bois und schaute die anderen mit bekümmerter Miene an.

»Sie will nicht trinken! Was hat sie denn?«

»Was hat sie denn?«, klang es von allen Seiten. »Beau-Garçon, du kennst dich doch mit Frauen aus. Sieh zu, dass du das in Ordnung bringst.«

Beau-Garçon zuckte mit den Schultern.

»Ihr Hornochsen«, sagte er verächtlich, »seht ihr nicht, dass ihr bei der da mit Brüllen überhaupt nichts erreicht?«

Er setzte sich neben Angélique und tätschelte ihr behutsam wie einem Kind die Schulter.

»Hab keine Angst. Die sind nicht böse, weißt du. Sie tun nur so, um die braven Bürger zu erschrecken. Aber dich mögen wir jetzt schon. Du bist unsere Marquise. Marquise der Engel! Gefällt dir das nicht? Marquise der Engel! Das ist doch ein hübscher Name. Und er passt so gut zu deinen schönen Augen. Na los, trink schon, meine Süße, das ist guter Wein. Das Fass, aus dem er kommt, hat ganz allein den Weg vom Hafen an der Place de Grève hierher zur Tour de Nesle gefunden. So läuft das hier bei uns. Das ist der Hof der Wunder.«

Er hielt ihr das Glas an die Lippen. Sie konnte dem Klang dieser männlichen, schmeichelnden Stimme nicht länger widerstehen und trank. Der Wein war gut. Er erfüllte ihren durchgefrorenen Körper mit wohliger Wärme, und mit einem Mal erschien ihr alles leichter und weniger schrecklich. Sie trank ein zweites Glas, dann stützte sie sich mit den Ellbogen auf die Tischplatte und schaute sich um. Der beinlose Krüppel warf ihr einen trübsinnigen Blick zu, der sie an ein Seeungeheuer denken ließ, das auf dem Grund des Meeres lauerte. Sollte er sie überwachen? Dabei dachte sie gar nicht daran, zu fliehen. Wohin hätte sie auch gehen sollen?

Abends kehrten die Bettler und Bettlerinnen aus Calembredaines Bande in ihren Schlupfwinkel zurück. Darunter waren viele Frauen, die verkrüppelte Kinder oder in Lumpen gewickelte Säuglinge im Arm hielten, deren schwaches Weinen nicht verstummte. Die Frau, die neben dem Feuer saß, nahm einen von ihnen entgegen. Sein ganzes Gesicht war mit eitrigen Pusteln bedeckt. Mit flinker Hand riss sie die Krusten aus dem Gesicht des Neugeborenen, wischte mit einem Lappen über das kleine Frätzchen, das wieder glatt und rosig wurde, und legte das Kind dann an ihre Brust.

Cul-de-Bois lächelte.

»Du siehst, hier wird man schnell wieder gesund«, erklärte er mit seiner rauen Stimme. »Du brauchst nicht zu den Prozessionen zu gehen, um ein Wunder zu sehen. Hier gibt es die jeden Tag. Vielleicht sitzt jetzt gerade eine von diesen mildtätigen Damen da und erzählt: ›Ach, meine Liebe, heute habe ich ein Kind auf dem Pont-Neuf gesehen, das über und über mit Pusteln bedeckt war. Was für ein Elend ...! Natürlich habe ich der armen Mutter ein Almosen gegeben ...‹ Diese gezierten Weiber sind immer sehr zufrieden mit sich. Und dabei waren es nur ein paar Kügelchen trockenes Brot, mit Honig bestrichen, um die Fliegen anzulocken ... Ah, da kommt ja Mort-aux-Rats. Jetzt kannst du gehen ...«

Angélique sah ihn verwundert an.

»Macht nichts, wenn du's nicht verstehst«, knurrte er. »Das war mit Calembredaine so abgesprochen.«

Mort-aux-Rats, der gerade hereingekommen war, war so spindeldürr, dass sich seine spitzen Knie und Ellbogen durch Hose und Wams gebohrt hatten. Er war ein trauriger Überrest der flämischen Schlachtfelder, und trotzdem gab sich der Spanier mit seinem langen schwarzen Schnurrbart, dem federgeschmückten Hut und dem Rapier über der Schulter, an dem fünf, sechs fette Ratten aufgespießt waren, wie ein leibhaftiger Matamor. Tagsüber verkaufte er in den Straßen ein Mittel gegen die Nager. Und nachts besserte er seine mageren Einkünfte auf, indem er seine Fähigkeiten als Duellkämpfer in Calembredaines Dienste stellte.

Würdevoll nahm er einen Becher Wein entgegen und knabberte an einer Rübe, die er aus seiner Tasche zog, während ein paar alte Weiber sich um seine Beute stritten: Er verkaufte Ratten zu zwei Sols das Stück. Nachdem er das Geld eingesteckt hatte, grüßte Mort-aux-Rats mit seinem Rapier und steckte es zurück in die Scheide.

»Ich bin bereit«, erklärte er theatralisch.
»Geh«, sagte Cul-de-Bois zu Angélique.

Sie wollte schon fragen, was das alles sollte, doch dann besann sie sich eines Besseren. Ein paar andere Männer waren aufgestanden, »Fechter« oder »Garter«, wie sie genannt wurden, ehemalige Soldaten mit einer Vorliebe für das Plündern und Kämpfen, die seit dem Ende der Kriege zur Untätigkeit verdammt waren. Rasch war sie von ihren Galgengesichtern umringt. Sie trugen zerlumpte Uniformen, an denen noch die Posamenten und Goldverzierungen eines fürstlichen Regiments baumelten.

Angélique tastete nach dem Dolch des Ägypters unter ihrem Mieder. Sie war fest entschlossen, ihre Haut notfalls teuer zu verkaufen.

Aber der Dolch war verschwunden.

Zorn durchströmte sie, der von ihrem leichten Weinrausch noch gesteigert wurde.

Sie vergaß alle Vorsicht und schrie: »Wer hat mein Messer gestohlen?«

»Hier ist es«, antwortete Jactance mit seiner schleppenden Stimme sofort.

Mit unschuldiger Miene reichte er ihr die Waffe. Sie war verblüfft. Wie hatte er den Dolch unter ihrem Mieder hervorziehen können, ohne dass sie auch nur das Geringste bemerkt hatte?

Währenddessen erschallte wieder das dröhnende Gelächter, dieses grässliche Gelächter der Bettler und Räuber, das sie von nun an nicht mehr loslassen sollte.

»Lass dir das eine Lehre sein, Herzchen!«, rief Cul-de-Bois. »Du wirst die Hände von Jactance noch kennenlernen. Jeder einzelne seiner Finger ist geschickter als ein Zauberer. Frag nur die Hausfrauen in den Markthallen, was sie von ihm halten.«

»Schöner Stichling«, bemerkte einer der Garter und nahm den Dolch in die Hand.

Doch nachdem er ihn genauer betrachtet hatte, warf er ihn erschreckt auf den Tisch.

»Das ist das Messer von Rodogone dem Ägypter!«

Mit einer Mischung aus Respekt und Sorge beäugten daraufhin alle die im Kerzenschein funkelnde Klinge.

Angélique nahm die Waffe wieder an sich und schob sie in ihren Gürtel. Sie hatte den Eindruck, dass diese Geste sie in den Augen der Bettler zu etwas Besonderem machte. Niemand wusste, unter welchen Umständen sie einem der gefährlichsten Gegner ihrer Bande diese Trophäe entrissen hatte. Sie hatte etwas Geheimnisvolles an sich, das sie mit einem beunruhigenden Glorienschein umgab.

Cul-de-Bois pfiff bewundernd.

»Hoho, unsere Marquise der Engel ist ja raffinierter, als es scheint!«

Respektvolle und die ersten bewundernden Blicke folgten ihr, als sie hinausging.

Draußen war es fast dunkel geworden. Im schwachen Dämmerlicht zeichnete sich der Umriss der verfallenen Tour de Nesle ab. Da begriff sie, dass das Zimmer, in das Nicolas Calembredaine sie gebracht hatte, an der Spitze des Turms liegen und als Lagerraum für die Beute der Gauner dienen musste. Einer der Garter erklärte ihr freundlich, dass es Calembredaines Idee gewesen sei, die Bande in dem aufgegebenen Bollwerk der mittelalterlichen Stadtmauer unterzubringen. Tatsächlich war der Turm ein idealer Schlupfwinkel für Räuber. Halb verfallene Säle, einstürzende Wälle und wacklige Türmchen boten ihnen Verstecke, über die die anderen Banden aus den Faubourgs nicht verfügten.

Die Waschfrauen, die lange ihre Wäsche zum Bleichen auf den Zinnen der Tour de Nesle ausgehängt hatten, waren vor dieser unheimlichen Invasion geflohen.

Niemand war eingeschritten und hatte die zwielichtigen Gestalten vertrieben, die sich unter der kleinen Brücke über den alten Stadtgraben versteckten und den Kutschen aus dem Faubourg Saint-Germain auflauerten. Man hatte sich lediglich seufzend damit abgefunden, dass dieser Torturm mitten in Paris zu einer wahren Mördergrube geworden war. Und gelegentlich vermischten sich die Violinenklänge aus den Tuilerien am anderen Ufer der Seine mit den kratzigen Fidelklängen des alten Hurlurot oder den immer gleichen Liedern von Thibault dem Leiermann, zu denen die Bettler bei abendlichen Orgien tanzten.

Die Flussschiffer vom nahe gelegenen kleinen Holzhafen senkten die Stimme, als sie die düsteren Schemen über die Uferböschung herankommen sahen.

Die Gegend wurde einfach unmöglich, klagten sie. Wann würden die Schöffen der Stadt sich endlich dazu durchringen, die alten Mauern niederzureißen und das ganze Gesindel zu vertreiben.

»Ich grüße Euch, Messires«, sprach Mort-aux-Rats sie an. »Hättet Ihr die Güte, uns zum Quai de Gesvres zu bringen?«

»Habt ihr Geld?«

»Wir haben das hier«, entgegnete der Spanier und setzte dem Schiffer seine Schwertspitze auf den Bauch.

Der Mann zuckte resigniert mit den Schultern. Jeden Tag hatten sie Ärger mit diesen Halunken, die sich in ihren Booten versteckten, ihre Ware stahlen und sich umsonst von einem Ufer zum anderen übersetzen ließen wie die hohen Herren. Wenn genügend Schiffer beisammen waren, endeten solche Begegnungen gewöhnlich in blutigen Messerstechereien, denn die Mitglieder der Schifferzunft waren keine sonderlich langmütigen Menschen.

Doch an diesem Abend erkannten die drei Männer, die gerade ihr Feuer angezündet hatten, um neben den Kähnen Wache zu halten, dass es nicht klug wäre, sich auf einen Streit einzulassen.

Auf das Zeichen seines Meisters hin erhob sich ein junger Bursche und band unsicher das Boot los, in dem Angélique und ihre finsteren Begleiter bereits Platz genommen hatten.

Das Boot glitt unter den Bögen des Pont-Neuf hindurch und legte in der Nähe des Pont Notre-Dame am Unterbau des Quai de Gesvres an.

»Gut so, Kleiner«, sagte Mort-aux-Rats zu dem jungen Schiffer. »Wir danken dir nicht nur, wir lassen dich sogar mit heiler Haut davonkommen. Leih uns jetzt nur noch deine Laterne. Du kriegst sie wieder, wenn wir dran denken ...«

Das riesige Gewölbe, das den erst kürzlich angelegten Quai de Gesvres stützte, war eine gigantische Leistung, ein Meisterwerk der Steinbaukunst.

Als Angélique es betrat, hörte sie das Tosen des eingeengten Flusses, das sie an die laute Stimme des Ozeans erinnerte. Der Lärm der Kutschen, die oberhalb des Gewölbes die Straße entlangfuhren und dabei ein Geräusch wie fernes Donnergrollen erzeugten, verstärkte diesen Eindruck noch. Die Luft war eisig und feucht. Diese grandiose, abgeschiedene Höhle mitten in Paris schien geradezu dafür geschaffen worden zu sein, allen Verbrechern der Stadt Zuflucht zu bieten.

Die Räuber gingen weiter bis ans andere Ende. Drei, vier dunkle Seitengänge, die den Metzgereien in der Rue de la Vieille-Lanterne als Abfluss dienten, spien Ströme von Blut, über die sie mit einem Satz hinwegspringen mussten.

Ein Stück weiter bogen sie in schmale, stinkende Durchgänge ab, stiegen in Hauswinkeln verborgene Treppen hinauf und erklommen Uferböschungen, wo ihre Füße bis zu den Knöcheln im Schlamm versanken.

Als sie endlich wieder ins Freie kamen, war es stockfinster geworden, und Angélique hätte nicht sagen können, wo sie sich befand. Wahrscheinlich standen sie auf einem kleinen Platz mit einem Brunnen in der Mitte, denn irgendwo hörte sie leise Wasser plätschern.

Plötzlich erklang dicht neben ihr Nicolas' Stimme.

»Seid ihr das, Männer? Ist das Mädchen auch da?«

Einer der Garter hielt die Laterne in Angéliques Richtung.

»Da ist sie.«

Sie erkannte die hoch gewachsene Gestalt und das grässliche Gesicht des Räubers Calembredaine und schloss erschreckt die Augen. Auch wenn sie wusste, dass es Nicolas war, jagte ihr dieser Anblick panische Angst ein.

Der Räuberhauptmann schlug mit einer Hand die Laterne herunter.

»Bist du wahnsinnig, hier mit einer Leuchte rumzuwedeln? Braucht Eure Hoheit jetzt schon Licht, um spazieren zu gehen?«

»Wir hatten keine Lust, unter dem Quai de Gesvres ins Wasser zu fallen«, protestierte der Gescholtene.

Grob hatte Nicolas Angéliques Arm gepackt.

»Nur keine Angst, Herzchen, du weißt doch, dass ich es bin«, spottete er.

Dann schubste er sie in den Schutz eines Tordurchgangs.

»La Pivoine, stell dich auf die andere Straßenseite hinter den Prellstein. Martin, du bleibst bei mir. Gobert, nach da hinten mit dir. Ihr anderen legt euch an den Kreuzungen auf die Lauer. Bist du auf deinem Posten, Barcarole?«

»Bin da, Hauptmann«, antwortete eine Stimme wie vom Himmel herab.

Der Zwerg hockte oben auf einem Ladenschild.

Von dem Torbogen, unter dem sie und Nicolas standen, konnte Angélique die ganze Länge der schmalen Gasse überblicken. Ein paar Laternen, die vor den ansehnlicheren Häusern aufgehängt waren, warfen ein schwaches Licht, das die mit Unrat verstopfte Rinne in der Mitte der Gasse wie eine triste Schlange leuchten ließ.

Die Werkstätten der Handwerker waren geschlossen. Die Leute gingen zu Bett, und hinter den Fensterscheiben sah sie das runde Licht der Kerzenleuchter wandern.

Eine Frau öffnete ein Fenster, um einen Eimer in die Straße auszuleeren. Man hörte, wie sie einem weinenden Kind damit drohte, den Mürrischen Mönch zu rufen. Das war der Kinderschreck jener Zeit, ein bärtiger Mönch, wie es hieß, der mit seinem Sack auf dem Rücken durch die Lande zog, um die unartigen Kinder mitzunehmen.

»Du kriegst gleich den Mürrischen Mönch!«, brummte Nicolas.

»Ich werde deine Mitgift bezahlen, Angélique!«, fügte er mit leiser, angespannter Stimme hinzu. »So läuft das bei uns Gaunern. Der Mann bezahlt für seine Schöne, so wie man einen schönen Gegenstand kauft.«

»Das ist ja auch das Einzige, was bei uns gekauft wird«, sagte einer der Bewaffneten und lachte hämisch.

Mit einem Fluch brachte ihn sein Hauptmann zum Schweigen. Als die Räuber Schritte hörten, verstummten sie und rührten sich nicht mehr. Leise zogen sie ihre Schwerter. Ein Mann kam die Gasse entlang. Er hüpfte von Pflasterstein zu Pflasterstein, damit seine schleifengeschmückten Schuhe mit den hohen Absätzen in den Pfützen nicht schmutzig wurden.

»Das ist er nicht«, flüsterte Nicolas Calembredaine.

Die anderen steckten die Schwerter wieder zurück in die Scheide. Der Passant hörte das Klirren der Waffen. Er zuckte zusammen, entdeckte die Gestalten, die sich unter dem Tordurchgang drängten, und rannte laut schreiend davon.

»Diebe! Mörder! Beutelschneider! Hilfe, sie bringen mich um!«

»Schwachkopf!«, knurrte der Fechter La Pivoine auf der anderen Straßenseite. »Wenn wir schon mal einen laufen lassen, ohne ihm auch nur den Mantel abzunehmen, muss der Trottel gleich brüllen wie ein abgestochenes Schwein…! Das ist doch zum Kotzen!«

Ein leiser Pfiff vom anderen Ende der Straße her ließ ihn verstummen.

»Sieh nur, wer da kommt, Angélique«, flüsterte Nicolas und drückte ihren Arm.

Starr vor Kälte und so empfindungslos, dass sie nicht einmal die Berührung seiner Hand spürte, stand Angélique wartend da. Sie wusste, was passieren würde. Es war unausweichlich. Es musste geschehen. Erst danach würde ihr Herz wieder anfangen können zu leben.

Im gelblichen Licht der Laternen sah sie zwei Mönche Arm in Arm herankommen. In dem einen erkannte sie mühelos Conan Bécher. Der andere, ein dicklicher, redseliger Kerl, sprach wild gestikulierend auf Lateinisch auf ihn ein. Er musste leicht angetrunken sein, denn hin und wieder zog er seinen Gefährten mit sich gegen die Mauer eines Hauses, ehe er unter zahlreichen Entschuldigungen wieder zurück in die Mitte der Straße torkelte, wo Conan Bécher nichts anderes übrig blieb, als durch den Rinnstein zu waten.

Angélique hörte die schrille Stimme des Alchemisten. Auch er sprach Latein, schien jedoch empört zu protestieren.

»Jetzt reicht es aber, Bruder Amboise«, rief er schließlich zornig auf Französisch, als die beiden auf der Höhe des Tordurchgangs angekommen waren. »Eure Theorien über die Taufe mit fetter Fleischbrühe sind einfach ketzerisch! Ein Sakrament kann unmöglich etwas taugen, wenn das Wasser, mit dem es gespendet wird, von so unreinen Stoffen wie tierischem Fett entweiht ist. Eine Taufe mit fetter Brühe! Das ist Gotteslästerung! Warum nicht gleich mit Rotwein, wo Ihr schon dabei seid? Das würde Euch doch gut zupasskommen, wo Ihr ihn so gern zu mögen scheint!«

Und mit einem Ruck machte sich der magere Rekollektenmönch von dem Arm frei, der sich an ihn klammerte.

»Pater, Ihr bekümmert mich...«, stammelte der fette Bruder Amboise mit der weinerlichen Stimme eines Betrunkenen. »Dabei hätte ich Euch so gern überzeugt.«

Plötzlich brach er in ein irres Geschrei aus.

»Ha, ha! *Deus coeli*!«

Und gleich darauf bemerkte Angélique, dass Bruder Amboise neben ihnen im Torweg stand.

»Jetzt seid ihr dran, Gatzen«, flüsterte er, ohne Übergang vom Lateinischen in die Sprache der Gauner wechselnd.

Conan Bécher hatte sich umgedreht.

»Wo bleibt Ihr denn?«

Er verstummte und starrte ängstlich forschend die verlassene Gasse entlang. Seine Stimme klang gepresst.

»Bruder Amboise!«, rief er. »Bruder Amboise, wo seid Ihr...?«

Sein mageres, von Visionen geplagtes Gesicht schien noch weiter einzufallen, und die Räuber hörten sein Keuchen, während er ein paar Schritte vorwärtsging und sich verängstigt nach allen Seiten umsah.

»Schuhuhu!«, erklang Barcaroles unheimlicher Nachtvogelruf.

Der Zwerg stemmte sich gegen das quietschende metallene Ladenschild und sprang mit einem geschmeidigen Satz wie eine riesige Kröte vor die Füße des Mönchs.

Bécher presste sich gegen die Hauswand.

»Schuhuhu!«, wiederholte der Zwerg.

Dann führte er vor seinem vor Angst zitternden Opfer einen geradezu diabolischen Tanz mit unzähligen Luftsprüngen, grotesken Verneigungen, Grimassen und obszönen Gesten auf. Wie ein leibhaftiger Dämon wirbelte er um Bécher herum.

Schließlich tauchte eine zweite abscheuliche Gestalt hämisch lachend aus dem Dunkel auf. Es war ein Buckliger mit krummen Beinen. Seine Knie berührten sich, während seine zu weit auseinanderstehenden Beine und Füße ihn zu einem ruckhaften, grässlich anzusehenden Watschelgang zwangen. Aber seine Gestalt war noch harmlos, verglichen mit seinem monströsen Gesicht. Denn auf seiner Stirn prangte eine fürchterliche rote, hängende Wucherung.

»Aah!«

Das Röcheln des Mönchs hatte nichts Menschliches mehr an sich.

»Aah ... die Dämonen!«

Sein magerer, groß gewachsener Körper klappte unvermittelt zusammen, und er fiel auf dem schmutzigen Pflaster auf die Knie. Die Augen traten ihm aus den Höhlen. Sein Gesicht wurde wachsbleich. Zwischen den vor Entsetzen verzogenen Lippen klapperten zwei Reihen abgenutzter Zähne.

Ganz langsam, wie in einem Albtraum, hob er die knochigen Hände mit den gespreizten Fingern. Seine Zunge bewegte sich nur mit Mühe.

»Erbarmen ... Peyrac!«, stieß er hervor.

Dieser von der verhassten Stimme ausgesprochene Name fuhr wie ein Dolch in Angéliques Herz. Auch sie wurde vom Wahn der grauenhaften Szene erfasst und schrie wie von Sinnen: »Töte ihn! Töte ihn!«

Dabei biss sie Nicolas in die Schulter, ohne es überhaupt zu bemerken. Er machte sich mit einem sanften Stoß von ihr los und zog sein langes Fleischermesser aus der Scheide.

Doch plötzlich herrschte in der Gasse eine drückende Stille.

»Was soll das denn?«, hörte man Barcaroles Stimme.

Der Körper des Mönchs war zur Seite gesunken und lag nun reglos vor der Mauer.

Die Räuber traten näher. Ihr Hauptmann beugte sich vor, doch als er den Kopf des Mönchs anhob, fiel der Kiefer herunter, und sein Mund öffnete sich wie zu einem letzten Angstschrei. Seine Augen blickten starr und bereits ein wenig glasig.

»Das gibt's ja nicht, er ist tot!«, stellte Calembredaine fest.

»Wir haben ihn doch gar nicht angefasst«, sagte der Zwerg. »Stimmt doch, Crête-de-Coq, wir haben ihn nicht angefasst! Wir haben nur Grimassen geschnitten, damit er Angst kriegt!«

»Das habt ihr geschafft. Er ist sogar daran krepiert… Er ist vor lauter Schiss krepiert!«

Über ihnen wurde ein Fenster geöffnet.

»Was ist da draußen los? Wer spricht von Dämonen?«, fragte eine zitternde Stimme.

»Wir machen uns aus dem Staub«, befahl Calembredaine. »Hier ist alles erledigt.«

Als man Bécher am nächsten Morgen leblos und ohne jede Spur von Schlägen oder einer Verletzung fand, erinnerten sich die Menschen in Paris wieder an die Worte des Hexenmeisters, der auf der Place de Grève verbrannt worden war: »Conan Bécher, in zehn Tagen wirst du neben mir vor dem Richterstuhl Gottes stehen…«

Man sah auf den Kalender und erkannte, dass das Datum passte. Und die Bewohner der in der Nähe des Zeughauses gelegenen Rue de la Cerisaie berichteten, sich bekreuzigend, von den seltsamen Schreien, die sie am vergangenen Abend aus dem ersten Schlaf gerissen hatten.

Dem Totengräber, der den verfluchten Mönch begrub, musste man den doppelten Lohn bezahlen.

Und auf sein Grab wurde folgende Inschrift gesetzt: »*Hier ruht Pater Conan Bécher, Franziskaner-Rekollekt, der in den letzten Tagen des Februar 1661 durch die Schmähungen der bösen Geister verstarb.*«

Die Bande von Nicolas Calembredaine, dem illustren Haderlump, beendete die Nacht in den Schenken.

Sie besuchten sämtliche Spelunken zwischen dem Zeughaus und dem Pont-Neuf. Und in ihrer Mitte sah man eine bleiche Frau mit offenem Haar, der sie immer wieder zu trinken gaben.

Angélique war sturzbetrunken und erbrach sich schließlich hemmungslos. Als sie anschließend, den Kopf an eine Wand gelehnt, dastand, erwachte in ihr ein Gedanke, der sich immer weiter, verzweifelt, in die Länge dehnte: »Das ist das Ende … das Ende!«

Nicolas richtete sie mit herrischer Geste wieder auf und musterte sie überrascht und besorgt.

»Bist du krank? Wir haben doch noch gar nichts getrunken … Wir müssen unsere Hochzeit feiern …«

Als er sah, dass sie völlig erschöpft war und die Augen geschlossen hielt, hob er sie hoch und trug sie hinaus.

Die Nacht war kalt, aber an Nicolas' Brust fühlte sie sich warm und geborgen.

Der Schmutzpoet vom Pont-Neuf, der zwischen den Hufen des bronzenen Pferdes lag, sah, wie der große Räuberhauptmann vorbeikam. In seinen Armen hielt er eine weiße Gestalt mit hängendem Haar, die so leicht wirkte, als wäre sie eine Puppe.

Als Calembredaine den großen Saal im Erdgeschoss der Tour de Nesle betrat, war dort ein Teil seiner Bande am Feuer versammelt. Ein Mädchen sprang laut schreiend auf und stürzte sich auf ihn.

»Du Dreckskerl! Du hast dir eine andere genommen ... Die anderen haben es mir gesagt. Ausgerechnet als ich mich mit einer Bande lüsterner Musketiere rumschlagen musste ... Ich stech dich ab wie ein Schwein ... und die da auch!«

Ruhig stellte Nicolas Angélique ab und lehnte sie gegen die Mauer.

Dann erhob er seine wuchtige Faust, und das Mädchen fiel zu Boden.

»Jetzt hört alle gut zu«, sagte Nicolas Calembredaine. »Die hier« – er deutete auf Angélique –, »die gehört mir und niemandem sonst! Wenn einer von euch versucht, ihr auch nur ein Haar zu krümmen, oder wenn ihr Ärger macht, dann bekommt ihr es mit mir zu tun. Ihr wisst, was das heißt ...! Und was die Polackin angeht ...«

Er packte das Mädchen am Mieder und schleuderte es mit einem kraftvollen, verächtlichen Stoß mitten in eine Gruppe von Kartenspielern.

»... mit der könnt ihr machen, was ihr wollt!«

Dann drehte sich Nicolas Merlot, der Bauernbursche aus dem Poitou, der zum Wolf gewordene Hirte, zu der Frau um, die er schon sein ganzes Leben lang geliebt hatte und die das Schicksal ihm nun endlich zurückgab.

Kapitel 25

Er nahm sie wieder in die Arme und trug sie die Turmtreppe hinauf. Er ging langsam, um nicht zu schwanken, denn er spürte die Auswirkungen des Weins. Und diese Langsamkeit verlieh seinem Aufstieg etwas Feierliches.

Angélique schmiegte sich in seine starken Arme. Ihr Kopf drehte sich fast so wie die steinerne Wendeltreppe.

Oben angekommen, öffnete Nicolas Calembredaine mit einem Fußtritt die Tür zum Zimmer mit dem Diebesgut. Dann ging er zu dem Mantellager hinüber und ließ Angélique wie ein Paket darauf fallen.

»Und jetzt zu uns beiden!«, rief er.

Diese Geste und sein breites, triumphierendes Lachen, das Angélique im Halbdunkel leuchten sah, rissen sie aus der gleichgültigen Benommenheit, in der sie versunken war, seit sie die letzte Schenke verlassen hatten. Das Erbrechen hatte sie wieder nüchtern werden lassen, und so zuckte sie zusammen, sprang auf und rannte ans Fenster, wo sie sich an die Gitterstäbe klammerte, ohne zu wissen, warum.

»Was denn?«, schrie sie zornig. »Was soll dieses blöde ›Jetzt zu uns beiden‹, du Schwachkopf?«

»Ich … aber … ich wollte sagen …«, stammelte Nicolas hilflos.

Sie lachte verächtlich.

»Glaubst du im Ernst, du würdest mein Geliebter werden? Du, Nicolas Merlot?«

Mit zwei lautlosen Schritten war er bei ihr. Eine tiefe Furche zog sich über seine Stirn.

»Das glaube ich nicht«, versetzte er kalt, »das weiß ich.«

»Das werden wir ja sehen.«

»Das haben wir schon gesehen.«

Sie schaute ihn trotzig an. Der rote Schein eines Feuers, das die Flussschiffer am Ufer unterhalb des Turms angezündet hatten, fiel auf sie. Nicolas atmete tief ein.

»Hör zu«, sagte er mit leiser, drohender Stimme, »ich erkläre es dir jetzt. Weil du es bist, und weil ich will, dass du es verstehst. Du hast nicht das Recht, mir zu verweigern, was ich verlange. Ich habe um dich gekämpft. Ich habe den Kerl um die Ecke gebracht, den du umbringen wolltest. Der Große Coesre hat dich mir zugesprochen. Alles entspricht den Gesetzen der Gaunerzunft. Du gehörst mir.«

»Und wenn ich mit den Gesetzen der Gaunerzunft nichts zu schaffen haben will?«

»Dann wirst du sterben«, erwiderte er mit einem Funkeln in den Augen. »Vor Hunger oder sonst was. Aber du kommst nicht mit heiler Haut davon, das brauchst du dir gar nicht einzubilden. Außerdem hast du gar keine andere Wahl mehr. Verstehst du das denn nicht?«, drängte er und berührte die Schläfe der jungen Frau mit seiner Faust. »Kriegst du das nicht in deinen blöden kleinen Gräfinnenschädel? Zusammen mit deinem Mann ist auf der Place de Grève auch alles verbrannt, was dich vorher von mir getrennt hat. Lakai und Gräfin, das ist vorbei! Ich bin Calembredaine und du … du bist gar nichts mehr. Deine Leute haben dich verstoßen. Die von da hinten …«

Er streckte den Arm aus und deutete auf das gegenüberliegende Ufer der dunklen Seine, auf die Umrisse der Tuilerien und die Galerie des Louvre, wo vereinzelte Lichter flackerten.

»Für die da hinten existierst du nicht mehr. Darum bist du bei den Gaunern gelandet… Hier leben diejenigen, die von ihren Leuten verstoßen wurden… Hier gibt es immer etwas zu essen. Wir werden dich verteidigen. Wir werden dich rächen. Wir werden dir helfen. Aber du darfst uns niemals verraten…«

Er verstummte mit einem leisen Keuchen. Sie spürte seinen heißen Atem. Er berührte sie sacht, und sein glühendes Verlangen entzündete auch in ihr ein verstörendes Fieber. Sie sah, wie er seine großen Hände öffnete, sie hob und dann zurückwich, als wagte er es nicht…

Schließlich begann er sie ganz leise in ihrem heimatlichen Dialekt anzuflehen: »Sei doch nicht so gemein, Angélique. Warum bist du böse auf mich? Es ist doch so einfach. Wir sind beide hier… allein… so wie früher. Wir haben gut gegessen, viel getrunken. Was sollen wir denn sonst noch machen, außer uns zu lieben? Du willst mir doch nicht einreden, dass du Angst vor mir hast?«

Angélique lachte leise und zuckte mit den Schultern.

»Komm schon…«, drängte er. »Erinnere dich. Wenn du in Monteloup geblieben wärst, wären wir so glücklich geworden. Wir beide haben uns doch immer gut verstanden. Wir waren füreinander geschaffen. Dagegen kann man nichts machen… Ich wusste immer, dass du irgendwann mir gehören würdest. Ich habe es gehofft. Und jetzt ist es endlich so weit!«

»Nein«, erwiderte sie und schüttelte eigensinnig den Kopf, sodass ihr langes Haar über ihre Schultern glitt.

»Pass nur auf«, schrie er wütend. »Ich kann dich auch mit Gewalt nehmen, wenn ich will.«

»Versuch's doch, dann kratze ich dir die Augen aus.«

»Ich lasse dich von meinen Männern festhalten«, brüllte er.

»Feigling!«

Vor Wut begann er entsetzlich zu fluchen.

Aber sie hörte ihn kaum noch. Die Stirn gegen die eisigen Gitterstäbe der Schießscharte gelehnt wie eine Gefangene, die alle Hoffnung verloren hat, spürte Angélique, wie eine quälende Mutlosigkeit von ihr Besitz ergriff. »Deine Leute haben dich verstoßen …« Und als Echo auf Nicolas' Worte hallten weitere Sätze schneidend wie Hackbeile durch ihren Kopf. »Ich will nie wieder etwas von Euch hören … Ihr müsst verschwinden. Keine Titel mehr, keinen Namen, nichts.«

Und wie eine Harpyie erschien Hortense mit ihrem Leuchter in der Hand.

»Geh weg! Geh weg!«

Nicolas hatte recht. Nicolas Calembredaine, der Hüne mit dem schweren, wilden Blut, der hinter ihr zitterte und fluchte, dass die alten Steine der Tour de Nesle einzustürzen drohten. An seinen Lumpen haftete der grässliche Geruch der Stadt, aber wenn sie sich eng an ihn schmiegte und wild in sein Fleisch biss, würde ihr sein Körper vielleicht ein wenig von dem unvergesslichen Geschmack von Monteloup zurückgeben können.

So ergab sie sich in ihr Schicksal, ging an ihm vorbei zum Bett und hakte ihr Mieder aus brauner Serge auf. Dann ließ sie ihren Rock zu Boden gleiten. Als sie im Hemd dastand, zögerte sie kurz. Die Kälte schnitt ihr ins Fleisch, aber ihr Kopf glühte. Rasch zog sie auch das letzte Kleidungsstück aus und legte sich nackt auf die gestohlenen Mäntel.

»Komm«, sagte sie ruhig.

Ihre Gefügigkeit machte ihn misstrauisch. Argwöhnisch kam er näher und zog langsam seine zerlumpten Kleider aus.

Als seine wildesten Träume endlich wahr zu werden schienen, hielt Nicolas, der einstige Knecht, zitternd inne. Das flackernde Licht des Feuers am Flussufer warf seinen riesenhaften Schatten an die Wand.

»Komm«, wiederholte sie. »Mir ist kalt.«

Denn auch sie hatte zu zittern begonnen, vielleicht vor Kälte, aber angesichts dieses großen, lauernden Körpers beschlich auch sie eine mit Angst vermischte Ungeduld.

Mit einem Satz war er auf ihr. Er zermalmte sie in seinen Armen, bis sie das Gefühl hatte, zu zerbrechen, und brach immer wieder in abgehacktes lautes Gelächter aus.

»Jetzt ist es endlich so weit! Oh, ist das gut! Du gehörst mir. Jetzt wirst du mir nicht mehr entwischen! Du gehörst mir. Mir! Mir! Mir!«, wiederholte er in seinem männlichen Rausch.

Kurz darauf hörte sie ihn seufzen wie einen satten Hund.

»Angélique«, murmelte er.

»Du hast mir wehgetan«, beschwerte sie sich.

Dann wickelte sie sich in einen Mantel und schlief ein.

Noch zweimal nahm er sie in dieser Nacht. Benommen tauchte sie aus bleischwerem Schlaf auf, um zur Beute dieses Geschöpfs der Finsternis zu werden, das fluchend über sie herfiel, sie unter lautem, heiserem Stöhnen bezwang und schließlich, sinnlose Worte stammelnd, neben ihr zusammenbrach.

Im Morgengrauen weckte sie ein Flüstern.

»Mach schon, Calembredaine«, drängte Beau-Garçon. »Wir haben auf dem Markt von Saint-Germain noch eine Rechnung mit den Hexen von Rodogone dem Ägypter offen. Sie haben den alten Hurlurot und seine Hurlurette verjagt.«

»Ich komme ja schon. Aber sei leise. Die Kleine schläft noch.«

»Kein Wunder. So einen Lärm hat es in der Tour de Nesle lange nicht mehr gegeben! Nicht mal die Ratten konnten schlafen. Du hast ja wirklich alles gegeben. Aber wieso kannst du nicht einmal mit einer Frau schlafen, ohne gleich alles zusammenzuschreien?«

»Halts Maul!«, knurrte Calembredaine.

»Die Marquise der Polacken hat sich schon wieder beruhigt. Aber ich habe mich ja auch genau an deine Anweisungen gehalten. Die ganze Nacht bin ich um sie herumscharwenzelt, damit sie nur ja nicht auf die Idee kommt, mit einer Klinge zu dir raufzukommen. Und zum Beweis dafür, dass sie nicht mehr wütend ist, wartet sie unten mit einem Kessel warmem Wein.«

»Schon gut. Verschwinde.«

Nachdem Beau-Garçon fort war, riskierte Angélique einen Blick durch ihre halb geschlossenen Lider. Nicolas war bereits aufgestanden und hatte seine unsäglichen Lumpen angezogen. Er wandte ihr den Rücken zu und beugte sich am anderen Ende des Raums über eine Truhe, in der er nach etwas suchte. Für jede erfahrene Frau sprach dieser Rücken Bände. Der Mann, dem er gehörte, war äußerst verlegen.

Nicolas schloss die Truhe und kam mit einem kleinen Gegenstand in der geschlossenen Faust zurück zum Bett. Hastig gab sie vor, noch zu schlafen.

Er beugte sich über sie.

»Angélique«, sagte er mit halblauter Stimme, »hörst du mich …? Ich muss jetzt gehen. Aber vorher wollte ich dir noch sagen … Ich wollte wissen … Bist du sehr böse auf mich wegen heute Nacht …? Ich kann nichts dafür. Es war stärker als ich. Du bist so schön …!«

Er legte seine schwielige Hand auf ihre perlmuttschimmernde Schulter, die unter der Decke hervorschaute.

»Sag was. Ich sehe doch, dass du nicht schläfst. Schau her, was ich für dich ausgesucht habe. Einen Ring … einen echten. Ich habe ihn bei einem Händler am Quai des Orfèvres schätzen lassen. Schau mal … Willst du ihn nicht? Ich lege ihn hier neben dich … Sag mir, was dir eine Freude machen würde. Willst du Schinken, einen schönen Schinken? Sie haben heute Morgen einen gebracht, ganz frisch. Den haben sie beim Metzger an der Place de Grève geklaut, während der zugesehen hat, wie einer von unseren Leuten aufgehängt wurde… Oder willst du ein neues Kleid…? Ich hab welche… Antworte endlich, oder ich werde wütend.«

Sie ließ sich dazu herab, durch ihr wirres Haar hindurchzublinzeln, und erklärte verächtlich: »Ich will einen großen Zuber mit schönem warmen Wasser.«

»Einen Zuber?«, wiederholte er verblüfft.

Er musterte sie argwöhnisch.

»Wozu?«

»Um mich zu waschen.«

»Gut«, entgegnete er beruhigt. »Die Polackin wird dir einen bringen. Verlang alles, was du willst. Und wenn du nicht zufrieden bist, dann sag's mir, wenn ich zurückkomme. Dann prügele ich sie windelweich.«

Erfreut darüber, dass sie einen Wunsch geäußert hatte, wandte er sich einem kleinen venezianischen Spiegel zu, der auf dem Kaminsims stand, und machte sich daran, das gefärbte Wachs auf seine Wange zu kleben, das zu seiner grässlichen Verkleidung gehörte.

Ruckartig setzte sich Angélique auf.

»Untersteh dich!«, erklärte sie kategorisch. »Nicolas Merlot, ich verbiete dir, dich als dieser widerliche, verfaulte, lüsterne Greis vor mir zu zeigen. Sonst bringe ich es nicht über mich, dass du mich noch einmal anfasst.«

Kindliche Freude leuchtete auf dem brutalen, schon jetzt vom Verbrecherleben gezeichneten Gesicht auf.

»Und wenn ich gehorche… dann darf ich noch mal?«

Sie zog hastig einen Mantel vor ihr Gesicht, um die Rührung zu verbergen, die dieses Leuchten in den Augen des Räuberhauptmanns Calembredaine in ihr weckte. Denn das war der vertraute Blick des kleinen Nicolas, des leichtsinnigen, wankelmütigen Jungen, der trotz allem »ein gutes Herz hatte«, wie seine arme Mutter immer sagte. Nicolas, der sich über seine von Soldaten misshandelte Schwester beugte und ihren Namen rief: Francine, *Francine* ... Das konnte das Leben also aus einem kleinen Jungen machen ... und aus einem kleinen Mädchen.

Angéliques Herz schwoll an vor Mitleid mit sich selbst und mit Nicolas. Sie waren allein, von allen verlassen ...

»Darf ich dich dann noch weiter lieben?«, fragte er leise.

Da zeigte sich zum ersten Mal, seit sie einander auf diese seltsame Weise wiederbegegnet waren, ein leises Lächeln auf ihren Zügen.

»Vielleicht.«

Nicolas streckte feierlich den Arm aus und spuckte auf den Boden.

»Dann schwöre ich: Selbst wenn mich die Iltisse und Schnaufer dabei erwischen, wie ich mir mitten auf dem Pont-Neuf das Zeug aus dem Gesicht reiße, du wirst mich nie wieder als Calembredaine sehen.«

Er steckte seine Perücke und die Augenbinde in die Tasche.

»Ich verkleide mich unten weiter.«

»Nicolas«, rief sie ihm nach, »mein Fuß ist verletzt. Schau her. Glaubst du, der Große Mathieu, der Medicus vom Pont-Neuf hat etwas, um ihn zu behandeln?«

»Ich geh nachher bei ihm vorbei.«

Brüsk nahm er den kleinen weißen Fuß in beide Hände und küsste ihn.

Als er fort war, rollte sie sich zusammen und versuchte noch ein wenig zu schlafen. Es war wieder bitterkalt, aber unter ihren warmen Mänteln war es erträglich. Die bleiche Wintersonne zeichnete helle Rechtecke auf die Mauern.

Angélique war erschöpft, und ihr Körper schmerzte sogar, trotzdem verspürte sie ein gewisses Wohlgefühl.

Es tut so gut, dachte sie. Es ist so, als wären Hunger und Durst endlich gestillt. Man denkt an nichts mehr. Es tut gut, einfach nicht mehr zu denken.

Neben ihr funkelte der Diamant an dem Ring, den Nicolas ihr geschenkt hatte. Ach, Nicolas. Der würde doch immer nach ihrer Pfeife tanzen.

Durch das vergitterte Fenster drang ferner Lärm herein. Vom anderen Ufer der Seine klang aus dem Louvre und aus den Tuilerien das Echo eines leidenschaftlichen, bewegten Lebens herüber.

Doch in der verfallenen Tour de Nesle war Angélique am Ende ihrer Kräfte angelangt. Sie vergaß ihre Auflehnung und schlief ein.

Schlafen! Vergessen! Alles vergessen, behütet von einem wilden, unberechenbaren Beschützer, der sie von der Gefahr und ihren Feinden fernhielt.

Etwas anderes wollte sie nicht mehr.

Anmerkungen

1 *Temple* (frz.): Tempel. Der Temple war einst die Residenz des Großmeisters der Tempelritter in Paris. Nach der Zerschlagung des Templerordens wurde der gesamte von Wehrmauern umschlossene Bezirk dem Malteserorden übergeben, der bis zur Revolution dort die Gebietshoheit innehatte. (Anm. der Übers.)

2 »Quo non ascendam« war der Wahlspruch des Oberintendanten Nicolas Fouquet.

3 *gris* (frz.): »grau« (Anm. d. Übers.)

4 Alkoven: vom eigentlichen Raum abgetrennter Bettbereich. Zu jener Zeit war es üblich, dass die Gastgeberin auf dem Bett lag, während sie mit ihren Besuchern plauderte.

5 *Corde au cou* (frz.): Strick um den Hals (Anm. d. Übers.)

6 Siegelbewahrer: Entsprach in etwa der Funktion eines Justizministers und hatte in dieser Eigenschaft formal den Vorsitz aller Gerichte inne (Anm. d. Übers.).

7 Währung im alten Griechenland.

8 Esoterische Theorien, die auf der strukturellen Übereinstimmung zwischen der äußeren Welt (dem Makrokosmos) und dem menschlichen Körper (dem Mikrokosmos) beruhen.

9 Ergebnis der Kalzination eines mit schwefelhaltigem Kies zusammengeschmolzenen Erzes.

10 Natriumborat, das hauptsächlich verwendet wurde, um den Schmelzvorgang zu fördern.

11 Horizontaler Bereich in einem Schmelzofen.

12 Arzneipulver, dem man wundersame Kräfte zuschrieb.

13 heute Place des Voges.

14 *charogne* (frz.): Aas (Anm. d. Übers.)

15 Diesen Beinamen erhielt der Friedhof, weil die Leichen in seinem Boden ungewöhnlich schnell verwesten. Anschließend wurden die Knochen wieder ausgegraben und in den umliegenden Beinhäusern gestapelt. (Anm. d. Übers.)

16 siehe Band 1, *Die junge Marquise*.

17 *beau garçon* (frz.): hübscher Junge (Anm. d. Übers.)